韶光慢

大神級超人氣作家
冬天的柳葉——著

卷四

一一三　你娶我嗎？

邵明淵呆了呆，這才想起此刻還赤裸著上身。

他默默把衣服穿好，心道：習慣果然是個很可怕的東西。

「黎姑娘，我先把妳送到大福寺去，然後再回來找他們。」

喬昭斷然拒絕：「來不及了。你在這裡等我，我去找草藥。」

這人真以為自己無所不能嗎？這種時候居然還想著送她回大福寺去，卻不知道自己的身體很快就要撐不住了。

喬昭轉身便走，卻被邵明淵一把拉住。「邵將軍？」喬昭大為意外。印象裡，這人很是古板，這般主動拉她還是破天荒頭一次。

「我說來得及，便來得及。」

喬昭白他一眼。「邵將軍以為自己是鐵打的不成？請放開我，我要去找草藥——」

邵明淵充耳不聞，手上一用力，拉著喬昭便往回走。

「邵將軍，你這是幹什麼？」

「別鬧！」邵明淵冷斥了一聲。

喬昭愣了愣，完全不敢相信邵明淵會這般聲色俱厲對她說話。

就在她愣神的工夫中，人已經被帶到了坡底處。

邵明淵半蹲下身，平靜道：「上來！」

他要背著她爬上去？喬昭徹底震驚了。

他以為自己有三頭六臂嗎，明明快熬不住了，還要背著她爬這麼陡峭的山坡？

「邵將軍，你不要逞強——」話還沒有說完，喬昭忽然身體懸空，竟然被邵明淵直接背了起來，身下的男人低聲道：「抓穩我的肩膀。」

話音未落，他一個縱身往上撲去，喬昭只得緊緊攬住他，惱道：「邵明淵，我是大夫！」

邵明淵一邊往上爬，一邊道：「平時是，現在不是。」

「你什麼意思？」

「現在在我眼裡，妳只是個女孩子。」他要是保護不好她，又算什麼男人。

喬昭咬咬牙。

自大！

「邵將軍，我很清楚你的身體狀況，你根本撐不了多久的，要是爬到一半寒毒發作沒了力氣，那我們豈不是都要掉下去？趁現在還沒爬高，我們趕緊下去吧。」喬昭趴在他身上不敢亂動，又察覺他一反常態不講道理，只得耐心勸道。然而背著她往上爬的男人彷彿吃了秤砣鐵了心，語氣平靜道：「我的身體狀況，自己最清楚。黎姑娘放心，我不會讓妳掉下去的。」

喬昭氣得張了張嘴，恨不得一口咬在他肩頭。這個頑固不化一根筋的混蛋！

她雖氣惱，然而此情此景連掙扎都不敢，唯恐給他添了負擔。

到這個時候她也看出來了，邵明淵就是個平時披著溫潤如玉貴公子外衣的野狼，真的遇到事，哪怕什麼都不剩了，還能剩下一身狠勁。

喬昭只得退而求其次道：「那你把我放下，我自己爬。」

「不行。」

喬昭抿了抿唇。這怎麼也不行？

「會有失足掉下去的可能。」

喬昭暗暗吸了一口氣，道：「邵將軍忘了，我是一個人下來的。」

男人理直氣壯回道：「那時候我不在。」

喬昭：以前沒覺得他是這麼無理取鬧的人！

「邵將軍，我們這樣算是肌膚相親了吧，難道，你準備娶我嗎？」喬昭問出這句話，明明是有意激他把她放下來，卻不知為何心中一動。

她能明顯感受到那人渾身一僵，然後淡淡道：「如果是這樣，在下要娶的姑娘會不下百人。」

在北地，多少柔弱女子被韃子禍害，他救過的又何止百人，他甚至為慘遭蹂躪的女子蓋過衣裳……

喬昭低頭在邵明淵肩膀咬了一口。

那他去娶好了！

邵明淵掛在陡坡上，有那麼一瞬間一動沒動，然後艱難地開口：「黎姑娘？」

喬昭卻一下子恢復了理智，雙頰陣陣發熱。

她剛剛真是有些失態了。嗯，都是因為這混蛋一意孤行，才讓她心亂了。

「抱歉，剛剛不小心撞到了。」喬姑娘語氣淡定解釋。

邵明淵繼續往上爬，心中有些遲疑，撞到好像不是那個感覺……他卻沒敢再深想下去，解釋道：「在下一貫認為，在無可選擇的情況下，什麼禮數都沒有人的性命來得重要。」

「如果有些女孩子就是認為閨譽更重要，要邵將軍負責呢？」

「呃，在下在北地沒有遇到過這樣的女孩子。」

多年的戰火，朝不保夕的生活，也許就是因為隨時可能失去最寶貴的性命，北地的人反而對身外之事看得很淡。有什麼能比活下去更重要呢？

「這裡不是北地，是京城。」

「但是黎姑娘不是這樣的人。」他相信自己看人的眼光。

喬昭伏在邵明淵背上不再說話，心道：傻子，你早晚會遇到這樣的人。

二人漸漸爬到了半腰處，忽然一道驚雷落下，大雨頃刻而至。

邵明淵停了下來，語氣凝重：「不行，不能爬了。」

他要帶黎姑娘上去當然不是逞強，而是有絕對的把握才會如此行事，然而這場突然而至的大雨卻打亂了計畫。冒雨往上爬，成功的機率微乎其微，若是他一個人還可以搏一搏，可現在是兩個人，他不能拿她的安危去賭。

喬昭還沒來得及回話，邵明淵就提醒道：「黎姑娘，抓穩我！」

說完這話，他的腳往下一伸，順著陡坡快速往下滑去。

往上爬那樣艱難，往下滑時似乎只過了一瞬間，二人就落到了實地上。

邵明淵扶著山壁喘了口氣。

「邵將軍，你怎麼樣？」

邵明淵把喬昭放下，轉過身來。「沒事，咱們要趕緊找個地方避雨。」

山裡寒氣重，哪怕是夏日，二人一直淋雨也會受不住的，更何況他已經快要控制不住體內肆意流竄的寒毒。

大雨傾盆而下，山澗原就充沛的水流又高漲了許多，湍急如一條水龍般，咆哮著向遠處奔去。喬昭心中越發沉重。雪上加霜，晨光與冰綠是否還有生還的希望？

然而她與邵明淵此刻自身難保，卻沒有能力去尋他們了。

「來，我們往這邊走。」

唯恐喬昭失足跌入山澗中，邵明淵緊緊拉著她的手往一個方向走，終於在走出兩刻鐘後，發現了一個山洞。「妳在這裡等我。」邵明淵交代完彎腰進了山洞，不多時退了出來，露出如釋重負的笑容，「裡面是安全的，咱們進去吧。」

因為寒毒在身，他的臉一直如冷玉般白皙，此刻被大雨沖刷著，笑容顯得格外乾淨。

喬昭輕輕點頭。「好。」

邵明淵在前，喬昭在後，二人一起進了山洞。

山洞裡頗乾燥，越往裡走越開闊，到最裡面時已無需彎腰低頭。邵明淵靠著山壁坐下，因為渾身上下都濕透了，水順著頭髮、衣襬往下淌，很快就在他所坐的地方積成一片小水窪。

山洞裡光線昏暗，二人只能隱約看到對方的輪廓。

「邵將軍，你要把濕衣裳脫下來。」喬昭感覺得到，邵明淵已經撐不住了。

邵明淵閉著眼睛沒說話，好一會兒才勉強睜開，輕聲道：「用不著。黎姑娘，妳把手伸過來。」喬昭不明白他的意思，依言照做。邵明淵直接握住了喬昭的手。

「邵將軍？」喬昭吃了一驚。

黑暗中，邵明淵把喬昭的手握得緊緊的，喬昭看不清他的表情，只聽到男子聲音低低響起：

「黎姑娘，我要睡一下。」

喬昭垂眸。睡覺要拉著別人的手嗎？

「外面下著雨，妳不要出去。」

之後邵明淵沒有再說話，二人明明離得這麼近，山洞裡又這麼靜，喬昭甚至連他的呼吸聲都聽不到。她這才明白了他的意思。

怕她趁他睡覺時冒雨出去採藥？

她確實有這個意思，因為再找不到合適的草藥，眼前這人就沒救了！

這個傻子……

喬昭輕輕把手往回抽，原本悄無聲息的人卻猛然握緊了她的手。

「邵將軍……」對方沒有應聲，可是手卻一直沒有鬆開，彷彿本能一般。

那隻手如烙鐵一般燙人，喬昭心中一咯噔，抬起另一隻手覆到他臉頰上。

呃，太黑，摸錯地方了。

她手往上移摸到對方額頭，驚人的熱度讓她手一顫。

「邵將軍、邵將軍，你醒醒。」

對面悄無聲息。喬昭一顆心沉了下去，去抽被邵明淵握住的那隻手，那隻手卻被握得更緊。

這一瞬間，喬昭忽然覺得心被輕輕觸動了一下。

這個人的意志力是有多強大，哪怕陷入昏迷中，依然記得抓住她的手。

「邵明淵，你放開，我保證不出去。」喬昭輕輕道。

山洞裡越來越黑了，她已經完全看不到他的樣子。

被握住的那隻手依然沒有鬆開，那人輕輕搖了搖頭，臉頰一下一下地蹭到喬昭手背上。

「冷……」

黑暗中，這一聲輕輕的「冷」彷彿一根小小的羽毛，落在喬昭心上。

她嘆了口氣，狠下心用力抽出手，伸手去解他的衣裳。

寒毒發作，再穿著濕衣裳，他真的要沒命了。

也許是身體狀況糟糕到了極點，這一次，邵明淵沒有作出任何反應。

喬昭摩挲著脫去他的上衣，手往下移落到腰間，猶豫了一下，然後堅定了神色。

費了好一番力氣，總算把濕衣裳脫下來，喬昭憑著剛進來時隱約看到的景象，摸黑往一個方向走去，腳試探地來回輕輕踢著，終於踢到了東西，在黑暗中發出輕微的響聲。

那是洞裡尚有一絲光線時隱約看到的一堆稻草。

喬昭彎下腰去摸索著抱起稻草，微微鬆了一口氣。

稻草很乾燥，這樣就能讓他暖和一些了。

喬昭抱著稻草小心翼翼返回，腳下觸到對方身體，蹲下來把稻草蓋到他身上。

指尖與男子身體的碰觸讓她臉上有些熱意，卻依然有條不紊把這些事做好，然後頭也不回走出了山洞。雨還在下，山風陰冷，喬昭忍不住打了個冷顫，步入了雨簾中。

谷底草木茂盛，不乏草藥，卻因為天色已暗又下著雨很難分辨，喬昭埋頭找了許久，才終於找到了需要的東西。她握著一把根莖通紅如竹管形狀的草藥，露出歡喜的笑容，抬手抹了一臉雨水，快步往山洞走去，快走到洞口時卻腳下一滑，頓時傳來鑽心的疼痛。

喬昭立刻疼出了一身冷汗，痛苦彎下腰去，緩了好一會兒才重新站起來，一瘸一拐地走進去。

山洞裡漆黑依舊，更是安靜得嚇人。

喬昭輕輕跺腳甩了甩身上的雨水，忍著腳踝處傳來的劇痛往裡走去。

「邵明淵……」她蹲下來，摸索著拉住邵明淵的手。

他的手掌大而粗糙，指端因為受了傷更是凹凸不平，比她離開時越發熱了。

熱在肌膚，寒在骨髓，這是寒毒已經不受控制的癥象了。

似乎是感受到了喬昭手指的溫度，那隻大手竟不自覺動了動，卻再沒力氣反握住她的。

喬昭忽然一陣心酸，往後退了退，以免濕透的衣裳把稻草打濕，把竹管形狀的草藥從指節處輕輕掰斷，頓時有晶瑩的汁液沁出。

喬昭看不見，只能用指腹試探一下，然後把那截草藥遞到邵明淵嘴邊。「邵明淵，吃藥了。」沒有回應。草藥汁液倒出去，又順著他的嘴角流出來，流了喬昭一手。

喬昭怔了怔，扔掉這半截草藥，把另外半截草藥中的汁液倒入自己口中，然後堅定貼上他的唇。她還不信餵不下去了！

不同於全身各處的火熱，他的唇卻是冰冷的，甚至算不上柔軟。

良久後，喬昭抬起頭來，輕輕擦拭了一下嘴角，摸黑找到邵明淵脫下來的衣裳，一瘸一拐走到另一邊擰乾鋪展開，然後開始脫下自己身上的濕衣。

雖然知道那人是昏睡的，而且這樣的環境中即便清醒也無法看到什麼，女子天性的羞澀還是讓她的手指不停顫抖。

邵明淵說得對，活下來才最重要。

喬昭緩緩走回去，挨著邵明淵坐下來，不時伸出手去確認他的狀態。

已經入夜了，儘管是盛夏，可外面下著雨，又是在這樣的地方，沒有衣物遮體的喬昭還是感覺到了陰冷，後背靠著的石壁更是又冷又硬。

她只得把整個身體蜷縮起來，嘆了口氣。

才剛入夜，邵明淵究竟能不能撐過去還不知道，而她因為腳傷也不可能再出去採藥，一切只能憑天意。這一夜該有多麼難熬！

「邵明淵，你可別被寒毒打敗了，不然，咱們兩個就真的要一起死在這裡了。」喬昭喃喃道。

一一四　依偎取暖

時間緩慢流逝，黑暗裡忽然傳來牙齒打顫的聲音。

喬昭一驚，伸手去摸邵明淵，發現他整個人都在顫抖。

這是到了最要緊的時候，熬過去了就能撐到明天，要是熬不過去……

喬昭不敢往下想。她兩手互相搓一搓，把手心搓熱，放在邵明淵心口上替他取暖。

突然一股大力傳來，喬昭整個人被拽了過去，覆蓋在那人身上的稻草在黑暗中四飛，有一部分落在她光潔的身體上，有些扎得慌。

「邵明淵！」喬昭低呼一聲。她話音才落，邵明淵一個翻身把她壓在了下面。

喬昭整個人都僵住了。這混蛋，這混蛋，他怎麼能……

她已經完全不知道該說什麼了。

「冷……」那人在她耳畔低吟一聲，像是找到了熱源，越抱越緊。

黑暗裡，喬昭卻驟然想起了那人清俊冷肅的眉眼，寬闊結實的胸膛，還有形狀分明的腹肌。

喬昭腦袋轟的一聲炸開，推搡道：「邵明淵，你要把我壓斷氣了！」

她的推搡好像起了作用，身上的人翻到了一旁，可還沒等喬昭鬆口氣，那人像是找被子一樣把她拉過去，蓋在了身上。

喬昭趴在他身上好一會兒，清晰感受著他痙攣般的顫抖，最終低低嘆了口氣。

罷了，她不想死，也不希望他死，這一世本來就不打算嫁人了，也說不上對不起別的男人，那就這樣吧。喬昭伸手環住他的腰。

男人的顫抖漸漸平息了，像是得到撫慰的狼崽，用冒出胡茬的下巴蹭了蹭少女的肩窩。

山洞裡的光線漸漸亮起來，喬昭睜開眼，已經能清楚看到對方的眉眼。

沒有了黑暗那層保護，喬昭尷尬不已，唯恐驚動了依然在沉睡的人，小心翼翼脫離他的束縛，她這才發現右腳踝已經高高腫了起來，這是昨天崴了腳沒有及時處理的後果。

可這種時候她也顧不得了，只能一瘸一拐地走到晾衣服的地方。

一夜過去，二人的衣裳已經晾乾，喬昭迅速穿好衣裳，這才抱著邵明淵的衣裳返回。

許是少了溫暖的源頭，那人緊皺著眉頭，身體微微蜷曲著。

喬昭不敢亂看，把衣裳蓋到邵明淵身上，隨後坐下來輕輕揉捏著腫成饅頭的腳踝。

不知過了多久，邵明淵睜開眼睛，一眼看到的就是近在咫尺的少女。

她的頭髮有些散亂，上面甚至有不少稻草，秀氣的眉微蹙著，隱約露出幾分痛苦。

「黎姑娘，妳的腳受傷了？」一開口聲音低沉暗啞，邵明淵自己都有些意外。

喬昭按捏腳踝的手一頓，沒好意思轉頭看他，輕聲提醒道：「你快些把衣裳穿好吧。」

邵明淵愣了愣，目光下移，觸及披在身上的衣裳一陣茫然。

他腦子亂糟糟的，對眼下的狀況理不出絲毫頭緒。

他的外袍是什麼時候脫下來的？

頭腦清醒了一些，一臉茫然的將軍在心裡悄悄補充道：還有褲子。

再補充：還有短褲……

邵明淵險些跳了起來。

為什麼還有短褲！

他幾乎是不可置信地看了喬昭一眼。

少女已經完全背過身去，修長的脖頸泛起粉霞。邵明淵一顆心徹底墜了下去。

他默默穿好衣裳，喊道：「黎姑娘。」

「穿好了？」

「嗯。」

喬昭這才轉過身來，面上已經瞧不出任何異色。

「我昨晚——」

「昨晚邵將軍寒毒發作，我擔心穿著濕衣裳會加重你的病情，就替你把衣裳脫了。」

「我……」

喬昭笑笑。「邵將軍昨天對我說，在無可選擇的情況下，什麼禮數都沒有人的性命來得重要。我覺得邵將軍這話說得很有道理。」

她說著看邵明淵一眼，似笑非笑問道：「邵將軍該不會要我負責吧？」

邵明淵陡然紅了臉。「黎姑娘說笑了。」

他這樣說著，心裡卻亂糟糟的，隱隱覺得昨夜沒有那麼簡單。

他是睡得太熟了麼，連黎姑娘替他脫衣裳都沒有知覺……

「邵將軍，我崴了腳，今天要走出去就靠你了。你現在覺得如何？」

必須走出去，不然等邵明淵再一次寒毒發作，兩人就只能等死了。

「還不錯。」邵明淵輕輕活動了一下身體，沉聲問道：「黎姑娘昨天是不是出去了？」

「沒有草藥，你今天就醒不過來了。」喬昭面無表情道。

「多謝……」邵明淵依然覺得哪裡不對勁，卻又不知道這種莫名的感覺從何而來。

他知道這是直覺，而他也相信自己近乎本能的直覺。

他想，給他時間，他會慢慢想明白的。

「來，我背妳。」邵明淵半蹲下身。喬昭沒有忸怩，抬手伏到他背上去。少女柔軟的手落在肩頭，邵明淵目光無意中一掃，觸及對方手背上乾涸的血跡，電光火石間靈光一閃，猛然直起身來。

喬昭從邵明淵背上滑落下來，落地的瞬間邵明淵迅疾轉身，一手攬住她的腰肢，避免了她腳踝二次受傷的命運。

「邵將軍？」喬昭皺眉。

邵明淵視線落在她散亂的髮上，一言不發。

「怎麼了？」喬昭覺得某人眼神有些嚇人。

邵明淵聲音澀然：「黎姑娘頭髮上有許多稻草。」

「是麼？」喬昭下意識摸了摸頭髮，不以為意笑笑。「昨夜為了取暖抱來這些稻草。」

邵明淵深深望著她，彷彿要望進她的心裡去。他輕聲道：「可是黎姑娘衣裳上沒有。」

那一瞬間，喬昭有種被揭穿的狼狽。

昨夜她與他皆未著寸縷，衣裳上當然不會有稻草。

他這麼敏銳幹什麼？而她卻因為昨夜的事到底是亂了心神，忽略了這樣的破綻。

「如果……」邵明淵張了張口，卻說不出話來。

他依然不確定昨夜發生了什麼事，該如何說呢？

「當然沒有啊，我醒來清理過了。」喬昭笑盈盈解釋，催促道：「邵將軍，我們還是快些離開這裡吧，今天要是去不了大福寺，若你再次寒毒發作，我便束手無策了。」

「嗯。」邵明淵暫且壓下心中疑慮，把喬昭背了起來。

一個時辰後，終於爬上陡坡的二人，坐在地上大口大口喘著氣，相視一笑。

落霞山的一場山崩，讓整個京城都為之震驚。

落霞山是什麼地方，那可是百年名寺大福寺所在，這種佛家聖地居然也會發生山崩？

明康帝信奉道教，然而當今太后確是信佛的，戶部、兵部等衙門自是不敢怠慢，派來很多人手疏通被堵塞的通道。一時之間，京城百姓茶餘飯後議論的話題全都離不開這個，都在猜測是不是哪裡冒犯了佛祖，才降下這樣的禍事。

真真公主身分特殊，為了不讓百姓們把山崩一事扯到皇家身上，她趕上山崩被活埋的事自然是被壓了下去，沒有走漏絲毫風聲。她昏倒在馬車裡被送回宮中，一直到第二天才甦醒過來。

她感到喉嚨乾疼，啞著嗓子喊道：「來人……」

「殿下醒了！」守在一旁的宮婢忙跑過來，隨後像是見了鬼一般瞪大了眼睛。

「去給本宮倒水。」真真公主腦袋昏沉沉的，對宮婢這樣奇怪的反應沒有多想。

「殿下，殿下……」宮婢面色發白，渾身忍不住發抖。

「去啊，本宮要喝水！」

「是、是。」宮婢心慌意亂，只得先按著真真公主的吩咐去倒水。

真真公主閉上了眼睛，腦海中驀地閃過一個年輕男子的身影。

那可真是一場惡夢啊，幸虧他救了她。

她只記得當時山崩水出，像是一條怒龍在後面拚命追趕著他們。

她被侍衛抱著跑，眼望著後方，就這麼眼睜睜看著怒龍越追越近，越追越近，最後咆哮著把他們淹沒，再後來就沒有一點印象了。再次醒來，無邊黑暗中她什麼都看不清，彷彿落著雨，滴答滴答落在她臉上。她忍不住抬手去摸，卻摸到了僵硬冰冷的人。

那一瞬間，她猛然明白了，撐在她身體上方的是死屍，而她以為的雨滴，卻是人血……

那一刻，她差點瘋狂，拚命喊著救命，可直到嗓子快喊啞了都沒有任何動靜。

絕望鋪天蓋地把她淹沒，她甚至有些恨侍衛們，當時為何不讓她就這麼被砸死算了。她活下來，清醒著忍受這一切，最後會活活餓死。再後來她又昏了過去，不知睡了多久，在她的意識裡彷彿有一輩子那麼長，然後就感覺到了光亮。

她彷彿有了很多力氣，努力睜開了眼睛，然後看到了一個年輕的男人。

如劍一樣的長眉，寒星一般的眼睛，還有波瀾不驚的眼神。

他說：「公主殿下不要多說，微臣帶您出去。」回憶到這裡，真真公主忍不住微笑起來。

她要這個男人！這樣的男人，一定會給她最好的依靠，以後無論遇到什麼困難，他都會雲淡風輕告訴她：微臣帶您出去。

「殿下，水來了。」宮婢見真真公主閉目微笑，不知為何覺得更恐怖，顫聲道。

真真公主重新睜開眼睛，這一次茫然褪去，神智回歸，便察覺出不對勁來。

她沒有喝水，皺眉問：「怎麼了？」

宮婢把頭埋得死死的，不停發抖。「殿下、殿下您……」

「到底怎麼回事兒，給本宮說個清楚！」

宮婢鼓了鼓勇氣，乾脆扭身跑去拿來雕花西洋鏡，顫抖著雙手遞到真真公主面前。「殿下，您看……」真真公主心中已生不祥的預感，忍著緊張往西洋鏡中瞄了一眼。

這漂洋過海傳來的西洋鏡不同於尋常銅鏡，能把人照得纖毫畢現，真真公主只往鏡中掃了一眼，立刻就聲嘶力竭大叫起來：「怎麼會這樣，怎麼會這樣？」

她雙手摀著臉尖叫不已，又懷著最後一絲希翼，透過指縫往鏡中再次瞄了一眼，隨後徹底崩潰，劈手打掉了鏡子。「這不是真的，不可能是真的，啊——」真真公主白眼一翻，昏了過去。

「殿下，殿下——」

一陣人荒馬亂，麗嬪得到消息趕了過來。

「殿下醒了怎麼會又昏倒？太醫請了嗎？」

宮婢們皆戰戰兢兢，其中一人大著膽子道：「娘娘，您看看就知道了。」

麗嬪快步走進裡室，一眼看到了床榻上昏迷不醒的真真公主，不由驚呼一聲：「真真！」

真真公主毫無動靜。麗嬪奔過去，仔細端詳著真真公主的臉，只見女兒臉部肌膚泛著紅，往外滲著黃色的汁水，瞧著竟是要潰爛了。原本姿容絕世的一張臉，這時卻只讓人覺得噁心反胃。

「這是怎麼回事？」麗嬪忍不住尖叫道。

宮婢們呼啦啦跪了一片。「奴婢們不知道，昨晚殿下還好好的，今早醒來就變成這樣子了。」

麗嬪眼前一陣陣發黑。昨天女兒被送回宮中，她才知道竟出了這麼大的事，守著女兒直到半夜才回去歇著。當時女兒瞧著確實好好的，太醫也說公主是身體虛弱，多休養就好了，這才過了一夜，怎麼就變成這個樣子了？

「娘娘，太醫來了。」

麗嬪立刻起身迎出去。前來的還是昨夜給真真公主看診的太醫。

「太醫您快去瞧瞧公主吧。」麗嬪制止了太醫的見禮，急匆匆折身返回裡室。

太醫跟著進來，一看到真真公主的樣子就驚了。

「太醫，您快看一看，公主怎麼會成了這個樣子？」

太醫仔仔細細替真真公主檢查過，連連搖頭。「匪夷所思，匪夷所思啊！」

「怎麼說？」

「殿下這個樣子，倒像是臉上沾染了什麼毒物，不過究竟是怎麼回事，下官卻說不好了。」

「這，這該如何是好？」聽太醫這麼說，麗嬪也沒了主意。

「或許請我們院使來看看，能瞧出幾分端倪來。」

院使是太醫院的最高長官，一般都是推舉醫術最高超的太醫擔任，不過以麗嬪的身分想請院使來也不是那麼容易的，院使服務的主子主要是皇上與太后。

麗嬪抬腳去了慈寧宮。

「有這種事？」楊太后聽完麗嬪的請求，不由吃了一驚。

明康帝子嗣稀少，活下來並成年的皇子只有兩位，公主雖然多一些，但也沒到氾濫的地步。楊太后對乖巧又漂亮的真真公主很有幾分真心疼愛，立刻便吩咐宮人去傳院使，甚至起身道：「哀家隨妳去看看。」

「李院使，九公主這究竟是怎麼回事？」楊太后沉聲問道。

皇室幾位公主，以九公主樣貌最好，甚至可以說滿京城都找不出比九公主更出挑的，這樣的好相貌要是毀了，那真的太讓人不忍了。

「回稟太后，公主殿下有可能是沾染了什麼不知名的毒素。」李院使斟酌一番，還是把診斷的結論說出來。

「毒素？」楊太后眼神一緊。皇室中人，對這些事尤為忌諱。好好的一個孩子，怎麼會沾染到不知名毒素？難道有人給真真下毒？楊太后越想臉色越難看。

「李院使說說看，這不知名的毒素能從何而來？」

李院使神情嚴肅，恭敬回道：「下官覺得，這種不知名的毒素，很可能是公主殿下從外面帶回來的。」

「從外面帶來？」楊太后聽了心中一驚。

真真昨天被埋在山石下面，今天就變成了這副模樣，難道說與此有關？

「不要，不要──」真真公主猛然睜開眼。

「真真。」楊太后喊了一聲。

真真公主愣了愣，隨後抓住楊太后的手。「皇祖母，您怎麼過來了，我剛才好像做了一個惡夢，真是把我嚇壞了。」她說著乖巧一笑。「不過見到您，我就不怕了，那些都是假的。」

楊太后心中一酸，拍拍真真公主的手。「好孩子，別怕，皇祖母會讓太醫給妳好好瞧瞧的。」

「皇祖母在說什麼呀？孫女好好的，勞煩太醫做什麼？」

麗嬪忍不住哭道：「真真，妳怎麼啦？」

「母妃，您怎麼也來了？」真真公主收起了笑意，環視一圈，視線落到李院使身上時，猛然睜大了眼睛。李院使？只給皇祖母與父皇看診的李院使怎麼也在？

真真公主只覺腦袋嗡的一聲，全都想了起來，雙手摀住臉道：「我的臉，我的臉，拿鏡子來！」宮婢們皆低著頭不敢出聲。

真真公主對著貼身伺候的大宮女斥道：「芳蘭，妳是木頭嗎，快給本宮拿鏡子來！」

芳蘭立在那裡一動不動，忍不住抬眼去看太后與麗嬪。

楊太后嘆口氣道：「妳們都退下。」宮婢們如蒙大赦，趕緊退了出去。

「皇祖母？」

「真真啊，妳冷靜點，遇到事了著急是沒有用的。」楊太后這樣勸著，卻不忍拿鏡子給真真公主看。容貌對女孩子是比命還重要的事，別說整張臉潰爛，就是留下一個小小的痘印子，都是一生遺憾。真真如今這個樣子，看到了自己的模樣，肯定會想不開的。

「原來我不是做夢，不是做夢……」真真公主簌簌流淚，抓住楊太后衣袖。「皇祖母，以後真真該怎麼辦呀？」

「別怕，別怕，妳是公主，是皇祖母的乖孫女，皇祖母會讓太醫們想辦法的。」

真真公主低著頭，啞聲道：「多謝皇祖母。」

楊太后站了起來，交代麗嬪道：「照顧好真真，這些日子妳就不必回寢殿了，留下來陪著真真吧。」

楊太后一走，真真公主才控制不住情緒大哭起來。

「真真，妳莫哭，太后一定會給妳請最好的大夫。」

「可是李院使已經是最好的太醫了。」剛剛太后在這裡，真真公主一直強忍著，可她畢竟不是傻瓜，見到李院使明顯束手無策，還有什麼不明白的。如今只剩下母妃在一旁，這才肆無忌憚說出來。「母妃，我以後可怎麼辦呀？治不好臉，我不要活了……」

麗嬪駭得魂飛魄散，緊緊摟住真真公主哭道：「一定會治好的，一定會治好的。」

九公主這邊愁雲慘霧，黎家同樣好不到哪裡去。

因為真真公主的關係，黎家三姑娘同樣困於山崩的消息沒有流傳開來，然而何氏一聽說落霞山發生了山崩，直接就昏死了過去，等她睜開眼睛時，守在身邊的是二太太劉氏。

「大嫂醒了。」

「老夫人呢？老爺呢？」何氏猛然坐了起來。

「老夫人打探消息去了，大哥帶著輝兒趕去了落霞山。」

「落霞山？昭昭——」何氏忽然抬手給了自己一耳光。

劉氏吃了一驚。「大嫂，妳怎麼啦？」她這位小大嫂以前只是有點傻，沒看出來有瘋癲症啊。

劉氏悄悄往外挪了挪屁股。傻倒是沒什麼可怕的，瘋癲症的人可惹不起，萬一隨便剁人怎麼辦？

「都是我沒用，只知道昏倒，我要去落霞山找昭昭。」

「哎呦，大嫂，妳可別去添亂了。落霞山那裡現在有好多官差呢，妳過去了能幹啥呀，肩不能挑手不能提。」

「我比老爺力氣大！」

劉氏：這樣說自己相公不好吧？

「弟妹，今天多謝妳了，不過妳也別攔著我，昭昭是我身上掉下來的肉，哪怕我就是什麼都幹不了，只能在那裡乾等著，我也要過去。」

劉氏一聽嘆了口氣，也不再攔了。「那行吧，大嫂要去我也攔不住，不過咱們府上可沒有馬車了。」

「沒有馬車就僱。」何氏說到這裡猛然想到了什麼，急忙吩咐大丫鬟取了一疊銀票來。

「大嫂這是做什麼？」劉氏看得眼睛發直。

「我想到了，用這些銀錢買些燒雞醬牛肉和酒水給那些官差們送去，這樣他們就能更盡心幫忙了。」何氏一邊抹淚一邊吩咐人去採買東西，劉氏忙去給鄧老夫人傳話。

鄧老夫人知道了，只嘆口氣。「讓她去吧。」

一一五　我會認得

落霞山山腳下擠滿了各色人等，有各個衙門裡的衙役，還有僱來的壯丁，再有就是昨天去大福寺後失蹤的香客家人及看熱鬧的老百姓。一時之間人聲嘈雜，竟比廟會時還要熱鬧了。

黎光文呆呆望著被泥石覆蓋的山路，眼眶漸漸紅了，啞著嗓子道：「輝兒，你說要把這些清理走，是不是要很久？」

「父親，您別太擔心，三妹吉人自有天相，那個時候沒準還在山上呢。」

「不會的，平時那個時候，你三妹早就該下山了。可是，她沒有回家……」

黎光文說完走過去，彎腰抱起一塊石頭，不料石頭太重，沒抱穩又掉了下去，發出咚的一聲響。旁邊一個衙役嚇了一跳，伸手一推道：「去、去，一邊去，別添亂！」

黎光文被推了一個趔趄。

黎輝扶住黎光文，怒道：「怎麼推人呢？」

黎光文擺擺手。「輝兒別說了，他們也是辛苦了。」他說著又去揀小些的石塊搬。

「我說您手無縛雞之力的，添什麼亂啊，就在一旁好好等著吧。」衙役不耐煩道。

這書生說話雖然還算中聽，但來幫倒忙就不對了。

「我沒添亂，你看，這麼大的石頭我就能搬動了。」黎光文抱著石塊往推車走去。

黎輝見狀抿了抿唇，如父親一樣彎腰抱起石頭。衙役看著這父子二人委實稀奇，忍不住問黎輝：「小公子是哪家的啊？莫非有家眷昨天上山？」

黎輝沒有細說，打探道：「我聽說昨天就有差爺們過來清理了，還挖出了幾具屍體？」

「是嗎？這我可就不知道了，我是今天才被調來幹活的。小公子，我看你們父子倆都是讀書人，哪搬得動石頭啊，還是在那邊等著吧。」

「能搬走一塊就少一塊，那麼路就能早一些疏通。」

這時傳來喧嘩聲：「又有屍體，哎呀，還是兩個年輕的姑娘——」

咚的一聲響，緊跟著是一聲慘叫，這聲音忒熟悉，黎輝立刻看過去，就見黎光文正抱著一隻腳疼得來回跳。「父親！」黎輝忙趕過去，「您怎麼啦？」

「石頭砸到了腳，別管這些了，快扶我去看看那邊的情況。」

聽到是兩個年輕姑娘，黎輝心裡同樣很不安，擔心黎光文受不住，扶著他道：「那邊不好走，您先坐這裡等等，兒子去看看。」黎光文腳疼得厲害，只得不再堅持。

黎輝踩著亂石軟土走過去，還沒走到地方，就看到幾名衙役抬著兩具屍體走過來。

因為被埋了一夜，又是盛夏，兩具屍體已經變了形，完全看不出本來的模樣，只能從衣著髮飾勉強分辨出是未出閣的女孩子，其中一名穿著丫鬟服飾。黎輝腿一軟，往後退了幾步。

三妹昨天出門穿了什麼樣的衣裳？真該死，他去上學了，竟全然不知！

「怎麼樣？」見兒子返回來，黎光文急切問道。

黎輝搖搖頭。

「不是你三妹？」黎光文抱著被砸出血的腳，像個孩子般笑起來。

黎輝忍了忍，還是沒辦法騙父親。「兒子沒有認出來，那兩具屍體已經變形了，只能依稀分辨出來是一位姑娘和一個丫鬟。」黎光文徹底呆住了。

這時馬蹄聲傳來，三個年輕男子翻身下馬，並肩走過來，正是池燦、楊厚承和朱彥。

池燦一眼看到了呆坐著的黎光文，大步流星走過去。「黎叔叔。」

黎光文抬頭，喃喃道：「是你……」

「黎叔叔，您……怎麼了？」他一早聽到這個消息，第一時間就趕去了冠軍侯府，結果卻撲了個空，邵明淵一直沒有回去。

一定是黎三出事了！

這些日子池燦時不時去找黎光文下棋，二人已經發展成好棋友的關係，黎光文眼一酸，伸手指著放屍體的地方道：「我女兒……」

池燦面色劇變，後退數步才穩住身子，然後快步走過去。

那裡停放著七、八具屍體，皆蒙著白布。

池燦掃視一眼，看到有兩具蒙著白布的屍體明顯更小一些，緊緊挨在一起放著。他一張臉頓時變得雪白，緩緩半跪下去，伸手去掀白布。

「拾曦……」楊厚承來到池燦身邊，忍不住喊了一聲。

池燦沒有任何反應，猛然掀開了白布。

白布下的女屍形容可怖，身上已經辨不出顏色來的比甲，表明了其丫鬟的身分。

池燦猛然喘了一口氣，閉閉眼，又把另一塊白布掀起。

楊厚承不由別過眼去不忍再看，池燦卻目不轉睛盯著女屍的臉瞧。

女屍臉上血肉模糊，腫成饅頭狀，哪怕是再親近的人，恐怕都認不出來。

池燦呆呆看著，輕聲問楊厚承：「是不是？」

楊厚承默默無言。

池燦忽然伸出手去，快觸摸到女屍的臉時，被楊厚承一把抓住。「拾曦，你幹什麼？」

池燦聲音抖得厲害。「我、我就是看看。」

「拾曦，你別這樣。」楊厚承難受極了。「人已經成了這個樣子，根本認不出來了啊！」

「不、不，認得出的。」池燦掙脫了楊厚承的手，掏出手帕輕輕擦拭女屍的眉心。

一下，兩下，三下，他擦得很認真，很小心。

黎光文不知何時被黎輝攙扶著過來，立在一旁無聲看著。

池燦完全不知道這些，他的所有注意力都放在了眼前。

終於，女屍眉心處的血跡與泥土被擦拭乾淨，露出一小塊光潔的地方。

池燦閉了閉眼，狠狠抱住楊厚承，捶了他的肩膀。「不是她！楊二，你看到沒，不是她！」

楊厚承同樣很高興，連連點頭。「對、對，不是呢，拾曦你居然能想到這個，我都沒想到！」

他居然忘了，黎姑娘眉心有一顆小小的紅痣。

池燦笑起來，少了平時令人迷醉的慵懶，反而透著傻氣。「那當然，你又不是我——」

楊二把黎三放在朋友的位置，而他，把她放在了心上。

這怎麼能一樣呢？

「不是我女兒？」

池燦這才如夢初醒，看著近在咫尺的可怖女屍嫌棄得不行，忙把帕子丟到地上，站起來對黎光文道：「絕不是她。」黎光文傻笑起來。「不是就好，不是就好。」

嗯，他忽然覺得這小子順眼一些了，要是昭昭能平安回來，只要她喜歡，他就不攔著了。

朱彥走了過來，手落在池燦肩膀上，輕聲道：「拾曦，咱們去那邊說話。」

「怎麼？」池燦與楊厚承隨朱彥走到避人處。

「我剛問了一下庭泉的親衛，他們說庭泉昨天從那邊山壁直接爬了上去。我想著，庭泉一定是去尋黎姑娘了。」池燦眼一亮。「你是說黎昭還活著？」

朱彥笑笑。「至少黎姑娘沒有被埋在這裡邊，不然庭泉沒道理上去，你們說是不是？」

池燦與楊厚承不由點頭。

「放心吧，只要黎姑娘當時沒有出事，庭泉一定能把她平安帶回來的。」

池燦想了想，抬腳向黎光文走去。

「你是說，我女兒沒被山石埋了？」黎光文聽了池燦的話，頓時覺得腳也不疼了，肚子也不餓了，眼睛閃閃發亮。

「黎叔叔不要太擔心，黎三……三姑娘是有福氣的，一定不會有事的。」

那丫頭被人販子拐了都能遇到他，而他多少年都沒對任何女子假以辭色過，那個瞬間卻心軟了，她不是有福氣是什麼？

「那就好，那就好。」黎光文傻樂起來。

朱彥在一旁道：「黎大人是不是腳受傷了？您還是去那邊涼棚裡稍作休息，把傷口處理一下。」這麼多人疏通山路，在場指揮的不乏官老爺們，於是臨時搭建了涼棚供人休息，不但提供乾糧和茶水，還有不少藥物，以防有人受傷。

黎光文低頭一看，就見雪白的綾襪已經滲出血跡來。

他頓時抽了口冷氣。「輝兒，快、快扶我過去。」

「多謝三位兄臺了。」黎輝對池燦三人道了謝，扶著黎光文往涼棚走去。

涼棚裡坐滿了人，黎輝扶著黎光文走進去，尋覓了半天，找到一個空位。

「父親，您小心點兒。」然而還未等黎光文坐下，一隻手伸出來拿走了椅子。

黎輝抬頭，發現是名身材高大的中年男子，那人看也沒看父子二人一眼，施施然坐下來。

「這位大人，我父親受了傷，需要處理一下傷口，這空位也是我們先看到的，勞煩您讓一讓。」黎輝強壓著火氣，對高大男子道。他雖年紀不大，卻也明白這不是在國子監，更不是在家裡，對上這些明顯是粗人的傢伙不能硬來。

高大男子掃了黎輝一眼，見不過是尋常學生打扮，旁邊年紀大些的一看就是個窮酸老書生，便冷笑道：「小屁孩毛都沒長齊，就來對爺爺指手畫腳了？」

「大人這樣說話未免過分了。」

「呵呵，還教訓起爺爺來了？爺爺從昨天到現在就沒闔過眼，一直忙活著搶險，你們這些手無縛雞之力的讀書人都幹了什麼？只知道添亂，去去去，別惹爺爺的火！」

黎輝一聽這人從昨天忙到現在，雖惱火他態度惡劣，又有些汗顏。

這些人就算粗俗無禮，至少是在做事的。

黎光文卻不幹了，冷冷問：「大人是瞧不起讀書人了？」

欺負他兒子臉皮薄？哼，也不看看他當爹的還在這呢。

黎光文這話一問，高大男子就卡了殼。

萬般皆下品唯有讀書高，瞧不起讀書人他是絕不敢認的，不然那些大人們非要活撕了他。

「食君之祿，分君之憂。閣下既然擔了這差事，平日裡威風八面只覺理所當然，現在做點實事就覺得委屈了嗎？」黎光文再問。哼，論起動嘴皮子，他們掌院都說不過他，他怕過誰咧！

高大男子果然被噎得臉色時青時白，精彩紛呈。

旁邊人打圓場道：「姜指揮，好不容易歇會兒喝點茶水多好，跟他們計較什麼。」

原來這高大男子便是昨日送真真公主回去的西城指揮姜成。

姜成一天沒怎麼闔眼，心裡本來就窩著火，眾目睽睽之下又被個窮酸老書生落了面子，哪裡還忍得住，抬腳就要向黎光文踹去。「滾一邊去，別礙爺爺的眼！」

「姜指揮，你脾氣不小啊。」一道涼涼的聲音響起。

姜成伸出去的腳硬生生停住，抬頭一看忙站了起來。「原來是池公子。」

五城兵馬司負責京城治安，能坐到西城指揮這個位置的人，又豈會是真正的草包。京城五品以上官員，皇族勳貴及三品以上官員家的子孫，不敢說每一個都認得，至少能認出大半來。

對於長容長公主府的這位公子，姜成那真是太認得了。

要知道這幾年還好些，前些年這位池公子帶著同伴，可沒少惹禍啊。

姜成抬眼一掃，就見到了遠遠站在涼棚外的朱彥與楊厚承二人，嘴角不由一抽。

果然又是他們仨兒！

「姜指揮，火氣大呢，就喝茶，亂咬人可不好！」池燦伸手把姜成屁股底下的椅子拉過來，往黎光文身後一放。「黎叔叔，您請坐。」

涼棚內包括姜成在內的眾人全都驚了，視線齊齊落在黎光文臉上。

這人什麼來頭，堂堂公主府的公子居然叫他「黎叔叔」？

等等，黎叔叔？

有人拍了一下額頭，恍然大悟，使勁拉拉一邊的人小聲道：「我知道那人是誰了！」

「誰呀？」

「鬧去錦鱗衛衙門那位！」

不少人騰地站了起來，好幾隻手伸出來把椅子遞過去。「黎修撰坐啊。」

這種愣頭青誰沾誰倒楣啊，讓把椅子而已，不丟人的。

池燦心想：這麼多人都和他爭表現？見沒人敢招惹黎光文了，他也懶得多待，返回了朱彥二人那裡。

朱彥想了想問道：「拾曦，你……」

「我什麼？」池燦無所謂挑挑眉。

「呃，沒什麼。」

「別裝了，我不信楊二沒有告訴你。」

朱彥失笑。「我確實知道了。不過你這是認真的？」

池燦翻了個白眼。「廢話啊，我不是認真的，難道是吃撐了閒的？」

「那你怎麼和黎修撰——」

「婚姻大事，不是講究父母之命媒妁之言嘛。」池燦一本正經道。

楊厚承咧了咧嘴。受教了，他今天才知道這句老話是這麼用的。

朱彥比楊厚承沉穩些，琢磨了一下好心提醒道：「拾曦，長公主那邊，你說通了？」

池燦愣了愣。不是說通了，是他下意識不願去想，不過他已經下了決心，無論如何都要讓母親明白他的心。

朱彥了然拍了拍池燦的肩膀，沒再說什麼。池燦抬頭望著滿目瘡痍的山路，輕輕嘆了口氣。臭丫頭，妳一定要平安回來啊。

「你們快看，峭壁上好像有人。」楊厚承忽然道，而後興奮起來。「是庭泉！」

池燦與朱彥俱是一喜，放眼望去，就見一道熟悉的身影，由遠及近從峭壁上靈巧下來。

三人忙往那個方向走去。

邵明淵落到地面上，靠著山壁稍作休息，親衛們圍過來見禮。「將軍！」

他的嘴唇已經乾裂，眼睛卻明亮如昔，淡淡道：「拿水來。」

一一六 人非草木

親衛忙把水遞過來，又有親衛搬來椅子請邵明淵坐。

邵明淵沒有坐下，接過水壺靠著山壁仰頭灌了幾大口，任由漏出的水順著脖子流進衣領裡也不在意。他一口氣喝完，環視一圈，視線落在某處。

「侯爺。」江遠朝站在那裡，嘴角含笑打了招呼。

邵明淵把水壺扔給一旁的親衛，淡淡道：「江大人。」

江遠朝朝著邵明淵走過來，親衛們立刻攔住他。

「侯爺這是何意？」

「不得無禮，請江大人過來。」親衛們立刻散開，江遠朝面不改色走過來，打量邵明淵一眼，笑道：「聽聞侯爺昨日就上山了，在下真是佩服侯爺的好身手。」

「江大人過獎了。」邵明淵默默調整著呼吸。

「侯爺去過大福寺了吧？聖上與太后都很關心大福寺高僧們，還有疏影庵師太的情況。」江遠朝道明來意。邵明淵此時身上穿著的就是大福寺替香客們準備的常服。

這時幾名官員也滿頭大汗跑來，見過禮後，對邵明淵問出了同樣的問題：「侯爺，大福寺與疏影庵如何了？」

「大福寺倒塌了一座偏殿，有十多名僧人受傷，所幸並無人員傷亡，目前高僧們的生活並無大礙。疏影庵則一切安好。」

「那就好，那就好。」幾名官員擦了一把汗。

落霞山山崩的消息傳進宮中，太后已經連傳三次口諭催問了。那些高僧們要真有什麼事，別看他們是幹活的，到時候絕對受累不討好，說不定安個什麼罪名就不知道哪裡待著去了。

「多謝侯爺告知，侯爺辛苦了，快去那邊涼棚歇歇吧。」幾名官員真心實意道。

這山路想要疏通至少還需十來日工夫，沒有冠軍侯，還不知道什麼時候才能得到裡邊消息呢。幾名官員道完謝又去忙碌，江遠朝站在原地朝邵明淵一笑。「侯爺的能耐，在下佩服至極。」

邵明淵面上不動聲色，心中卻有些疑惑。他與這位錦鱗衛的十三爺說起來沒打過交道，更談不上過節，為何隱隱覺得江遠朝對他總是抱著一種說不清道不明的敵意呢？

「不敢當。江大人若是沒有別的事，在下要去那邊歇一歇。」

「呃，侯爺請便。」江遠朝笑瞇瞇讓開路，見邵明淵大步離去，忽然又說了一句：「不知道家住杏子胡同的黎姑娘怎麼樣了？」

邵明淵腳步一頓，隨後轉過身來。江遠朝依然嘴角含笑，瞧不出任何端倪。

「在下沒有見到黎姑娘，不過疏影庵的尼僧往大福寺傳過話，說黎姑娘在疏影庵中。」邵明淵對江遠朝笑笑。「黎姑娘想來是沒有大礙的。」

「呃，這樣啊，看來黎姑娘的家人可以放心了。」

邵明淵沒再多說，朝江遠朝點點頭，抬腳走了過去。

池燦三人立刻把邵明淵圍住，拉到了一旁避人處。

「她怎麼樣？」池燦迫不及待問道。

邵明淵遲疑了一下。池燦臉色微變。「到底怎麼樣？」

邵明淵深深看他一眼，平靜笑道：「黎姑娘挺好的，你放心。」

「真的？」

「真的，我怎麼會騙你。」

「那就好。」池燦笑了起來。邵明淵沉默片刻，對三人道：「明日我還會上山。」

「還上去？」楊厚承看了陡峭山壁一眼，不解問道：「既然都沒事，等著山路疏通不就得了，還上去做什麼？」池燦突然道：「是不是要黎三給你……」

邵明淵點頭。「嗯。」

他今早帶著黎姑娘趕到大福寺，黎姑娘借了寺中僧人的銀針替他驅毒，他才有能力下山。

而經歷了這兩日，他切實感受到了施針驅毒的重要性。

黎姑娘沒有誇大，施針一旦中斷一日，他就和半個死人差不多了。一想到對昨夜究竟發生了什麼一無所知，偏偏直覺又告訴他一定是很重要的事，邵明淵心裡就彷彿籠罩了一層陰雲，莫名不安。

「我今天下來就是把情況傳出來，好讓大家安心，明天再上去後，就等山路疏通再下山了。」

「這樣也好，萬一寺中有什麼情況，外邊不至於一無所知。」朱彥道。

楊厚承搖搖頭道：「知道了又怎麼樣啊，如今山裡只有庭泉能進得去，一旦裡面有什麼事，外邊的人還不是束手無策？」

「庭泉，別人怎麼樣我不管，你替我把黎三照顧好。」

邵明淵看他一眼，笑笑。「我會的。」

「黎三的父兄都在這，我去跟他們說一下。」池燦轉身向涼亭走去。

邵明淵收回目光，轉而與楊厚承二人說起話來。

黎姑娘托他給家人報平安，如今看來倒是用不著他了。

「黎叔叔，我的好友剛從山上下來，說三姑娘目前暫住在疏影庵中，什麼事都沒有。」

黎光文大喜，越看池燦越順眼，連連點頭道：「那就好，那就好。」

這時忽然傳來不小的動靜。「讓一讓啊，讓一讓。」一股誘人的香氣傳來，所有人都不由自主停下來四處張望，就見官道上來了數輛無篷馬車，上面堆著滿滿的貨物，那誘人的香味就是從馬車上飄過來的。幾名官兵把車攔住。「這裡不能過車，速速回去。」

面對一群五大三粗的官差，何氏渾然不懼，拍拍車轅道：「民婦是來給大人們送吃食的。」

「吃食？」眾官兵不停吸著鼻子。

這香味，嘖嘖——「對呀，有燒雞、鹵牛肉、醬肘子、紅燒豬蹄，對了，還有燒酒！」何氏命人把蓋著貨物的油布一掀，香味更加濃郁了。吞口水與肚子咕嚕咕嚕響的聲音頓時此起彼伏。

「大人們別客氣啊，吃飽了才有力氣幹活。」

這番動靜吸引了不少人，黎輝伸頭看看，直接愣了。「父親，太太過來了。」

「太太來做什麼？」黎光文傷了腳只能坐著，看不到外面情況。

「好像帶了很多吃食來，趕著好幾輛馬車呢。」

「我又不是飯桶，拎個小籃子還裝不下嗎？」

「不是啊，太太是給那些官差們送飯，好讓他們吃飽了有力氣幹活。」

黎光文：媳婦雖然敗家，還是挺機靈的。

「快去告訴太太，就說你三妹沒事，好讓她放心！」

「好。」黎輝應了一聲，漸漸覺出不同來。父親對繼母好像不一樣了。

衙役們圍著載滿吃食與酒水的馬車口水直流，幾名官員走過來。「怎麼回事兒？」

「這位太太送來很多吃的。」

「大人們別客氣，我一個婦道人家幫不上別的忙，只能買些吃的讓大人們墊墊肚子。」

其中一位官吏擰著眉道：「太太不必如此——」來歷不明的東西誰敢入口啊，萬一有毒怎麼辦？

他眼風一掃，看到了油紙包上的標誌，不由眼神一縮。居然是德勝樓的烤鴨！

「太太真是有心了。」某官吏口風一轉，嚴肅道：「你們還不快謝謝這位太太！」

一群人紛紛對何氏道謝，迫不及待去拿吃食。

一聲咳嗽響起，江遠朝淡淡道：「姜指揮，這樣是不是有些太隨便了，來歷不明的東西也敢輕易入口？」姜成狠狠瞪那官吏一眼，吼道：「誰讓你們亂吃東西了，都停手！」

抓著油紙包的衙役們暗暗撇嘴，心道：你們西城兵馬司的人油水豐厚，哪知道別人的苦，這可是德勝樓的烤鴨、百味齋的羊蹄子，還有春風樓的美酒！

這時黎輝擠進來，跑到何氏身邊，對她低聲道：「太太，三妹沒事，目前正在疏影庵呢。」

「真的？」何氏只覺一直懸在嗓子眼的心頓時落了回去，眼淚瞬間就出來了，見眾官差都盯著她看，眼淚一抹笑道：「小婦人就是瞧著差爺們辛苦了盡份心意，反正心意到了，大家吃不吃隨意啊。」既然昭昭沒事，這山路早一天通晚一天通就不打緊了。

眾官差：「……」這能隨意嘛，他們吃著乾糧喝著冷水本來好好的，您給弄幾車這個來！

「原來是黎夫人。」江遠朝嘴角含笑，打了招呼。

「是你？」何氏臉立刻一冷。

這不是錦鱗衛的那小子嗎？看著就心煩，錦鱗衛沒有一個好東西！

「沒想到黎夫人還記得在下。」

「記得，怎麼能不記得。江大人說得對，小婦人帶來的吃食也不知道是好是歹，萬一讓差爺們吃出毛病來就壞了。管事，快把馬車趕回去吧。」

「既然是黎夫人送來的，那一定沒問題。姜指揮，咱們該謝謝黎夫人。」

「這位黎夫人是涼棚裡那位的太太？」姜成低聲問。

江遠朝點頭。

姜成抽了抽嘴角，對何氏道了謝，大聲道：「大家趕緊把東西分吃了，然後繼續幹活！」

何氏冷哼一聲，對黎輝道：「輝兒，領我去找你父親。」

江遠朝不以為意笑笑，聽身後有人喊道：「十三弟。」

他轉過身，看到端著一張冰塊臉的江十一站在後面。

「十一哥怎麼來了？」

「義父讓我來接替你。」

江遠朝嘴角笑意一收。

江十一面無表情道：「義父很掛心黎姑娘安危，不知道十三弟可有黎姑娘的消息？」

江遠朝壓下心中詫異，面色平靜道：「剛剛冠軍侯從山上下來，說黎姑娘暫住在疏影庵裡，請義父放心吧。」

「我去找冠軍侯再問一下。」江十一抬腳向邵明淵走去。

江遠朝盯著他的背影出神片刻，笑意越發涼了。

義父這是什麼意思？他盯著江十一大步流星向邵明淵走去，一動不動盯了許久，默默收回視線，苦笑一聲。義父防備他對黎姑娘動心，還真是防備得徹底啊。江遠朝翻身上馬，輕輕一夾馬腹，疾馳而去。罷了，她沒事就好。

江十一來到邵明淵面前。「侯爺，在下江十一。」

邵明淵看他一眼，淡淡笑道：「久仰。」

錦鱗衛十三太保中，江十一主刑罰，他回到京城後已經得知一二。

「大都督很掛心黎姑娘安危，不知道黎姑娘可有受傷？是否缺什麼東西？」

邵明淵眸光轉深。黎姑娘那日到底與江堂做了什麼交易？江堂對黎姑娘的掛心有些過了。

他心下思索著，池燦已經開口：「這個就不勞江大都督操心了吧？」

江十一不擅鬥嘴，毫無溫度的目光落在邵明淵臉上，等他回應。

「我還沒見過黎姑娘。」邵明淵道。山谷的那一夜，他會爛在肚子裡一輩子不提。

「侯爺可否會再上山？」

「會。」

這種事自然是瞞不過錦鱗衛的。

「那就請侯爺再上山後與黎姑娘見上一面，確定黎姑娘的狀況。」

邵明淵看他一眼，笑道：「不知這是大都督的意思，還是閣下的意思？」

江十一面無表情回道：「自然是大都督的意思。」

他又不認識那個姑娘，為什麼義父與這位冠軍侯說話都怪怪的？

「那好，閣下回去可以對大都督說，我會確認一下的。」

禮尚往來，江堂給他面子，他自然也沒必要掃對方的面子。

「多謝。」

等江十一一走，楊厚承撓撓頭。「江堂這麼關心黎姑娘幹什麼？」

「大概是吃多了。」池燦不冷不熱道。

「不必在意，我先回府休息一下。」

「你明天什麼時候上山？」池燦問。

「日出時分。」

❦

邵明淵回到冠軍侯府，沐浴更衣後去見了喬墨。

「舅兄，我要出門幾日，你若有什麼事就對我的親衛說。」

喬墨沉默了片刻，問道：「是不是昭昭有什麼事？」見邵明淵一怔，喬墨苦笑。「我雖然是籠中鳥，卻不是傻瓜。昭昭不是要每天來給侯爺施針嗎，如果不是她有事，侯爺怎麼能出門？」

邵明淵尷尬笑笑。「本來是不想舅兄擔心的……」喬墨臉色一變。「昭昭真的有事？」

邵明淵總覺得哪裡不對勁，特別是「昭昭」兩個字從喬墨口中叫出來，讓他莫名心跳加速。

「是這樣的，昨日大雨，黎姑娘去了疏影庵，結果遇到了山崩——」

「你說什麼？」喬墨一把抓住邵明淵手腕。

邵明淵驚詫莫名。「舅兄？」

「她怎麼樣了？」

「她……應該還好。」邵明淵不確定地道。

「應該？」

「黎姑娘目前在疏影庵。」

「那她人呢？可有受傷？」

「舅兄放心，黎姑娘只是傷了腳。」

「只是傷了腳？」喬墨一字一頓念著這句話，意味深長看了邵明淵一眼。

一一七　拒絕帶信

邵明淵被喬墨看得心裡直打鼓。

他那句話沒什麼毛病啊，舅兄為何這樣看著他？

雖然黎姑娘傷了腳他心裡不好受，但以他的身分又有什麼資格表現出來呢？

「還好只是傷了腳。」喬墨神情恢復如常。「山路被封了嗎？」

「嗯。我明天上山，會在寺中待到山路疏通，就給黎府送消息，讓他們來接黎姑娘。」

「侯爺直接帶昭昭下山就好。」

邵明淵又是一愣，見喬墨神色淡然，又覺得自己多心了，笑道：「好。」

他離開後，喬墨望著窗外嘆了口氣。

大妹與冠軍侯之間的關係，實在是剪不斷理還亂，難道真如大妹所說，要瞞冠軍侯一輩子嗎？

邵明淵回房後，則立刻喊來親衛，畫了一幅簡略的地形圖吩咐道：「這裡山谷中有一道山澗，根據流向推斷，此處山脈應該是其出口，你帶著幾人在這邊下游查探是否有晨光的消息。」

「領命。」

翌日，邵明淵還未出門，池燦就風風火火趕了過來，把一個小包袱塞給他。「知道你爬山不便，裡面只有一些吃的，你替我帶給黎三吧。」

「行。」邵明淵接過小包袱背在身上。

池燦猶豫了一下，叮囑道：「裡面有一封信，別弄丟了啊。」

「信？」邵明淵把包袱解開，幾包吃食中間，果然壓著一封信。

「庭泉，你打開包袱幹什麼？」池燦有些意外。

邵明淵把那封信拿出來，遞給池燦。「這個我不能帶。」

「不能帶？庭泉，你這是什麼意思啊？」

「帶信不妥當。」

「如何不妥當了？」池燦雙手環抱胸前，面露不悅。

「如今聚在落霞山腳的人太多，而我從那處峭壁上山並沒有十足的把握，萬一失手……不小心遺落了包袱，只是一些吃食倒無大礙，但這封信若是落入別人手中就不好了。」

「你想太多了。」池燦翻了個白眼。

邵明淵的身手別人不瞭解他還會不知道嗎，哪有失手一說。

「不怕一萬，只怕萬一。」邵明淵不為所動。「我可以幫你帶話。」

「庭泉，你不是故意看我笑話吧？」

邵明淵抬手揉了揉眉心，疲憊道：「我沒那麼無聊。」

若是可以，他恨不得躲得遠遠的，也不願站在他們二人之間。

池燦猶豫了又猶豫，發狠道：「那行，別的廢話我也不多說，你告訴黎三，讓她好好保重自己。我會在這兩年努力，等她及笄，光明正大娶她回家。」

他說完，見邵明淵沒反應，伸手在邵明淵面前晃了晃。「庭泉，你傻了？」

「沒有，我記著了，還有別的麼？」

喬昭。

「沒了。」池燦伸手拍拍邵明淵肩膀。「爬山小心。」

邵明淵趕到大福寺時，已經快到晌午了，隨便扒了幾口齋飯，便請小沙彌玄景去疏影庵告訴喬昭。

彼時喬昭正陪著無梅師太抄寫佛經。

檀香縈繞在靜室內，彷彿把此處隔絕成紅塵之外的一片天地。

「妳心不靜。」無梅師太悠悠道。

喬昭放下筆，朝無梅師太檢衽一禮，大大方方道：「讓您見笑了，昨日送我來寺中的將軍下山報信去了，說好今天一早上來，現在還沒有他的消息，我有些擔心。」

無梅師太深深看著喬昭，忽而笑著搖搖頭。「妳真是個特別的孩子。」

她以為這是一個驕傲的女孩子，可這個女孩子卻能坦蕩表現出對別人的心思。

或許，這樣的孩子更容易得到幸福。

這時門口傳來動靜。「師伯，小玄景過來了，說昨日的那位將軍到了，正在寺中等著黎三姑娘。」

「去吧。」

尼僧靜翕扶著喬昭起身。「勞煩師父了。」喬昭道謝。

靜翕扶著喬昭走到院中，兩名身材結實的尼僧抬了肩輿過來。

疏影庵地位特殊，不允許俗世男子靠近，昨天邵明淵背著喬昭到了大福寺，就是由小沙彌玄景來稟報了靜翕，在徵得無梅師太同意的前提下，靜翕安排這兩名尼僧把傷了腳的喬昭接了上來。

喬昭再三道謝，上了肩輿。

一路上，走在肩輿一旁的小沙彌玄景有些沮喪，快到大福寺時終於忍不住問道：「女施主，每次陪妳來的女施主在哪裡呢？小僧記得昨天她和妳一起下山的。」

喬昭被問住了。她不確定冰綠還活著，但也不願相信冰綠已經歿了。

怎麼會沒了呢，那樣鮮活可愛、活得真實精彩的小丫鬟，還有好長好長的日子要過呢。

「她死了嗎？」玄景仰著頭問，見喬昭沉默，大大的眼睛忽閃了兩下，便有了淚意。「小僧還沒跟她說，她上次給小僧帶的窩絲糖很好吃……」玄景年紀小，一說就忍不住了，抽抽搭搭道：「小僧不怪她笑話我沒有門牙了，我不想要她死。女施主，怎麼辦呢？」

喬昭伸出手撫了撫玄景的小臉蛋，柔聲道：「小師父莫哭，她沒事的。」

「真的？那她怎麼沒跟妳在一起呢？」

喬昭溫和笑著。「因為我傷了腳，那位將軍只能背動我一個人，她有另外的人照顧呢。」

小沙彌這才破涕而笑。「那太好了，不過照顧她的人怎麼不背著她一起來呢？」

喬昭心中感慨小孩子不好哄，捏捏他的臉頰道：「因為那個人力氣不夠大，背不了這麼久啊，所以他們就去附近的人家休息了。而我怕小師父擔心，所以就過來了。」

小沙彌頓時紅了臉，連連擺手道：「小僧不是擔心，我們佛門中人六根清淨、四大皆空，阿彌陀佛——還有，女施主不該捏小僧的臉。」

喬昭忍不住笑了。

邵明淵等在寺門外，一眼就看到了少女對著小沙彌露出盈盈淺笑。那一瞬間，他只覺心跳急促幾分，暗暗吸了一口氣，才把乍然亂了的心緒撫平，抬腳迎了上去。

喬昭隨著邵明淵進了他暫時歇腳的客房。

「邵將軍把消息告訴我的家人了吧？」

「他們已經知道了。」

喬昭視線落在邵明淵手中包袱上。「這是家裡人帶給我的？」

邵明淵把包袱遞給喬昭。「是拾曦托我帶給妳的一些吃食。」

喬昭接過來，當著邵明淵的面打開，裡面有幾包老字號的素餡點心，還有一顆香瓜。

香瓜是金黃色的，散發著清甜的香味。

喬昭一時之間不知該說什麼。

「拾曦還有幾句話托我轉告黎姑娘。」邵明淵察覺氣氛有些尷尬，忙道。

「池大哥有什麼話說？」喬昭平靜問道。

「他說……」邵明淵看著少女黑湛湛的眸子，遲疑了一下。「要妳保重身體，他會努力，以後光明正大娶妳。」

喬昭臉色冷了下來。

光明正大娶她？那她是不是要感動萬分，還要謝謝這位傳話的「紅娘」呢？

少女冷冰冰的眼神讓年輕的將軍有些無所適從。

他就只是帶個話——既沒有撮合他們的意思，也沒有從中阻撓的意思，黎姑娘這樣的女孩子心中自有主意，應該不會被外物干擾的。可是，黎姑娘為什麼又生氣了？

「邵將軍把衣裳脫了吧，早些給你施完針，我要回庵裡了。」

「呃。」邵明淵抬手去解衣帶。對於脫衣裳這種事，某人明顯已經習慣了。

喬昭挑了挑眉。

居然一點都沒意識到自己的錯誤？他一個手握重兵的將軍，搶紅娘的差事不覺得慚愧嗎？

喬昭不由想起了前夜。

眼前這個男人把她當被子蓋了一整夜，她都要凍成冰塊了，現在他告訴她別的男人要努力娶她？並一臉樂見其成？喬姑娘越想越惱火，伸出食指戳了戳某人的腹肌，涼涼道：「邵將軍用了什麼祛疤良藥，這裡好得還挺快的。」

邵明淵一張臉騰地紅成了熟透的蝦子。喬昭淡淡瞥他一眼，生不出絲毫同情心來，一邊把銀針刺入他的胸膛，一邊冷冷道：「邵將軍自顧尚且不暇，以後還是不要管閒事為好。」

邵明淵張了張嘴，沒敢辯解。他沒有啊，他就只是傳個話！

可是今天黎姑娘看著好可怕，他要是解釋，萬一她繼續戳他怎麼辦？

有了這個覺悟的年輕將軍一直老老實實閉著嘴，直到喬昭收起銀針，依然沒有吭聲。

喬昭見他默默穿衣，問道：「有沒有冰綠與晨光的消息？」

「還沒有，我已經派人去尋找他們。」見喬昭問起正事，邵明淵悄悄鬆了一口氣。「黎姑娘的腳好些了嗎？」

「配了些藥熱敷泡腳，已經消腫了，很快便能行動自如，到時候就不必麻煩疏影庵的師父們抬我下來了。」

「都是為了給在下施針，才如此麻煩黎姑娘。」

「邵將軍救了我的命，就別說這種客套話了，我要回疏影庵了。」

邵明淵從衣袖中摸出一物，遞給喬昭。「黎姑娘把這個收好。」

「這是什麼？」喬昭打量著邵明淵手中之物。

那是長不過三寸的一個小物件，似玉非玉，似骨非骨，瞧不出是什麼材質來，上面有圓潤的小孔。饒是喬昭見多識廣，也認不出這是何物。

邵明淵解釋道：「這叫骨笛，是用北地一種野獸的喉骨製成，笛音短促，穿透力強，黎姑娘把這個帶在身上吧。如今山路斷絕，妳的腿腳又不便，萬一遇到什麼情況就吹響它，以疏影庵到大福寺的距離，我可以聽到的。」

喬昭握著小小的骨笛，只覺清涼如玉，口中卻道：「即便真的有事，邵將軍能聽到也不方便過去，疏影庵不允許俗家男子靠近。」

邵明淵一臉認真道：「規矩是死的，人是活的，黎姑娘收好就是。」

「好，我收下了，多謝邵將軍。」

回到疏影庵的喬昭閒下來後，摩挲著邵明淵給的骨笛，心道：那人倒是心細，不過這笛子應該是用不上的。

山中清淨，時間如流水般緩緩淌過幾日，喬昭已經能自行前往大福寺替邵明淵施針驅毒，一來二去，便與小沙彌玄景越發熟悉了。

這天喬昭替邵明淵施針後準備回去，小玄景不知從哪裡抱了一隻兔子來。「女施主，這隻兔子的腿流血了，妳能教我怎麼給牠包紮嗎？」

「好呀。」山中隨處可見野生的草藥，喬昭領著玄景採了一把止血藥，教他搗爛了敷在兔子傷口處，並用帕子包紮好，打了一個漂亮的結。

「好了，等明天我們再一起給牠換藥。」

玄景連連點頭。「好的，女施主救兔子一命，功德無量呢。」

喬昭忍不住笑了，抬手捏捏玄景的臉蛋。「那我應該感謝這隻兔子。」

「女施主，小僧送妳回疏影庵吧。」

「不用了，兔子受了傷，小師父不是還要照顧牠嗎，我自己回去就行了。」

「那妳認得路嗎？」玄景擔心問道。

喬昭忍俊不禁。「當然認識，從大福寺到疏影庵不就只有一條路嗎？」

「不是啊，女施主我悄悄告訴妳啊，其實還有一條路呢，不過那條路會繞遠，而且要過一道橋，那道橋很早很早之前就斷了呢，比我出生還要早，所以久而久之，就沒人記得啦。」

「那小師父怎麼知道的呢？」

玄景紅了臉。「有一次迷路了嘛，就發現了。小僧是怕妳迷路，所以才告訴妳。」

「小師父放心，我就沿著咱們每天來回的路走，絕對不會迷路的。」

玄景站起來，一手抱著兔子，一手拍了拍僧袍上的塵土。「那小僧就放心了。女施主，明天見。」

「明天見。」

喬昭與小沙彌道別後，踏上山路返回疏影庵。

疏影庵比大福寺的位置要高，占地卻小了很多，整座尼姑庵都掩映在蔥鬱花木中。

這條路喬昭已經很熟悉了，她腳步輕盈走到庵門前，推門而入。

她今天的午飯是在大福寺用的，又陪著玄景去採了草藥，回來得要比平時晚一些。

庵中一片靜悄悄的，這個時候庵中師父們應該在午休，可喬昭越往裡走越覺得隱隱不對勁，彷彿自己成了一頭獵物，被耐心的獵人隱在暗中窺視著，一步步走入早布置好的陷阱中。

她的腳步漸漸慢下來，眼尾餘光掃著兩旁，忽然瞥見藥圃旁有一個腳印。

那是一個男子的腳印！

喬昭猛然轉身。

一一八 我不等了

離喬昭兩丈開外處，一名獵戶打扮的魁梧男子冷冷看著她，一雙眼睛比野獸的還要滲人。喬昭後背瞬間被冷汗濕透。

那名男子與喬昭視線相觸，居然笑了笑。喬昭幾乎是不假思索地吹響了邵明淵交給她的骨笛，更不由慶幸當時把骨笛串起來掛在了脖頸上。

然而這絲慶幸很快就消失得無影無蹤，她提著裙襬轉身便跑。

那名男子反而並不著急，轉身把庵門從裡面別上，這才大步流星向喬昭追去。

喬昭拚命向前跑，身後的腳步聲咚咚咚越來越響，越來越近，她彷彿再一次嗅到了死亡的味道。

「救命──」她聲嘶力竭喊了一句。

疏影庵中靜悄悄的，沒有一絲回應，整座庵堂彷彿陷入了死寂，便如牆角那株安靜的老梅樹。喬昭一顆心狠狠墜了下去。

無梅師太、靜翕師父，還有那些尼僧們，她們都還活著嗎？還是已經……

她不敢再往下想，也顧不得往下想，跑得喉嚨中彷彿著了火，可身後的聲音卻越來越近了。

她腳下不知踩到了什麼，一個趔趄往前栽去，倒在地上後立刻翻過身來。

那名男子已經追到了近前，離著喬昭不過半丈的距離，居高臨下問道：「怎麼不跑了？」

男子的聲音有些粗啞，配著他的樣貌，居然讓人覺得有些憨厚。

喬昭想，這樣的人若不露出猙獰面目，任誰見了都以為是個老實本分的山民。

她乾脆站了起來，甚至動作優雅地撣了撣身上的灰塵，面色平靜道：「跑不動了，所以不跑了。」男子憨憨笑起來。「沒想到還是個挺有意思的小娘子，沒白讓我等。」

「你等我？」

「是呀，不然妳早早發現了去通風報信怎麼辦？」男子逼近一步。「現在好了，等我解決了妳，至少到明天，這裡的事才有可能被人知道呢。」

男子說完伸手把喬昭提起來，一手捏著她的頸部，把她抵到一旁的老樹上。

灼痛的窒息感傳來，連呼吸都變得困難，喬昭一張白皙如玉的臉漲得通紅，一雙腳無力蹬了蹬，眼淚不受控制順著眼角流下來，淌在那人手背上，那人卻無動於衷，加重了手上力道。

這人想立刻要她的命！喬昭猛然意識到這一點。

她不想死，她才和兄長相認，害死父母親人的仇人還沒找出來，怎麼能就死在這裡？

她死了，大哥會傷心，黎家的父母親人也會傷心的。

「很……很快……就會被發現了……」喬昭用盡全力吐出這幾個字。

「妳說什麼？」男子手上力氣一鬆。

喬昭大口大口呼吸著新鮮的空氣，朝男子露出個意味深長的笑容。「我說，不會等到明天……很快就有人發現這裡了……」

喉嚨的灼痛讓她說話斷斷續續。

「妳是什麼意思？」男子果然被喬昭的話引起了興趣。

喬昭笑笑。「你想知道？」

「臭丫頭，不要故弄玄虛！」男子抬手打了喬昭一個耳光。

喬昭耳朵嗡嗡作響，面上依然帶著冷笑。「你忘了剛剛的笛音嗎？難道你以為我只是吹著好玩？他會來救我的。」

男子面色微變。趁著他愣神的機會，喬昭猛然抬腳照著男子的命根子踹去。

男子雖有一身功夫，卻沒想到砧板上的魚肉居然還敢反抗，又是趁他失神的那一瞬間，於是竟真被踢中了。

無論是什麼樣的男人，被人踢中了那裡就沒有不痛的，男子當即悶哼一聲，雙手摀住了胯下。

喬昭轉身就跑。她心裡清楚，再被抓住就沒有任何機會了。

邵明淵，你什麼時候才能來？

彼時的邵明淵，正陪著大福寺的住持在石亭中下棋。

住持已到花甲之年，連眉毛都是雪白的，對面的人卻如此年輕，但兩個人的畫面看起來很和諧，彷彿是認識許久的朋友了。

尖銳短促的笛音響起，於住持來說這樣的聲音微乎其微，根本沒有留意到，邵明淵卻直接彈了起來，撂下一句「疏影庵有變」，便化作一道影子，從石亭中衝了出去。

住持捏著棋子琢磨了一下，才後知後覺反應過來：冠軍侯去疏影庵了！

「阿彌陀佛！」住持高念一聲佛號，忙命僧人追了上去。

而這端的疏影庵中依然一片死寂。

「臭娘們，妳敢踢我那裡？」男子大步追上去，一把揪住了喬昭。

喬昭心中苦笑。

她雖僥倖踹了這凶徒一腳，奈何此人武功高超，這一腳頂多為自己爭取了喘息之機而已。

「你……殺我會……後悔……」喬昭斷斷續續道。「臭娘們，不要再拖延時間了，殺了妳我有什麼可後悔的？」男子死死箍著喬昭的手腳，不再讓她有任何掙扎的機會。

這臭娘們太可惡了，居然敢踹他那裡，害得他現在還隱隱發痛，他非要狠狠弄死她不可！

「你被我踹傷了那裡……以後就只能當太監了，我可以治……」

可惜喬姑娘雖生了一副七竅玲瓏心肝，奈何對男人這種生物委實不大瞭解。她說出這話本意是讓男子有所猶豫，從而拖延時間，卻忘了這些話對一個男子來說是多麼大的羞辱。

「太監？」男子眼都紅了，伸手刺啦一聲就把喬昭一隻衣袖扯了下來，露出雪白的香肩，「小娘們原來替我擔心這個。老子這就讓妳見識見識，老子是不是太監！」

男子直接把喬昭拉向自己，喬昭拚命推搡著他。「冠軍侯很快就會來救我的，你以為你是他的對手嗎？有這個時間，你為什麼不跑？」

男子伸手捏住喬昭下巴，凶狠笑道：「他是神仙不成，在大福寺能聽到那麼一聲笛音？就算是聽到，在他趕來之前，也足夠老子辦了妳！」男子直接把喬昭推到了地上。

黑影覆蓋上來，喬昭把唇咬得鮮血橫流，手中死死攥著一根簪子。

她已經領教了這人的能耐，如果用簪子刺他，只能落個求死不能的下場，所以這支簪子是她留給自己的。

當男子手伸向喬昭衣襟的瞬間，喬昭無聲地哭了。

邵明淵，你再不來，我就不等你了。

邵明淵沒有靠近過疏影庵，但他在大福寺外卻眺望了很多次。

黎姑娘住在那裡，那麼他就要把路線牢牢記在心裡。

此時的他跑得飛快，猶如一隻矯健的豹子跳躍於山林間。他沒有走大福寺到疏影庵的那條路，而是選擇了之前在心中勾勒出的路線。這條路幾乎是在陡壁上行走，卻是最近的路。

幾個起落，邵明淵已經到了疏影庵外。

疏影庵的門是緊閉著的，只有梅枝探出牆外。

邵明淵一個縱身攀上了圍牆，只看了一眼，就讓他驚駭欲絕。

他幾乎是不假思索從綁腿處抽出匕首，揚手一甩。

匕首直奔著男子的太陽穴而去。

這個角度一旦射中凶徒，必然會駭到黎姑娘，可邵明淵只能如此選擇。

凶徒身手如何尚不清楚，若是射他後心處，一旦被他躲開，那麼後果不堪設想。

喬昭握緊了手中簪子，死死盯著男子，不肯閉上眼睛。

她不會逃避，要麼生，要麼死。

眼前忽然瀰漫成一片紅色，黏稠的血噴了她滿臉。喬昭握著簪子的手陡然鬆開，在那人往她身上栽倒時爆發了驚人的力氣，狠狠把他推向一旁。

那人的太陽穴處插著一把匕首，死狀可怖，在喬昭把他上半身推到一旁時，下半個身子還壓在她身上。喬昭這才感覺到潰堤般的噁心。

「走開，走開！」她拚命去推壓住雙腿的屍體。

高大的身影擋住了刺目的陽光，邵明淵俯下身來把男子屍體一把推開，溫聲問道：「黎姑娘，妳怎麼樣……」

喬昭直接衝進了邵明淵懷中。她衝得太猛，邵明淵又毫無防備，竟攬著她往後退了半步。

少女投入懷中的瞬間，古怪的熟悉感油然而生，而那瑟瑟發抖的柔軟身體讓他顧不得多想，把人直接抱了起來。

「邵明淵，邵明淵……」

「我在。」邵明淵聲音有些不穩，下意識抱緊了她。

他覺得，他可能做錯了。可是這個時候，他又怎麼做得到把她放下來？

「邵明淵，你就不能射別的地方嗎？」喬昭冷靜下來後，覺得剛剛軟弱的樣子有些丟臉。

「我帶妳去洗臉。」

「你放我下來吧，快去看一看師太她們怎麼樣了。」

「先帶妳去洗臉。」邵明淵帶著喬昭，大步流星走到牆角水缸處，舀了一瓢水往下倒。

喬昭忙用雙手接住水，沖洗掉臉上的鮮血，至於噴濺到身上的血卻顧不得清理了，催促道：

「邵將軍，你快去看一下無梅師太怎麼樣了。我先前跌了跤，兩腿沒力氣，我在這等你。」

話未說完卻不禁低呼一聲，只因身邊的男人已直接把她攔腰抱了起來。

「一起去。」邵明淵不容置喙道。喬昭張了張嘴，最終沒有反駁。

那晚崴了腳，就是邵明淵背著她來大福寺的，這個時候推三阻四未免矯情了。

「無梅師太住哪個房間？」

喬昭伸手一指。「師太午休時都是在那個房間。」

邵明淵抱著喬昭匆匆趕過去，直接踢開了房門。

兩扇門來回晃著，室內空無一人。

「榻上的薄被是散開的。」喬昭道。

凶徒帶來的陰影還未散去，少女的聲音難掩顫抖，但無梅師太等人目前的安危，讓她不得不暫時忘了這些，只專注於眼前所見。

「還有靜翕師父，平時靜翕師父會歇在隔壁房間。」喬昭掙扎了一下。「邵將軍，你放我下來吧，趕緊去隔壁看看。」

「嗯。」邵明淵把喬昭放下，轉身出去。

喬昭打量著無梅師太起居的地方。

一張矮榻，一個蒲團，一組衣櫃立在雪洞般的牆壁處，除此之外就只有窗前桌幾上擺放的檀木盆景了。喬昭匆匆環視一圈，隱隱覺得哪裡不對勁。

她說不清究竟是哪裡不對勁，或許只是女孩子玄妙的直覺，卻讓她的心無端緊張起來。

因為驚懼過度，喬昭身上沒有多少力氣，她伸手掀起矮榻上的薄被，盯著看了一會兒，又調轉視線看向別處。

無梅師太午休的這間靜室地面鋪著木地板，地板上有一道不甚明顯的拖痕。

喬昭眼神驀地一縮。

無梅師太很愛乾淨，靜翕師父每日早晚都會打掃這間靜室，正常情況下不可能出現這樣的拖痕。那道拖痕極淺，喬昭俯下身去順著拖痕往前走，最後停在了衣櫃前。

喬昭直起身來，盯著嚴絲合縫的衣櫃一動不動，好一會兒才伸出手握住了銅環。

已經有了歲月痕跡的銅環觸手冰涼，喬昭暗暗吸了一口氣，不再遲疑，猛然拉開了衣櫃。

一個蜷縮的人直接栽到了喬昭身上，把她壓倒在地。

「邵明淵！」喬昭放聲大喊。

幾乎是一瞬間邵明淵就衝了進來。

「別用力推，她是靜翕師父！」即便是這樣意外的狀況，喬昭依然保持了最後一絲理智。

邵明淵把靜翕抱到矮榻上，彎腰扶喬昭起來。

「黎姑娘在衣櫃裡發現了靜翕師父？」

「對，她……是不是已經……」

「身體並沒有僵硬。」邵明淵冷靜分析。

「我檢查一下。」喬昭咬了咬唇道。

邵明淵立刻往一旁讓開。喬昭無奈看著他。「我身上沒力氣，扶我過去。」

「哦。」邵明淵直接把喬昭抱了過去。

喬昭：「……」這人抱她是不是越來越順手了？

靜翕雙手被反綁在身後，雙目緊閉。喬昭先看了一下她的臉色，高高懸著的心稍微放鬆了些，再搭上她的手腕，不由露出如釋重負的笑意。「太好了，靜翕師父只是昏迷了。」

喬昭伸手去替靜翕解繩索。

邵明淵忽然開口：「事情有些不對勁。」

喬昭手一頓，抬眸看他。

年輕的將軍似乎怕面前的少女接受不了，聲音很輕：「我剛去別的房間檢查了一下，那些尼僧都死了，全是被割斷了喉嚨死在床榻上。」

喬昭心思何等敏銳，聽邵明淵這麼一說，猛然看向昏迷不醒的靜翕。

如果別的師父全都斃命，為何獨獨靜翕師父還活著？

她立刻伸手去檢查靜翕脖頸處，面對著她的這一邊白淨無暇。

喬昭輕輕把靜翕的頭扳向另一側，眼神驟然一縮。

一道淺淺的傷口橫亙其上，傷口處已經凝結不再出血。

喬昭與邵明淵四目相對。眼下的狀況越來越離奇了，無梅師太不見了蹤影，其他尼僧全都被割喉，而最奇怪的是靜翕師父，明明脖子上有一道傷口，卻只是淺淺一道。

難道說，這不是一個凶徒幹的？

或許是心有靈犀，當喬昭想到這裡時，邵明淵開口道：「從其他尼僧脖子上的傷口形狀與角度來看，靜翕師父脖子上的這道傷口，應該是出自同一名凶徒。」

在這方面邵明淵無疑比喬昭經驗豐富。

喬昭更是疑惑。「那為何靜翕師父脖子上的這道傷口如此淺？」

「這個回頭再研究，先把靜翕師父救醒。」

喬昭替靜翕解開繩索，檢查一番後對邵明淵道：「除了手腕上被繩索勒出來的痕跡，靜翕師父身上沒有明顯外傷。」

邵明淵轉身低頭。「應該只是被打昏了。」

喬昭取出一根銀針。「我試試能不能把靜翕師父救醒。」

銀針刺入靜翕的百會穴，不久後，靜翕緩緩睜開了眼睛。

這時，院子裡腳步聲凌亂，一陣喧嘩。

靜翕眼珠轉了轉，茫然問道：「黎三姑娘，外面怎麼了？為何如此吵鬧？」

「靜翕師父，您還記得昏迷前發生了什麼事嗎？」

「昏迷前？」靜翕眼中越發茫然。

外面傳來聲音：「師太、師太您是否無恙？」

「阿彌陀佛，師兄別問了，我們快些進去看看吧。」

很快數名僧人湧進來。

靜翕吃了一驚。「你們？」

「靜翕師兄，師太沒事吧？」

「師太？師太在午休啊……」靜翕猛然醒過神來，抓著喬昭的手問：「難道師太出事了？」

「靜翕師父，您對昏迷前的事一點印象也沒有了嗎？」

靜翕茫然搖搖頭。

「您仔細想想，最後有印象的是什麼？」

靜翕陷入思索。「貧尼當時給師太端來一杯水。師太習慣午休起來後喝一杯熱水。」

「那個時候無梅師太在做什麼？」邵明淵接著問道。

「師太在午休啊，就是在這裡——」靜翕臉色一瞬間變得慘白。「師太到底出什麼事了？」

「師太不見了。」喬昭道。

「不見了？阿彌陀佛，怎麼會如此？怎麼會如此？」靜翕搖搖欲墜，一副難以接受的模樣。

喬昭拉著她的手安慰道：「靜翕師父，您不要慌，現在有沒有無梅師太的線索還要看您。」

趁著喬昭安撫靜翕的工夫，邵明淵對領頭的僧人道：「在下已經初步檢查了幾處房間，裡面的師父全都遇害了。現在還請各位師父仔細檢查一下整座疏影庵，察看無梅師太的下落。」

「這是自然。」領頭僧人高念一聲佛號，對其中一名僧人交代道：「師弟，你速速回寺中報告主持此事，並多帶些人過來。」

然後又對其他幾位僧人道：「幾位師弟立刻檢查一下庵中各處，看看有無師太的下落。」

「是。」

等幾名僧人都出去，靜室內就只剩下了四人：尼僧靜翕、大福寺的領頭僧人以及喬邵二人。

喬昭把桌幾上的水杯遞給靜翕。

靜翕捏著水杯，神情悲戚。「這是貧尼給師太準備的水。」
「靜翕師父給無梅師太送過水後，又做了什麼？」邵明淵問道。
「又做了什麼？」靜翕凝眉思索，最後搖了搖頭。「貧尼沒有印象了，再睜眼就看到了諸位。」
「靜翕師父仔細想想，您把水杯放在桌幾上後，是否走出了房間？」喬昭問。
靜翕搖頭。「貧尼沒有走出房門的印象。」
「靜翕師父應該是在這間屋子裡被襲擊的。」邵明淵道。
領頭僧人開口道：「貧僧帶著幾位師弟過來時，看到一名死去的山民——」
「是凶徒，在下趕到時，他正要把黎姑娘滅口。」
「阿彌陀佛，侯爺若是留得那人性命，或許能問出來師太的下落。」領頭僧人嘆息道。
邵明淵平靜道：「在下救人心切，沒有把握好分寸。」
再來一次，他依然會毫不猶豫滅了那人。當時的情景，誰知道遲上一瞬間會發生什麼不可挽回的事，他不可能拿黎姑娘的性命與清白開玩笑。
又過了一會兒，幾位僧人返回。「師兄，庵中各處沒有發現師太的下落。」
「阿彌陀佛。」領頭僧人念了一聲佛號，心情很是沉重。
邵明淵寬慰道：「如果無梅師太不在庵中，那還算一個好消息。」
「呃？」領頭僧人一愣。
喬昭已經開口道：「這證明無梅師太很可能還活著！」
邵明淵讚賞地看了她一眼，而後環視四周，問道：「無梅師太平時起居都在此處嗎？」
「不，這裡只是師太午休的地方，師太的起居室在別處。」靜翕道。
「靜翕師父現在覺得怎麼樣？若是沒有大礙，勞煩帶在下去看看。」

「貧尼無事。」靜翕忍耐著被繩索長時間捆綁過後的不適站了起來，領邵明淵等人去無梅師太的起居室。

邵明淵拉了喬昭一下，壓低聲音道：「跟著我，不要離開半步。」

「嗯。」喬昭輕輕點頭。

山崩才發生了沒幾日，被泥石堵住的山路隔絕了大福寺與外界的聯繫，然後就發生了這樣的事，誰知道凶徒到底隱藏在何處呢？

「這裡便是師太的起居室。」靜翕把房門推開。

眾人一眼看去俱是一怔。

無梅師太喜潔，平時所有屋子都被打掃得纖塵不染，一應物品歸攏得整整齊齊。而這間起居室卻一片混亂，顯然是被人胡亂翻找過了。

「無梅師太手上有某種東西，是對方需要的。」短暫的沉默過後，邵明淵開口道。

「凶徒顯然沒有找到，又擔心留在這裡夜長夢多，所以擄走了無梅師太。」喬昭跟著道。

二人對視一眼，異口同聲道：「凶徒至少有兩個人！」

一人早已帶著無梅師太逃之夭夭，另一人則靜候在庵中，等著喬昭回來後殺人滅口，好延長被發現的時間。

「阿彌陀佛，二位施主的意思是還有其他凶徒嗎？不知另外的凶徒究竟能帶著師太去何處？」

喬昭剛要開口，忽然發現邵明淵對她飛快眨了一下眼睛。

一一九　我最安全

她頓時嚥下了後面的話。

邵明淵不動聲色道：「這個還要繼續查探下去才能有線索。黎姑娘，妳恢復力氣了嗎？」

「好多了。」喬昭不解邵明淵為何問起這個。

「那我們一起出去看看吧。」

二人一起走出房間。

喬昭走在邵明淵身側，看他走到已經嚥氣多時的凶徒身邊，蹲下來仔細檢查。

惡夢般的記憶湧上來，她轉了頭往外看去。

疏影庵的門大開著，能隱約聽到人聲與腳步聲越來越近了，這是大福寺那邊得到消息，派了更多僧人趕過來。

這座在無數京城人心中神祕無比的小小尼姑庵，彷彿一瞬間就掀起了籠罩多年的那層神祕面紗。喬昭輕嘆一聲。自從重生以來，日子是越來越驚險刺激了，竟沒有多少安生時候。

僧人們湧進來，邵明淵直起身來，護著喬昭給這些僧人讓開路。

等所有僧人進去，邵明淵攤開手心，低聲道：「黎姑娘，妳看。」

喬昭立刻看去，神情微詫。「這是——牙齒？」

「對，裡面藏了毒。」

喬昭神色立刻變了。「這麼說，這人是死士之類？」

邵明淵遲疑著點頭。「在我看來，這人絕對不是合格的死士。大概是偽裝成山民太久，已經忘了自己的身分。」

一名合格的死士應該不被外物所擾，可他卻親眼看到這人意圖非禮黎姑娘——想到這裡，邵明淵慶幸又後怕。

也幸虧這人算不上合格的死士，不然等他提到，定然已經來不及了。

喬昭何等聰慧，聽邵明淵這麼一說，略一琢磨便明白了他的意思，臉上不由熱了熱。

大概不是這人不合格，而是她挑釁過頭了。

現在想想，質疑這人被自己踹成了太監，這人不惱火才怪呢。

可是——喬昭不由瞥了邵明淵一眼。

前些日子京城可是傳得沸沸揚揚，說冠軍侯不中用的，連她都聽聞了。

雖然站在醫者角度，她看不出邵明淵有什麼問題，然而他是如何做到面對那樣不堪的傳聞而無動於衷的？難不成真有她也看不出來的隱疾？

喬昭目光隱晦地從邵明淵身上一掃而過。

邵明淵下意識覺得身邊少女的目光怪怪的。總覺得黎姑娘誤會了什麼。

年輕的將軍想不出個所以然，把牙齒遞給喬昭。「黎姑娘把它收好。」

黎昭神色怪異。「收好？」

邵明淵神色平靜。「在下對醫術一竅不通，不過聽聞醫毒不分家，黎姑娘試試能不能分析出這人牙齒中藏的是什麼毒。這種能令人即刻斃命的劇毒，如果確定了是哪一種，說不定對此人屬於何方勢力，能得出些線索。」

「好。」一聽是正經事，哪怕喬昭再覺得噁心也沒有推脫，抽出帕子把牙齒包好。

「此時不宜多說，走吧，我們先進去。」

領頭僧人已經安排好了各項事務。一部分僧人繼續搜查疏影庵，一部分僧人探查疏影庵四周，還有一部分僧人則負責處理遇害尼僧們的身後事。

「師父，疏影庵已經不安全，在下想帶黎姑娘回大福寺，不知可否方便？」邵明淵問。

領頭僧人道：「寺中雖有客房供香客們歇息，卻未有過女香客留宿寺中的情況。不過在寺院西門外的竹林旁建有一排竹屋，是可以讓女客小住的。」

「那好，在下從寺中搬出來，照顧靜翕師父與黎姑娘。」

邵明淵一句話就把喬昭與靜翕綁在了一起。

領頭僧人自是沒有異議。「貧僧會派兩名武僧過去與侯爺一同保護她們。阿彌陀佛，只盼能儘快找到師太才好。」之後整個大福寺都忙碌起來，沉重壓抑的氣氛籠罩著這座百年名寺，讓剛剛經歷過山崩的許多僧人無法靜心修行。

喬昭走出竹屋。

邵明淵站在青翠的修竹旁，白衣勝雪，人清如竹，渾然看不出半點殺伐之氣。

「靜翕師父睡了？」聽到輕微的腳步聲，他轉過身來。

喬昭走到他身旁，輕輕點頭。「嗯，靜翕師父受重擊後，好像傷到了腦子，記憶有些缺失，她吃了安神的藥已經睡了，或許醒來後能想起更多的線索。」

邵明淵扶著青竹沉默片刻，然後問道：「記憶是否缺失，醫者能不能準確判斷？」

喬昭失笑。「這怎麼可能？人的腦部是最為複雜的地方，又不能剖開來看看，如何能肯定記憶是否缺失？邵將軍的意思是——」她回眸看了一眼，聲音壓得更低：「靜翕師父有可能是假裝的？」

「靜翕師父是否假裝，我不能肯定，但凶徒獨獨留下她一個活口，必然是有特殊的原因。我有預感，如果能解開這個原因，說不定就能查到凶手的身分。」

喬昭點頭。「不錯，還有靜翕師父脖子上的那道傷口。這說明凶徒剛開始是想對她下手的，又是什麼原因讓凶徒改變了主意？」

「是呀，又是什麼原因讓凶徒改變了主意？」邵明淵望著大福寺的方向，輕聲道。

他本來就身材高大，喬昭站在他身邊更顯得嬌小，只得仰著頭才能看清他臉上的表情。察覺少女望著他，邵明淵低頭。「黎姑娘還發現了什麼？」

喬昭清了清喉嚨。「邵將軍認為大福寺中不安全？」

邵明淵露出一抹淺淡的笑容。「不是大福寺中不安全，而是事情沒有水落石出之前，哪裡也沒有我身邊安全。」

喬昭牽了牽唇角。臉皮真厚！

邵明淵原本沒有別的意思，可少女的反應卻讓他頓覺尷尬，輕咳一聲解釋道：「在我心裡，大福寺確實不能擺脫嫌疑。如今山路堵塞，把大福寺與疏影庵與世隔絕，那凶徒說不定還真有可能隱藏在大福寺中。不過，有一點我還想不通。」

「邵將軍想不通什麼？」

「從大福寺到疏影庵的路一直暴露於眾人視線中，倘若凶徒真的帶著無梅師太躲藏在大福寺裡，又是如何避開眾人視線？」

「還有一條路。」喬昭神情一下子嚴肅起來。「小玄景告訴我的，從大福寺前往疏影庵還有另一條路！」

「另一條路？」邵明淵詫異揚眉。

他的眉是標準的劍眉，修長凌厲，眼睛卻純黑溫潤。

「對，玄景說那條路已經廢棄多年了。」

「累不累？」

喬昭被邵明淵問得一怔，默默看他。

「要是還支撐得住，我們就一起去看看。要是覺得累，那等妳休息好了再一起去。」

眼下的情形，他是不打算讓黎姑娘再離開自己的視線。

「撐得住，一起去吧。」喬昭顯然也對不久前發生的事心有餘悸。

她望著眼前青松修竹般的男人，忽然感慨萬千。

那一日在燕城城牆上，倘若不是這個男人當機立斷的一箭，她會落得什麼樣的下場？

原來身臨其境比想像中可怕一萬倍。

直到這時，喬昭甚至還能感覺到那人嘴裡噴出來的濁氣。

邵明淵發覺眼前少女雖然面色平靜，可眼底深處卻流動著揮之不去的驚恐，儘管她竭力不表露出來，仍然無法瞞過他的眼睛。

這樣的眼神，他在北地已經見過太多太多。他救過的許多女子，都曾流露過這樣的眼神。

原來，再堅強的女孩子也會害怕，無論她表現得多麼雲淡風輕。

這一刻，邵明淵心頭最柔軟的角落彷彿被悄悄撞了一下，有些疼，有些澀，更多的是無可奈何。如果可以，他多想把她攬入懷中，替她遮一世風雨。

然而他不能。

年輕的將軍想抬手拍拍少女的肩膀，最終卻規規矩矩把手放在身側，面色平靜道：「走吧。」

喬昭垂眸。「嗯。」

她跟著他往前走，心道：不能心軟，就算他那一箭是應該射的又如何，她要不是嫁給他怎麼會出現在那裡？就算她心裡放下了那一箭，原諒他了，但也不能感動吧？

喬姑娘有些惱自己不爭氣。

「黎姑娘……」邵明淵忽然轉身回頭。

一直神游天外的喬姑娘來不及停下來，直接撞了上去。

她的額頭輕輕擦了一下他的肩，被他雙手扶住。

「小心。」明明只是輕輕碰了一下，邵明淵卻又生出莫名的熟悉感。他說不清那種感覺是什麼，耳根卻不由自主熱了熱。因此沒等喬昭站穩，他便收回了手。

喬昭一個趔趄險些栽倒，不由睇他一眼。

這樣還不如不扶！

邵明淵尷尬不已，有心道歉，又不知該說什麼，乾脆閉嘴轉身繼續往前走。

喬昭忍不住問道：「邵將軍，你剛剛喊我什麼事？」

邵明淵身子一頓，不好意思笑道：「一下子又忘了。」

他想告訴她別怕，然而想想，說這些又有什麼意思呢？

二人並肩默默往前走，找到玄景時，小沙彌的鼻頭都哭紅了。

喬昭俯下身來。「小師父怎麼哭了？」

「小僧沒有哭。」玄景忙用衣袖擦了一下眼睛，眼含著淚水仰頭問道：「女施主找小僧有事嗎？小僧今天不想吃窩絲糖。」嗚嗚嗚，疏影庵好多可親的師伯們都不在了，好傷心！

喬昭掏出手帕替玄景擦擦眼角，鄭重道：「我們來找小師父，確實有很重要的事。」

「小師父之前不是說，從大福寺還有一條路通往疏影庵嗎，能不能帶我們過去看看？」

「呃，好——」玄景眨了眨眼，忽閃著長長的睫毛看了邵明淵一眼。

邵明淵朝他笑笑。小沙彌的臉一下子皺起來。

邵明淵心想：他就算不俊美，也不至於嚇到小孩子吧？對於比喬晚還要小的小娃娃，某人完全一臉懵。

「小師父，怎麼了？」喬昭不解地問道。

「二位施主請稍等。」玄景說了一句，扭身邁著小短腿跑了進去，留下喬昭與邵明淵面面相覷。沉默了一會兒，喬昭問：「邵將軍這幾日住在寺中，和玄景小師父打過交道？」

「沒有啊。」邵明淵一頭霧水。

他拿小孩子最沒轍了，不是必要，絕對不會湊上去。

「總覺得玄景小師父對你有些看法。」喬昭如實說著感受。

邵明淵頷首。「我也這樣認為。」

不多時玄景噠噠噠跑了回來，手裡多了兩個饃饃。「施主，饃饃給你。」

小沙彌踮著腳把饃饃塞進邵明淵手裡。邵明淵捧著兩個饃饃呆了呆。

他以為小師父對他有意見的，原來誤會了，小師父居然給他饃饃吃。

「施主快吃吧，吃了你就有力氣了。」玄景一臉期待看著邵明淵。

邵明淵：「……」有力氣是什麼情況？

喬昭剛開始還有些迷惑，對上小沙彌晶亮的眼神，猛然想明白了。

那天玄景問起冰綠，她為了不讓小沙彌難過，哄他說邵明淵沒有那麼大力氣把她和冰綠一起帶來。喬昭看了邵明淵一眼，嘴角忍不住翹起來。

所以，邵明淵一直被小沙彌暗暗鄙視著嗎？

「師叔以前告訴我，多吃饃饃才會長個子的。施主雖然不能長個子了，但吃了饃饃會長力氣，這樣要是咱們遇到危險，施主就能把小僧與女施主一起背回來了。」玄景一臉認真解釋。

他雖然年紀小，卻知道疏影庵發生了很可怕的事，外面很危險的。他其實不怕，就是擔心女施主遇到危險怎麼辦呢？

聽了玄景的話，年輕的將軍臉色精彩紛呈，默默塞下去一個饃饃，卻發現小沙彌還在一臉期待望著他，只得把另外一個饃饃硬塞了下去。

走在路上，邵明淵忍無可忍，低頭輕聲問喬昭：「黎姑娘，妳到底和小師父說過什麼奇怪的話？」

「沒有啊。」喬姑娘抬眼望天。天真，難道她會說出來嗎？

邵明淵悄悄按了按肚子。好撐！

喬昭眼角餘光掃到他的動作，不由彎了彎唇，低聲道：「你倒實在，讓你吃兩個你就吃啊？」

邵明淵一臉無奈。「要是不吃，萬一他哭了怎麼辦？」

喬昭毫不優雅地翻了個白眼。

「到了。」領路的小沙彌停下來，伸手一指。「從這裡上去就是了。」

擺在三人面前的幾乎很難稱作一條路，青石子的小徑完全被野草覆蓋，只有零星的石子露出來。邵明淵蹲下身來，溫聲道：「小師父，我來抱著你好不好？」

小沙彌不懂大人的擔憂，連連擺手。「不用抱小僧，施主抱女施主就好啦。」

一二〇　沉香手珠

小沙彌童言無忌，兩個大人卻同時愣了一下。

喬昭心想：早知道當初不這樣哄騙小和尚了。

「咳咳。」邵明淵輕咳一聲。「小師父，我是男子，不能隨便抱女施主的。」

小沙彌看了喬昭一眼，滿臉困惑。「不是施主抱著女施主來大福寺的嗎？」

邵明淵：「……」謊話被小孩子當面拆穿好尷尬，黎姑娘為什麼會對小沙彌說這種事？

喬昭默默把視線移到別處。她再一次確定，再也不胡亂哄騙小孩子了。

邵明淵乾脆直接把小沙彌抱了起來。

「哎？」小沙彌有些懵。

邵明淵笑著解釋道：「小師父比較輕。」話還沒說完，就感受到一旁投來的冷冷目光。

小沙彌比較輕？這是說她太重了？原來他每次抱她都是這麼想的！

喬姑娘繃緊了唇角。

年輕的將軍一頭霧水，似乎又說錯了什麼！

想不明白，他乾脆不再想了，側頭對喬昭道：「黎姑娘請跟緊我。」

喬昭沒好氣道：「知道了，不跟緊能怎麼辦？我這麼重，你又抱不動！」

邵明淵深深看了她一眼。他都抱過多少次了，黎姑娘為何這麼說？

喬昭被他看得臉莫名熱了熱，故作平靜道：「快走吧。」

兩人在玄景的帶領下來到了斷橋前。

邵明淵把玄景放下來，交代道：「黎姑娘看好小師父，我去看一下。」

喬昭頷首，默默拉住了玄景的手。邵明淵走到斷橋旁，彎腰檢查了一下，對喬昭道：「斷口處很新，應該是接上後不久又砍斷的。」

「這麼說，凶徒真的從這條路回的大福寺？」

「凶徒去了哪裡目前不能肯定，但肯定走過這裡。」邵明淵直起身來，望了望，忽然縱身而起，向著斷橋中央躍去。

「啊呀！」小沙彌嚇得蒙住了眼睛。

那一刻，喬昭的心跟著提了起來，面上卻沒有露出半分端倪，目光平靜地看著那個背影。

邵明淵落在斷橋口處，腳尖輕輕一點又折身返了回來，如一隻展翅翱翔的飛鷹。

待他落到地面上，玄景一臉崇拜道：「施主，你原來會飛！」邵明淵笑著捏捏小沙彌胖嘟嘟的臉蛋，而後攤開手心。「黎姑娘，妳看這串佛珠，會不會是無梅師太遺落的？」

喬昭記性好，拿起佛珠仔細打量一番，點頭道：「無梅師太確實有這麼一串沉香手珠。」

她說完把佛珠套在邵明淵手腕上，在他不解的目光下與之拉開了一小段距離，然後嗅了嗅，肯定道：「這串沉香手珠是無梅師太的無疑。」

「黎姑娘能肯定？」

「能的。無梅師太一直戴著這串手珠，我與師太接觸的大半時間，都是我們現在的距離，聞著就是這樣的香味。」每一串沉香手珠都會隨著佩戴時間的不同，有著獨屬於自己的味道，不過這樣細微的差別想要分辨出來，需要足夠的熟悉或細心。

黎姑娘每七日才來一次疏影庵，熟悉定然是談不上的，那麼靠的就是超乎常人的記性與細心了。邵明淵忍不住想：這就是令他心動的女子，越是與她相處，就越能發現她更多值得人喜歡的地方。

也許他的妻子喬昭也是這般聰慧的姑娘，如果他有機會與她相知相守，早早把她裝在心裡，就不會有如今的痛苦與遺憾了。

「走，我們回去。」

兩大一小直接回了大福寺。

❧

平日裡祥和興盛的寺院如今氣氛低沉，彷彿有烏雲籠罩在上方。

「住持，這是我們在斷橋處發現的手珠，應該是無梅師太的。」邵明淵把沉香手珠交給了住持。他們畢竟是外人，而大福寺與疏影庵則同氣連枝，該告訴大福寺住持的自然無需隱瞞，只除了那顆含毒的牙齒。

在場的除了住持還有幾位長老。

住持把手珠接過來，仔細看了看，點點頭。「阿彌陀佛，這確實是無梅師兄的手珠。」

「這樣說來，擄走無梅師兄的凶徒就是走的這條路線。」一名長老道。

另一名長老接著道：「貧僧記得那條路通往兩個地方，一處是大福寺，另一處則通往深山老林，那些深山老林中有零星獵戶人家，偶爾會有獵戶前來大福寺以草藥換取鹽巴等物。」

眾僧互視一眼。住持開口道：「這就分出一隊人去那邊看看。」

「住持師兄最好多安排一些人去探查，那邊地形複雜，要保證安全。」

「這是自然。」

邵明淵與喬昭皆沒有插話，在住持安排具體事務時，識趣地退了出去。

二人站在開闊處說話。

「邵將軍，你說大福寺的僧人會搜查大福寺嗎？」

「不好說，即便會搜查，也不會大張旗鼓。」

喬昭點點頭。「是啊，倘若無梅師太被隱匿在寺中，那麼凶徒明面上的身分就是大福寺的僧人。一旦大張旗鼓搜查，凶徒就有可能狗急跳牆，悄悄把師太……」

「黎姑娘不要太擔心。」邵明淵寬慰道：「還記得被我射殺的那個凶徒嗎？」

喬昭條件反射打了個寒顫，苦笑道：「怎麼會不記得？」

「我檢查他身體時就發現，他指端老繭的位置是長期射箭磨出來的，這說明他偽裝成獵戶已有多年。既然無梅師太手中有他們需要的東西，能讓他們隱忍這麼多年，只要那個東西沒有到手，他們就不會把人滅口。」

「但願師太能撐得住。」喬昭這樣說著，心中卻有幾分擔心。

以無梅師太傲然出塵的性情，萬一不堪受辱，或許會選擇自行了斷……

「黎姑娘，我們回去吧。該查探的已經查探過了，剩下的事要看住持安排了。」

「好。」喬昭點點頭。

她回到竹屋可以試著分辨一下那顆牙齒中的毒素，說不定會有別的發現。

走在路上，喬昭低聲對邵明淵道：「邵將軍，我還是覺得凶徒十有八九就隱藏在大福寺。先前我回到疏影庵，並不是運氣不好撞上那名凶徒，而是他一直在等我，這說明他對我每天什麼時候前往大福寺替你施針是一清二楚的。他不會選在我沒去大福寺前動手，那樣會引起你的懷疑。

只有等我替你施完針回去再滅口，才能把被發現的時間拖延到第二天。如果凶徒是外面的人，怎麼會知道這麼清楚呢？」

「不管凶徒會不會隱藏在大福寺中，與大福寺定然有聯繫。走，我們去看看靜翕師父醒了沒有。」

二人回到竹屋，喬昭問守在靜翕屋外的僧人：「師父，靜翕師父可否醒過來了？」

僧人朝喬昭合十一禮。「施主可以進去看看。」

喬昭回頭，對邵明淵道：「我先進去瞧一瞧。」

邵明淵頷首。

喬昭走進去，就見靜翕依然沉睡著。她悄悄退了出去，朝邵明淵搖搖頭。

二人在竹屋後的木椅上坐下來。喬昭拿出折疊好的手帕，打開來露出那顆毒牙。

那顆牙齒的牙根處泛著黑黃色，令人作嘔，她卻直接用銀針挑出一點毒素，放到鼻端嗅了嗅。

邵明淵頗為意外。他以為女孩子對這類的東西都會覺得噁心的。

喬昭睇他一眼，淡淡道：「看我做什麼？」彷彿猜透了邵明淵的心思，少女波瀾不驚道：「我當然也會覺得噁心，但查出是什麼毒更重要，不是嗎？」

邵明淵點頭，深深凝視著她，語氣是自己都不曾想到的溫和：「是。」

喬昭全副注意力都放在那顆牙齒上，嗅過後皺眉道：「不是砒霜。」

「能聞出來？」邵明淵笑問。

「嗯，砒霜有種苦杏仁的味道，很好分辨。」喬昭隔著手帕擺弄著那顆根部發黃的牙齒，遲疑道：「有很淡的腥氣，倒像是從活物體內取出的某些毒液。」

「活物？」

喬昭抬眸看他一眼，語氣無波道：「比如蛇毒。」

邵明淵神色凝重。「若真是活物，那麼確定到底是從什麼活物體內提取，就很有必要了。不同的地方會有不同的魚蟲走獸，如果幸運，甚至能憑藉此點推測培養死士的是哪一方勢力。「黎姑娘能分辨出來嗎？」

喬昭搖搖頭。「暫時不行，這裡什麼都沒有，要想確定到底是什麼毒素，需要借助許多東西來驗證，只能等出去再說了。好在這種毒能保持很久，耽誤幾日並無影響。」

「那就等出去再說。」

「邵將軍，你要不要把疏影庵發生的事傳遞到外面去？」

現如今外面都知道邵明淵有能力進出山，而無梅師太失蹤是大事，要是不把這消息傳遞出去，回頭有可能會被上面怪罪。

「要傳出去的。我已經發了信號，在等親衛的信鴿。」

喬昭有些意外。他不打算親自走一趟嗎？

似是猜到喬昭所想，邵明淵笑笑。「此處敵暗我明，迷霧重重，留妳一人在這裡太危險。」

「原來我成了邵將軍的累贅。」喬昭無奈笑笑。

「不是。」邵明淵斷然否定。迎上少女深邃的眸光，他認真道：「黎姑娘不要這麼想。我現在日日離不開黎姑娘施針，豈不才是黎姑娘的累贅？」

喬昭莞爾一笑。算這傻瓜有自知之明。

「二位施主，靜翕師兄醒了。」一位僧人過來報信。

喬昭走進竹屋。

「靜翕師父，您現在覺得好些了麼？頭是否還疼？」

靜翕半坐著。「已經好多了，原來黎三姑娘還懂醫術。」

「跟著乾爺爺學了一點皮毛。靜翕師父，您跟著師太好多年了吧？」

「是啊，從師太在庵中落髮，貧尼就被派來服侍師太了。黎三姑娘，有師太的消息了嗎？」

「還沒有，大福寺的住持已經安排師父們四處尋找了，靜翕師父放寬心。」

「阿彌陀佛，都說出家人四大皆空，可真正能做到的恐怕早已成佛了。不怕黎三姑娘笑話，貧尼一想到師太如今生死未卜，便心如刀割。」

「靜翕師父的心情，我感同身受。我雖與師太只相處了幾個月，卻早已被師太的風采所傾倒。」喬昭打量著靜翕的神色，忽而問道：「靜翕師父跟了師太這麼久，有沒有聽師太提起過手中有什麼特殊物品？」

靜翕緩緩搖頭。「貧尼醒來後反覆想過了，並沒有。」

「師太也沒有過反常的言行？靜翕師父仔細想一想，這很可能關乎到能不能順利找到師太。」

靜翕陷入了思索。「師太剛來庵中時貧尼還小，依稀記得那時候師太經常整夜整夜睡不著，不過這也是人之常情吧，算不上反常，再後來師太就漸漸作息正常了。」她說到這裡頓了一下。「讓貧尼想想，後來師太似乎還有睡不安穩的時候，一次是在三年多前……」

喬昭心中一跳。

三年多前，正是祖父過世的時候。

不知為何，明明知道無梅師太對祖父的情意，她卻很難對這位青燈古佛大半生的公主生出反感來。想到無梅師太，她更多的是唏噓。

情之一字，還真是讓人苦惱啊。

不過很顯然，無梅師太的失蹤與祖父的過世沒有任何關係。

「還有奇怪的地方嗎？」

「還有一次，距現在很多年了，師太曾經下過一次山，回來後又有幾日睡不安穩。」靜翕嘆氣。「貧尼之所以記得，就是因為師太在庵中幾十年，那是唯一一次下山。」

「靜翕師父還記得那是哪一年嗎？」

「有二十年了吧。嗯，現在是明康二十五年，那時候是明康五年。」

「靜翕師父陪師太一起下山的嗎？是否知道師太見了什麼人？」

「陪師太下山的不是貧尼，而是當年與師太一同落髮的婢女，那位師兄已經過世多年了。」靜翕收回思緒。「這麼久的事，應該不會與師太這次的劫難有關係。」

「那麼靜翕師父有沒有遇到過奇怪的事呢？」趁著氣氛正好，喬昭轉而問到了靜翕身上。

靜翕笑笑。「貧尼從有記憶起就在庵中，每天過得都差不多。」

「靜翕師父有沒有救過人？或者結交過什麼朋友？」

「貧尼很少下山，沒有機會結交朋友。至於救人……」靜翕沉吟一下。「曾經在山腳下給過一位快餓暈的人一塊饃饃，除此之外，沒有過什麼特別的事了。」

「那靜翕師父好生歇息吧，我再去打探一下情況，有師太的消息就立刻告訴您。」

「多謝黎三姑娘了。」

喬昭走了出去。

一二一　明康五年

邵明淵坐在竹林旁的草地上，一隻灰色的信鴿撲騰騰落下來，在他腳邊跳躍。

他伸出手，唇口微攏，發出調子奇特的聲音，信鴿展翅落在他手上。

喬昭走過來，在一旁坐下，好奇問道：「這就是經過特殊訓練的信鴿嗎？」

「對。」邵明淵把早就準備好的情報卷成細小的紙條，放入信鴿腿部的銅管中，手一揚放飛了信鴿。喬昭盯著信鴿消失的天空出神。

「黎姑娘喜歡鴿子？」邵明淵側頭問身旁的少女。

喬昭回過神來。「談不上喜歡鴿子這一種，不過會飛的鳥兒我都喜歡。對了，我剛剛從靜翕師父那裡打聽到一些陳年往事，不知道會不會和無梅師太的失蹤有關。」

「黎姑娘說說看。」

「靜翕師父說，無梅師太來到疏影庵後這麼多年，只下過一次山，不過已是二十年前了。」

「明康五年？」

「對，就是明康五年，那時邵將軍剛剛出生吧？」

她與邵明淵同齡，皆是明康五年出生。那一年，對於無梅師太來說，究竟有什麼特殊的事情發生？

邵明淵聽一個比自己足足小了八歲的女孩子，用這般老氣橫秋的語氣說話，不由覺得好笑。

「不錯，我那時候才出生。」

明康五年，他還是繈褓中的嬰兒，父親說他的生母死於難產，然後他被充作嫡次子抱回了靖安侯府。他問過父親把生母葬於何處，父親說充作奴婢葬在了侯府郊外的莊田裡。他追尋而去，看到的是一座沒有墓碑的小土丘。跪在那座幾乎被野草埋沒了的小土包前，他忍不住想：這裡面埋葬的就是給予了他生命的娘親嗎？這麼些年，她可曾怪過他與父親從未來看過她？

明康五年，對他來說，又何嘗不是一個特殊的年分呢？

「靜翕師父說，那年無梅師太下山回來後有一段日子夜裡失眠。只可惜年代太久遠，疏影庵又與世隔絕，想要查到當初無梅師太下山做了什麼，無異於癡人說夢。」喬昭嘆道。

邵明淵雙手撐著草地仰望著蔚藍天空，暖洋洋的陽光讓他舒服許多。「太久的事，確實很難查了。」如果可以，他多麼想知道生母是個什麼樣的女子，有什麼樣的出身，生母在這世上是否還有親人。只可惜，父親對這些隻字不提。

「不過有一件事，或許可以查一查。」喬昭同樣雙手撐著草地，隨手撥弄著青草。

邵明淵側頭看她。

「靜翕師父說她曾經在落霞山腳下對一名快餓暈的人有一飯之恩。假設靜翕師父沒有隱瞞什麼，那我們可以試著查查那個人後來與大福寺有沒有什麼聯繫。」喬昭看了一眼竹屋，低聲道：「如果說兇徒有什麼破綻，那麼獨獨留下靜翕師父活口，就是最大的破綻。邵將軍覺得呢？」

邵明淵笑笑。「在沒有更多線索的情況下，確實不能放過任何細微的可能。」

灰色的信鴿飛過被阻隔的山路，落在邵知手中。

江十一默默走到邵知身邊。邵知看他一眼，背過身去解下信鴿攜帶的銅管，從中取出紙條。

江十一又繞到邵知面前來，冷冷問道：「冠軍侯傳來什麼消息？」

邵知心裡罵了一聲娘。現如今所有人都知道只有他們將軍大人是唯一能傳出山裡消息的人，所以一切訊息都成了透明的。然而，這人怎麼這麼討厭，就算要把將軍傳出來的消息公之於眾，有必要跟哈巴狗似地盯這麼緊嗎？錦鱗衛不是很能耐嘛，這麼能耐怎麼不自己進去？

邵知展開紙條看了一眼，臉色陡然變了。

「什麼事？」江十一伸手去接紙條。還真是不客氣！邵知暗暗抽動一下嘴角，把紙條塞給江十一。

江十一展開一看，冷冰冰的臉上有了詫異的神情。

「如果冠軍侯還有別的消息傳出來，請通知在下。」江十一快步走至一旁，招來一名錦鱗衛低聲吩咐幾句。那名錦鱗衛立刻翻身上馬，一騎絕塵而去。

江堂得到無梅師太失蹤的消息時，正坐在家中園子裡樹下的躺椅上納涼，驚得手中蒲扇都掉下去了。「確定是冠軍侯從山裡傳出來的消息？」

「回稟大都督，是十一爺親眼看著冠軍侯的親衛，從信鴿腿上取下了情報。」

江堂站起來，苦笑著搖搖頭，一邊往外走一邊道：「近來還真是不安生。對了，黎三姑娘安然無恙吧？」

「這個十一爺沒有說。」

江堂微鬆口氣。冠軍侯沒有提，就證明那個小丫頭平安無事。

說起來，怎麼這丫頭走到哪裡，哪裡就多災多難呢？這個念頭一閃而過，江堂笑了笑，心道：只要那丫頭無事就好，這些日子自從服用解毒丸，他整個人都舒坦多了。

「爹，您去哪兒？」江詩冉迎面走來。

「爹要換一身衣服進宮一趟。」

「這個時間您還要進宮啊？」

「有要緊事，冉冉自己在家要好好吃飯。」

江詩冉撇了撇嘴。「一個人吃飯好沒趣兒，爹要進宮去，十三哥又不住在家裡了。爹，要不我陪您一起進宮吧。」

江堂沉下臉。「胡鬧，爹進宮是有正事面聖，妳跟著去做什麼？」

「我去看看真真啊。真真不是去疏影庵遇到了山崩，前天我進宮去看她，正趕上她歇了，沒有見著人。」

「妳要去看九公主什麼時候不行，非要跟著爹去湊熱鬧！」江堂皺眉。

他這個女兒確實被他寵壞了，自幼似乎沒有什麼要好的朋友，唯有九公主與女兒關係不錯。

「爹，就一起去嘛，一起去一起回不是挺好的。」江詩冉挽住江堂手臂軟語相求。

「好吧，妳要是先出來就不必等著爹，自己坐車回家，記得不？」

「知道啦。」

父女二人一同進宮去，江詩冉去公主居所探望真真公主，江堂則直接去面聖。

「大都督來了，請稍等，皇上在忙呢。」秉筆太監魏無邪笑眯眯道。

江堂一聽就暗暗嘆了口氣。糟糕，又趕上「仙丹」出爐了！

江堂足足等了半個多時辰，才等到明康帝的召見。

威風八面的錦鱗衛指揮使，此刻面上不敢流露絲毫不耐之色，恭恭敬敬給明康帝見禮。

「起身吧。」明康帝淡淡道。

江堂這才直起身子。

「奶兄坐吧，又不是上朝的時候，這麼拘謹作甚？」

「多謝皇上賜坐。」江堂規規矩矩坐下來。

都知道他是皇上心腹，在天子面前有賜坐的殊榮，然而作為最瞭解明康帝的數人之一，他卻一刻不敢掉以輕心。正是因為瞭解，才更能深深意識到這位天子是多麼喜怒無常、城府深沉。

「魏無邪——」

「奴婢在。」

「把朕新得的仙丹賜給大都督兩顆。」

「是。」魏無邪立刻端著托盤出來，托盤上放著一個水晶盤，盤中有兩顆紅彤彤的丹藥。

江堂看了一眼，頭皮頓時發麻。這是新品種啊！

「奶兄嚐嚐看。」明康帝笑道。他沒有穿龍袍，而是穿了一件寬大的道袍，看起來不像是一國君主，更像是一名術法高深的道士。

「謝皇上賞賜。」江堂在明康帝笑吟吟的目光注視下，一臉感激吞下了兩顆丹藥。

他吞得急，一下子噎住了，憋得老臉通紅，一副上不來氣的樣子。

明康帝大笑。「心急什麼，朕這次得了不少呢，等奶兄走時再帶幾顆。」

「咳咳咳——」江堂再也忍不住大聲咳嗽起來。

明康帝不以為意，反而溫聲吩咐魏無邪道：「魏無邪，快給大都督倒杯水。」

江堂好不容易把兩顆丹藥嚥下去，噎得滿眼淚，捧著水杯灌了好幾口，請罪道：「臣該死，在皇上面前失禮了。」

「起來，起來，朕知道你急著品嚐仙丹的味道，不過又不是吃過這一次就沒有了，朕但凡得了仙丹，肯定會和奶兄分享的。」

江堂：謝謝啊！不過他知道，剛剛的表現顯然把明康帝取悅了，等下說出無梅師太失蹤的消息，大概就不必面對帝王的雷霆之怒了。這樣想著，江堂悄悄鬆了口氣。

「奶兄覺得如何？」明康帝問。

江堂暗暗嘆了口氣。這也是他沒辦法換掉丹藥的原因，皇上每次都要問他吃下丹藥後的詳細感受，從味道到吃下去後的感覺，定要細細問過才肯甘休。

「入口辛辣，吞入腹中後彷彿有火在燒……」江堂詳細描述著吃過丹藥後的感覺。

所以說那丫頭果然是個聰明的，有這麼一位三天兩頭賜丹藥的天子在，就不怕他卸磨殺驢了。何止不能卸磨殺驢啊，以後誰要敢傷著那丫頭，他就要誰的命！

「這是天師改良了丹方後開爐煉出來的，沒想到一爐就成功了，正好被奶兄趕上。」明康帝以一種「你走運了」的語氣說道。

江堂感激涕零。「都是聖上仁德，才能讓天師順利煉出仙丹。」

這位令文武百官忌憚的錦鱗衛頭目，從進來到現在，隻字不提進宮的目的。

君臣二人就著仙丹這個話題聊了許久，直到明康帝心情大好，主動問道：「奶兄這個時候進宮見朕，有什麼事？」江堂立刻繃緊了後背，身體前傾，畢恭畢敬道：「冠軍侯從山中傳來消息，有凶徒殺害了疏影庵的尼僧，如今無梅師太下落不明。」

明康帝陡然收起嘴角笑意。「無梅師太下落不明？」

「是。」

「現在情況怎麼樣了？有沒有無梅師太的消息？江堂，朕的錦鱗衛都在幹什麼呢？」

江堂從椅子上起來，跪了下去。「皇上，如今因為山崩，通往大福寺的山路斷絕，目前只有冠軍侯一人能出入。」

「你的意思是說，朕的錦鱗衛沒有一人能進去？」明康帝語氣淡淡問道。

江堂冷汗直冒。要是不顧性命，十一、十三他們幾個當然也能試一試，可萬一中途失足，不是太冤枉了。作為義父，他捨不得讓精心培養大的義子做這種沒必要的犧牲。當時，誰也不知道疏影庵會出這麼大的事。

「也對，世上只有一個冠軍侯。」明康帝淡淡又道。

「皇上說得是。」

承認此點並沒有什麼丟人的，若人人都能做到冠軍侯那樣，北地就不是非冠軍侯不可了。

「朕知道了，無梅師太有什麼消息傳出來速速來報，太后那邊暫且先瞞著。」

「臣明白。」

明康帝站了起來，在殿內來回踱步，停下來眺望窗外。

紅牆綠柳，盛夏的皇宮被名貴的花草裝點得分外華麗，明康帝卻覺得很煩躁。

花有重開日，人無再少年。他的時間用來修道尚且不夠，偏偏要有這麼多俗事煩他！

「退下吧。」明康帝擺擺手。

順利把無梅師太失蹤的壞消息報告給了皇上，江堂悄悄鬆了一口氣。「微臣告退。」

「奶兄等等。」明康帝似乎想起了什麼，轉過身來喊道。

江堂立刻停下來，恭敬問道：「皇上還有什麼吩咐？」

明康帝掃了秉筆太監魏無邪一眼。「魏無邪，裝兩枚仙丹給大都督帶上。」

「是。」

魏無邪遞給江堂一只玉盒，江堂忙接過來謝恩，心道：皇上記性忒好了啊，以後誰再懷疑皇上因為修道忘了紅塵瑣事，他就跟誰急！

一二三　手帕知交

真真公主寢宮。

這幾日寢宮裡所有能照出人影的物品通通被收進了庫房裡，宮人們連走路都不敢發出大動靜。原因無他，花容月貌的公主殿下臉上潰爛，心情糟透了，沒人不長眼地去觸主子們的楣頭。

但近身伺候真真公主的大宮女芳蘭，還是不得不來稟告：「殿下，江大姑娘過來了。」

「不見，不見！」真真公主隨手把引枕扔到了地板上。

「那奴婢去跟江大姑娘說一聲。」芳蘭一個字都不敢多說，躬身退下。

「等等。」真真公主盯著地板上的引枕發了一會兒呆，沉聲道：「請江大姑娘先在廳裡坐，本宮收拾一下就去見她。」

「是。」

芳蘭一出去，真真公主就捶了一下床柱。

詩冉先前來看她，她就沒有見，這次要是再避而不見，恐怕要惱了。

真真公主由人伺候著穿戴妥當，面戴輕紗走了出去。

「真真。」江詩冉把茶杯放下，迎了上去，拉住真真公主的手問道：「妳怎麼樣了？上次來看妳，妳在休息，我一直挺擔心呢。」

真真公主勉強笑笑。「我還好。」

二人一同坐下來。

江詩冉視線落在真真公主的面紗上。「真真，這麼熱的天，妳戴這個幹什麼？」

「起了疹子。」

「我們這麼熟了，起疹子還要遮起來啊，怪熱的。」江詩冉不以為然笑道。

真真公主暗暗吸了一口氣，強忍著沒有失態。「那也難看。」

江詩冉微微一笑。「也對，真真妳這麼漂亮，臉上要是有一點小瑕疵，肯定是忍不了的。」

江詩冉說到這裡，發現真真公主神情有異，忙問道：「真真，妳怎麼啦？哎呀，妳哭什麼啊？」

真真公主哭倒在江詩冉懷裡。「真真？」江詩冉愣住了。

公主緊緊抱著江詩冉，越哭越傷心。「詩冉，我以後可怎麼辦呀？」

「到底怎麼了啊？」從沒見過好友這樣失態，江詩冉有些無措。

以前，她們兩個人裡，她才是想哭就哭想笑就笑的那個，真真則規矩懂禮多了。

真真公主在江詩冉懷中哭了許久。

江詩冉胸前衣襟濕了一片，僵硬抬手拍拍真真公主單薄的後背。「真真，妳莫哭了啊，再哭我的肚兜就要透出來了。」真真公主渾身一僵，停止哭泣，片刻後抬起頭，緩緩把面紗拉了下來。

「啊！」江詩冉見狀驚叫一聲。

「很嚇人吧？」真真公主一臉絕望。「是不是很噁心？呵呵，這幾天我不敢照鏡子，只要一想到自己的樣子，就恨不得去死！」

「真真……」江詩冉畢竟只是個沒經歷過什麼大挫折的小姑娘，看到姿容絕世的好友變成這副模樣，一時之間竟不知該如何反應。

「妳走吧，快走，以後不要進宮看我了……」真真公主掩面哭泣。

江詩冉握住了真真公主的手。「真真，我是太意外了，並不是嫌棄妳。妳別哭，無論妳變成什麼樣子咱們都是好朋友，誰要敢議論妳，我就拿鞭子抽他！」

「詩冉！」真真公主淚如雨下。「我想過好多次不要活了，可我又不甘心，我真的好不甘心啊！」她身為公主，生而高貴，可父皇對女兒們毫不在意，又無母后替她們安排前程，她費了多少努力才有了今天的局面，卻因為一次山崩，什麼都毀了。

真真公主含淚看了江詩冉一眼，心中苦笑。

詩冉雖然並沒有什麼壞心思，但性子驕縱，二人能成為好友，她忍耐了多少又有誰知道？

「真真，我知道妳很難過，但妳千萬不要想不開。我爹說過，人只有活著才有希望，死了就什麼都沒了。」

「我還有什麼希望呢？」真真公主怔怔道。

「御醫瞧過了沒？」

「瞧過了，連太醫院李院使都束手無策，我定然是沒救了。」

「不會的，天下那麼大，一定會有擅長治這個的大夫。真真我跟妳說啊，那些真正有大本事的大夫往往都不願意受束縛的，比如那位名揚天下的李神醫。」

「李神醫……」真真公主喃喃念著這三個字。

「對呀，真真妳聽說過李神醫吧？」

真真公主頷首。「嗯，聽過的，據說李神醫曾替太后診治過。」

「所以啊，妳不要灰心，那位李神醫說不定有辦法呢。」

「可是那位李神醫並不在京中，天下之大又去哪裡找呢？」

江詩冉笑笑。「這個妳放心，我回去讓我爹幫忙啊。妳忘了我爹是做什麼的了？」

錦鱗衛原本就管著天下情報，真真公主又如何不知道。

她的眼睛裡漸漸有了神采，握住江詩冉的手緊了緊。「詩冉，那就麻煩妳了。」

她雖然是公主，除非父皇或皇祖母發話，不然想找李神醫是癡人說夢。現在有詩冉幫忙最好不過了，這也是她不嫌丟臉，讓詩冉看到她如今模樣的原因。

「咱們之間這麼客氣做什麼。」江詩冉拿著手絹替真真公主輕輕拭淚，指尖觸到她的臉，忍不住一抖。真真現在的樣子委實太可怖了。

「真真，前些日子妳不是還好好的，怎麼會變成這樣？」

真真公主雙目有些失神。「我也不知道為什麼，從我遇到山崩被救出來後的第二天，我的臉就變成這樣了。太醫說，可能是山崩時沾染到了什麼不知名毒素。」

江詩冉皺眉。「怎麼會遇到山崩呢？」

「是呀，我就是這麼倒楣，數十年難遇的事，偏偏就讓我遇到了。」真真公主自嘲笑道。

「對了，我聽說姓黎的也遇到了？」

「姓黎的？」

「就是翰林院修撰的女兒黎三。」

真真公主點頭。「對，當時我們一起在山路上走，然後就山崩了。她比我運氣好，當時被車夫護著往上面跑，應該沒有被埋，不過後來怎麼樣就不知道了。」

「怎麼樣？她可好著呢！」一提起喬昭，江詩冉便咬牙切齒。

一聽說她遇到山崩了，十三哥跑得比誰都快，後來十一哥也去了，簡直就是個狐狸精！

「她如何了？」

「冠軍侯傳出來的消息，說她安然無恙在疏影庵待著呢。」

冠軍侯。真真公主心中默念著這個名字，腦海中閃過一個人的影子。

那人嚴肅剛毅，不同於她見過的任何男子。

都說她的表哥池燦是世間罕有的美男子，可在她看來，卻不及那人的風采萬一。

她在伸手不見五指的黑暗裡等了那麼久，身上壓著冷透的屍體，臉上是屍體流出的黏稠血液，連那血都是冰冷的，讓她以為會在那樣的狼狽中絕望死去。

然後，那人出現，讓她重新活了過來。

「真真，怎麼了？」

真真公主回神。「沒什麼，就是覺得黎姑娘比我運氣好多了。」

同樣是遇到山崩，黎姑娘被車夫護著，平安回到了疏影庵，她卻經歷了被埋乃至毀容，從一個絕望到另一個絕望。

「真真，妳有沒有覺得，只要一遇到黎三就倒楣？」江詩冉突然問道。

真真公主被問得一愣。

「我記得妳那次去疏影庵，回程時也是遇到了大雨，不也是和她同行？」

「對，當時我馬車壞了，搭了黎姑娘的馬車，結果馬車翻了……」

江詩冉撫掌。「我就說吧，一遇到她就倒楣。當時妳腿傷得好嚴重，好不容易養好了，去疏影庵又遇到她，結果又趕上了山崩。」

真真公主心裡動搖了一下，而後搖搖頭。「並沒有，當時是我馬車壞了，砸傷了腿，才搭的她的馬車。而這一次……」這一次是她特意碰上黎姑娘，好道一聲謝。

「真真，妳想想，以前妳去疏影庵那麼多次，可遇到過什麼事？」

「沒有。」

「這就是了呀，以前一直好端端的，怎麼最近就接連倒楣呢？而且每一次都有她在場！」

「詩冉，妳想說什麼？」真真公主是不大信這些的，她更相信一個人際遇的好壞，主要靠自己努力。江詩冉眨眨眼。「妳不覺得，黎三是個掃把星嗎？」

真真公主張了張嘴，沒吭聲。

「我和她一同參加了馥山社的聚會，結果就惹了一身腥。當時挨刀也就認了，只能怨我主動湊上去。可後來長春伯府的小公子在青樓被女子打個半死的事鬧得沸沸揚揚，那些人居然說那個女扮男裝逛青樓的是我，為了打擊報復黎三才栽贓給她。妳說我冤不冤啊，都沒處講理去！」

江詩冉停下來，斜睨著真真公主。「真真，妳那麼驚訝看著我做什麼？」

真真公主道：「原來真的不是妳！」

江大姑娘氣得捶椅子。「我就說吧，連妳都以為是我幹的，看來這個黑鍋我要背一輩子了！」

「那個女子到底是誰，沒有查出來嗎？」

江詩冉坐直了身子。「這就是奇怪的地方，我讓十三哥替我查查，結果十三哥告訴我沒查到。哼，我看十三哥就是不上心，或者是因為跟黎三有什麼關係，他不願意往深處查！」

「詩冉，妳既然與江大人已經定了親，就對他多些信任吧。你們青梅竹馬長大，多麼難得的緣分。」她雖然是公主，可更多的時候都在羨慕詩冉，江詩冉比她活得要自在多了，不用刻意討好長輩，不用收斂驕縱的性子，還能嫁給自己喜歡的人……

真真公主不想再想下去，那樣會讓她的心疼得厲害。

「我知道十三哥對我好，可就是有些不確定……」江詩冉遲疑道。

「不確定什麼？」

「真真，妳有喜歡的人嗎？」江詩冉忽然問。

「我……」真真公主腦海中閃過年輕將軍的身影，搖了搖頭。

公主的身分，給了她高人一等的地位，卻也給了她更多的束縛。她一直明白，她的婚姻大事由不得自己做主，那麼把喜歡掛在嘴邊又有什麼意義？

江詩冉有些失望。「那妳就不會明白的。我很喜歡十三哥，恨不得時時刻刻見到他，可是我從十三哥身上卻感覺不到這些，他好像只是把我當妹妹。」

「像兄長一般疼妳、寵妳，其實也很好。」

「可是兄長會疼許多妹妹，但只會愛一個女人，我想當唯一的那一個。」在好友面前，江大姑娘難得露出獨屬於女孩子的哀愁。

真真公主笑笑。「別擔心，妳有一輩子的時間去經營啊。」

給她時間去經營，她一定會讓她看中的男子愛上她，無論那個男人是誰。

思及此處，真真公主心中一動。

她怎麼犯傻了，她雖然不能左右自己的婚姻，但是，如果要冠軍侯愛上她呢？

冠軍侯在父皇心中地位超然，如果願意主動尚主，父皇一定會樂見其成的。

念頭一動，真真公主頓時生出柳暗花明之感，而後神色黯淡下來。

無論如何，先把臉治好才能談其他。

江詩冉顯然被好友鼓勵了，笑容輕鬆愜意。「妳說得對，反正十三哥是我的，誰也搶不走，我還不信用一輩子時間不能讓他像我對他這般對我。時候不早了，我先回去了，等有了李神醫的消息再來看妳。」

「好。」真真公主親自送江詩冉到門口。

江詩冉離開公主寢宮，在宮門外看到了江堂。

「爹，原來您早出來了。」

「上車吧。」

父女二人進了馬車。

「九公主還好吧？」江堂隨口問道。

「不好。」

「怎麼？」

「她的臉爛了。」

「爛了？」江堂一臉意外。「這是什麼話？」他怎麼有點聽不懂這種形容？

「就是臉爛了啊，像肉壞了那樣腐爛了。」

江堂大為意外。他沒想到女兒說的「爛了」就是真的爛了的意思，錦鱗衛雖然消息靈通，但對皇上的後宮是不能伸手的。

「爹，真真好可憐啊，咱們幫幫她吧，不然她要活不下去了。」

江堂失笑。「爹又不是大夫，怎麼幫？九公主沒有請太醫看過嗎？」

「看了，連李院使都請過了，但束手無策。」

「那爹就更沒辦法了啊。」

「誰說的，女兒知道，就算別人都沒辦法，爹也有辦法的。」

「那冉冉說說爹能有什麼辦法？」江堂好笑問道。

「我聽說李神醫能活死人肉白骨，醫術出神入化，爹能不能把李神醫找到，給真真治臉？」

「李神醫不在京城。」江堂收起笑意。

「那爹派人把他找來啊。」

「南邊傳回來的消息，李神醫出海了。海域比陸地還要廣袤，要去哪裡尋找呢？」

江詩冉一聽急了，嗔道：「那怎麼辦呢？爹，您當時就該攔著李神醫不讓他出京的。」

江堂無奈笑笑。

李神醫是皇上當年親口允諾可以自由離去的人，別人能攔著，錦鱗衛卻不可以。

「爹笑什麼？」江詩冉伸手揪住了江堂的鬍子。「我不管，爹當時沒有攔著李神醫，現在找不到了，那麼爹要想辦法賠我。我都答應真真了，不能在她面前丟臉。」

「快鬆手，快鬆手。」江堂趕緊搶救自己的鬍子。「傻丫頭，爹給妳指一條明路吧。」

江詩冉放開江堂的鬍子。「什麼明路？」

她就知道，父親一定有辦法的。

「等山路疏通了，可以找那位黎姑娘試試。」

一二三　她是嫌犯

江詩冉驀地瞪大了眼，以為自己沒聽清楚，追問道：「什麼黎姑娘？」

「就是困在山裡的那位黎三姑娘。」

「爹，您在說笑話嗎？為什麼找她？」

江堂輕輕揉揉江詩冉的頭髮。「傻丫頭，黎三姑娘是李神醫的乾孫女啊。」

「那又怎麼樣？您還是我爹呢，可我也沒有您的本事啊！」江詩冉越想越氣，翻了個白眼。

江堂卻大笑起來。女兒很會說話嘛，知道當爹的有本事。

「爹，您還笑！明明知道我最討厭那個姓黎的，還要提起她給我添堵！」江詩冉一生氣又揪住了江堂鬍子。

江堂無奈道：「快鬆手，多大了還胡鬧！」

「哼！」江詩冉冷哼一聲，別過臉去不說話。

江堂笑笑，靠著車壁閉目養神。他不吱聲，江詩冉又忍不住了，回過頭來軟語求道：「爹，您別睡啊，快給我想想辦法。真真太可憐了，我不能不管她。」

江堂睜開眼，無奈道：「爹不是已經給妳想過辦法了嗎？」

「您那是什麼辦法呀？純粹哄著我玩呢！」

「正經事上，爹什麼時候哄過妳？」

江詩冉一愣，遲疑道：「黎三真的能幫到真真？」

「能不能幫到，爹也不敢保證，不過那個小姑娘當時不是傷了臉嘛，後來沒有落下疤。」

「對，我想起來了。」江詩冉喃喃道，然而她還是不願意相信一個比她還小的女孩子會什麼醫術，撫掌道：「她手上一定有李神醫的靈丹妙藥！」

一聽「靈丹」兩個字，江堂額角的青筋跳了跳，恨不得把懷裡揣著的兩枚「仙丹」扔出去。

「爹，山路什麼時候能通啊？」

「還要幾日，那些泥石不好清理。」

「真是討厭，黎三純粹是個掃把星，去哪裡哪裡就出事。」

「冉冉，若是可以，爹希望妳和黎姑娘能做朋友。」

「不可能！」江詩冉揚聲道：「她還打了我一巴掌呢，我沒有拿鞭子抽花她的臉，已經是便宜她了，怎麼可能和她做朋友！」深知女兒的倔脾氣，江堂嘆口氣不再多說。

夜色中的大福寺巍峨莊嚴，卻少了往日的安詳靜謐，寺中一片燈火通明。

外出搜尋無梅師太下落的一隊僧人，踏著月光返回了寺中。

除了這一隊僧人，還多了一男一女兩名年輕人，二人皆被五花大綁，推到大福寺住持面前。

「住持，弟子等人在深山一處老屋裡發現了這二人，形跡十分可疑。」

住持看了二人一眼，問道：「有什麼可疑之處？」

「這名男子穿的衣裳，和今天在疏影庵中死去的凶徒所穿的衣裳材質、樣式皆是一樣的。我們還在那間老屋裡發現了大福寺與疏影庵的布局圖。」領隊僧人把一張獸皮遞給住持。

住持展開獸皮看了一眼，面色微沉。「阿彌陀佛，一位與殺害疏影庵尼僧的凶徒有何關係？」

年輕男子垂著頭，整個身體的重量都壓在了扶著他的僧人身上，對住持的問話毫無反應。

年輕女子卻大叫道：「你們這些老糊塗的和尚，快把我們放開！都說過多少次了，我們沒殺人，也不認識什麼凶徒，我是翰林院修撰黎大人府上三姑娘的貼身丫鬟，他是三姑娘的車夫，你們抓錯人了！」

「住持，和冠軍侯在一起的那位姑娘，就是黎三姑娘。」一位僧人湊在住持耳邊提醒道。

「女施主是黎三姑娘的丫鬟？」

「對呀，我都說破了嘴皮子這些和尚都不信。你要是也不相信的話，可以叫玄景小師父來，他認識我！」

「去請冠軍侯與黎三姑娘過來。」住持低聲吩咐僧人。

「住持，你快命人把他鬆綁。他身上有傷，被你們這麼一折騰，快要支撐不住了！」冰綠焦急不已。晨光若不是為了保護她，也不會受這麼重的傷，剛開始她以為他快不行了，養了幾天總算謝天謝地有了起色，誰知這些臭和尚就闖了進去。

「施主稍安勿躁。」

「稍安勿躁稍安勿躁，再不讓他好好歇著，萬一有個什麼事，你們負責嗎？」

「施主還是先證明自己的清白再說吧。」一位中年僧人沉聲道。

這僧人生了一對長而黑的眉，眼角上翹，不同於住持的慈眉善目，看著有幾分凌厲。

冰綠卻渾然不怕，翻了個白眼。「住持還沒說什麼呢，你憑什麼誣賴人啊？」

「阿彌陀佛，施主再逞口舌之利，貧僧只好先請你們去戒律院了。」

「憑什麼？我們又不是大福寺的僧人！」

中年僧人沉聲道：「就憑無梅師太下落不明，疏影庵的尼僧們全都被害！」

冰綠冷笑。「那和我們有什麼關係？大福寺與疏影庵離得這麼近，你們保護不好師太們，又找不到凶手，就跑到深山老林去把我們抓回來？」這話一出，很多僧人都慚愧地低下頭去。

中年僧人高聲道：「把他們帶到戒律院去！」

「師弟別急。」

「住持該不會想包庇他們吧？」

「阿彌陀佛，師弟這話就過了。」住持面色有些難看。

他已經老了，作為首座的師弟卻正當壯年，大佛寺作為天子腳邊的寺院這些年都安然無事，這一次確實是樹立威望的機會，難怪師弟沉不住氣了。

「住持。」夜色中傳來年輕男子平靜的聲音。

冰綠一扭頭，不由大喜。「姑娘、姑娘，是婢子啊！」

她一面喊一面掙扎。「快放開我，你們這些臭和尚！」

「冰綠？」喬昭與邵明淵對視一眼，隨後快步走過來。

「冰綠，妳怎麼在這裡？晨光呢？」喬昭問完，順著冰綠視線看過去，不由吃了一驚。「晨光？」她伸手去抓晨光手腕，被中年僧人攔住。「施主請不要妄動，他們是嫌犯！」

「嫌犯？」喬昭面色微冷。「是不是嫌犯稍後再說，現在，我要給他看診。」

中年僧人冷笑一聲。「這兩個嫌犯，一個說是施主的丫鬟，一個說是施主的車夫，施主是不是要給我們一個交代？」

「師父想要什麼交代？」邵明淵走過來，站在喬昭身邊。

大福寺的僧人身在紅塵之外，又與皇家有著若有若無的聯繫，對朝中百官並沒有多少畏懼。

中年僧人冷冷道：「疏影庵的師兄們慘遭殺害，無梅師太生死未卜，貧僧有理由懷疑，此事與黎姑娘定然有聯繫。」

「出家人慈悲為懷，不論師父有什麼懷疑，請先讓黎姑娘替她的車夫診治過再說。」邵明淵面沉似水，伸手去解捆綁晨光的繩索。

「施主莫非要插手我們大福寺的事？」

邵明淵轉身，定定看著中年僧人。「師父錯了，這其實是疏影庵的事。」

就算疏影庵與大福寺同氣連枝，他也不會讓人牽著鼻子走。一個和尚廟，一家尼姑庵，難道他們能說這就是一家嗎？中年僧人果然被邵明淵一句話噎得無法反駁。

邵明淵已經解開晨光手上繩索，喚道：「晨光，醒醒。」

「邵將軍，先扶晨光去屋子裡。」喬昭提醒道。

邵明淵扶住晨光。「回竹屋。」

「不可回竹屋！」

邵明淵看向中年僧人。

「施主一定要先給此人診治可以，但請在寺中看診，不然若是人跑了，到時候不好說。」中年僧人冷冷道。

這時住持開口道：「侯爺，寺中客房一應物品俱全，留在寺中看診更方便些。」

邵明淵深知做事留有餘地之道，不再反駁住持的話，扶著晨光進了客房。

「住持，我需要丫鬟給我打下手。」喬昭語氣平靜道。

沒等住持說話，中年僧人就道：「施主莫要得寸進尺！」

喬昭掃他一眼。「師父何必多此一舉。冰綠只是個弱女子，就算給她鬆綁，有這麼多高僧，在還怕她跑了不成？」

「那也未必。」

喬昭一笑。「師父怕什麼呢？是怕我們逃了？」

她環視眾僧一眼，目光最後落在中年僧人身上。「那師父就更是多慮了。如果我們想逃，有邵將軍在，誰又能攔得住？」

這話一出，場面便是一靜，許多僧人露出羞憤之色。

這女施主太瞧不起寺中武僧了吧？然而這似乎是事實……

喬昭料定了眾僧會有這種反應，語氣一轉：「但邵將軍不會這樣做，也沒必要這樣做，師父這種擔心是多餘的。」她說完，轉而看向住持。「住持覺得呢？」

不知何時返回來的邵明淵立在不遠處，聽到少女的話悄然笑了笑。

原來黎姑娘是這樣認為的，他一直以為她覺得自己很笨呢。

「給這位女施主鬆綁。」住持道。

「住持……」中年僧人面色不快喊道。

「師弟不要說了。黎姑娘說得不錯，人已經在這裡，不急於一時，等明天再問不遲。」

喬昭解開冰綠手上繩索，帶她走進客房。邵明淵默默跟了進去。

「姑娘，晨光會不會有事啊？」

「先不要鬧。」喬昭替晨光把過脈，問冰綠：「他身上是否有傷？」

「有，後背上有傷口。」

喬昭抬眸。「邵將軍，麻煩把晨光翻過來，背朝上。」

邵明淵依言照做。

喬昭淡定伸手掀起了晨光衣裳，露出年輕男子結實的後背。

邵明淵的眉心跳了跳。果然是他想多了，黎姑娘對病患全都一視同仁。

冰綠摀住嘴，嚶嚶哭道：「姑娘，您一定要治好晨光，他都是為了保護婢子才變成這樣的。」

喬昭目光落在晨光猙獰傷口交錯的後背上，嘆口氣。「確實是挺嚴重的。」

她說著伸出素白瑩潤的手指，輕輕落在一處向外翻的傷口處。「而且這裡化了膿。」

「化膿是不是有可能會死？」冰綠頓時白了臉。

喬昭朝她莞爾一笑。「化膿有可能會死，不過有我在，就不會。」

她的小丫鬟明顯動了春心，怎麼能讓她心碎呢。

邵明淵同樣被那個溫柔的笑容恍了一下神。他確定，自信的女孩子很可愛。

「邵將軍？」

邵明淵猛然回神。「黎姑娘喊我？」

「有乾淨匕首嗎？」

邵明淵彎腰從褲腿中抽出一枚匕首，遞了過去。「這柄匕首還沒用過。」

喬昭接過來，吩咐冰綠：「把窗臺上的油燈拿來。」

「姑娘，油燈。」

喬昭抽出匕首在火焰上燙過，俯身湊在晨光耳邊喊他的名字。

「姑娘要幹什麼啊？」冰綠一臉費解。邵明淵沒有吭聲，默默看著。

喬昭直起身來，對冰綠道：「準備熱水和乾淨的軟巾。」

客房是專為香客們歇腳所設，這些東西自然一應俱全。見冰綠把所需之物都準備好，喬昭把匕首塞回邵明淵手中。「邵將軍動作快，麻煩把這個地方割下來。」

「割肉?」冰綠驚呼出聲:「這、這——」

話未說完,邵明淵已經手起刀落,把晨光後背化膿的地方割了下來。傷口處頓時滲出一片紅。

晨光呻吟一聲,垂在床邊的一隻手,猛然拽住了喬昭的裙襬。

喬昭顧不得理會這些,飛快把銀針刺入傷口四周,那快速滲出的血竟然止住了。她全神貫注處理晨光的傷口,額頭漸漸布滿細密的汗珠。

邵明淵拿出手帕遞給冰綠,示意她替喬昭擦汗。喬昭匆匆看邵明淵一眼,點頭表示謝意。

兩刻鐘過去,一切總算處理妥當,喬昭鬆了口氣,伸手去拽自己裙子。

處在深度昏迷狀態的晨光抓得緊緊的,根本拽不出來。

喬昭用力拉了拉,頗為無奈。

冰綠一看忙道:「姑娘,讓婢子來!」等了這麼久,總算有她的用武之地了。

喬昭還沒來得及阻止,小丫鬟揪住自家姑娘的裙襬便往外狠狠一拽,只聽刺啦一聲,喬姑娘的裙襬被扯下了一截。

「呃,拉壞了。」冰綠一時有些無措。

喬昭哭笑不得。不然呢?布料又不是石頭做的!

邵明淵默默望天。嗯,等晨光身體恢復了,把這小子狠狠收拾一頓好了,他可沒教過他拽著姑娘家裙子不鬆手。

「姑、姑娘,對不起。」自知闖禍的小丫鬟,慚愧地低下了頭。

喬姑娘反而最淡定,撣了撣裙子道:「說說你們這幾天的情況吧。」

嗯,反正在他面前都脫光過了,現在只是裙子破了,根本不算什麼,還是正事要緊。

一二四　正事要緊

冰綠對喬昭二人講起了那天的遭遇。「婢子失足跌下山坡，再醒來時發現躺在河邊，晨光就躺在不遠處。他醒來後帶著婢子找到一座老屋避雨，老屋中的獵戶收留了我們。今天一早獵戶說要出去一趟，結果一直沒回來，反而來了一群和尚，非說我們和殺害疏影庵師太們的凶徒是一夥的，還逼問我們把無梅師太藏到哪裡去了。」她越說越氣憤。「我們怎麼解釋他們都不相信，尤其是那個凶和尚，根本不顧晨光的身體，強行把我們綁了帶了回來。幸虧姑娘也在，不然晨光定然沒命了。」

「那名獵戶有沒有什麼異常？」邵明淵問。

「異常？」冰綠想了想道：「晨光悄悄跟我說，那名獵戶的功夫應該不錯，讓我不要離開他半步。」

邵明淵與喬昭對視一眼。

「應該是同一個人。」喬昭道。邵明淵頷首。「明天可以讓冰綠去認一認。」

冰綠一頭霧水。「姑娘，你們在說什麼？」

喬昭笑笑。「明天妳就知道了。」

「冰綠，你們這幾天一直與那名獵戶在一起嗎？到今天為止，這期間他有沒有出去過？」邵明淵再問。

「他每天都會出去啊，回來時會帶些兔子、野雞之類的獵物。」說到這裡冰綠抿嘴一笑。「那野雞燉了湯還真好喝呢。」

「你們有沒有見過別人？」喬昭問。

既然確定了凶徒不只一個人，而是有同夥，那麼他們策劃了這麼大的事，就不可能不聯繫。

「有的。」冰綠給了二人一個驚喜。「我們去的第二天，有個人來找他，不過見我們在那人沒進屋，而且以後再沒見過。」

「那人長什麼樣子？」冰綠皺眉。「看不到呀，那人戴著斗笠。」

喬昭看了邵明淵一眼。

「那天沒有下雨，老屋又位於深山老林中，去見同夥按理說沒有戴斗笠的必要，這樣反而更加顯眼。」邵明淵分析。二人對視一眼，異口同聲道：「除非為了掩飾更明顯的特徵！」

冰綠吃驚張了張嘴，看看邵明淵，又看看喬昭。「姑娘，你們在說什麼呀？」

二人皆沒理會冰綠。「所以他的身分，很可能是……」礙於冰綠在場，喬昭後面的話沒有說出來。

並不是不信任自己的丫鬟，而是冰綠太沉不住氣，一旦知道了容易說漏嘴。

邵明淵點頭。「對。」

冰綠更加疑惑。「姑娘，婢子怎麼覺得幾天不見，連您的話都聽不懂了？」

喬昭安撫拍了拍她的手臂，望著邵明淵道：「我奇怪的是，如果收留冰綠他們的獵戶就是那個凶徒，在如此關鍵的時刻，為何沒有對冰綠他們下手？」

邵明淵看了昏睡不醒的晨光一眼，沉聲道：「有兩種可能，一種是晨光露了兩手，讓他心生忌憚，在沒有十足把握的情況下不敢打草驚蛇。還有一種可能……」

「轉移視線，掩護真正擄走無梅師太的凶手？」喬昭接著道。

「對，這是第二種可能，也可能是發現晨光不好對付，對方臨時有了這個想法。」

「冰綠，那個頭戴斗笠的人大概多高？是胖是瘦？」

「婢子當時只是瞥了一眼，約莫比我高三、四寸，瞧著挺瘦的。」

喬昭沉吟道：「冰綠在女子中只是中等身高，比她高三、四寸，證明那人在男子中是偏矮的。」

邵明淵與喬昭目光相觸，對那人已經有了大致輪廓。

大福寺中的僧人，個子不高，偏瘦，很可能是半路出家，以及有隨時外出而不引人懷疑的差事。寺中僧人眾多，但全符合這些條件的僧人必然不會太多，至少是可以查得過來的。

「出去吧。」邵明淵溫聲道。

「嗯。」喬昭點點頭，對冰綠道：「冰綠，妳留下照顧晨光吧。」

邵明淵詫異地看喬昭一眼。

冰綠是黎姑娘的貼身丫鬟，之前是情非得已，現在黎姑娘為何會留下她照顧晨光？

喬昭揚眉。「我沒有冰綠照顧得好。」術業有專攻。

邵明淵咳嗽了一聲。

嗯，冰綠照顧晨光還是挺好的。

二人並肩走出了屋子，留下冰綠一臉莫名其妙。總覺得姑娘和邵將軍之間好像發生了什麼。

外面已是繁星滿天，住持等人早已各自回房，幾名僧人守在門外，一見二人出來，視線立刻投過來。

「還望各位師父能照顧好屋裡的傷患。」邵明淵客氣道。

「侯爺請放心，住持已經交代過了。」一位僧人道。

「請師父帶路，我們想去和住持說一聲。」

「二位施主這邊請。」僧人領著喬昭二人去了住持的居所。

一盞茶的工夫後，喬昭二人從方丈居所走出來，回到了竹屋。

喬昭停在竹屋前。月光下，竹屋清幽，只聞竹葉沙沙作響。

「黎姑娘還不想睡嗎？」邵明淵問。

喬昭往竹林的方向走了幾步，輕聲道：「我有些擔心師太的安危。雖說師太手中有讓對方想要的東西，一時安全無虞，可萬一對方被逼急了，也有可能狗急跳牆。」

「希望明天就能找到那個人。」邵明淵伸出手，想如曾經無數次寬慰將士們那樣，寬慰眼前的女孩子，卻猛然意識到眼前的人到底和他那些生死兄弟是不一樣的。

他只得不著痕跡把手放下來，溫聲道：「別想太多，我們盡力而為，剩下的就看天意了。」

這世上最難測的是人心，對方什麼時候會對無梅師太動殺機，難以預料。

喬昭垂眸盯著染上霜華的地面，淡淡道：「盡人事聽天命，這道理我懂。」

就像她明白她已經安全了，可還是不想去睡。

她怕靜下來，又想到那個凶徒壓到她身上的那種窒息感。

「要不然——」她想說，要不然一起隨便聊聊天。

某人卻道：「要不然我去弄些東西給妳吃吧。」

「邵將軍會做飯？」

小半個時辰後，竹林盡頭。

邵明淵把烤得金黃流油的野雞，撕下了一隻雞腿遞過去。「可以吃了。」

喬昭有些不好意思。「這裡是佛門聖地。」躲在這裡一起烤野雞吃不大好吧？

月光下，年輕的將軍一笑露出整齊的白牙。「佛門聖地在那邊，這裡只是山間竹林。」

「話雖如此，保護靜翕師父的那兩位師父，恐怕會不高興的。」

這麼誘人的香味，定然瞞不過同住竹屋的僧人。

年輕的將軍一本正經道：「吃肉可以養身體、補充體力，高僧們慈悲心腸，定然能理解。」

喬昭忍不住笑了，坦然接受了對方的好意。她沒想到邵明淵燒烤的手藝竟然很不錯，一口氣吃下整隻香噴噴的雞腿，胃口頓時熨帖了，誠心贊道：「很好吃。」

邵明淵視線從少女帶著油漬的唇角移開，問道：「還要嗎？」

喬昭搖頭。「不了，吃飽了。」

邵明淵這才把剩下的雞肉吃完，動作熟練毀屍滅跡，而後朝喬昭一笑。「走吧，該休息了。」

二人回到竹屋前。

喬昭臨進去時轉過身來，輕聲道：「邵將軍，多謝。」

邵明淵有些意外，隨後笑笑。「舉手之勞，主要是我也餓了。」

喬昭彎了彎唇角。真難得，居然還知道撇清。

她轉身走進竹屋，關上了房門。邵明淵在外面站了一會兒，進了另一側的竹屋。

竹林幽靜，可沒過多久，本來就沒有睡意的喬昭，便被外面的喧嘩聲吵了起來。

她直接坐起來，看到外面一片火光，忙穿好鞋子走到門口，握上了邵明淵給她的那支骨笛。

外面動靜這麼大，邵明淵定然也聽到了。

這樣一想，喬昭便打開了房門，外面的情景讓她頗為意外。

數十名僧人把邵明淵所住的竹屋團團圍住，手中舉著的火把映照著他們凝重的表情。

邵明淵站在門口，遙遙與喬昭視線相對，安撫朝她點點頭，然後問眾僧：「不知各位師父這個時候前來，所為何事？」

「請侯爺隨我們回寺中一趟吧。」

「師父可否告知在下，寺中發生了什麼事？」

領頭僧人強忍悲憤。「我們首座遇害了，住持請侯爺隨我們走一趟。」

僧人這話說完，邵明淵敏銳察覺圍著他的僧人悄悄上前一步，縮小了包圍圈。

他面上絲毫不動聲色，淡淡道：「好。」

聽他直接應下來，眾僧顯然鬆了一口氣。

邵明淵走到喬昭身邊。「黎姑娘，同去吧。」

「嗯。」喬昭點點頭，與邵明淵走在一起。

二人在眾僧的「簇擁」之下進了大福寺，才剛進去，寺門立刻關上了，深夜裡發出刺耳的關門聲。大福寺中燈火通明，亮如白晝。

領頭僧人直接發難：「諸位師弟，把謀害首座的凶手綁起來！」

眾僧一擁而上，邵明淵把喬昭護在身後，高聲道：「慢著！師父認為，是在下謀害了首座？」

「事到如今，侯爺還想狡辯不成？」領頭僧人冷笑。

邵明淵一眼看到走來的住持，朗聲道：「住持，不知貴寺首座遇害究竟是怎麼回事？在下與黎姑娘都在竹屋那邊，為何會與此事扯上關係？」

「阿彌陀佛，不久前我師弟的房中傳來一聲慘叫，大家趕到時，發現他已經慘死屋中。」

「那為何認為是在下所為？在下沒有謀害首座的理由。」邵明淵平靜問道。

他深知越是這種情況越不能急躁。

不等住持回答，領頭僧人就激動道：「當然有理由！我們首座之前就懷疑你們有問題，只是住持寬宏，一直不願意相信。現在想想，首座懷疑得一點沒錯，無梅師太的失蹤還有疏影庵師兄們的遇害定然是你所為，如若不然，怎麼之前從未發生過這樣的事，各位來到大福寺之後就發生了呢？」

「也就是說，師父全憑猜測？」

「不是猜測，而是合情合理的推測。這位女施主一直住在疏影庵中，沒有人比她更熟悉庵中布局以及師兄們的作息規律，而侯爺又住在寺中，與女施主頻繁接觸，想悄無聲息前往疏影庵行凶是很容易的事。」領頭僧人道。

「那位凶徒又怎麼解釋？」喬昭問道。

看來首座之前對晨光的懷疑加上他的死，讓眾多僧人對他們起了疑心。

領頭僧人冷冷道：「那位凶徒說不定才是替罪羊，不然又怎麼解釋女施主的車夫與丫鬟會在那座老屋裡，還有大福寺與疏影庵的布局圖？」他說完朝住持一禮。「住持，無梅師太的失蹤定然是他們幾人精心策劃，您萬萬不可再聽信他們的狡辯，讓害死首座的凶手逍遙法外。」

住持面上瞧不出喜怒，看向邵明淵。

邵明淵淡淡問領頭僧人。「無論是猜測還是推測，師父其實還是沒有任何證據了？只是想當然？」

「誰說沒有證據？圓喜——」

一名清瘦的僧人站出來。「圓喜是第一個發現首座遇害的人。圓喜，你把看到的再講一遍。」

圓喜看了邵明淵一眼，往旁邊挪了一步，才道：「我出去如廁，猛然聽到首座房裡傳來慘叫聲，忙跑過去看，就見一個人影從首座屋裡竄出來，跳上屋頂往那個方向去了。」

他伸手一指，正是竹屋的方向。

「那就證明是在下所為嗎？」邵明淵面不改色問。

「雖然是夜裡，但今晚月色不錯，貧僧雖沒看清凶手模樣，卻能確定他穿的不是僧袍，而是寺中為香客準備的衣裳，就如施主這般。」這話一出，眾僧視線全都落在邵明淵身上。

領頭僧人接著道：「從首座發出慘叫到我們趕過去，連一盞茶的時間都不到，試問除了侯爺，誰能做到在如此短的時間內順利脫身？」

邵明淵不以為意笑笑。「自然是真正的凶手了。」

「侯爺是料定我們大福寺拿你沒有辦法嗎？」領頭僧人咄咄逼人問。

「不知諸位聽到慘叫是什麼時候？」

「兩刻多鐘前。」眾僧紛紛道。

邵明淵笑了笑。「不巧的是，那個時候在下並沒有睡下。」

領頭僧人冷笑。「侯爺當然不會睡下，那時候你不正在我們首座房中行凶嗎？」

邵明淵隨意走了兩步，面帶慚愧道：「行凶不敢，殺生是真的。」

住持深深看了他一眼。

「讓住持見笑了，那時候在下正在烤野雞吃。」

喬姑娘垂眸，默默想：還好，沒把她供出來。

一二五　凶手現形

邵明淵笑看喬昭一眼，補充道：「與黎姑娘一起。」

喬昭：「……」這人還有沒有一點義氣了？

這一刻，氣氛有種詭異的沉默。

領頭僧人輕咳一聲打破沉默：「侯爺與黎姑娘是一起的，這恐怕不能證明什麼。」

「雞骨頭還埋在竹林盡頭的土坑裡，現在應該還是溫熱的。至於人證……」邵明淵掃了眾僧一眼，視線落在某處，不緊不慢道：「保護靜翕師父的兩位師父可以作證。」

眾僧立刻向那兩名僧人看去。

領頭僧人沉聲問道：「二位師弟當時可在場？」

兩名僧人互視一眼，其中一人道：「兩位施主那時候確實在烤野雞。」

領頭僧人顯然無法接受這個事實，黑著臉問：「那個時候二位師弟還沒睡？」

兩名僧人默認，不約而同心道：能睡得著嗎，烤野雞味道那麼香！

邵明淵垂眸暗笑，卻察覺有一道熟悉的目光落在他身上。

他側頭，對看他的姑娘輕輕揚了揚唇角。喬昭猛然收回視線，抿緊了唇。

這麼說，他們兩個燒烤時，他就發現香味把兩位僧人勾來了？居然還能面不改色吃得香。

住持開口道：「誤會一場，還請侯爺與黎姑娘不要見怪。」

邵明淵淡淡道：「我們能理解各位師父的心情。」

「住持，我想去看一下我的車夫現在怎麼樣了。」喬昭道。

得到住持點頭，喬昭二人向客房走去。客房的門緊閉，裡面卻亮著燈光。

喬昭拍了拍門，裡面立刻傳來冰綠的聲音：「別敲了，我是不會放你們這些禿驢進來的！」

「冰綠，是我。」

門猛然打開了，冰綠拎著一把椅子，眼睛都紅了。「姑娘，可算見到您與邵將軍了。」

「晨光怎麼了？」喬昭問。

冰綠把椅子放下，警惕瞪了陪喬昭二人前來的僧人一眼，怒道：「晨光沒事，是這些臭和尚，剛剛在外面把門拍得震天響，喊打喊殺的，婢子死死抵著門沒給他們開。」

一同前來的僧人不樂意了，雙手合十一禮。「阿彌陀佛，女施主誤會了，剛才我們寺中發生了命案，本來是想找二位施主問問情況的。」

冰綠冷哼一聲。「晨光昏迷不醒，我只是個姑娘家，你們來問什麼情況？分明就是不懷好意，想把殺人的罪名胡亂安在我們頭上。」

小丫鬟說到這裡，上前挽住喬昭手臂。「姑娘，婢子剛剛沒開門，做得對不對？」

喬昭伸手捏捏小丫鬟臉頰。「挺好。」

在情況不明又無能為力的時候，避開確實是最好的選擇。

「我去看一下晨光。」喬昭對邵明淵說完，抬腳走了進去。

邵明淵立在門口，看著少女俯身替晨光檢查。她抬手摸了摸晨光額頭，又摸了摸自己的，而後又抓起他的手腕診脈。邵明淵就這麼靜靜看著，眸光漸漸深沉。

冰綠看看喬昭又看看邵明淵，越發困惑。

喬昭檢查完，扶起晨光上半身，吩咐道：「冰綠，倒一杯溫水來。」

「噯。」冰綠應了，立刻倒了一杯水過來。

喬昭接過來，把水杯湊到晨光唇畔，溫聲道：「晨光，喝點水。」

晨光沒有什麼反應。

「幫我撐著他點兒。」喬昭對冰綠道。

冰綠依言照做。

「晨光，你聽得到我說話嗎？張嘴喝水。」

晨光嘴唇動了動，倒進去的水順著嘴角流出大半。

邵明淵原本要上前幫忙的，可見到如此情景腳下卻像生了根，無法挪動一步。

那一夜，他昏睡不醒，黎姑娘是怎麼把藥餵下去的？

喬昭拿帕子替晨光擦了擦嘴角，鬆了口氣。「還好能喝下去一點，冰綠，記得每隔半個時辰就這樣餵一次，無論能喝多少都好。」

「婢子知道了。」

喬昭起身走到邵明淵面前。「邵將軍，咱們出去吧。」

邵明淵黑湛湛的眸子一動不動地盯著少女淡粉色的櫻唇。

他這是看哪呢？喬姑娘皺皺眉，疑惑問道：「邵將軍？」

邵明淵回神，輕咳一聲。「走吧。」

沒等喬昭回答，他便率先轉過身，大步流星走了出去。

喬昭一頭霧水，搖搖頭趕緊跟上。這人腿太長，步子太大，再不跟上去又被甩到天邊去了。

這個夜晚，對大福寺的僧人來說注定是個難眠夜，各處全都亮起了燈，連樹上沉睡的鳥兒都被這番動靜驚醒，撲騰著翅膀找清淨地方去了。

首座和尚的屍體依然在他的屋子裡。得到住持允許，邵明淵由住持陪著一起進去查看。

首座和尚的致命傷在後心。

「住持，在下認為，殺害首座的就是寺中僧人。」邵明淵這話一出，立刻引來眾僧側目。

領頭僧人怒道：「侯爺認為，疏影庵的師兄們還有首座是我們寺中弟子殺的？您這樣說可有證據？」

邵明淵看他一眼，不緊不慢道：「當然只是推測。」

「侯爺依據是什麼？」住持問。邵明淵伸手一指。「住持您看，首座屋內擺設沒有絲毫凌亂，這證明他沒有與凶手展開搏鬥，而是在毫無防備之下被人殺害的。」

「這又能說明什麼？首座當時在熟睡，自然是毫無防備。」

「不，首座當時起身了，而且是他親自把凶手迎進屋來。」喬昭接著道。

「不可能，我們當時進來就看到首座趴在床上的。」眾僧紛紛反駁。

喬昭看向邵明淵，邵明淵朝她微微一笑，示意由她來說。

喬昭也不客氣，不疾不徐問道：「諸位師父進來後，有沒有挪動過首座師父？」

「沒有，確定首座已經沒有氣息後，就一直保持著這個樣子。」

喬昭笑笑。「所以這不是十分明顯的事嗎，首座整個人都是在這床薄被上的，這說明他是遇刺後被凶手放到床上去。」

「還有傷口的角度。」邵明淵補充道：「如果首座當時是趴著睡覺遇刺，傷口刺入的角度不應該是這樣的，而是斜向下。這個傷口角度，是凶手從背後刺入才能造成。」

眾僧面面相覷，一人問道：「那又如何證明，凶手是首座迎進來的？」

「窗是關著的，首座既然是被人用利器刺入後心口，只能是他給那人開了門，轉身往裡走時遇害的。」邵明淵環視眾僧一眼。「這便說明，首座對凶手很信任。」

這話一出，眾僧都神色凝重起來。他們也不傻，當然知道邵明淵分析得有道理。

夜半時分，若不是信任的人，怎麼會開門讓他進來呢？這正說明了凶手是寺中僧人無疑。而這個認知，讓在場眾僧都心情沉重起來。

「空雲，召集寺中所有弟子在殿中集合。」住持吩咐道。

領頭和尚空雲應一聲是。

不久後，渾厚的鐘聲在山寺間迴蕩不絕。

半夜寂靜，鐘聲悠遠，連落霞山腳晝夜兼程搶著疏通山路的人都被驚醒了。

江十一一躍而起，來到邵知面前。「寺中發生了什麼事？侯爺有沒有再傳出什麼消息來？」

「沒有。」邵知沒好氣應了一句，眺望著山寺方向。

山腳下許多人都無心再睡。

寺中熟睡的僧人全都驚醒，匆忙披上僧衣趕往大殿。

邵明淵與喬昭作為局外人，一直默默旁觀。

「睏了嗎？」邵明淵忽然側頭問。

夜色中，少女眼睛明亮，輕輕搖了搖頭。「怎麼可能睡得著。」

「放心，那人沒有沉住氣，反而把自己暴露了，很快就會水落石出。」

「是呀，就是不知道師太如何了。」喬昭遙遙看了住持一眼。

住持似有所感，朝二人微微頷首。

在住持的安排下，所有僧人不分長幼，分成數隊一間間搜查所有人的住處，大福寺裡亮如白晝，直到天色亮起來，燈籠才熄滅了。眾僧回到大殿集合，一無所獲。

領頭僧人空雲道：「住持，所有弟子住處已經搜查過了，並無任何異常之處。我看還是請黎姑娘的車夫與丫鬟出來，問個清楚吧。」

「師父何不再等等？」

「還等什麼？侯爺說凶手是我寺中僧人，可到如今沒有發現任何異常，而那兩個人卻諸多疑點。他們即便不是凶手，也定然與凶手有關係。」

「是有關係，我的丫鬟看到了獵戶同伴的樣子。」喬昭忽然道。

眾僧吃了一驚，領頭僧人空雲更是面色陡然嚴厲起來。「既然如此，黎姑娘為何不早早說出來？」

喬昭笑了笑。「早早說出來，讓真正的凶手殺人滅口嗎？」

「那就請那位女施主出來指認凶手吧。」空雲冷聲道。

喬昭沒有接話，側頭去看住持。住持沉聲道：「大家稍安勿躁，再等等吧。」

「住持還要等什麼？」空雲不解問道。住持笑而不語。

兩刻鐘後，一位年輕僧人走進來，附在住持耳邊低語幾句，住持連連點頭，面露喜色。

等年輕僧人說完退至一旁，住持環視眾人一眼，笑道：「師太已經找到了。」

「師太找到了？」眾僧面面相覷，俱是一臉驚訝，紛紛問道：「住持，師太在什麼地方？如何找到的？」他們這些人一直在搜查每個人住處，住持什麼時候命人去找師太了？

眾僧不由看向年輕僧人，這才恍然。先前住持的小弟子靜虛一直沒有出現過，只是因為靜虛年紀輕、資歷低，無人留意。

「空雲，現在你可以說說看，為何會擄走師太、殺害首座了吧？」住持看著空雲突然問道。

這話一出，好似一道驚雷落在眾僧頭上，所有人忍不住往旁邊一退，把空雲顯露出來。

空雲一臉震驚。「住持這話是什麼意思？弟子聽不懂！」

「靜虛，你告訴空雲，師太是在何處發現的？」

靜虛朝住持一禮，朗聲道：「師太是在谷米庫房發現的。」

眾僧看向空雲的眼神多了幾分異樣。空雲依然面不改色。「弟子雖然是管理庫房的副寺，可師太在庫房被發現，並不能說明就與弟子有關。」

住持神情凝重，看著空雲搖頭嘆息。「昨夜冠軍侯與黎姑娘離開前去了我那裡，描述了凶手最可能的樣子：瘦小、半路出家，以及有著隨時外出而不引人懷疑的差事。」

「符合這些的弟子不在少數。」

住持深深看空雲一眼，平靜問道：「若再加上多年前很可能以難民或乞兒的身分，險些餓死在山腳下呢？」

空雲聞言面色一僵。住持長嘆一聲。「我命弟子連夜翻看名冊，二十年來符合這一點的弟子不超過七人，而這七人中又同時符合那三點的，便只有你。」

空雲失笑。「所以住持早就懷疑弟子了嗎？僅憑兩名外人的胡亂猜測，就要給弟子定罪嗎？」

「信海。」另一名中年僧人走上前來，手中捧著一個托盤，托盤上放著折疊好的衣裳。

看到托盤上的衣裳，空雲面色一變。

「這是從空雲師兄房間中搜查出來的香客衣裳，上面還有血跡。」

住持深深看著空雲。「空雲，你還有什麼話說？」

空雲盯著住持，面色神色變化莫測，許久後長嘆道：「原來住持演了一場好戲，集合寺中弟子由我領頭四處搜查，就是為了不讓我有時間處理血衣吧？」

「把空雲拿下。」住持背過身去。早已候在一旁的武僧立刻圍住空雲。

「晚了……」空雲勉強說出這句話，嘴角已有烏黑的血流下來。

早在看到靜虛出現的那一刻，他就已經咬破了牙齒中藏的毒囊。

空雲瞪著上方，喃喃道：「我真後悔……」

若是沒有因為當年的一飯之恩而心軟，求同伴留下靜翕的性命，是不是就不會留下破綻讓人懷疑到他身上呢？空雲眼睛瞪得大大的，已然氣絕。

眾人聽了他最後沒說完的話，卻永遠也猜不到他後悔的究竟是什麼了。

「阿彌陀佛。」住持長嘆一聲。「靜虛你帶路，我們去看看師太如何了。」

待喬昭見到無梅師太時，無梅師太正倚靠著枕頭，神情虛弱，目光卻是平靜。

「你們來了。」無梅師太牽了牽唇角。「住持師兄，我想和黎姑娘單獨說說話。」

住持點點頭，與邵明淵等人一起退出去。

室內只剩下無梅師太與喬昭。

「師太，您覺得怎麼樣？我替您把把脈可好？」

無梅師太笑笑。「貧尼沒有受虐，只是一直沒吃東西。」

「那我去給師太做些清粥小菜吧。」

「不急。」無梅師太攔住她，淡淡問道：「嚇到了吧？」

一二六　山路通了

「是挺怕的，更擔心您的安全。」喬昭坦然道。

到現在，她都清晰記得察覺背後有人時的不寒而慄，還有被凶徒控制住時的絕望。

「連累妳了，還好妳沒事。」

「師太……」無梅師太收回目光，望向雪白的牆壁。「我知道妳有很多話要問，不過這些事不是妳一個小姑娘該過問的。好孩子，下山後把這些都忘了吧。」

「師太的意思是——」喬昭心中一動。

無梅師太目光平靜笑笑。「疏影庵只剩下貧尼與靜翕，貧尼不打算留在疏影庵了，以後妳就不必來了。」喬昭有些意外，沉默了片刻問：「那以後，誰陪師太抄寫經書呢？」

她與無梅師太相處了短短數月，在那間小小的靜室中，無梅師太誦經文，她抄佛經，不知不知大半日就過去了。每七日一次心無旁騖的抄寫經文，何嘗不是讓她在煎熬中浮躁的一顆心沉澱下來呢？如果說一開始喬昭接近無梅師太有著自己的盤算，那麼現在她確實有幾分不捨。

「傻孩子，以前那麼多年都無人陪著貧尼抄寫經書。緣聚緣散，不必太在意。」

「那我以後還能見到師太嗎？」喬昭問。

她總覺得無梅師太決意離開疏影庵不是這麼簡單。

「或許能，或許不能，誰知道呢？貧尼餓了，妳去給我熬一碗粥吧。」

喬昭把沉香佛珠拿出來。「師太，這是您的佛珠。」

無梅師太沒有接。「這串佛珠就送給妳吧，希望能保妳平安。」

「多謝師太。」喬昭知道無梅師太不喜推搡，收下佛珠便退了出去。

邵明淵等在門外。

「住持，師太讓我給她熬粥，不知廚房在哪裡？」

「靜虛，領黎姑娘去廚房。」

邵明淵跟上去。「黎姑娘，我和妳一起去。」

這個時辰大福寺的廚房裡空蕩蕩的，喬昭熬上粥，坐在一旁的小杌子上出神。

「師太是不是什麼都沒說？」

「對。」喬昭回過神來，撥弄了一下柴火，輕聲道：「師太要離開疏影庵了，所以以後我也不必來了。」

「不來也好。」

喬昭停下手中動作，看向邵明淵。

邵明淵從喬昭手中接過火鉗，淡淡道：「這次的事，或許只是個開始。」

「邵將軍為何這麼想？」

邵明淵笑笑。「大概是直覺吧。樹欲靜而風不止，那名獵戶和空雲和尚蟄伏了那麼多年，背後勢力沒有得到所求之物，豈會善罷甘休？」

「是呀。」喬昭嘆氣。

剛才在無梅師太面前，她甚至沒想過問那兩名凶徒要找的是什麼東西，因為她知道，即便問了無梅師太也不會說的。

「這個事情對無梅師太等人來說只是剛剛開始，但對黎姑娘來說卻是到此為止了，這樣未嘗不是好事。」

「嗯。」喬昭點點頭。好奇心人人都有，但更多的時候需要學的是控制住這份好奇。

「黎姑娘，其實妳可以考慮教會我的親信針灸驅毒，那樣的話就不必麻煩妳每天都過去了，我保證親信學會後，不會傳給任何人。」

喬昭斜睨了身邊的男人一眼，險些氣樂了。

搞了半天重點在這裡，他還沒放棄讓人跟著她學針灸呢！

「所以邵將軍是打算過河拆橋嗎？」喬姑娘冷冷問。

那天晚上這混蛋把她當被子蓋了一宿，現在跟她說這個？

「不，黎姑娘誤會了，在下只是覺得太麻煩妳了。」

「我不嫌麻煩。」喬姑娘直接堵了回去。

邵明淵張了張嘴，最終發現實在不知道該怎麼解釋，乾脆不吭聲了。

「粥好了。」喬昭起身把粥盛出來，留了一碗在廚案上，端著粥出去時回頭道：「邵將軍把那碗粥喝了吧，等我把粥送去後，回竹屋給你針灸。」

邵明淵盯著冒著熱氣的粥出了會兒神，端起來喝了一大口，隨後一張俊臉憋成了豬肝色。

燙死了！

疏影庵的凶案以無梅師太的閉口不言做了尾聲。

喬昭與邵明淵回到竹屋，替他針灸後終於熬不住了。「我去睡一下，若是有事邵將軍就喊我。」

「好。」等喬昭走後，邵明淵睡了一個時辰左右便醒過來，推門走出去。

一隻灰色鴿子落在他腳下。

他取出鴿子攜帶的紙條，展開看過，把紙條碾碎了丟進風裡。

喬昭則一直睡到晌午才醒過來，頭重腳輕走出門，屋外的人轉過身來。

「邵將軍沒有休息嗎？」

昨夜可算驚心動魄，此刻大福寺的僧人們恐怕都在補眠。

「睡過了。」邵明淵指指放在磐石上的木盆。「才接的泉水，黎姑娘洗把臉吧。」

「呃，謝謝。」喬昭有些意外，面上卻沒有流露出來，俯身掬起泉水洗了把臉，頭重腳輕的感覺一下子沒了，頓時神清氣爽。

邵明淵遞了一杯茶過來。喬昭抬眸看他。

「燒開了泉水泡的。」

「謝謝。」喬昭再次道謝。

邵明淵坐下來。「又收到了山外的消息。」

喬昭握住茶杯沒有動。邵明淵聲音壓得很低：「我讓屬下查了明康五年有什麼大事。」

喬昭心中一動。

明康五年——她以為他會等出去後再調查的，沒想到已經開始查了。

「明康五年有兩件大事。」沒等喬昭問，邵明淵便低聲講給她聽：「第一件，是北征將軍靖遠侯因通敵罪被判滿門抄斬。」

喬昭聽了心中莫名一顫，問道：「第二件呢？」

「第二件還發生在靖遠侯被判通敵罪之前，明康五年年初，肅王反了。」

「肅王？」喬昭仔細想了一下，喃喃道：「嶺南之亂？」

邵明淵揚眉。「黎姑娘也知道嶺南之亂？」

嶺南之亂之後的二十年，幾乎無人提及這段僅維持了不足三個月的叛亂。他也是見到信鴿帶來的訊息才隱約有了點印象，卻已經忘了這點模糊印象究竟是從哪本書上看到的，還是聽人無意中提起的。

「曾經看過一本野史，上面隱晦提過一句。」

「雖然說無梅師太那年下山應該和這種大事扯不上關係，但明康五年確實是個很特殊的年分。」

「邵將軍還打算繼續往下查嗎？」

邵明淵笑笑。「先查查看吧。對了，山路這幾日就能通了。」

「希望能早些通路，家裡人該等急了。」

數日後，隨著一陣歡呼，山路終於通了。但錦鱗衛直接把想上山的各路人擋了下來。

「我女兒還在上面呢，為什麼不能上去啊？」何氏上前一步，胸脯一挺。

「除了錦鱗衛，任何人都不得上山。」江十一冷冰冰道。

「你這人還講不講道理？」何氏氣得扠腰質問。

江十一面無表情一揮手。「上山。」

他們錦鱗衛什麼時候是靠講道理辦事的？這婦人簡直不可理喻。

「老爺，您看這些人！」何氏氣得不行，拽了拽黎光文衣袖。

江遠朝走過來。「黎夫人不必心急，我們也是奉了上面意思辦事，在下向您保證，定然把黎姑娘安然無恙送到您身邊。」

「多謝了。」黎光文敷衍謝過，拉著何氏道：「咱們去那邊涼棚等著吧。」

路的另一邊，新搭建了一座更大更舒適的涼棚，是何氏自掏腰包建的，夫婦二人每天一睜眼便準點來這裡報到。

池燦立在路邊一動不動，楊厚承搭上他的肩膀。「拾曦，咱們也去涼棚裡等著吧，在這一直站著，一會兒要中暑了。」

「你說，那天夜裡傳來山寺鐘聲，發生了什麼事？」

楊厚承撓撓頭。「不知道啊，後來問邵知，他不是沒說什麼嘛。」

池燦望著大福寺的方向眸光轉深。「就是什麼都沒說，才有問題。」

他雖然有任性的本錢，卻更有自知之明，像今天錦鱗衛不許任何人上山，足以說明山中發生了很大的事。他雖恨不得立刻見到黎三，卻不會在這個時候亂來。

朱彥說得對，他想爭取自己想要的，就要先沉得住氣，成長到足以掌握自己的命運。

黎三，妳可要等著我。

「隊長，咱們真不上山？」幾名親衛則圍在邵知身邊問。

邵知轉身往路邊走，邊走邊道：「沒聽錦鱗衛說麼，上面吩咐了，只許錦鱗衛的人上山。」

「憑什麼呀，山裡消息都是咱們將軍傳出來的，現在路通了，咱們還不能上山迎將軍大人下來？」有人不服氣道。邵知抬手打了那人一巴掌。「別亂說，想給咱們將軍惹禍不成？」

錦鱗衛才是皇上心腹，將軍越是這種時候越該低調，他們為將軍爭一時風頭，回頭害將軍被皇上記到小黑帳上，那才是得不償失。

「去那邊等著去，將軍大人用不了多久就能下來了。」

近百名錦鱗衛在江遠朝與江十一的帶領下來到大福寺。

疏影庵與大福寺發生的命案，邵明淵已經通過信鴿傳了出去，江遠朝肩負的命令便是把案情查清楚，而江十一則負責護送無梅師太下山。

「黎姑娘走吧。」江十一把無梅師太安排妥當，來到喬昭面前。

喬昭朝邵明淵欠欠身。「邵將軍，那我就先下山了，晨光目前還不宜走山路，就讓他暫時在寺中休養吧。」她困在山中這麼久，定然讓黎家父母親人擔心了。

「黎姑娘慢走。」看著少女漸漸遠去的背影，邵明淵心中生出幾分羨慕。

有人擔心掛念，真是極好。

「侯爺？」江遠朝挑了挑眉。

邵明淵收回視線，不露聲色道：「江大人，咱們進去詳談吧。」

「好。」江遠朝笑笑，回頭遙望了江十一背影一眼。

義父究竟是怎麼想的呢？莫非為了杜絕他與黎姑娘的任何可能，想要江十一橫插一腳？想到這個可能，江遠朝啞然失笑。他可不認為黎姑娘是會中「美男計」的女孩子，嗯，他已經開始期待江十一碰一鼻子灰的情景了。

喬昭第一次覺得下山的路這麼長，好在冰綠在一旁說個不停，讓時間好打發了些。

「姑娘，晨光什麼時候能下山啊？」

「嗯？」

小丫鬟臉一紅。「他是姑娘的車夫嘛，一直不回府，以後姑娘出門該怎麼辦啊？」

走在不遠處的江十一側頭，冷冰冰問道：「黎姑娘需要車夫？」

義父交代過，黎姑娘的任何需求只要在合理範圍內，要他盡力滿足。

「關你什麼事呀？」冰綠翻了個白眼。這個錦鱗衛沒毛病吧，想跟她家晨光搶車夫的位子？

喬昭也覺得有些古怪，大概她與錦鱗衛八字不合，先前江遠朝莫名其妙盯上她一個小姑娘，害她險些暴露了身分，如今又出來個江十一，雖然總是冷著一張臉，可出現在她面前的次數好像越來越多了。

「不需要，我有車夫。」喬昭語氣平靜道。

「哦。」江十一言簡意賅應了一聲。

那正好不需要他去找車夫了，希望黎姑娘一直這麼讓人省心才好。

說起來，義父給他安排這種無聊的差事做什麼？明明他比江十三更擅長審訊人，鞭子蘸鹽水什麼的才是他的長處。

一路沉默著下了山，喬昭環視四周，還沒找到黎光文等人，就被衝過來的何氏一把給抱住了。「我的昭昭，娘總算盼到妳了，嚶嚶嚶……」

「夫人，您擋道了。」江十一冷冷提醒。

冰綠悄悄撇嘴嘀咕一聲：「沒見過這麼煞風景的人。」

江十一面無表情看冰綠一眼。冰綠莫名覺得頭皮一麻，不敢說話了。

「娘，咱們回家再說吧。」喬昭沒有被人圍觀的愛好，出聲提醒道。

「對、對，回家，咱們回家。這些天妳祖母都沒吃好睡好呢，早就盼著妳回去了。」何氏挽著喬昭的手向黎光文走去。

「黎姑娘，江大姑娘挺擔心妳的，想請妳去江府做客。」江十一拿出一張請帖遞過去。

喬昭伸手接過。「替我謝過江大姑娘。」

何氏一看喬昭把請帖收下了，不由一急，掐了喬昭胳膊一下道：「昭昭，妳的臉色好難看啊，快點跟娘回家吧，請個大夫給妳好好看看。」

撂下這話，何氏也不等江十一有什麼反應，拽著喬昭就上了停靠在路邊的馬車。

黎光文尷尬地摸了摸鼻子。

他還等著閨女撲到他懷裡喜極而泣呢，結果連一聲爹都沒喊就被媳婦拉上車了，真不開心！

眼看著馬車漸漸走遠了，楊厚承不解地戳了池燦。「拾曦，你剛剛怎麼沒上去啊？」

池燦白他一眼。「這個時候過去幹什麼？我又不傻！」

要是只有黎三就罷了，現在她父母都在呢，他可是規矩守禮的大好青年。

楊厚承更不解了。「那你每天跑過來，一等就一天是為了什麼啊？難道就為了看一眼？」

「看一眼，確定她平安無事，還不夠嗎？」池燦瀟灑轉身，抬手拍拍楊厚承肩膀。「走了，喝酒去。」

「那黎姑娘那邊——」

「明天去庭泉府上等她。」池燦翻身上馬。

「明天我當值。」

池燦斜睨楊厚承一眼。「你用不著跟我去啊。」

楊厚承：「……」重色輕友也不是這樣的吧？

二人騎著馬漸漸走遠了。

一二七　赴約江府

回府的路上，何氏一直拉著喬昭看個不停，邊看邊流淚。「妳這個丫頭啊，真不讓我省心！」

喬昭心頭發澀，摟著何氏手臂軟聲道：「娘，對不起，讓妳擔心了。」

「咳咳。」黎光文繃著臉咳嗽一聲。

「還有父親，都是女兒不好。」喬昭心中滿是歉意，更多的是無奈。

她沒有辦法做純粹的黎昭，真正的黎昭早就不在了，她能做的是不要讓黎家人因為她受到傷害，盡己所能讓他們過得更好。

「我好久沒下棋了。」黎光文板著臉道。

「回去我陪父親下棋。」

「我書房裡還缺一幅畫。」

「我給父親畫一幅春山煙雨圖可好？」

黎光文這才心滿意足笑起來，從衣袖裡摸出一個油紙包遞過去。「醬牛肉。這些日子在山裡一直吃素，想吃了吧？」

「謝父親。」喬昭聞著醬牛肉的香味，卻忽然想起那一夜竹林盡頭吃到的那隻烤雞。

嗯，那隻烤雞味道是很好的，可惜以後沒有機會吃到了。

馬車在路上疾馳，才停靠在黎府門口，消息就傳到了鄧老夫人那裡。

「老夫人，三姑娘回來了！」

「真的？」鄧老夫人猛然站了起來，忽然一陣眩暈，跌回到太師椅上。

「老夫人，您怎麼啦——」

喬昭還沒進屋就聽到鄧老夫人身體不適的消息，急忙提著裙襬跑進來。

鄧老夫人已經恢復了如常神色，看著急忙跑進來的孫女，笑道：「昭昭啊，慢點跑。」喬昭跪下來，給鄧老夫人磕了一個頭。「祖母，孫女回來了。孫女不孝，這些日子讓您擔心了。」

「回來就好。」鄧老夫人擺擺手，揮退了不相干的人。

「三丫頭瘦了。」鄧老夫人上下打量喬昭一眼，對何氏道：「老大媳婦，妳去吩咐廚房做幾個好菜，今天咱們一家人吃頓團圓飯。」

「噯，兒媳這就去。」何氏滿心歡喜出去了。

喬昭垂眸，翹了翹唇角。母親還是這麼實心眼。

喬昭想得不錯，鄧老夫人支開何氏，自然是有話說的。

「來，坐在祖母身邊來。」

喬昭順從坐下。

「昭昭，大福寺發生了什麼事？」

那一夜的鐘聲讓滿京城的人都在猜測議論著。

疏影庵的事，錦鱗衛已經交代過不得對外透露，但喬昭不打算對鄧老夫人隱瞞。她簡單把這些日子發生的事講了一遍，聽得鄧老夫人心驚肉跳。「幸好妳沒事，誰能想到大福寺與疏影庵居然還有人敢行凶呢！昭昭啊，以後不去了吧？」

「嗯，不去了。」

鄧老夫人鬆了口氣，笑瞇瞇道：「以後在家裡悶得慌，咱就在城裡逛逛吧。」
「好，我聽祖母的。」喬昭溫順點頭。「祖母，我給您看看吧，剛剛您不是不舒服嘛。」
「年紀大了就這樣，沒什麼要緊的。」鄧老夫人這樣說著，還是把手腕伸出來。
喬昭把過脈，放下心來。老太太雖有些勞神，身體還是很好的。
「我就說沒事的，祖母年輕的時候還下過地呢，可不是那些養尊處優的老太太。」鄧老夫人說著擠擠眼，往東邊抬了抬下巴。「倒是妳伯祖母啊，眼睛越發不行了，前些日子還找祖母打聽，妳是怎麼治好長春伯家那個小畜生的。」
喬昭聽了心中一動。
東府的老鄉君這是打她的主意了？還好會醫術有這一點好，推說不會治，誰都無可奈何。
「昭昭，妳先回去洗個澡，換身衣服吧，等吃飯了讓丫鬟們去叫妳。」
「那孫女告退了。」
喬昭回到西跨院，阿珠快步迎上來。「姑娘——」
素來穩重的丫鬟拉著喬昭衣袖紅了眼圈。
喬昭也算是從鬼門關走了一遭，心有戚戚焉拍了拍阿珠手背。「沒事，都挺好的。」
冰綠伸手給了阿珠一個大大的擁抱，把阿珠抱愣了。「冰綠？」
「嗯，忽然覺得妳比大福寺那些禿驢看著順眼多了。」
阿珠：「……」
喬昭痛痛快快洗了個澡，換上乾淨舒適的衣裙，才把江十一塞給她的請帖拿出來看。
喬昭並不認為這請帖真的是江詩冉給她的，在她想來，應該是江堂打著女兒的幌子想見她，沒想到看過之後才發現猜錯了。這張帖子居然真是江詩冉下的，約她見面的地方是江府。

那次遇到，江大姑娘恨不得把她大卸八塊，現在居然下帖子給她？

「姑娘，您看這張帖子幹嘛？不會真的想去吧？您千萬別想不開啊，江大姑娘不是好人。」冰綠是親眼見著江十一把帖子塞給喬昭的，忍不住道。

「還沒逛過大都督府吧？明天帶妳去。」喬昭笑瞇瞇道。

帖子是江十一給她的，證明江堂知道這件事，那麼她就算推了這一次，還是躲不過去的。既然如此，不如直接面對，有什麼麻煩儘早解決。

「您真要去啊？萬一江大姑娘欺負您怎麼辦？」

「不是有冰綠麼。」喬昭逗她。

冰綠一聽立刻熱血沸騰往外走。「姑娘，婢子出去打一套拳，再來伺候您！」

她要好好練武，保護姑娘！

當天西府眾人聚在青松堂裡，吃了一頓熱熱鬧鬧的團圓飯，就連許久不曾踏出房門的大姑娘黎皎都出現了。儘管黎皎憂鬱的目光頻頻往喬昭身上落，喬昭卻絲毫沒有受到影響，舒舒服服用了飯，被何氏拉著一起歇在了雅和苑正院裡。

黎光文默默去了書房。以前睡書房睡了那麼多年，怎麼才幾日沒睡竟有些不習慣了呢？躺在書房硬邦邦的矮榻上，黎大老爺憂傷地想。

翌日，喬昭收拾妥當，如約去了江府。

江府坐落在京城最富貴繁華的地方，外觀莊重雄麗，內裡卻有著煙雨江南的婉約精緻。

喬昭想起聽來的事，錦鱗衛指揮使江堂的妻子是南方人，過世後江堂沒有再娶妻，甚至不曾納妾。說起來也是件有意思的事，當今朝中公認的兩個愛妻如命之人，一個是錦鱗衛指揮使江堂，另一個則是首輔蘭山，年近七十的首輔大人只有老妻一位，沒有一個小妾通房。

喬昭坐在花園涼亭裡喝著茶，片刻後聽到腳步聲響起，江詩冉大步走了過來。

「江姑娘。」喬昭站起來。

江詩冉穿了一身大紅騎裝，腰間纏著青黑色的鞭子，顯得英姿勃發。她走近了，盯著喬昭的臉好一會兒沒吭聲，好像要把人裡裡外外瞧個仔細。

喬昭面不改色，任由她打量。

「坐吧。」江詩冉揚手一指，率先在石椅上坐下。

喬昭跟著坐下來，平靜問道：「江姑娘約我過來，不知有什麼事？」

江詩冉目光又在喬昭面上掃了一圈，冷著臉道：「咱們也不必說什麼客套話，我就問妳，妳手中是不是有李神醫的祛疤良藥？」

原來是為了這個。喬昭頷首。「李爺爺離京前是給我留下了祛疤良藥。」

「妳的臉就是塗了李神醫的藥好的？」

「是。」喬昭沒有否定。

「妳開個價吧，我要妳手中的祛疤良藥。」江詩冉毫不客氣道，見喬昭沒有反應，從衣袖中拿出一疊銀票拍在她面前。「這些夠了麼？」

喬昭垂眸，視線落在銀票上，莞爾一笑。「夠與不夠，要看求藥的人有多需要，李爺爺的藥不能用銀錢來衡量。」

啪的一聲，江詩冉又把一疊銀票拍在石桌上。「加上這些呢？」

喬昭笑笑。看來這位江大姑娘很會用銀子砸人啊。

「黎姑娘，妳可要想好了。」江詩冉的語氣透著威脅。

喬昭一副輕描淡寫的樣子把銀票推過去。「江姑娘把銀票收好吧，李爺爺的藥，我可以送妳一瓶。」

「送我？妳為什麼送我？」江詩冉沒有接銀票，滿臉狐疑。

「就當是謝過大都督的關照吧。」喬昭回道。江詩冉需要祛疤藥，究竟用在何處並不清楚，她可不願意與其扯上銀錢的關係，不然有什麼情況就要負責到底了。

江詩冉一聽這話卻氣得不行。「什麼關照？我爹才沒關照妳，妳少自作多情！」

喬昭語氣冷下來。「既然這樣，那就不送了。」

江詩冉白她一眼。「本來就沒想要妳送，我買！」

「不賣。」喬昭乾脆俐落道。當爹的有求於她，當閨女的還能再威脅她嗎？

「妳再說一遍！」江詩冉騰地站了起來。

「再說一遍也是如此。」喬昭端起茶杯啜了一口。

「妳就是故意和我作對，是不是？」江詩冉伸手把纏在腰間的鞭子抽了出來。「我問妳最後一遍，賣還是不賣？」

喬昭沒有回答，無動於衷看著她。

江詩冉怒極，手中鞭子照著喬昭抽去。

喬昭端坐著，紋絲未動。

長鞭落在石桌上，發出清脆的響聲，江詩冉握緊了長鞭，臉色鐵青。「妳就料定了我不敢抽下去？」討厭死了，剛剛她就不該抽偏了，姓黎的居然真以為她不敢嗎？

喬昭把茶杯放下站了起來。「江姑娘，妳叫我來，如果就是為了展示鞭法，那我已經領教，就先告辭了。」

「妳站住！」江詩冉氣得杏眼圓睜。「妳到底想怎麼樣？」

喬昭啞然失笑。「江姑娘，不是我想怎麼樣，是妳想怎麼樣？」

「我要買李神醫的祛疤藥，妳憑什麼不賣？」

喬昭正色道：「因為那是李爺爺送我的，千金不換。」

「可妳剛剛說送我——」

「那是另一回事了。」

江詩冉攥著鞭子，臉色陰晴不定，好一會兒後才冷哼道：「那好，算我欠妳一個人情！不過藥若是不管用……」

喬昭暗嘆一聲。果不其然，她白送還這樣呢，要真收了銀子藥不起作用，憑江大姑娘的脾氣是打算去把黎家拆了吧？

「江姑娘，妳要知道，對症才能下藥，即便是李爺爺的祛疤藥也不是萬能的。不知對方是怎麼落下的疤？疤痕深淺如何？」

「這些妳用不著問！」

真真反覆交代過，不要把她毀容的事告訴別人，她當然會信守承諾。

「那好吧，我回府後會讓人把祛疤藥給江姑娘送來。江姑娘也不必覺得欠我人情，無論管不管用都不要再找我，可否？」

「哼，妳以為我稀罕找妳啊？」江詩冉把長鞭纏回腰間，吩咐婢女道：「送客！」

喬昭一笑，轉身便走。

「黎姑娘請留步。」男子清冷的聲音傳來。

「十一哥，你怎麼過來了？」

喬昭回頭，就見一身玄衣的江十一走了過來。大概是天性冷漠，對義父的掌上明珠他只是略一點頭，便對喬昭道：「黎姑娘，大都督有請。」

「請帶路吧。」

眼見喬昭要去見江堂，江詩冉不幹了，追上去問道：「十一哥，我爹見她幹什麼？」

「不知道。」

「那我也去！」

「不行。」

江詩冉氣得跺跺腳，盯著江十一挺拔的背影翻了個白眼。

世上怎麼會有十一哥這樣無趣又冷漠的男人，活該打一輩子光棍！

江十一在書房門口停下來，聲音平淡無波。「大都督在裡面，黎姑娘請進去吧。」

喬昭點點頭，抬腳走了進去。

一見喬昭進來，江堂笑容滿面指了指茶几上的茶盞。「黎姑娘，嘗嘗這次的茶味道如何。」

喬昭屈膝見禮，笑道：「剛剛在江大姑娘那裡喝過了。」

她與江詩冉見面，江堂定然派人一直留意著。

江堂笑起來。「冉冉讓我慣壞了，沒有胡鬧吧？」

喬昭垂眸笑笑。這話她可沒法回答，應該問江姑娘什麼時候沒胡鬧才對。

江堂顯然也是瞭解自己女兒的，面不改色道：「回頭我再好好教育她。」

他說著起身從書櫃抽屜中取出一個白玉盒子，來到喬昭面前把盒子打開，嘆道：「黎姑娘看看吧，新品種。」

一二八 好心壞事

聽江堂這麼說，喬昭險些樂了，盯著白玉盒子中紅彤彤的丹藥看了一會兒道：「我要帶回去分析一下，才能調整解毒丹的配方。」

江堂拿出一把小巧的匕首按住其中一枚丹藥，比劃一下問道：「切這麼多夠了麼？」

喬昭詫異看向江堂。這又不是真的仙丹，難道連一顆都不給她帶走？

「聖上所賜，不敢送人。」江堂一臉鄭重道，心中卻默默流淚。

他容易嘛，以為皇上沒有盯著他吃就可以躲過了？天真！帶回家的這兩枚「仙丹」，等下次進宮後，皇上會找他仔細探討吃下去的感受，要是有和皇上感覺不一樣的地方，還要拉著他秉燭夜談，嚴肅分析。

只要這麼一想，江堂就只剩下滿腹心酸。想當皇上的親信，又豈是那麼容易的事。

「那好吧，這些應該夠了。」喬昭不知道江堂的心酸，雲淡風輕道。

江堂暗暗鬆了一口氣，喊道：「十一，進來。」

江十一推門而入。「義父。」

江堂看向喬昭。「黎姑娘，十一是我的另一名義子，以後就讓他保護妳吧。」

喬昭和江十一同時愣了一下。

江堂笑笑。「黎姑娘別誤會，因為妳時常出門，我是擔心妳的安危。」

這丫頭出了事，以後誰給他配置解毒丹啊？受制於人就是這麼憋屈！

「多謝大都督的好意，不過還是不需要了，江大人年輕有為，跟著我一個普通女孩子太屈才，也不方便。」

「黎姑娘——」

喬昭正色道：「大都督，以後我應該不會再出城，只在城中走動相信不會遇到危險的，您說是不是？」京城中還有哪方勢力比錦鱗衛的眼線多呢？

江堂顯然也想到這點，見喬昭拒絕得堅決，不再堅持。「那好，黎姑娘要是遇到什麼麻煩，知會一聲就是。」面無表情的江十一暗暗鬆了一口氣。好險，差一點就要當姑娘家護衛去了。

「多謝大都督，那我就先告辭了。」

「十一，送黎姑娘出去。」

「是。」

「把黎姑娘送回府。」江堂不放心又加了一句。

這蠢小子再把人只送到門口就回來，他就要換人了！

但不到一盞茶的工夫，江十一就回來了。

江堂嘴角一抽。「不是說讓你把黎姑娘送回府嗎？」

「黎姑娘說不回府。」江十一如實道。

「所以你就不送了？」江堂把手往茶几上一放，氣得抖了抖鬍子。

他是不是應該把江五調回來？

「十一，你可知道我為何讓你送黎姑娘？」

「怕黎姑娘遇到危險？」江堂翻了個白眼。屁啊，我是為了讓你和女孩子多相處！

「下去吧，趕緊的。」江堂心灰意冷擺擺手。

「十一告退。」江十一一頭霧水出去了。

喬昭離開江府後，直接去了冠軍侯府。

「黎三。」池燦等在門口處。

「池大哥。」喬昭打了招呼，暗暗嘆口氣。

昨夜與何氏睡在一起，聽何氏說了不少有關池燦的事，比如他替父親解圍，比如他每天早早趕到落霞山。何氏甚至問到她的想法。

她從來就沒有想法，早已明明白白告訴過他。原來不能接受的好意，比惡意還要難以應對。

兩人並肩走在庭院裡，池燦目視前方，眼尾餘光卻悄悄打量著身邊的少女。

「黎三，妳這些日子在山裡很不習慣吧？」

「也還好。」

「我送妳的點心和香瓜吃了沒？」

「吃了，還沒向池大哥道謝。」

池燦擺擺手。「謝什麼，又不是什麼貴重東西。」

他沉默了一會兒，停下腳步，語氣罕見有些遲疑。「黎三，庭泉和妳說了麼？」

喬昭腳步一頓，卻沒有停下來，抬腳繼續往前走。池燦連忙追上去。「黎三，我問妳呢！」

「他說了。」喬昭抬眸看著池燦，神色很認真。「池大哥，我很抱歉。」

池燦唇邊的笑意頓時消失了，一言不發盯著喬昭。

「我真的沒打算嫁人。」池燦嘴唇動了動，喬昭阻止他說下去。「不是因為我年紀小隨便說說。我想要什麼，不要什麼，一直很清楚。」

池燦揚眉。「妳就是不要我，對不對？」

喬昭閉了閉眼，心一橫道：「對。哪怕我真的嫁人，也絕對不會選擇池大哥，所以以後我們還是保持朋友的距離或者——」

「或者陌生人的距離？」池燦涼涼一笑。「黎三，妳可真是個狠心的丫頭。」

喬昭在心裡輕輕嘆口氣。她從沒想過這樣不留情面傷害對她有過救命之恩的人，可她知道，對方想要的東西她永遠給不了，若是心軟，才是對他最大的傷害。

池大哥，不留幻想，不留餘地，這是我唯一能為你做的。

池燦停下來，嘴角掛著笑，可那笑容涼得沒有一點溫度，讓他整個人都顯得冷清蕭索，再不是往日對什麼都漫不經心的模樣。

「黎三。」他終於開口，聲音澀然：「妳自己進去吧，我想起來還有事，先回去了。」

他說完，也不等喬昭回應，捏緊了拳頭轉身便走，遠遠跟在後面的小廝桃生，詫異地看了喬昭一眼，一頭霧水追了上去。

同樣跟在後面的冰綠趕上來。「姑娘，池公子怎麼了？」

「他有急事。」喬昭不想多說，加快了腳步。

邵明淵與喬墨皆等在正院裡，見喬昭進來，同時迎了上去。

「黎姑娘來了。」邵明淵目光往後落，沒有見到池燦的身影，眼中閃過疑惑。「拾曦沒有遇到黎姑娘麼？」

「池大哥有急事，先走了。」喬昭解釋一句，看向喬墨。

「昭昭，妳好像瘦了。」喬墨目不轉睛盯著喬昭看。

喬昭莞爾一笑。「沒有瘦，是大哥的錯覺。」

邵明淵冷眼旁觀，總覺得二人說話的語氣有些不對勁。這時一名親衛走過來，附在邵明淵耳邊低語幾句。

邵明淵點點頭，對二人道：「舅兄、黎姑娘，你們先坐，宮中來了人，傳我進宮一趟。」

等邵明淵一走，喬墨便示意喬昭跟他走。兄妹二人在開闊的亭子裡坐下，喬墨低聲道：「冠軍侯跟我說，大舅母給我下毒一事有了線索。」

「查到了什麼？」喬昭眼神一緊。

大哥中毒一事，沒有想到邵明淵這麼快就有了線索。

「據冠軍侯的屬下查探到的消息，大舅母與沐恩伯夫人蘭氏走得很近，去年冬天沐恩伯府的大姑娘病故，其症狀與零香毒發作時的症狀很相似。」

「沐恩伯府的大姑娘是不是姓程？」喬昭問道。

喬墨頷首。「大妹認識程大姑娘？」

「耳聞過，程大姑娘原來是馥山社的社長。」

她當時想進入馥山社，專門打聽過社中主要成員的情況，第一個瞭解的便是馥山社社長。

程姑娘是沐恩伯府的嫡長女，雖然生母早逝，卻出落得如花似玉、才華横溢，別的不說，只看京城那麼多出眾女郎，她能成為馥山社社長，就足以說明一切了。只可惜紅顏薄命，程大姑娘還未出閣便香消玉殞。

現在的沐恩伯夫人蘭氏是繼室，乃是首輔蘭山的小女兒。

「難道僅憑毛氏與沐恩伯夫人走得近，程大姑娘發病症狀與零香毒發作時相似，就確認毛氏的零香毒是沐恩伯夫人提供的嗎？要知道零香毒發作時的症狀，本就與風寒差不多。」喬昭雖然相信邵明淵的調查，還是提出了疑點。

「昭昭，無論怎麼樣她都是咱們的大舅母，一口一個毛氏……」

「大哥忘了，我現在是黎昭，她本來就不是我大舅母了。」沒有了血緣的牽絆，對以前的親友她只看感情。若是沒有感情，甚至害她兄長之人，算什麼大舅母？

「妳啊。」喬墨抬手揉揉喬昭的頭，繼續先前的話題：「當然不止這樣。大妹知不知道沐恩伯府什麼最出名？」

「請大哥指教。」見兄長沒有執著於她對毛氏的稱呼，喬昭心情頗好，笑盈盈道。

「沐恩伯府最出名的是醫館濟生堂，已經傳承了數百年之久。這期間程家經歷了起起落落，到了本朝出了一位皇后，才算重新踏入勳貴圈子，唯有濟生堂一直屹立不倒。」

「這些事我也略有耳聞。」喬昭琢磨一下，問道：「和濟生堂有關？」

喬墨點點頭。「大妹也知道，零香毒很罕見，一般醫館是沒有的。冠軍侯的屬下追查到濟生堂那裡，發現有位姓韓的大夫是從南邊來的，那位韓大夫當時投靠了表親家，結果沒過一年，那位表親一家人陸續死於風寒……」

喬昭一聽搖搖頭。風寒是可以要人命，可一家人陸續死於風寒，這就不多見了。

「那位韓大夫繼承了表親家的家產後開了一家醫館，可惜運氣不好，開了沒兩年失手治死了一位有背景的病人，醫館被人砸了，本人也被打折了一條腿，是沐恩伯夫人安排他進的濟生堂……」喬墨把探查來的消息，詳細講給喬昭聽：「目前差不多能確定大舅母的零香毒就是從沐恩伯夫人那裡得來的，但是確鑿的證據還沒有到手，為免打草驚蛇，目前也沒有動那位大夫。」

「這麼短的時間能查到這些，已經很難得了。」

最近發生的事情一件接一件，她都沒有想到邵明淵能這麼快查到線索。

「大哥，這樣說來，真正想對你下手的是首輔蘭山？」

喬墨輕嘆一聲：「或許吧。抗倭將軍邢舞陽本來就和蘭山親近，蘭山想對我下手，也在意料之中。我在想，哪怕得到確鑿證據，拿到那位天子面前，最終可能也不會有什麼結果。」

首輔蘭山在朝中一手遮天近二十年，如果說以前的他認為皇上是被奸相蒙蔽，那麼與這位天子近距離接觸過後，經歷了一次牢獄之災，他已經慢慢想明白，沒有明康帝的縱容，蘭山又怎麼可能獨攬大權。「想要有確鑿的證據，很難。」喬昭開口道。

那個韓大夫本來就是沐恩伯夫人的人，必然不會留下什麼紙面上的證據，即便他招認了，單憑一面之詞，別說動搖首輔蘭山，就是想動沐恩伯夫人蘭氏都沒有任何辦法。

更別說，即便有了確鑿的證據，就像大哥擔心的，皇上願不願意動蘭山還很難說。

「這些妳心中有數就好。昭昭，說說妳這些日子在山中的情況吧。」

「他沒跟大哥說？」

喬墨微微一笑。「他是誰？」

喬昭嗔他一眼。「大哥，說正事！」

「他當然不會多說，畢竟在他看來，妳是黎昭，對我多說妳的事可不合適。」

喬墨雖一本正經就事論事的語氣，可喬昭莫名就覺得兄長在拿她打趣，遂板著臉道：「大哥到底還想不想知道山裡的事了？」

「想知道，大妹別生氣了。」

「我沒有生氣。」

「好，沒生氣，昭昭快說吧。」

喬昭撿著能說的講給喬墨聽，眼看快到晌午邵明淵還沒有回來，吩咐冰綠道：「妳先回府，讓阿珠把祛疤藥送到江府去。」

江詩冉那邊自從喬昭走了後就眼巴巴等著，左等也不來，右等也不來，提著鞭子就差去找喬昭算帳了，總算等到了黎府送來的東西。

江詩冉帶著祛疤藥進了宮。真真公主一聽江詩冉來了，迫不及待請她進來。

「詩冉，是不是有李神醫的消息了？」

江詩冉有些尷尬。「李神醫的消息還沒有，不過我給妳帶了這個來。」

真真公主打量著江詩冉遞過來的小巧玉盒。「這是什麼？」

「李神醫的藥，可以祛疤的。」

真真公主眼底浮現失望之色，輕撫著臉苦笑道：「我這不是疤呀。」

她不該抱期望的，江詩冉一直都是被人捧在手心長大的，遇到麻煩尚需別人解決呢，怎麼可能真的幫到她。「詩冉，妳的好意我心領了，不過這藥我可能用不到。」

「總要試一試啊，這可是李神醫的藥，說不定就對妳臉上的潰爛有效呢。」

聽江詩冉這麼一勸，真真公主猶豫了。

江詩冉拉下面子從喬昭那裡討來這盒藥，當然希望能派上用場，於是再勸道：「真真，妳想啊，李神醫的藥千金難求，反正妳的臉已經這樣了，用了就算不管用，總不會更壞了吧？」

兩刻鐘後，江詩冉看著塗過藥的真真公主，徹底傻了眼。

糟了，真的更壞了！

一二九　藥不對症

見江詩冉盯著她的臉呆呆不吭聲，真真公主猛然反應過來，高聲道：「鏡子，給本宮拿鏡子來！」偌大的寢宮，能看到的地方壓根找不到一面鏡子。

宮婢芳蘭戰戰兢兢地取來鏡子。

江詩冉搶先把鏡子拿到手，囁嚅道：「真真，妳還是不要看了……」

真真公主定定看著江詩冉，慘澹一笑。「詩冉，妳說過的，情況總不會更壞了吧？」

她伸手去接鏡子，江詩冉攥著鏡子不鬆手。

真的更壞了啊，怎麼辦？真真看到一定會受不了的！

「詩冉，妳鬆手。」真真公主用力把鏡子奪過來，一眼望去，腦子裡像有一道驚雷炸開，轟的一聲就什麼都不知道了，腦海中只剩一片茫然。

「真真，妳怎麼了？妳不要嚇我啊！」江詩冉內疚不已，搖晃著真真公主僵硬的肩膀。

許久後，真真公主眼睛一眨，落下兩行清淚。「詩冉，這藥真是李神醫制的嗎？妳是從何得來的？」

「我……」江詩冉張張嘴，隨後臉色大變。「我知道了，一定是姓黎的整我呢！」

「什麼意思？」真真公主木然問。

「詩冉，怎麼了？」

江詩冉抬手抹了一下眼角，飛快道：「這藥是黎三給我的，說是李神醫的藥。她一定是騙了我，虧我還傻傻相信了！」她跺跺腳，撂下一句話轉身便走。「真真，妳等著，我去找她算帳！」

真真公主一把拉住她，哀莫笑笑。「我都這樣了，算帳有什麼用呢，要是讓別人知道我成了這副模樣，不是更丟臉麼？」除了江詩冉和宮裡人，她是打死也不想讓外頭人知道她毀容了。

江詩冉握住真真公主的手。「真真，妳放心，我不會把妳的事透露出去，但不找她算這筆帳，我實在出不了這口氣！」

真真公主看著江詩冉風風火火來，又風風火火走了，留給她的是一張更加慘不忍睹的臉，只覺整個人被絕望淹沒，連呼吸的力氣都沒了。她好恨，恨自己為什麼變成這個樣子，卻又不知道該去恨誰。難道想努力讓自己過得更好錯了嗎？她沒有害過任何人！

江詩冉出了宮門，提著鞭子直奔黎府。「我要見你們府上三姑娘！」

「三姑娘出去了，還沒有回來。」守門人一看江詩冉來勢洶洶的架勢，說完這話便要關門。

「她去哪了？」

「這個就不知道了，三姑娘去什麼地方，怎麼會和我們當下人的交代，姑娘您說是不？」

江詩冉忿忿看了黎府門匾一眼，扭身直奔錦鱗衛衙門。

「冉冉怎麼來了？」江堂放下手頭事務，笑瞇瞇問道。

「爹，都是您出的餿主意！」江詩冉一屁股坐下來，氣哼哼道。

「又怎麼了？跟爹說說。」

「真真的臉，您說讓我找黎三的，結果呢，她用了黎三給的藥，臉上潰爛更嚴重了！」

「竟有此事？」江堂頗為詫異。

對那個小丫頭的能耐，他是有幾分認可的，按理說不該出現這樣的情況。

江詩冉伸手揪住了江堂鬍子。「爹，您不相信我？」

「相信，相信，快鬆手。」

江詩冉鬆開手，繃著臉道：「爹，您給我查查黎三今天在哪兒，我要找她去。」

「妳找她做什麼？」

「她把真真害成那樣，當然是找她給個說法！」

江堂收起笑意，正色道：「冉冉，不要胡鬧。」

江詩冉一怔，不可置信道：「爹，您說我胡鬧？難道她害了人，不該找她討個說法嗎？」

「冉冉，別的事爹都可以縱著妳，只有黎姑娘的事不行。爹已經說過了，妳想和黎姑娘交好可以，但不能再和她過不去，特別是不許傷著她！」如果可以，他捨不得讓寶貝女兒受任何委屈，可一旦他不在了，誰又會這樣保護女兒呢？所以他不會讓人動黎姑娘，包括冉冉。

「爹，她才是您親閨女吧？」江詩冉氣極。

看著女兒委屈的小臉，江堂難得狠下心來。「冉冉，爹是認真和妳說，妳要答應爹。」

「要是不答應呢？」江詩冉咬唇問。

江堂嘆口氣。「妳五哥在嘉豐那邊不大順手，爹或許會考慮把十三調回去。」

江詩冉一臉錯愕。「爹，您在說笑麼？」

「這件事上，爹不會說笑。」

江詩冉從未見過江堂這般聲色俱厲的模樣，還是為了一個莫名其妙的女孩子，氣得一跺腳。

「爹，我不理你了！」

雖然氣憤又委屈，江詩冉到底是聽了江堂的話，壓下滿腹的火氣，沒有去尋喬昭麻煩。

而邵明淵面聖過後，想到喬墨他們定然在等著他用飯，快馬加鞭趕了回去。

「舅兄，讓你們久等了。」飯桌上，邵明淵端起一杯酒敬喬墨。

喬昭提醒道：「邵將軍，你最好少喝酒。」

「呃，好。」邵明淵沒有猶豫便把酒杯放下來，倒了一杯茶。「那我便以茶代酒向大家賠罪。」

喬墨似笑非笑看了喬昭一眼。喬昭抿抿唇，端起茶杯喝了一口。

她還以為要長篇大論講一番大道理那人才聽勸，沒想到居然直接就答應了。

喬墨端起酒杯。「感謝侯爺這些日子一直替我照顧昭昭。」

邵明淵捏著茶杯的手緊了緊，雲淡風輕笑道：「應當的，黎姑娘是我的大夫，我自該照顧她周全。」喬昭瞥他一眼，心道：倒是會撇清！

邵明淵目不斜視與喬墨碰杯，把茶水飲盡。

喬墨暗暗搖了搖頭。

大妹聰敏多才，什麼事都自有主意，他作為兄長只能尊重，可冷眼瞧著二人這微妙的局面，還是忍不住憂心。大妹到底是如何想的？

還有冠軍侯，之前穿著白衣守妻孝，他瞧著還是挺順眼的，可如今大妹好端端在這裡坐著，再看他一身白衣，就令人無端心塞了。

這關係太複雜，喬大哥決定還是順其自然好了。

用過飯，喬昭如往常那般給邵明淵針灸，回府後列了個單子，吩咐阿珠去採買所需之物，一頭栽進了對牙齒毒囊的分析裡。

接下來的日子對喬昭來說算是風平浪靜，除了每天去一趟冠軍侯府替邵明淵針灸，留在家中的所有時間都用在了研究那顆毒牙上。

但她眼下青影一天青過一天，這一日給邵明淵針灸過後，邵明淵終於忍不住問道：「黎姑娘，妳最近遇到什麼事了嗎？」

「沒有呀。」喬昭一時不解邵明淵為何這麼問。

「但妳像是一直睡不好的樣子。」

喬昭不以為意笑笑。「邵將軍忘了，我在研究那顆毒牙呢。」

邵明淵目光落在喬昭眼下濃重的青影上，遲疑了一下道：「黎姑娘，其實那些事妳就試著忘了吧，不用理會什麼毒牙，也不用理會什麼幕後真凶——」他想說，這些和妳一個小姑娘沒關係，可是迎上少女黑湛湛的眸子，後面的話卻說不出口了。

喬昭笑笑。

她是可以不理會，疏影庵這場劫難，她就是那倒楣催的小蝦米，純粹是運氣不好趕上了。可是她忘不了那名凶徒凶狠的眼神，更忘不了疏影庵的師太們對她的點滴照顧。在能力許可的前提下，總要試著做些什麼，才不枉山中那些日子的驚心動魄。

更何況，嘉豐之行不知道什麼時候才有機會，大哥中毒的線索查到沐恩伯夫人蘭氏頭上，暫時也拿不出確鑿的證據。閒暇之餘，她已經無法像普通女孩子那樣賞花彈琴度日了。

「邵將軍不是也在追查嗎？我希望能幫上你的忙。」

邵明淵怔了怔，心中微動。黎姑娘是為了幫他？

要說起來，無梅師太遇劫一事和他亦沒什麼關係，他決定悄悄調查，純粹是因為湊巧撞上了，出於想要掌控一切的習慣而已。能查出來一些內情更好，查不出來亦無所謂。

但是黎姑娘想幫他的這份心意，他是領的。可他偏偏無以為報。

邵明淵想到這裡，只剩苦笑。

「無論如何，還是要按時休息，不然——」喬昭看著他。邵明淵面不改色笑笑。「不然舅兄會擔心的。」

他雖不解舅兄為何與黎姑娘忽然間如此親近，但舅兄對黎姑娘的關心確實是真真切切的。

「邵將軍放心，我會注意的。其實目前已經有些眉目了，再過幾日，或許就能分析出毒物來源了。」這世上的毒，或是來自草木，或是取於飛禽走獸，還有的則是從土石中提煉，大致便是這三類。

而每一類中有哪些常見毒素，毒經上都是有專門記載的，這樣一來，想要分析出毒牙是用了什麼毒，主要就是經驗和時間問題。

經驗她不缺，時間她亦有，所以她還是有信心能研究出來。

「總之不要心急，慢慢來就是了，身體為重。」

「知道了。」喬昭似笑非笑看了邵明淵一眼。

邵明淵被這一眼看得有些尷尬，轉移話題道：「黎姑娘知道麼，拾曦前幾日進了金吾衛。」

如果說錦鱗衛是人見人怕外加人見人厭，那麼金吾衛就是許多人心嚮往之的差事。金吾衛的人，大多數都是出身良好的世家子弟。

喬昭對池燦會進金吾衛並不奇怪，笑道：「那裡確實適合池大哥。」

邵明淵欲言又止。前些日子池燦拉著他們喝了好多次悶酒，那麼肆無忌憚的一個人竟隻字不提是為了什麼，他卻隱隱猜到定與黎姑娘有關。

不過作為局外人，他大概只能冷眼旁觀了。他可沒有當「紅娘」的愛好。

見邵明淵識趣沒有再提，喬昭還算滿意，又隨意聊了兩句便告辭離去。

趕車的是邵明淵臨時指派的人。

走在路上，冰綠托著腮嘆了口氣。「姑娘，您有沒有問邵將軍，晨光什麼時候能好啊？」

晨光傷勢頗重，下山後便在冠軍侯府養傷。

「問過了，大概還要半個月吧。」

「還要半個月啊……」冰綠皺皺眉，有意揚聲道：「可是現在的車夫趕車技術太差了，沒有晨光趕得快，也沒有晨光趕得穩，還不像晨光一樣會唱歌……」

外面握著馬鞭的小車夫：真是夠了，說別的也就算了，什麼時候晨光那小子唱歌也是優點了？簡直讓人忍無可忍！

「駕——」小車夫狠狠一抽馬鞭。

坐在車廂內的冰綠身子一晃，埋怨道：「姑娘，您看啊，新來的車夫的趕車技術好差！」

喬昭輕笑出聲，寬慰道：「放心吧，等晨光好了，就讓他立刻來報到。」

看來她的小丫鬟春天到了。

一晃又過了七、八日，喬昭一直研究的事終於有了結果。

「冰綠，陪我去將軍府。」

「姑娘今天不是去過了嗎？」冰綠有些詫異。

喬昭沒有多做解釋。「有事。」

「噯。」冰綠不再多問，取來外出的衣裙服侍喬昭換上，主僕二人匆匆趕往冠軍侯府。

彼時邵明淵正陪喬墨下棋。

喬墨笑道：「沒想到侯爺於棋道頗有造詣。」

「舅兄不要取笑我，以我的水準只能陪你打發時間而已。」

「昭昭的棋藝比我好。」喬墨突然來了一句。

邵明淵愣了愣，不知喬墨說的是哪個「昭昭」。

喬墨垂眸落下一子，貌似漫不經心道：「都比我好。」

邵明淵沉默著。他談論黎姑娘不合適，談論喬昭，勾起舅兄的傷心事又何必？

喬墨彷彿沒有察覺邵明淵的沉默，隨口道：「其實黎姑娘和我大妹很像，如果侯爺與我大妹相處過，就知道了。」

邵明淵薄唇緊抿，捏著棋子的修長手指骨節隱隱泛白。

舅兄說這些又是何意？

「將軍，黎姑娘來了。」親衛跑來稟告。邵明淵看喬墨一眼，對親衛頷首道：「請黎姑娘過來。」

不多時喬昭便到了，因著研究了好些日子的事終於有了結果，她的眉梢眼角俱是笑意，連打招呼的聲音都透著輕快。「邵將軍，大哥。」

邵明淵起身。「黎姑娘是來找舅兄的吧？正好我還有些事要處理，先去書房了。」

「不是啊，我找邵將軍的。」喬姑娘皺眉。

這人不是挺聰明的嘛，今天怎麼傻了，她去而復返，當然是因為毒牙的事有了結果。

「黎姑娘有何事？」因著喬墨說的那些莫名的話，邵明淵一時有些心亂。

喬昭抿抿唇。她確定，這人真的傻了！

大哥幹了什麼？

一三〇 噩耗傳來

喬墨雲淡風輕盯著棋盤。他可什麼都沒幹。

喬昭環視一圈，見親衛們都遠遠守著，不用擔心有人靠近偷聽了去，便在一側坐下來，直言道：「那顆毒牙，我研究出來了。」

邵明淵一聽忙坐下來，問道：「是什麼毒？」

喬墨側耳傾聽。

「這毒應該是提煉自一種叫紅顏狼蛛的蜘蛛。」

「紅顏狼蛛？」邵明淵喃喃念著這四個字，只覺蜘蛛的名字很特別。

「紅顏狼蛛應該生長在嶺南地區。」喬墨忽然開口道。

喬昭與邵明淵俱都看向他。

「紅顏狼蛛原本因為眼睛呈紅色被稱為紅眼狼蛛，據當地流傳的故事，有位新娘子在下花轎時，被躲在轎簾上的毒蜘蛛咬到，沒有撐到走進婆家大門便毒發身亡，後來紅眼狼蛛慢慢就被人叫成了紅顏狼蛛，寓意紅顏彈指死。」喬墨聲音溫潤如泉，不急不緩講著有關紅顏狼蛛的事。

「嶺南……」邵明淵與喬昭對視一眼，二人顯然同時想到了二十年前的嶺南之亂。

難道說對無梅師太出手的人，與逆賊肅王有關？

想到這裡，邵明淵對喬昭正色道：「黎姑娘，這件事便到此為止吧。」

若是真涉及到肅王餘孽、皇室叛亂，那就不是他們這些人該摻和的了。

「我明白了。」喬昭沒有反駁。自家的事尚且顧不過來，她當然不會吃飽了閒的摻和到謀逆這種事裡，這樣的事一旦沾上就是萬劫不復。

這時有親衛走近，立在不遠處道：「將軍，有急報。」

邵明淵站起來。「舅兄、黎姑娘，你們先坐，我去去便來。」

他說完走出涼亭，直奔書房。回到安全可靠的書房中，邵明淵坐下來。「把急報拿過來。」

親衛把急報雙手奉上。邵明淵一看急報上的標記，輕輕揚眉，眼角帶了笑意。

是葉落的信，莫非李神醫已經找到了治療舅兄燒傷所需的那種凝膠珠？

邵明淵拆開火漆封口，抽出裡面的信快速閱覽一遍，臉色漸漸變得鐵青，拿著信紙的修長手指輕輕顫抖著。親衛屏住呼吸，垂下頭來不敢打擾。

許久之後，書房內的氣氛彷彿凝結一般，邵明淵開口道：「去把喬公子請到書房來。」

「領命。」

見親衛出去，邵明淵沉聲道：「記著不要讓黎姑娘瞧出端倪。」

「卑職明白。」等親衛關好書房門，邵明淵靠在椅背上，閉目嘆了口氣。

沒有多久，親衛把喬墨領進來。「將軍，喬公子來了。」

「你先出去。」

屋子裡只剩下邵明淵與喬墨。喬墨目光掃過邵明淵難看的臉色，落在擺在書案上的急報上。他看不到急報上的內容，卻已經猜到定然與這封突然接到的急報有關。

喬墨等了片刻，見他沒有開口，主動問道：「對我下毒的幕後之人，莫非又有了新進展？」

邵明淵緩緩搖頭。面對著舅兄已經如此難開口，面對黎姑娘又該怎麼說？

「侯爺究竟有什麼事？」喬墨隱隱有些不安。

哪怕是當時對他講起下毒之事，冠軍侯都不曾這樣猶豫過。

「是李神醫。」邵明淵終於開口。喬墨猛然看他，心不自覺高高提了起來。

邵明淵長嘆一聲。「護送李神醫前往南海的屬下急報，他們一行人出海採到凝膠珠後，卻遇到了海上颶風，除他被路過船隻搭救，其他人全都遇難了。」

喬墨踉蹌後退數步，扶住書架，失聲道：「包括李神醫？」邵明淵緩緩點點頭。

喬墨失魂落魄坐下，痛苦地把十指插入頭髮中，喃喃道：「是我害了他老人家。」

邵明淵沉默無言。

在海上颶風那樣的天災面前，他沒辦法指責手下失職，也因此，心裡更加空落落得難受。

二人默默坐在書房中，許久後，喬墨才如夢初醒般看向邵明淵。「昭昭那裡……」

他對李神醫是當長者般尊敬，實則以往並沒有怎麼相處過。可是昭昭不同，對昭昭來說，李神醫就是另一個祖父。「要告訴她嗎？」邵明淵問。

「當然。」喬墨未加思索道。

「黎姑娘會很難過吧。」邵明淵輕聲問。

喬墨狠狠揉了一下眉心，苦笑道：「會。然而消息瞞得了一時瞞不了一世，與其等以後再告訴她，讓她經歷同樣的難過還要埋怨我們的隱瞞，不如現在便對她講了。」

見邵明淵不語，喬墨嘆道：「放心吧，昭昭雖然會很難過，但她寧願要殘忍的坦誠以待，也不願要善意的隱瞞。」

「舅兄很瞭解黎姑娘。」

「是，我早說過，她和我大妹很像。」

邵明淵垂眸。「那李神醫的事，就請舅兄告訴黎姑娘吧。」

喬墨哭笑不得，看著邵明淵的目光有幾分異樣。邵明淵坦白道：「我怕黎姑娘會哭。」

「那好，我去對她講。」喬墨站了起來，面上雖看不出什麼，走路卻帶著沉重。

他們是男人，再苦再疼咬牙也要受著，可是為什麼大妹一個女孩子要承受這些？如果可以，他多麼想替她難受。

喬墨回到了涼亭。

喬昭正閒閒敲著棋子，聽到腳步聲抬頭，把棋子丟回棋罐中站起來。「大哥。」

兄長的臉色讓她把後面的話嚥了下去。

喬墨在喬昭對面坐下。「昭昭，坐。」喬昭默默坐下來。

「昭昭，有件事要對妳說。」喬墨開了頭，對上妹妹清澈的眸子，後面的話卻說不出口了。

邵明淵此刻站在合歡樹後，遙遙看著涼亭的方向，心中無端有些緊張。

「大哥？」喬墨的沉默讓喬昭的唇色漸漸變得蒼白，壓抑著顫抖緩緩問道：「是不是和李爺爺有關？李爺爺出了事對不對？」能失去的她差不多都失去了，到現在還有什麼會讓兄長不敢對她講呢？

喬墨伸出手，覆在喬昭冰涼的手背上。「李神醫一行遇到海上颶風，遇難了。」

喬昭挺直了脊背一言不發，消瘦的臉頰比冬日的雪還要白。

喬墨握緊喬昭的手，柔聲道：「大哥在這裡，妳不是一個人，難過了就哭出來吧。」

喬昭垂眸盯著兄長覆蓋在自己手背上的手。

兄長的手比她的要大很多，修長白淨，卻比記憶中粗糙許多。從嘉豐到京城，兄長帶著幼妹何嘗不是歷盡艱辛，這樣想來，她其實還是幸運的，一開始跟著池燦他們，後來跟著李爺爺。

李爺爺不只護著她平安回京，還讓她順利回歸黎家。前世今生，李爺爺給她的幫助與愛護何其多。生離、死別，人活著怎麼就這麼苦呢？

喬昭呆呆的神情讓喬墨心疼不已，雙手扶著她肩膀喚道：「昭昭，昭昭……」

喬昭抬眼看喬墨。儘管兄長看起來還算平靜，可他眼底深處又何嘗不是一片痛楚。

李爺爺是為了替大哥尋藥才遇難的，她不能表現得這樣難過，不然大哥會更加內疚。

「大哥，我沒事……」

喬墨把喬昭攬入懷裡，輕嘆道：「大哥情願妳哭出來。」

邵明淵遙遙望著相擁的二人，神情複雜。

喬昭靠在喬墨肩膀，一眼看到合歡樹旁的人，推開喬墨，提著裙角向他跑來。

原本想要轉身離去的邵明淵，站在原地沒有動。

喬昭跑到邵明淵面前。

「黎姑娘。」

「你說過會保護好李神醫的。」喬昭語氣冷硬。

邵明淵只覺心口悶悶地難受，讓他說話都有些困難。「抱歉……」

「人都不在了，抱歉有什麼用？」喬昭語氣激動起來：「邵明淵，你真的能保護好想保護的人嗎？要是不能，以後就不要作這種保證！」

「我……」邵明淵低頭看著神色冰冷的少女，心口一陣鈍痛。

黎姑娘指責得不錯，他就是這樣的無能，總是護不住他最想保護的人。

他的妻子是如此，李神醫也是如此。

「真的很抱歉。」見少女雙目微斂，不想再見到他的樣子，邵明淵自嘲笑笑，語氣依舊很平靜：「黎姑娘，不管怎麼樣，人死不能復生，請節哀順變。我去處理一下事情再來。」

這個時候有舅兄來安慰黎姑娘正好，他就不必在這礙眼了。

邵明淵朝喬昭點點頭，轉身便走。

喬昭話一出口便心生悔意，喊道：「邵將軍——」

邵明淵停下來，轉過身，目光平靜看著她。

喬昭欠了欠身子。「對不起，我剛剛失態了。」

「黎姑娘說得沒有錯，確實是我沒有做好。」

喬昭搖搖頭。「不，是我遷怒邵將軍。其實我知道，天災面前人力微不足道，這怪不到邵將軍，我只是……」她哽咽了一下，快速擦拭了一下眼角。「只是太傷心了，所以口不擇言。」

她明明知道怪不到邵明淵頭上，可是看著他就是忍不住委屈，甚至想肆無忌憚把他痛揍一頓再說。

可是，他也會難過的吧？

看著眼圈通紅的少女，邵明淵很想像喬墨那樣攬著她輕聲安慰，可是以他的立場，卻沒有資格這樣做。他只得露出個溫和的笑容，寬慰道：「我理解黎姑娘的心情。難過的話就哭出來吧，壓在心裡會傷身。」

這時喬墨走了過來。

喬昭勉強笑笑。「大哥、邵將軍，我想先回家了。」

「昭昭……」

「大哥放心，我真的沒事的，明天我還來的。」

喬墨暗嘆一聲，對邵明淵道：「邵將軍，勞煩你送昭昭出去吧。」

出府的路上，喬昭一直很安靜，邵明淵幾次想要出聲安慰，最終還是什麼都沒說。他注定不是那個給肩膀讓她依靠的人。

「邵將軍，你留步吧。」喬昭在門口停下來。

「我送妳上馬車。」

這個時候，喬昭也沒有心情推脫，點點頭默默往外走。

馬車就停在角門外。邵明淵親自替喬昭掀起車簾，等她彎腰上了馬車漸漸遠去，這才返回。

喬墨依然坐在涼亭裡，盯著面前未下完的棋局出神。

邵明淵在他對面坐下來。「黎姑娘走了，看著還算平靜。」

「正是這樣我才擔心。她怕我內疚，在我面前不敢哭。」喬墨澀然道。

「舅兄很瞭解黎姑娘。」

喬墨深深看了邵明淵一眼。看著對方平靜的眉眼，他心中忽然升起一種衝動：要是告訴了冠軍侯昭昭的真實身分，他會怎麼樣？還會像現在這般冷靜自恃嗎？

察覺喬墨神情有些異樣，邵明淵忍不住問道：「舅兄？」

喬墨把目光投向遠處。「我有時候會想，黎姑娘要是我親妹妹就好了。」

邵明淵笑笑。「舅兄與黎姑娘是結義兄妹，完全可以把她當親妹妹對待。」

「不。」喬墨收回視線看向邵明淵，意味深長道：「我有時候覺得，她就像是大妹復活了。」

邵明淵的心重重跳動幾下，甚至能聽到咚咚的心跳聲。

要是那樣該多麼好，可這不過是妄想罷了。

喬墨等著邵明淵的反應，對方卻好像魔怔了一樣，好半天沒吭一聲。

喬墨只得輕輕咳嗽了一聲。

邵明淵壓下紛亂的思緒，面無表情道：「即便再像，那也是不同的兩個人。」

他雖這樣回了喬墨，可直到回到書房裡，心裡還是亂糟糟的，一會兒是喬墨莫名其妙的話，一會兒是少女通紅的眼圈。

在書房裡默默坐了一會兒，邵明淵推門而出，去了晨光的住處。

「將軍。」晨光正百無聊賴斜倚著床頭吃葡萄，見邵明淵進來忙直起身。

邵明淵示意他躺好。

「好些了麼？」

「差不多快好了，其實卑職可以去黎府了。」

「養好再說。」

「是。」察覺將軍大人神色不大對勁，晨光老老實實應著。

等了好一會人，不見邵明淵再開口，晨光小心翼翼問道：「將軍，您還有事嗎？」

一直看著他不說話，他連葡萄都不好意思吃了。

「晨光，我問你一個問題。」

「將軍請說。」

「要是有一個人很傷心，作為普通朋友也不知該如何安慰，那該怎麼辦呢？」

「您是說黎姑娘吧？」晨光脫口道。

邵明淵冷冷看他一眼。

晨光忙摀著嘴。「口誤，口誤，卑職知道，就是普通朋友。」

「囉嗦！回答我的話。」

「讓卑職想想啊。」晨光琢磨了一下，眼睛一亮。「想到了！」

一三一　送上禮物

晨光說著想到了，眼珠轉個不停，恨不得黏在邵明淵臉上。

邵明淵手微動，想賞晨光一巴掌，考慮到眼前的人還是傷患，生生忍住了，冷聲道：「快說！」臭小子幾天不收拾就膽肥了。

「將軍可以送那個朋友一個禮物啊。」

邵明淵一臉失望。「金銀珠寶那些她似乎不是很看重，在這種時候送也不合適。」

黎姑娘傷心了，他送一箱子銀元寶？他雖然沒經驗，但想想那個畫面就覺得不對勁。

晨光撇撇嘴。將軍大人就是口是心非，還說不是黎姑娘呢。他可是記得清清楚楚，將軍大人送過黎姑娘兩箱子銀元寶了，不然怎麼會知道人家不看重？

「將軍，您這個普通朋友是男還是女啊？」晨光特意在「普通朋友」幾個字上加重了語氣。

「嗯？」

晨光笑著解釋道：「要是男子，其實送一箱銀元寶也沒錯，要是女子的話……」

他要是個女人，看到一箱子銀元寶同樣會心花怒放啊！

晨光忙把這個念頭壓下去，認真道：「可以送個有趣的活物給她啊。」

「活物？」

「對呀，就是活物。將軍您想啊，那些貓貓狗狗多討人喜歡，您的朋友難過的時候看到牠們，說不定就會轉移注意力了。」

邵明淵點點頭。「你說得有些道理。那是送貓好呢，還是送狗好呢？」

晨光差點忍不住翻白眼。

您就不能有點創意嗎？將軍大人這麼木訥，要是沒他幫忙可怎麼辦啊？

「將軍，貓貓狗狗只是卑職舉個例子，您可以送個特別的啊。」

「比如——」邵明淵認真想了想。「送她一匹小馬怎麼樣？」

晨光拿眼斜著邵明淵，一臉鄙視。

將軍大人是不是木頭腦袋啊？送過喬晚小姑娘一匹馬，現在送黎姑娘同樣的禮物？

這是送禮呢還是添堵呢？

「你這是什麼表情？」邵明淵皺眉。

黎姑娘個子不高，送小馬挺合適的啊，心情不好了可以騎馬去散心。

呃，就是不知道黎姑娘會不會騎馬……這樣一想，邵明淵覺得送小馬確實不合適了。

晨光暗暗嘆了口氣。看來靠將軍大人自己想出送什麼合適的禮物，還不如指望母豬上樹。

自覺責任重大的小車夫，決定給將軍大人指點一條明路。「將軍，還記得您喬遷時，得了一隻八哥麼？」

邵明淵搖搖頭。喬遷那日他雖沒有大辦酒席，卻收了不少賀禮，只是那一天在他的回憶裡，注定是灰暗的一天，那些亂七八糟的雜事都交給屬下料理了，他從沒關注過。

「那隻八哥可機靈呢，會說很多話，您的朋友見了一定覺得新鮮又有趣，聽八哥說幾句吉祥話，定然什麼煩心事都沒有了。」

「把那隻八哥帶過來我看看。」

兩刻鐘後，一名親衛提著精緻的鳥籠子匆匆趕來。

邵明淵仔細打量一眼，就見籠子裡的八哥通體純黑，羽毛發亮，瞧著就是個精神的。

「牠真的會說話？」與八哥大眼瞪小眼片刻，邵明淵問。

「萬事如意，萬事如意。」八哥顯然察覺自己被輕視了，歡快叫起來。

邵明淵驚奇地揚了揚眉。竟然說得如此惟妙惟肖！

晨光暗暗嘆息。將軍大人喲，京城裡那些公子哥哪個不是鬥蛐蛐玩鳥兒都玩膩了，您怎麼表現得跟個傻子似的。

「牠還會說別的嗎？」邵明淵眉眼不自覺柔和下來，望著籠中八哥問。

「恭喜發財，恭喜發財。」八哥又歡快叫起來。

邵明淵逗弄了一會兒八哥，見牠會說不少吉祥話，很是滿意。

「這隻八哥叫什麼名字？」

「我們一直叫牠小黑。」籠子裡的八哥聽到「小黑」兩個字，把鳥屁股對準晨光，然後頭縮進了翅膀裡，一副「我不聽我不聽」的樣子。

邵明淵更覺新奇，心道：黎姑娘曾說過喜歡鳥類，這隻八哥這麼有趣，定然能逗她開心。

「嗯，這隻八哥不錯，就是名字太普通了些。」

晨光笑著提議：「將軍，讓您的朋友給牠起個名字不是更好？」

「有道理。」邵明淵頷首。

他以前只嫌晨光聒噪，現在發現還是有優點的。

「你好好休養，等好了去春風樓拿幾罈醉春風。」

晨光一聽大喜。「多謝將軍！」又可以把一筆買酒錢省下留著娶媳婦了。

邵明淵把鳥籠交給一名親衛，吩咐道：「把這隻八哥送到黎府三姑娘手上。」希望這隻有趣的八哥能讓她開懷一些。

喬昭回到府中，進了房中就關上了門，把冰綠與阿珠全打發了出去。

兩名丫鬟站在門外的廊蕪下小聲說話。

「姑娘遇到不開心的事了？」

冰綠一臉茫然。「我也不知道。姑娘與邵將軍、喬公子說話時，沒讓我在近前。」

阿珠憂心忡忡看了緊閉的房門一眼。「我去熬些甜湯來，妳看好了姑娘，有什麼事叫我。」

姑娘曾說過，心情不好的時候吃些甜食，心裡甜蜜蜜的，心情就會好一些了。

阿珠一走，冰綠心裡開始打鼓了。

阿珠那話是什麼意思啊，姑娘會有什麼事？嘶——難道姑娘會想不開？

一想到這種可能，冰綠急了，揚手猛拍房門。「姑娘、姑娘您快開門！」

裡面一時沒有動靜，小丫鬟抬腳把房門給踹開了。

才走到門口的喬昭目瞪口呆。

自覺惹禍的小丫鬟眨眨眼。「姑娘，您沒事？」

除了眼圈通紅，面上已經看不出任何異樣的喬昭輕聲問道：「有事兒？」

「啊——」冰綠眼珠一轉有了藉口：「姑娘，邵將軍給您送了一隻鳥！」

喬昭顯然有些意外，怔了一下才道：「拿進來吧。」

她默默轉身進去，背影莫名讓人覺得哀傷。

冰綠忙跑到耳房提著鳥籠子過來。「姑娘您瞧，這隻鳥兒還會說萬事如意呢！」

喬昭心中難受，哪有心情聽一隻八哥說話逗趣兒，淡淡道：「掛到屋簷下吧。」

「姑娘不聽牠說話啦？」冰綠拍了拍鳥籠子。「快和姑娘說萬事如意。」

喬昭目光下意識落在八哥身上。八哥靈活轉著眼珠，在她視線收回去前忽然開口：「媳婦兒。」

喬昭面無表情看了冰綠一眼。冰綠撓頭。「奇怪了，牠之前明明說的是萬事如意啊。」

小丫鬟說著輕輕敲了敲鳥籠子。「萬事如意，萬事如意。」

八哥歪頭盯著冰綠。「萬事如意。」

冰綠興奮地把鳥籠往喬昭面前提了提。「姑娘，您聽到了吧，是萬事如意！」

瞪著喬昭的八哥：「媳婦兒，媳婦兒。」

冰綠吃驚地瞪大了眼，琢磨了一下，撫掌道：「婢子知道了，這鳥看人下菜碟！」

「把牠先掛到屋簷下吧。」喬昭淡淡道。

邵明淵送她一隻喊「媳婦兒」的八哥，是想幹什麼？

夜裡，喬昭直愣愣盯著帳頂銀鉤失眠了，腦海中走馬觀花，閃過與李神醫相處的片段。

白天在冠軍侯府的時候太過傷心，忘了問邵明淵具體是什麼情況，她不信李爺爺那樣神仙般的人物運氣會這麼差。不行，明天要找邵明淵仔細問清楚。

喬昭坐起來，在寂靜的夜裡擁著薄被出神片刻，下床去倒水。

歇在外間的阿珠聽到動靜走進來，忙道：「姑娘，讓婢子來。」

「不用，妳去睡吧。」喬昭攔住了阿珠，倒了一杯溫水捧著坐到椅子上。她身材嬌小，說是坐在椅子上，實則整個人都縮在裡面，赤裸著雙足，是阿珠從未見過的隨意。

阿珠立在那裡沒有動。

喬昭喝了一口水，抬頭看看阿珠，嘆了口氣，指指一旁的椅子道：「坐吧。」

阿珠輕輕走過來坐下，安安靜靜陪著喬昭。

「阿珠，李神醫遇難了。」一杯水飲盡，喬昭開了口。

阿珠渾身一震，詫異地看著喬昭。喬昭側頭看她，笑容比哭還要苦澀。「很意外吧？」

「姑娘……」

喬昭垂眸盯著手中青花瓷的杯子，握著杯子的手在這抹青翠色的襯托下，顯得比白玉還要透明。「到現在我都像做夢一樣不敢相信。」她整個人縮在椅子中，說著這話臉色蒼白，手一直輕輕抖著，眼中有水光，淚珠卻沒有落下來。

在這個格外安靜的夜裡，阿珠豁然發現一直以來在她心中無所不能的姑娘，其實只還是個沒成年的小姑娘。她忍不住站起來，走到喬昭身邊，伸手抱住了她的肩膀。

她知道這個動作逾越了，可這個時候，她只想給姑娘這樣一個擁抱。

喬昭身體僵了僵，隨後放鬆下來，頭埋在阿珠懷裡沉默了許久。

阿珠感覺到衣襟有些濡濕，卻一動沒動。

良久後喬昭站起來，面上雖濕漉漉的，神情卻很平靜。「阿珠，去睡吧，我出去透口氣。」

阿珠顯然不放心喬昭一個人出去，默默跟在她身後。

喬昭走到屋外。夏夜天穹高遠，繁星如夢，不知撫慰了多少失眠人的心情，屋簷下掛著的鳥籠在夜風中微微晃動。

她輕輕走過去。

籠子裡的八哥睡著了，兩隻腳扒在籠壁上，嘴裡啣著構成籠子的竹條，因為整個身子都壓在籠子一側，鳥籠是微微傾斜的，總讓人覺得它會隨時滑下來。

這樣滑稽的睡相讓喬昭忍不住彎了彎唇角，伸手輕輕碰了碰八哥的頭。

八哥立刻驚醒了，整個身子滑到籠子底部，又掙扎著跳到橫木上，圓溜溜的小眼睛瞪著打擾牠酣睡的人。

「抱歉。」

八哥盯了喬昭一會兒，張嘴：「媳婦兒，給爺笑一個。」

喬昭：「……」

所以邵明淵送這麼一隻八哥給她，到底是什麼意思？

喬姑娘默默回房躺到了床上，迷迷糊糊睡著了。阿珠替她輕輕蓋好被子，悄悄退了出去。

一夜很快過去，喬昭沒有像往常那樣按時起床，阿珠輕手輕腳走進去，看到她燒得通紅的面頰，心中一慌。

「姑娘！」阿珠把手放在喬昭額頭上，驚人的熱度讓她的手猛然一顫。「姑娘，您醒醒。」阿珠輕輕搖了搖喬昭，見她不醒，忙去稟告給何氏。

何氏一聽急壞了，立刻命人請了京中口碑最好的大夫來給喬昭看診。

「大夫，我女兒怎麼樣？」

大夫起身，捋捋鬍鬚道：「令愛憂思過度，鬱火擾神，老夫給她開一副湯藥，吃了好生休養便問題不大，關鍵還是要心胸開闊，少憂思。」

何氏連連點頭，等大夫去隔間開藥，拉著喬昭滾燙的手悄悄抹淚。「妳這個丫頭，小小年紀愁什麼啊？娘在妳這麼大的時候都不知道『愁』字怎麼寫……」

何氏一直守到快晌午，喬昭才睜開了眼。

「昭昭，妳可算醒了，好些了沒？」

「娘，什麼時候了？」喬昭眼中茫然很快褪去，輕聲問道。
她只覺頭暈腦脹，心口悶悶的。
「快到晌午了，妳餓了吧？娘讓人給妳熬了茯苓蓮子粥，餵妳喝一碗。」
「晌午？」喬昭徹底清醒過來。「我竟然睡到這個時候了？」
「可不是啊，大夫給妳開的藥都是在妳昏睡時餵進去的，把娘擔心壞了。」何氏攬著喬昭嘆氣。「昭昭啊，跟娘說說，妳到底因為什麼不開心啊？」
「娘，我餓了。」喬昭輕聲道。那些事，她怎麼和母親說呢？
何氏果然被喬昭一句話轉移了注意力，催促道：「快把粥端過來。」
阿珠早已盛了茯苓蓮子粥過來，何氏伸手接了。「我來餵吧。」
「娘，我自己來就好。」喬昭伸手去接碗。何氏瞪她一眼。「老實待著。」
喬昭不再多說，老老實實吃下一碗粥，便要起身。
「不好好躺著要去做什麼？」何氏按住她。
「娘，我要去一趟冠軍侯府。」
何氏張大了嘴。「昭昭，妳病著還去冠軍侯府做什麼？」
「李爺爺不是讓我用他留下來的方子給喬家公子治臉嘛，每天都要去的。」
喬昭之前去冠軍侯府便是用的這個藉口，黎家上下對李神醫很是尊敬，自是沒有異議。
接受了人家的傳承，自然要完成人家的囑託，這是做人的基本道理。
今天何氏卻不幹了，斷然拒絕道：「平時娘都依著妳，今天卻不行。妳今天哪裡都別去，就在家裡好好養著。」

一三二　書房之中

「好。」喬昭直接應下來。

何氏愣了好一會兒。女兒這麼聽話，她好不習慣啊。

等何氏離開後，喬昭閉目休息了一會兒，吩咐阿珠道：「服侍我穿衣吧。」

阿珠默默拿來外出的衣裳。喬昭讚賞看了她一眼。「阿珠，妳有心了。」

阿珠一邊服侍喬昭穿衣一邊輕聲道：「婢子其實很擔憂姑娘的身體，但婢子知道您肯定要去的，只希望您記著保重自己。」

「放心吧，院子裡的事還要妳照應著，要是太太他們找我，就說我睡了。」

「婢子明白。」

等喬昭收拾妥當，通知要出門，冰綠吃驚地摀住嘴巴。「姑娘，您病著還要去冠軍侯府啊？」

「別耽誤時間了，走吧。」主僕二人悄悄溜出去，乘車直奔冠軍侯府。

邵明淵與喬墨一同在院中樹下喝茶，二人的目光時不時掠過院門。

喬昭的晚來讓二人心中都有些不安。

「大哥……」

「怎麼了，晚晚？」喬晚委屈地嘟著嘴。「大哥，我都喊了你兩遍了。」

喬墨笑笑。「抱歉，大哥剛剛在想事情呢，晚晚什麼事？」

「大哥今天去看我騎馬好不好？我已經可以獨自騎了呢。」

喬墨抬手揉揉喬晚的頭。「最近天氣很熱，等過些日子天涼快下來再去，好不好？」

李神醫不幸遇難，他還要與大妹商量一下給李神醫立衣冠塚的事，哪有心思陪幼妹玩耍？

「好吧。」喬晚雖然有些失望，但對喬墨的話向來言聽計從，轉而拉住邵明淵的衣袖道：

「那姊夫陪我去吧，晚晚想讓姊夫看看我騎得怎麼樣呢。」

喬墨蹙眉。「晚晚，別鬧妳姊夫，妳姊夫也有事。」

「姊夫有什麼事啊？」

「姊夫在等黎姑娘過來商量事情，晚晚先去玩吧，等太陽落山，姊夫陪妳去演武場上跑一圈。」

邵明淵道。「好吧。」喬晚垂頭喪氣往外走，路上遇到了由親衛領著過來的喬昭。

「晚晚。」喬昭喊了一聲。

喬晚抬頭看喬昭一眼，悻悻道：「黎姊姊。」打過招呼，小姑娘嘟著嘴走了。

「將軍，黎姑娘過來了。」親衛站在院門處通稟。

邵明淵與喬墨同時站起來。喬昭示意冰綠自顧去休息，抬腳走向二人。

「大哥、邵將軍，我昨晚沒睡好，起遲了。」

「不要緊，黎姑娘應該多休息一下的。」

「那我先去給邵將軍針灸吧。」醫不自醫，她這次的病起於悲傷過度，重要的不是吃藥，而是放鬆心情好好休息。但悲痛之情豈是很快能紓解的，她也保不準什麼時候便撐不住了，所以先把正事做完再說別的。

屋中很安靜，少女神色認真，把一根根銀針準確扎入相應的位置，看著沒有任何異樣，但她指腹傳來的熱度卻讓邵明淵有些擔心。

「黎姑娘瞧著臉色不大好。」

喬昭看他一眼，輕聲道：「聽了那樣的消息，自然是睡不好的。」

「抱歉……」

喬昭沒得有些心煩，淡淡道：「遇到天災豈是邵將軍的過錯，邵將軍除了抱歉就不會說別的了嗎？」說別的？坦白說，對於如何安慰一位姑娘家，他確實沒什麼經驗。

邵明淵認真琢磨了一下，問道：「昨天的禮物，黎姑娘還喜歡嗎？」

「禮物？」

「就是那隻八哥。牠本來叫小黑，不知道黎姑娘有沒有給牠取一個好聽的名字——」察覺對面少女神色有異，邵明淵嚥下了後面的話。

那隻八哥能口吐人言，說的都是吉祥話，難道黎姑娘不喜歡？

喬昭神色莫名看著一臉無辜的男人，問道：「邵將軍為何想到送我一隻八哥？」

年輕的將軍心想：因為覺得妳不是很喜歡元寶啊。

當然這話他是不可能說出來的，年輕的將軍清清喉嚨道：「那隻八哥說話很有意思。」

喬姑娘忍耐揚了揚眉。一直喊她媳婦兒，這就是邵明淵認為的有趣？

「邵將軍聽過那隻八哥講話？」

邵明淵頷首。「當然，我也是覺得牠講話有趣才送給黎姑娘，希望有牠陪著，妳能開心些。」

「多謝了。」

「黎姑娘喜歡就好。」

喬昭把針收起，問起李神醫的事。「邵將軍，葉落的急報，方不方便讓我看一看？」

邵將軍一邊穿衣一邊道：「在書房裡，黎姑娘隨我來吧。」

書房就在不遠處，喬昭跟著邵明淵過去，一眼便看到了掛在西側牆上的一幅人物畫。

畫上是一名素衣女子立在一掛金銀花旁，素手拈花，神色淡然，赫然是自己原來的模樣。

見喬昭盯著畫目不轉睛，邵明淵喊了一聲：「黎姑娘？」

喬昭收回目光。「這畫──」

「畫上是我妻子。」邵明淵坦然道。

喬昭又忍不住回頭看了牆上畫一眼。邵明淵笑笑。「沒有黎姑娘畫得像。」

「我聽說邵將軍是在大婚當日出征的……」只憑燕城城牆上那一眼他能畫成這樣，她已經覺得難得了。

邵明淵眸光轉深，只輕聲道：「黎姑娘，這是葉落的信。」

喬昭默默接過信。她能感覺得到，邵明淵並不願意多提有關亡妻的事。

把信一字不漏看完，喬昭低著頭好一會兒沒有說話。

「黎姑娘，節哀。」

喬昭捏著信暗暗平復了一下情緒，抬頭看著邵明淵。「信上說他們的船被颶風掀翻，葉落醒來後就在路過船隻上面了，也就是說，他並沒有見到李神醫的遺體，對不對？」

少女眸子清澈，倒映著男子年輕俊朗的面龐。她的眼中有光，讓倒映著的人影跟著熠熠生輝。邵明淵知道，這是一個人面對著不願相信的噩耗時生出的希望之光。就像他一樣，多少個午夜夢回，再次站在北地燕城的城牆下，射出那一箭之後大汗淋漓醒來，都會給他一種錯覺：他不曾射出那一箭，妻子還在繁花似錦的京城裡，等著他凱旋而歸。

「對，葉落並沒有找到李神醫的遺體。」邵明淵這樣說。

茫茫海上，海難中沒有找到屍身才是常態，他明白，黎姑娘亦明白。

「等葉落回來，請邵將軍第一時間通知我。」

「一定。黎姑娘，我們出去吧。」

「好。」

二人離開書房，返回喬墨那裡。

「侯爺、昭昭，我們商量一下李神醫的身後事吧。」喬墨雖不忍讓喬昭傷心，但更不能讓這位與喬家大有淵源、甚至為他丟了性命的長者，連個讓人祭拜的地方都沒有，遂主動說起。

「李神醫沒有子孫後輩，一生居無定所，咱們就把他老人家的衣冠塚立在京城吧，昭昭是他的乾孫女，到時候墓碑就由昭昭來立……」喬墨說著看向喬昭，卻發現少女雙手撐著石桌，不知什麼時候睡著了。「昭昭。」喬墨伸手輕輕推了她一下。喬昭身子一晃，趴到了石桌上。

喬墨大驚。「昭昭，妳怎麼了？」

邵明淵伸手落在喬昭額頭，臉色有些難看。「她在發燒。」

「病了？」喬墨把喬昭橫抱起來。「侯爺，我先把昭昭送進房裡。」

眼看喬墨抱著喬昭走了，邵明淵立刻吩咐親衛去請大夫，同時把冰綠喊來，問道：「妳們姑娘不舒服？」

「是呀。咦，我們姑娘呢？」冰綠茫然四顧，發現院子裡不見了喬昭的影子，不由急了。她就打了個盹兒，姑娘怎麼就不見了？

邵明淵面色有些難看。「妳們姑娘昏倒了，喬公子把她送進屋裡去了。」

「我去看我們姑娘。」冰綠扭身就走。

邵明淵把她攔住。「等一下。」

「怎麼了，侯爺？」冰綠一臉焦急。

「妳們姑娘生的什麼病？」

冰綠撓撓頭。「大夫說我們姑娘憂思過重。昨天回去姑娘就把自己關在屋子裡了，今天一早我和阿珠發現姑娘發熱了，趕緊請了大夫過來給她看病。大夫本來叮囑姑娘要好生休養的，沒想到姑娘用了一碗粥就帶著婢子來這了。邵將軍您不知道，姑娘還是偷偷溜出來的呢。」

邵明淵聽了，心中頗不是滋味，望一眼房門道：「妳們姑娘把自己關在屋子裡一整天？」

「也沒有，後來婢子踹開門，把您送的八哥給姑娘提進去了。」

邵明淵沉默了一會兒，輕聲問道：「她可喜歡？」冰綠心直口快：「喜不喜歡婢子就瞧不出來了，不過那隻八哥說話太逗了，見了我們姑娘就喊媳婦兒啊！」

「什麼？」邵明淵一臉錯愕，有掏耳朵的衝動。

他一定是聽錯了！

「那隻八哥說什麼？」

「那隻八哥一直對我們姑娘喊媳婦兒啊，您說稀奇不稀奇？」

年輕的將軍一臉呆滯。稀奇不稀奇他不知道，沒臉再見黎姑娘了是真的！

不久後親衛把大夫請來，邵明淵愣是站在門口，沒好意思進去。

喬昭已經醒了，在喬墨擔憂的目光下寬慰道：「我沒事，主要是沒休息好。」

「回去好好休息。」

「嗯，我還是偷偷溜出來的，就不久留了。」喬昭坐起來，喊道：「冰綠。」

冰綠竄過去。「姑娘。」

「我們回去了。」

主僕二人往外走，站在門口的邵明淵跟上去。「黎姑娘，我送妳。」

平時喬昭與邵明淵交談總是支開冰綠，冰綠習慣成自然，這時候主動落到了後面去。

邵明淵走在喬昭身邊，看著她蒼白的臉色，慚愧道：「因我體內寒毒，讓黎姑娘受累了。」

喬昭搖搖頭。「這種客氣話邵將軍就不要說了，明天我還會來的，大概也是今天的時間。」

送走喬昭，邵明淵回到書房，踱步到西牆人物畫前端詳了許久，叫來親衛吩咐幾句。

翌日，喬昭才帶著冰綠悄悄從黎府角門溜出來，便被一名年輕男子叫住。「黎姑娘，請隨卑職來。」冰綠攔在喬昭面前，一臉警惕道：「你是誰呀？」

喬昭記性好，只看了一眼便認出來。「邵將軍的親衛？」

「卑職正是，這是將軍的權杖，請黎姑娘過目。」親衛恭恭敬敬把權杖雙手奉上。

喬昭看過，問道：「去哪裡？」

「請黎姑娘跟著卑職走便是。」

「賣什麼關子呀？」冰綠撇撇嘴。這人一點都沒晨光可愛！

喬昭擺擺手制止冰綠的抱怨，示意親衛帶路。「姑娘，他要帶咱們去哪啊？」冰綠悄聲問。

「跟著就是了。」既然是邵明淵派來的人，那自然是有他的安排。

喬昭這話才說完，親衛就停了下來，伸手推開門。「黎姑娘請進。」

喬昭朝親衛略一頷首，抬腳走了進去。冰綠四處張望，不解道：「我們黎府隔壁這座宅子已經空了很久了，你帶我們姑娘來這裡做什麼——咦，邵將軍？」

站在堂前院子裡的年輕男子轉過身來，邁著修長大腿快步迎上來。「黎姑娘。」

喬昭心中一動。「這裡……」

邵明淵笑笑。「打聽到這家沒人住，就找主人把宅子買了下來，以後就不必勞煩黎姑娘跑那麼遠了，每天這個時候，我會來這裡等妳。」

來了。

「邵將軍買下了這座宅子？」儘管看到邵明淵出現在這裡，喬昭已經猜到這種可能，可聽他親口證實，還是忍不住嘆氣。這人真是財大氣粗外加雷厲風行啊，一天的工夫就把她家隔壁買下來了。

但不知怎的，喬姑娘心情好了些。

「黎姑娘裡面請。」邵明淵帶著喬昭走進一間起居室，歉然道：「亂糟糟的，只草草收拾出了這麼一間。」

喬昭彎唇一笑。「我記得這戶人家的男主人是在戶部做事的，後來犯了事，這宅子已經空了很久，還有過鬧鬼的傳聞。邵將軍一日之內，能把一座荒廢許久的宅子打理成這樣，已經很讓人驚訝。」

「黎姑娘覺得方便就好。」邵明淵琢磨著喬昭的話，安慰道：「至於鬧鬼的傳聞，黎姑娘不要怕，妳來時我都會先在這裡等妳。」

「先針灸吧。」喬昭淡淡道。昨天還以為他是木頭呢，沒想到不聲不響就把隔壁宅子買下來了，對小姑娘還挺體貼周到，這是想當好鄰居嗎？

針灸過後，喬昭沒有多留，欠欠身告辭離去。

幾步路的工夫，主僕二人就到了家，喬昭大感方便，冰綠卻愁容滿面。

「怎麼了？」

冰綠長嘆口氣。「姑娘，邵將軍成了咱們鄰居，那晨光是不是就不給您當車夫了？」

小丫鬟皺著眉，憂愁得不加掩飾。

喬昭莫名生了幾分羨慕，彎唇道：「難道我去別的地方就不需要車夫了？」

冰綠這才鬆了口氣。

一三三　入宮獻策

沒過幾日，江堂那邊也得到了李神醫不幸遇難的消息。

這些日子一直被女兒追著問李神醫的下落，江堂也沒隱瞞，直接把這個消息告訴了江詩冉。

江詩冉聽了愣了好久，喃喃道：「這麼說，真真的臉沒救了？不行，我要進宮一趟。」

眼見女兒風風火火走了，江堂搖搖頭。這個丫頭啊，總是這麼急性子。

聽聞江詩冉來了，真真公主摸了摸遮臉的輕紗，道：「跟江大姑娘說，我睡著呢。」

宮婢芳蘭出去傳話，江詩冉自是想不到真真公主只是不想見她，紋絲未動坐著道：「那我就在這裡等公主醒來吧，我有要緊事跟她說。」

「不知江大姑娘有什麼要緊事，可否交代給奴婢？這樣等殿下一醒來，奴婢就可以第一時間稟告殿下。」芳蘭恭敬問道。公主殿下因為江大姑娘帶來的藥使臉上更嚴重，心中存了氣惱不願見人，身為貼身宮婢，她卻不得不為公主著想。這位江大姑娘雖然沒有公主的尊榮，卻得罪不得。

「是我之前答應幫她打聽的事，等公主醒了，妳跟她這麼說就可以。」

芳蘭回到內殿，立刻稟告給真真公主，真真公主一聽，急忙把江詩冉請了進來。

「真真，妳不是在睡嗎？」

真真公主克制著內心的激動，解釋道：「原本是在睡著，有些口渴起來喝水才知道妳來了。我已經狠狠訓過芳蘭，妳來了竟不知立刻叫醒我。」

江詩冉不以為意擺擺手。「妳身子不好，多休息是應當的，我等一會兒沒什麼要緊。」真真公主親自斟了一杯茶遞給江詩冉，垂眸掩去內心的急切。「詩冉，李神醫是不是有消息了？」江詩冉把茶杯放到一旁。「嗯，我爹查到了李神醫的消息。」

「李神醫現在何處？」

江詩冉嘆口氣。「我爹接到消息說，李神醫出海遇到颶風，遇難了。」

真真公主如遭雷擊，呆坐著一動不動。

「真真，妳沒事吧？」江詩冉伸手推推真真公主，真真公主卻毫無反應。

「真真，妳不要嚇我啊，妳到底怎麼了？」

「我……」真真公主看江詩冉一眼，直挺挺倒了下去。

「真真！」江詩冉尖叫一聲。

宮裡頓時一陣兵荒馬亂，歇在此處的麗嬪匆匆趕來，急聲問道：「公主怎麼了？」

江詩冉懊惱道：「真真好像是受不住刺激，昏倒了。」

「快去請太醫。」麗嬪吩咐一聲，焦急地來回踱步，視線掃到江詩冉就惱得不行，偏偏不好表現出來。

「江姑娘先回去吧。」

江詩冉搖搖頭。「我等著真真醒來。」

麗嬪欲言又止，最終嘆了口氣。「江姑娘知不知道公主受了什麼刺激？上次江姑娘走後，真真也是哭了一整夜。」麗嬪語氣雖柔和，江詩冉聽了還是覺得委屈，在麗嬪的注視下忿忿道：「還不是被黎三害的！」

「黎三？」

「就是翰林院黎修撰的女兒，府上行三。」

麗嬪美眸一閃。「那位黎姑娘我知道的，是不是家住杏子胡同？」

那次大雨真真傷了腿，那位黎三姑娘還幫過忙的。

「對，就是她！」

「這和那位黎三姑娘有什麼關係？」

「真真沒跟娘娘說嗎？她的臉更嚴重了，就是因為黎三的藥！」

「竟有此事？江姑娘仔細講給我聽！」麗嬪立刻沉下臉來。

對錦鱗衛指揮使江堂的女兒，她要客客氣氣的，難道對一個小小翰林修撰之女還要客氣嗎？

「李神醫是黎三的乾爺爺，黎三就打著李神醫的名號招搖撞騙。我去替真真討藥，她給了我一盒藥，說是李神醫制的，結果真真用了後臉不但沒見好，反而更嚴重了。我本來要去找她算帳，真真不願多事才沒和她計較。」

「真是豈有此理！」麗嬪氣得狠狠一拍扶手。

等太醫看過後，真真公主緩緩睜開眼，看到麗嬪與江詩冉二人，別過頭去，淚水簌簌落下。

「真真，妳別哭啊。」麗嬪心疼不已，掏出手絹給女兒拭淚。

「母妃，您不必管我了，我這個樣子活著也沒趣兒。」

麗嬪聽了這話嚇個半死，緊緊抓著真真公主的手道：「真真，母妃就妳一個女兒，妳可不要嚇我。妳別灰心，總會有辦法的。」

真真公主心灰意冷地搖搖頭。「那麼多大夫都看過了，沒有辦法了。」

「還有李神醫啊，太后不是親口說了，那位李神醫能妙手回春的，已經派人去打探李神醫的消息了。」

「李神醫遇難了。」真真公主心若死灰道，說完轉過身去一動不動。

麗嬪吃了一驚，不由看向江詩冉。江詩冉咬著唇點點頭。「我爹剛得到的消息。」

麗嬪只覺眼前一黑，忙扶住椅子扶手，緩了好一會兒道：「真真，天無絕人之路，妳是皇家的公主，就不信普天之下找不出個能給妳看病的大夫來！」她站起身。「芳蘭，照顧好公主，若有什麼事唯妳是問！」

芳蘭立刻應諾。

麗嬪對江詩冉使了個眼色。

江詩冉雖單純直率，卻也明白這個時候不能再刺激好友，起身跟著麗嬪走出去。

「江姑娘可否隨我一同去見太后？那個黎三害得公主雪上加霜，不能就這麼算了。」

若是李神醫還在，哪怕不在京城，對李神醫的乾孫女太后定然會給幾分臉面，她也不會不識趣湊上去說什麼，可現在李神醫不在了，她不能讓女兒白受罪！

「好，我跟娘娘一起去！」江詩冉略加思索便答應下來。

父親不知被黎三灌了什麼迷魂湯，明明黎三做了那麼多可惡的事，還打過她一巴掌，卻不許她出氣，真是憋屈死了。現在好了，是麗嬪要找黎三麻煩，可不是她不聽話。

慈寧宮中，一名宮人走到楊太后面前。「太后，麗嬪求見。」

楊太后轉著手中的核桃。「傳麗嬪進來。」

不多時麗嬪與江詩冉一同進來，給太后請安。

「起身吧。」楊太后淡淡說了一句，對江詩冉卻很親熱。「是冉冉啊，來哀家身邊坐。」

江詩冉大大方方走過去坐下。

楊太后嗔道：「冉冉，妳可好些日子沒來看哀家了。」

江詩冉笑道：「可您老人家還是那麼年輕精神。」

「妳這孩子就是會說話。」楊太后笑完，這才看向麗嬪。「來見哀家是有什麼事麼？」

麗嬪直接跪下來。「太后，妾過來是為了公主的事兒。」

「好端端跪下幹什麼？起來說話。」

麗嬪從善如流站起來，垂手而立。

「真真好些了麼？哀家還說今天過去看看她。」

麗嬪抬手拭淚。「太后，真真的臉更嚴重了。」

「怎麼會這樣？」

麗嬪看江詩冉一眼，低泣道：「妾是聽江姑娘說了才知道，真真因為用了黎三姑娘的藥，臉才變得更嚴重的。可憐真真心地寬厚，之前一個字都沒和我提……」

「這個黎三姑娘又是什麼人？」

江詩冉開口道：「是一個翰林修撰的女兒。」

「真真怎麼會用她的藥？」楊太后一針見血問道。

麗嬪回道：「太后有所不知，這位黎三姑娘是李神醫的乾孫女。」

「哦，竟有此事？李神醫什麼時候收了一個乾孫女？」

「好早的事啦，京中很多人都知道的。」江詩冉道。

楊太后道：「既然這樣，妳該放心才是，有這麼一位乾孫女在，想來李神醫早晚會回京的。」

麗嬪聞言以袖遮面，泣道：「好叫太后得知，李神醫仙去了。」

「妳說什麼？」楊太后猛然站了起來。麗嬪立刻掃了江詩冉一眼。

江詩冉會意，起身道：「太后，是我告訴麗嬪娘娘的。我爹才得到的消息，李神醫出海遇到颶風遇難了。」

楊太后緩緩坐下，面上神色變幻莫測，好一會兒才恢復了平靜，淡淡道：「繼續說說那位黎三姑娘的事吧。」

江詩冉低了頭。「太后，其實是我不好。我著急真真的臉，知道黎三是李神醫的乾孫女，就去向她討李神醫的藥，誰知她拿亂七八糟的藥糊弄我，這才害了真真……」

楊太后沉下臉來。「隨便拿藥糊弄人？這豈不是心術不正！」

麗嬪再次跪下來。「太后，真真被那位黎三姑娘害成這樣，您可要替真真做主啊！女孩子的臉多麼重要，真真臉成了這個樣子，都有尋死的念頭了。」

楊太后皺眉。「她是皇家的公主，不是尋常小門小戶的女孩兒，尋死覓活像什麼話！」

麗嬪張了張嘴，沒敢再說話。江詩冉暗暗撇了撇嘴。

這位舞姬出身的娘娘可真是小家子氣，連她都知道要死要活這種話不能在太后面前說的。

「來喜。」

「奴婢在。」

「傳哀家懿旨，請黎修撰的女兒黎三進宮。哀家倒是要看一看那位黎三姑娘是個什麼樣的！」

傳旨的太監來到黎家西府宣讀了太后懿旨，鄧老夫人吃了一驚，一邊派人去叫喬昭，一邊客客氣氣招呼來喜。「公公請上座。」

「不必了，太后她老人家還等著咱家快點帶著黎三姑娘回去呢。」

「公公先喝口茶，我那孫女很快就來。」

來喜接過大丫鬟青筠遞過來的茶盞嘆了一口，便把茶盞放下來，不陰不陽道：「貴府三姑娘好福氣啊，能讓太后她老人家親自召見。」

「公公說得對，能給太后請安是那丫頭的福氣，就是不知太后她老人家如何想到我那不成器的孫女？」

「這個就不是咱家能知道的了。」

鄧老夫人給青筠使了個眼色。青筠把一個素面荷包塞給來喜。

來喜掃了一眼荷包，皺眉。「這是做什麼？」

這時何氏風風火火走進來。「老夫人，兒媳聽說宮裡來人傳昭昭進宮？」

鄧老夫人嘴角一抽。怎麼三丫頭還沒到，添亂的娘先到了？

何氏可不管鄧老夫人怎麼想的，杏眼一掃，就看見一個公公模樣的人正與青筠推來搡去的，當下便蹙起了娥眉，心道：老夫人是想給這公公一點好處，好讓他照顧昭昭吧？嘖，這麼一個小荷包怎麼行？幸虧她早有準備！

何氏三兩步走到來喜面前，把青筠擠到一邊去，笑道：「您是來傳我女兒進宮的公公吧？」

來喜不悅地看著何氏，心想：這婦人雖美貌，奈何一點規矩都沒有。那荷包雖小，可蒼蠅腿小也是肉啊，總不能讓他白跑一趟。他正準備收下呢，就被這不長眼的蠢婦給攪黃了。由此可見，那位黎三姑娘也是個蠢的，難怪會得罪江姑娘，繼而得罪了宮中貴人們。

「嗯。」來喜鼻孔朝天應了一聲。

何氏立刻把挎在胳膊上的小包袱，往來喜手中一塞。「那就請公公多多關照了。」

入手一沉，來喜一時沒做好準備，小包袱直接往下墜去。

何氏手疾眼快把小包袱撈起來，重新塞進來喜懷中。「公公拿好了呀。」

這麼一來小包袱就鬆了，露出一道縫隙，裡面白花花的銀元寶讓來喜看直了眼。

他以為眼花了，抬手揉揉眼，發現包袱縫裡露出來的元寶沒有變化，乾脆伸手把包袱布往兩邊扒了扒。饒是見慣了各種大場面，這位太后身邊伺候的太監還是被震住了。

他不是沒見過這麼多銀子，但是從來沒見過去哪家傳旨給好處不是塞荷包，而是塞包袱的！

來喜望著何氏的眼神頗有些一言難盡。他錯了，這個婦人一點都不蠢，明明美貌又聰明！

「公公，小女就請您多多提點了。」何氏笑盈盈道。

她爹說過，伸手不打送銀子的笑臉人，這宮中的人應該也不例外吧？

來喜不動聲色把小包袱挎在臂彎裡，矜持點點頭。

「三姑娘來了。」

來喜忙往門口看去，就見一名素衣少女腳步輕盈走了進來。

來喜伺候太后多年，見慣了儀態萬千的貴人們，看著少女走路的姿態，眼中便閃過驚訝之色。這位黎三姑娘的禮儀，可不像是翰林修撰的府上能養出來的。

一三四　覲見太后

喬昭見過禮，何氏擋在喬昭前面道：「公公，能不能行個方便，讓我和女兒說說話？」

感受著手臂上小包袱的重量，來喜點點頭。「抓緊了。」

何氏直接把喬昭拉到了裡間去。來喜眉毛挑了挑，沒吭聲。

鄧老夫人暗暗嘆氣：她這個棒槌兒媳婦，有時候管大用啊！

「昭昭，太后好端端為什麼傳妳進宮啊？娘有點擔心。」太后為何傳她進宮，從接到消息後喬昭就一直在琢磨了，思來想去只想到一種可能：與李神醫有關。

「也許是太后得知了李爺爺仙去的消息，又聽聞我是李爺爺的乾孫女，所以才想見見我吧。」喬昭說這話既是能想到的最可能的原因，又是為了讓家中長輩們安心。

「要是這樣我就放心了。昭昭，妳去吧，太后說什麼妳就乖乖聽著，咱不求入太后的眼，平安回來最重要。」喬昭輕輕握了握何氏的手。「娘，別擔心我，我不會有事的。」

何氏連連點頭。「對，我的昭昭懂事了，比娘有本事多了。快去吧，早去早回。」

母女二人返回花廳，來喜抬抬下巴。「黎三姑娘，請吧。」

「有勞公公。」喬昭福了福。

一頂低調卻不失精緻的宮轎就停在門外，喬昭彎腰上轎之際，來喜壓低聲音說了句：「三姑娘是不是給過江大姑娘什麼藥？」喬昭微怔，看向來喜。來喜卻已經站直了身子，一副目不斜視的模樣。

儘管心中已經尋思起來，喬昭面上卻不動聲色，朝來喜輕輕頷首以示謝意，低頭進了轎子。

來喜拍了拍小包袱，心道：他說這一句，也算是對得住這一包袱了。

轎子被抬起來，喬昭坐在轎中，抬手揉了揉眉心。

傳旨公公這話是在暗示太后傳她進宮與江姑娘有關？而聽這意思，恐怕不是什麼好事。

江詩冉只找她要過一瓶李爺爺制的祛疤良藥，難道是這藥出了什麼問題？

那也不對，要是江詩冉用了祛疤藥後出了問題，怎麼會鬧到太后那裡去？江堂再得聖寵，江詩冉只是臣子之女，無論如何太后也不該出這個頭……

思及此處，喬昭靈光一閃，驀地想到一個人。

難道那藥是江詩冉為真真公主要的？喬昭越想越覺得大有可能。

在山中與邵明淵閒談時，她曾問起外面救援的情況，才知道真真公主並沒有死，而是被救了出去。不過京城裡並沒有關於真真公主的傳言，想來她遇到山崩的事被宮中壓下來了。

或許是真真公主在山崩時受了外傷落了疤，江詩冉才來找她討要李神醫的祛疤藥。

但喬昭還有一點想不通，如果是為了祛疤，就算一瓶祛疤藥沒有使疤痕全部消除，那也不會興師問罪吧？罷了，不想了，見到太后便能知道。

有了這番猜測，喬昭心中安定下來。在她看來，遇到麻煩不怕，完全的未知才讓人忐忑。

轎子停下來，喬昭從轎子中走出來，面上已是一派平靜。

「黎三姑娘跟緊了咱家。」

「知道了，多謝公公提點。」

來喜領著喬昭往慈寧宮而去，冷眼旁觀，見她一路走來目不斜視，規規矩矩又不見絲毫局促，心中多了幾分激賞。若不是確定沒有領錯人，他真以為這位黎三姑娘是一等一的貴女呢。

「太后，黎三姑娘到了。」

「太后萬福。」喬昭屈膝行禮。

楊太后一雙厲眼上上下下把面前的少女打量一番，見她梳著少女常見的雙環髻，穿戴、禮儀絲毫挑不出錯處，凌厲的目光緩了緩，沉聲道：「抬起頭來，讓哀家瞧瞧。」

喬昭聞言抬頭，坦然由著楊太后打量，眼簾微垂以示恭敬，依然保持著行禮的姿勢。

「倒是生了一副好樣貌，再過兩年，不比九公主差了。」

「太后謬贊，臣女不敢與公主殿下相比。」

「不敢？妳有什麼不敢的！」剛才還面色淡淡的楊太后，陡然間翻臉。

殿中伺候的宮人全都垂下頭去，大氣也不敢出，作為眾人焦點的少女卻依然保持著先前的姿勢紋絲未動，甚至連面上表情都沒有多少變化，只是把姿態擺得更恭順，露出修長白皙的脖頸。

「太后息怒，若是臣女有哪裡做得不妥，請太后明示，臣女定會努力改正。」

楊太后深沉的目光落在少女身上，心知一直保持著見禮的姿勢很累，卻偏偏不叫她起來，端起茶盞喝了口，緩緩道：「黎姑娘，妳可知道，九公主用過妳的祛疤藥後，成了什麼模樣？」

「臣女不知。」

「不知，妳為什麼不知？」楊太后把茶盞重重放到茶几上，清脆的撞擊聲讓眾人心弦一顫。

殿中少女卻絲毫沒有受到影響，老老實實道：「因為臣女從沒給過公主殿下祛疤藥。」

「伶牙俐齒！」楊太后掃了江詩冉一眼，沉聲道：「妳沒給過九公主祛疤藥，總給過江姑娘吧？」

「給過。」喬昭言簡意賅回道。

一直保持著屈膝的姿勢，她的腿開始痠麻，面上卻絲毫沒有顯露。

「就算妳不知道江姑娘會把那藥送給九公主用，難道就能胡亂拿藥充作李神醫的藥來禍害人麼？哀家喚妳來，不單是為了受害的九公主，而是覺得痛心，痛心李神醫那樣的神仙人物，卻有一個打著他的名頭肆意妄為的孫女！」

聽了這話，喬昭心中冷笑。皇家的人說話做事總要扯一塊遮羞布，說來說去其實還是給九公主出氣嘛，而且是在知道李爺爺不在了之後。她敢肯定，若是李爺爺還在，太后定不會一上來就這般發難。

痠麻的感覺從雙腿傳來，一絲委屈爬上心頭，喬昭抿了抿唇，悄悄把這絲委屈揮走。

她早就明白一件事，當一個人只剩下自己可以依靠時，是沒有資格委屈的，她要做的是迎上去，替自己爭回尊嚴與公道。

「回稟太后，臣女給江姑娘的藥，確實是李爺爺給我的藥。」

「妳撒謊，若那是李神醫的藥，真真用過後為什麼會更嚴重？」坐在太后身邊的江詩冉質問。

喬昭沒做聲。

「心虛了，不敢說話了吧？」江詩冉冷笑。

「黎姑娘，妳為何不說話？」太后問道。

喬昭半低著頭，恭敬道：「回稟太后，因為臣女這樣的姿勢，不適宜與江姑娘說話。」

她一直保持著向太后行禮的姿勢回太后的話，太后沒叫她起身，她當然不會冒失站起來，但這並不代表她要用這樣的姿勢與江詩冉說話。

「什麼不適宜？」對禮節自來不怎麼在意的江詩冉，一時沒有反應過來。

喬昭彎唇。「這樣傳揚出去，恐怕有損江姑娘名聲。」

同是臣子之女，讓一位姑娘保持著見太后的禮儀對另一位姑娘說話，那麼坦然受禮的姑娘就太跋扈不知禮數了。

江詩冉經喬昭這麼一提醒，立刻想到了這一點，心中很窩火。「妳！」

她一定是故意的！

「起身吧。」楊太后語氣平靜，看著喬昭的目光卻頗為深沉。

真沒想到，一個小小翰林修撰的女兒會這麼沉得住氣，不卑不亢。

這樣的女孩子，若是為善自然很好，若是為惡……

喬昭直起身來，長久地屈膝讓她身子微微搖晃了一下，又瞬間穩住了身形，心平氣和問：

「江姑娘能不能把剛剛的問題再說一遍？」

「妳是故意的是不是？」江詩冉氣得咬牙。這個黎三，處處和她過不去不說，還老是自覺高人一等，不過一個小小從六品官的女兒，以為自己是公主不成，憑什麼這麼和她說話？

不對，就算是真真和她說話都客客氣氣呢。

「江姑娘說笑了，之所以請妳再說一遍，是因為我剛剛在全神貫注回答太后的問詢，不敢分神，所以沒有聽到妳具體問什麼。」江詩冉被噎得手指關節都捏白了。

楊太后暗暗搖頭。

她算是看出來了，這丫頭伶牙俐齒、滴水不漏，江詩冉想從言語上討到好處是不可能的。

楊太后清了清喉嚨。「好了，冉冉，妳有話就問黎三姑娘吧。」

楊太后說著深深瞥了喬昭一眼，暗示她少在言語上與江詩冉打機鋒。

江詩冉直直盯著喬昭問道：「我問妳，妳說給我的藥是李神醫的，那為什麼真真用過後反而更嚴重了？」

喬昭笑笑。「江姑娘一直在說公主殿下用過我給的藥後更嚴重了，卻一直沒告訴我，公主殿下究竟傷在了何處？是刀劍傷還是燒傷？疤痕是凸起還是凹陷？又是在什麼部位？」

「這有什麼關係？」江詩冉不以為然反問。

「這當然有關係，疤痕的成因、狀態乃至部位不同，用藥都會有所區別。」

「可妳當時沒說要注意這些。」江詩冉頗不服氣。

就算是有區別，也不能用了更糟糕啊，明明就是欺負她不懂這些。

喬昭沒有否認。「我是沒說，因為李爺爺的藥無論用在什麼樣的疤痕上，就算效果不同，至少不會起反作用。」

江詩冉冷笑。「所以妳還有什麼好狡辯的，那藥定然不是李神醫的，而是妳隨便弄來糊弄我的。」她說著扭頭看向楊太后。「太后，您聽，她都親口承認了，您還不治她的罪給真真出氣！」

楊太后目光凌厲看著喬昭。喬昭面上卻不見半點驚慌，與江詩冉對話時一直目光平視，回答楊太后的疑問時則自然垂眸。「太后，聽了江姑娘的話，臣女可以確定，公主殿下絕對不止是留有疤痕，而是還有別的問題。」

楊太后眸光微閃。真真那個樣子，確實不只是臉上落疤的事兒。

「太后，不知可否方便讓臣女見一見公主殿下？」

「黎三，妳害慘了真真還不夠呢，還要看她笑話？」

喬昭目光微冷看著江詩冉，心道：妳這麼不遺餘力想看我倒楣，也不知道妳爹知道嗎？

「看什麼？」喬昭奇異的眼神讓江詩冉很是不舒服。

喬昭微微一笑。「江姑娘這話我受不起。首先公主殿下最初有什麼問題，應該與我毫無關係；其次祛疤藥是妳來討要的，我並不知道是要送給公主殿下，所以江姑娘說是我害慘了公主，那真是高看我了。而最重要的是，我給江姑娘的祛疤藥，絕對不會讓情況更嚴重，如果公主確實情況更糟，那一定還有別的問題。」她說到這裡抿了抿唇，目光直視著江詩冉。「江姑娘不許我確認一下公主殿下的情況，卻要我擔下這份罪責，是不是有些不合常理、不近人情呢？」

「妳亂說！」

楊太后擺擺手，吩咐道：「去請九公主過來。」

安安靜靜坐在一旁的麗嬪終於忍不住出聲：「太后，公主剛剛承受不住打擊昏過去了，妾怕她……」

楊太后面色微沉。「真真不是這麼脆弱的孩子。」幾個孫女中她最喜歡真真，可不是因為真真生得最好看，而是那孩子有股韌勁兒，身為皇家公主不能少的就是這股韌勁兒。

麗嬪不敢再說什麼，一雙美目往喬昭身上一掃，閃過惱怒的光芒。

喬昭垂眸靜立，站姿如松。

接下來楊太后沒有說什麼，一直把玩著手中核桃，核桃摩擦的聲音讓江詩冉無端煩躁起來。太后為何會聽黎三的把真真叫過來？難道說，這件事鬧到最後又是她倒楣？

呸呸呸，她好端端怎麼會這麼想？一定是大殿裡太熱了！

沒過多久內侍喊道：「九公主到——」

喬昭眼角餘光投過去，就見真真公主面戴輕紗走了進來，也不過是一些日子未見，真真公主竟消瘦許多，頗有些弱不勝衣的模樣。

真真公主的目光觸及喬昭，先是一震，眼神閃了閃，而後收回視線走到楊太后面前，規規矩矩見禮。「皇祖母萬安。」

「真真，來這裡坐。」

真真公主走到楊太后下首坐下。

「真真，妳可認識這位元素衣姑娘？」楊太后問。

真真公主露在輕紗外面的一雙美眸瞧不出多少情緒，淡淡道：「認識，她是黎三姑娘。」

「妳用的藥就是她給冉冉的？」

真真公主沉默片刻，輕輕點頭。

楊太后掃喬昭一眼，沉聲道：「真真，妳把面紗取下來吧，讓黎三姑娘好好瞧瞧。」

「皇祖母……」真真公主猛然看向楊太后，一臉錯愕，迎上的卻是楊太后淡然如水的目光。

她攏在寬袖中的手緊緊握著，粉色的指甲成了蒼白色，在楊太后的注視下，緩緩抬手放到面紗上。

「真真……」江詩冉忍不住喊了一聲。她不明白太后明明是好友的親祖母，卻為何這般狠心，要在眾人面前讓真真把面紗取下來。

真真公主沒有理會江詩冉的話，心一橫把面紗直接扯了下來，露出一張慘不忍睹的臉。

她定定看向喬昭，身子輕輕抖著。在大庭廣眾之下露出這張臉，真真公主感到深深的羞辱。可是她沒有辦法，她已經一無所有了，難道要連太后的疼愛也失去嗎？

其實她現在連死都不怕，只是好不甘心，不甘心大好年華就成了這副模樣。

皇祖母說過，她是天家的公主，會為她遍請名醫，雖然李神醫不在了她很絕望，可是萬一呢？萬一還能有人把她的臉治好呢？

為了那萬一的機會，她不會放棄。

「黎三姑娘，九公主的樣子妳看到了。」楊太后面沉似水道。

她那兒子一心追求長生，多年當甩手皇帝，大臣們早就暗暗不滿了，她這當太后的就不能太隨性了，總要切實拿到了錯處才能處置人，以免被人詬病。

好在真真是個懂事的。

喬昭被真真公主這張臉狠狠震撼了一下。她確實沒想到真真公主的臉會這麼嚴重。

「太后，臣女可否走近一些？那樣才能看得清楚。」

真真公主眼中閃過惱怒。江詩冉柳眉倒豎。「黎三，妳不要太過分！」

「妳上前來。」楊太后沉聲道。

她倒是要看看這個小姑娘會怎麼樣？現在越是不知天高地厚，等下才知道哭。

麗嬪則暗暗握著拳，修剪得整齊漂亮的指甲陷入手心，暗道：竟然敢看她女兒笑話，這筆帳她且記著了，就算太后不管，以後有機會她也會好好算一算。

喬昭彷彿感覺不到殿中的風雲詭譎，走到離真真公主半丈左右的地方站定，目不轉睛盯著真真公主瞧。真真公主忍耐地垂著眼簾，到後來實在無法忍受，乾脆迎上她的視線，咬著唇一動不動，視線卻恨不得把眼前的人生吞活剝。

讓妳看，讓妳看，乾脆看個夠好了，本宮要妳晚上做惡夢！

喬昭看著真真公主驀地瞪大了眼睛，明明氣鼓鼓卻又竭力掩飾的模樣，莫名覺得有幾分好笑，仔細端詳過後朝真真公主頷首，退回原來的位置。

楊太后淡淡道：「看過了？」

喬昭欠身一禮。「看過了。」

「那黎三姑娘還要對哀家說什麼？」

喬昭嘆道：「臣女其實有話對江姑娘說。」

「妳說。」楊太后端起了茶盞。

喬昭看向江詩冉。「江姑娘，看到公主殿下的樣子，我只想說，藥不對症是要害死人的。」

「妳什麼意思？」察覺眾人視線都投到她身上，江詩冉臉上一熱。

喬昭同情看了真真公主一眼，解釋道：「公主殿下臉上潰爛是因為毒素侵入，流黃水其實是毒素外發的過程，此時還遠遠未到結痂之時，偏偏江姑娘給公主用了祛疤藥，等於是強行促使這些潰爛的地方結痂。這樣一來，毒素全都憋在了肌膚中，毒素與藥性便如打仗的兩方人馬，戰事越激烈，戰場便越慘烈……」她後面的話沒有再說，眾人卻全都聽明白了。

真真公主白著臉看向江詩冉。

江詩冉心中一慌，咬唇道：「真真，她肯定是為了推卸責任亂說的！什麼毒素侵入、兩方人馬打架啊，她又不是大夫，簡直是胡言亂語！」然而是不是胡說八道，在場的其他人又是另一番感受。

楊太后把茶盞放下，側頭看了真真公主一眼，問喬昭：「黎三姑娘，妳說九公主臉上變成這樣是因為毒素侵入？如何證明妳所言不虛呢？」

「很簡單，臣女可以使公主殿下臉上毒素排出。」

真真公主猛然站起來，失聲道：「此話當真？」

喬昭依然很平靜。「公主請勿激動，我還有話要說在前頭。毒素排出後，只會讓妳的臉不再潰爛，瞧著會比現在好一些，但落下的疤是要另想辦法治療的。」

「先給九公主排出臉上毒素再說。」楊太后直接拍板道。

麗嬪很不放心。「太后，這是不是要徵求一下太醫的意見？」

讓一個小姑娘禍害她女兒的臉，太草率了吧？

太后睇了麗嬪一眼，乾脆問真真公主：「真真，妳怎麼想？」

真真公主斷然道：「就請黎三姑娘替孫女醫治吧。」

連太醫院使都束手無策，還徵求什麼意見啊，既然要別人醫治，還不如痛快點。

思及此處，真真公主朝喬昭略一頷首。「就有勞黎姑娘了。」

楊太后跟著道：「黎三姑娘需要什麼直接跟來喜說。」

「可否安排一間安靜的屋子？」喬昭問楊太后。

楊太后點點頭。「可以。來喜，領九公主和黎三姑娘過去。」

江詩冉死活不信這個比她年紀還小的女孩會治病驅毒，抬腳跟了上去。

喬昭寫下所需之物，把單子交給來喜公公去收集，藥材齊了後按比例混合，又添加了蜂蜜等物製成藥泥，替真真公主施過針後把藥泥均勻塗抹在面部，溫聲道：「公主殿下先睡一覺，睡醒就可以把臉上藥泥洗去了。」

「本宮……睡不著……」因為臉上塗滿了藥泥，真真公主聲音細微，就如她現在忐忑的心情。她的臉，真的還還有救嗎？

「會睡著的。」喬昭伸出雙手，在真真公主頭皮上輕輕按摩起來。

一陣睏意襲來，真真公主不知不覺閉上了眼睛。

喬昭起身，坐在不遠處的麗嬪跟著站起來。「黎姑娘，公主她……」

「殿下睡著了，娘娘最好在外面等，讓她好好睡一下。」喬昭輕聲道。

「她會睡到什麼時候？」

「大概一個半時辰吧。」

一個半時辰後，真真公主醒過來，喬昭親自替她淨過面，溫聲道：「請公公把鏡子拿過來讓殿下看看。」

鏡子擺到面前，真真公主卻低著頭，遲遲不敢抬起。

一三五　名正言順

真真公主遲遲不抬頭，麗嬪忍不住去拉她的手。「真真，讓母妃看看妳怎麼樣了。」

真真公主依然垂首不語。江詩冉催促道：「真真，妳怎麼不抬頭啊？」

「我……」真真公主閉了閉眼，猛然把頭抬起來，在其他人低低的呼聲中緩緩睜開眼睛，懷著萬分忐忑的心情往鏡子中望去。鏡子中的少女是一張巴掌大的瓜子臉，臉上往外滲黃水的潰爛模樣已不見了，而是生成了層層疊疊的痂，雖然噁心依舊，卻比之前好了太多。

真真公主猛然轉頭看向喬昭。麗嬪掩口道：「真真，妳的臉不爛了！」真真公主沒有回應麗嬪的話，而是快步走到喬昭面前，抓起了她的手。「妳是怎麼做到的？」

這時來喜開口：「公主殿下，太后吩咐了，您這邊有了結果，就去見她老人家。」

真真公主平復了一下心情，朝來喜禮貌頷首。「本宮這就去。」

真真公主治療的地方本來就是慈寧宮中的一間偏僻房間，一行人走了不過一盞茶的工夫，就來到了楊太后面前。

楊太后淡然的目光在真真公主面上打了個轉，多了幾分動容。「竟然真的不潰爛了。」

「是，孫女也沒想到會這麼有效，多謝皇祖母替孫女傳黎姑娘進宮。」

領著真真公主過來的來喜暗暗贊了一聲。難怪九公主最得太后的寵，一個女孩子即便到了這個境地還不忘討長輩歡心，真夠懂事的。

真真公主的話讓楊太后心中很是熨帖，緩了神色看向喬昭，溫聲道：「真看不出黎三姑娘小小年紀，卻是個有大本事的。」

喬昭屈膝行禮。「太后謬贊，臣女只是運氣好，得了李爺爺一些指點。」

楊太后不以為意，以為小姑娘愛美，特意從李神醫那裡討來養肌美顏方面的方子罷了。

「黎三姑娘，妳既然能治好九公主臉上的潰爛，不知道對她臉上的痂有無辦法？」

聽楊太后這麼問，真真公主一顆心高高提了起來，目不轉睛盯著喬昭。她能聽到自己的心怦怦跳得很快，彷彿隨時會跳出胸腔，可是她沒有阻止的想法，自從她臉上出問題的那一刻，她都以為自己的心不會跳了。

從絕望到有了一絲希望，再到絕望，現在又有了一絲希望，黎三會讓她擁有這絲希望嗎？

眾人目光灼灼盯著喬昭，就見她黛眉微蹙，似是很為難。

這種沉默保持了好一會兒，真真公主顫抖著聲音問道：「是不是……沒辦法？」

「黎三姑娘，有話但說無妨。」楊太后開口道。

「能徹底治好公主殿下的藥不是沒有，但卻有些麻煩……」

「黎姑娘，妳是說我的臉真的還有救？」真真公主眼都亮了。

喬昭遲疑著點頭。「若是能制出對症的藥膏，殿下便能恢復如初。」

真真公主彷彿是不敢相信般，後退數步才勉強穩住身形，喃喃道：「皇祖母、母妃，妳們聽到了嗎？她說我的臉還能恢復如初，還能恢復如初！」

「是呀，是呀！」麗嬪連連點頭，看向喬昭的目光，再沒有之前的陰沉之色，反而熱切無比。

「黎三姑娘，需要什麼藥材妳儘管說，無論多麻煩都無所謂，只要能治好公主的臉。」

楊太后就淡然多了，輕輕點頭道：「麗嬪所說不錯，黎三姑娘，需要什麼妳但說無妨。」

似乎是真的很為難，被眾人注視的少女沉吟片刻，才下定決心說出來：「藥膏所需的藥材都是常見的，但其中一味叫凝膠珠的主藥，卻生長在南海的一種蚌殼裡，就是這味藥比較麻煩。」

未等她說完，麗嬪便道：「這很簡單，京城若是沒有的話，宮中會派人去南邊採買。」

楊太后不悅擰眉。「麗嬪，聽黎三姑娘說完。」

看這小姑娘如此為難的模樣，事情恐怕沒有這麼簡單。

麗嬪不敢再多嘴，吶吶應一聲是。楊太后朝喬昭點點頭，示意她繼續說。

「這味藥採下後需要立刻入藥，不然就會失去藥效。所以要想製成公主殿下所需的藥膏，臣女必須親自跑一趟。」這話一出，殿中安靜了一瞬。

楊太后彷彿想到了什麼，問道：「哀家聽聞李神醫因為出海遇難，莫非也與這味凝膠珠有關？」喬昭臉色一白，眼中閃過哀慟之色，輕聲道：「是的，李爺爺為了治好喬公子的臉，決意去南海採凝膠珠，凝膠珠是祛疤聖藥必須的一味藥。」

「喬公子？」

來喜湊在太后耳邊低聲道：「應該是指大儒喬墨的孫子，這位喬公子的臉被火燒傷了。」

楊太后落在喬昭身上的目光，意味莫名。「李神醫為了喬公子特意去南海採藥？」

喬昭垂下眼簾。「嗯，李爺爺對我說，他與喬先生是摯友。」

「原來如此。」楊太后轉動著手中核桃，沉吟不語。

真真公主沒有開口相求，卻眼巴巴望著楊太后。

麗嬪沉不住氣，喊道：「太后……」楊太后睃了麗嬪一眼，看向喬昭的眼神溫和無比。「黎三姑娘醫者仁心，九公主的臉還是要勞煩妳了。」這就是要讓喬昭去南海採藥的意思了。

喬昭暗暗好笑。剛剛她提及李爺爺指點過她，太后還一副不以為然的樣子，現在便說她醫者仁心了，皇室中人變臉之快真是無人能及，要是換了普通小姑娘，聽說要千里迢迢去南海採藥，早該驚慌失措了。

還好，南行本來就是她一直的打算。喬昭攏在寬袖中的手微攏，壓下那絲興奮。

等了這麼久，她一直在等一個能名正言順去南方的機會，如今總算等到了。

「黎三姑娘放心，哀家會派人好好保護妳。」

喬昭有些不安。「有太后派人保護，臣女並不擔心去南海，但我的家人……」

想到黎家的親人，喬昭有些內疚，她已經能想到何氏淚眼婆娑的樣子了。

或許母親肚子裡懷了小娃娃會好一些？喬昭腦海中驀地閃過這個念頭，越想越覺得可行。父親最近似乎都歇在主屋呢，嗯，客觀條件還是許可的。

喬昭決定等回去後，就熬一碗有利於受孕的湯藥給何氏喝。

「黎三姑娘放心，哀家會好好安撫妳的家人。相信能夠養出妳這樣有本事的女兒，他們定是開明忠孝之人。」

喬昭面上帶笑，心中卻輕嘆一聲，那要是她的家人不同意，就成了不忠不孝之人？

「能幫到公主殿下，是臣女的榮幸。」

楊太后打量著喬昭，見她神色不似作偽，滿意笑笑。「真是個好孩子。」

這時有宮人喊道：「太后，楊世子求見。」

在這慈寧宮中，提到楊世子便只有一人，就是留興侯府的世子楊厚承。

留興侯府是楊太后的娘家，楊太后很喜歡楊厚承這個侄孫。

「這個調皮的猴兒怎麼來了？」楊太后一開口就滿是親暱。「傳楊世子進來。」

楊太后話音剛落，真真公主立刻道：「皇祖母，孫女先告退了。」她現在這個模樣不想見到任何人。

「去吧。」楊太后說著看向喬昭。

喬昭欠身。「太后，臣女出來已經很久了，就先告退了，也好將要南行的事告訴家人。」

太后滿意點點頭。「那好，來喜，替哀家送黎三姑娘出宮。」這個小丫頭還是挺機靈的，在她下懿旨前先和家人通過氣，等黎家人接懿旨時就不會有什麼令人不快的表現了，不然傳揚出去還說是皇家過分。

「黎三姑娘，請吧。」來喜走到喬昭面前，伸出手。

喬昭敏銳發現這位來喜公公的態度，比領她進宮時好了許多。「有勞公公。」喬昭的態度沒有任何變化，跟在來喜身後往外走去，迎面遇到了往裡走的楊厚承。

「楊世子。」來喜見到楊厚承躬身問好，態度很是恭敬。

「是來喜公公啊，有些日子沒見，你的氣色還是那麼好。」楊厚承笑道。

「托您的福。」

楊厚承目光往後掃去，見到喬昭渾身上下沒過任何不妥之處，悄悄鬆了口氣，問道：「太后傳人進宮啊，我是不是來得不巧？」

「沒有，沒有，這位姑娘要出宮了。」

「哦，那來喜公公快去忙吧。」楊厚承越過來喜走到喬昭身側，與之擦肩而過的時候，藉著身形的遮擋，伸出手指了指外面的方向，用口型無聲說了兩個字：「等我。」

喬昭雖不知楊厚承要她等著究竟有什麼事，這種時候也只能會意點點頭。

走到宮門外，喬昭欠欠身。「多謝公公相送，就到這裡吧。」

「貴府的馬車到了嗎？」來喜張望一下。喬昭伸手一指不遠處的樹下。「在那邊了。」

宮中傳人進宮會用宮轎，出宮就沒有宮轎了，說白了就是管接不管送，這也是不成文的規矩。「黎三姑娘好走。」來喜一看黎府馬車到了，點點頭回去了。

喬昭走到馬車旁對車夫交代幾句，彎腰上了馬車。

車夫把馬車趕到宮牆拐角的地方停下來，這個地方雖然不隱蔽，但要比先前的地方強多了。

喬昭坐在馬車裡沒等太久，就聽到楊厚承的聲音：「黎姑娘。」

她抬手掀起車窗簾，探出頭去。「楊大哥。」楊厚承露出明朗的笑容。「妳沒事吧？」

喬昭微怔，而後微微一笑。「沒事。」

「那就好。」

「楊大哥怎麼知道我進宮了？」楊厚承撓撓頭。「今天我當值嘛，無意中看到的。」

少女溫潤的眸子落在他臉上，心想：不知道楊大哥知不知道，他不自在時便愛撓頭。

楊厚承被喬昭看得有些心虛，暗暗納悶起來。池燦到底怎麼了呀，見到黎姑娘進宮擔心得要死，逼著他趕緊跑去慈寧宮探查情況，還不許他對黎姑娘說實話。

「黎姑娘，今天太后傳妳進宮沒什麼要緊事吧？要是有什麼為難，妳可要對我說啊。」

喬昭心中一暖，沉吟一番道：「楊大哥，我過兩天要去南方了。」

這件事最終肯定瞞不過他們，與其從別人那裡得知，不如她直接說了。她有太多祕密，但對朋友無需隱瞞的，自然也不會藏著掖著。

「去南方做什麼？」楊厚承聞言吃了一驚。

「去替九公主採藥，治她的臉。」更重要的是去查謀害家人的凶手，還有祭拜李爺爺。

沒見到屍身儘管給人留了一絲不算希望的希望，喬昭卻沒天真以為李神醫真的還活著。

楊厚承眸子睜大了一分，不滿道：「那也不能讓妳一個小姑娘跑那麼遠啊。」

「楊大哥不必擔心，太后會派人保護我的。時間不早，我先走了。」淡綠色的車窗簾放下，馬車緩緩駛離了皇城，楊厚承立在原地，直到不見了馬車的影子，這才掉頭返回宮裡。

池燦站在廊柱旁，膚色比先前黑了些，讓他看起來少了幾分精緻，多了幾分健康明朗，一見楊厚承過來，他一改百無聊賴的神色迎上去。「怎麼樣？」

「黎姑娘沒事，已經出了宮。」

池燦神色微鬆，而後皺眉。「太后怎麼會傳她進宮？」太后根本不可能認識黎三才對。

楊厚承一屁股坐在臺階上。「為了真真公主的事。」

「她怎麼了？」池燦直覺不是什麼好事，煩躁地緊鎖眉心。

「她的臉不是出了問題嘛，太后命黎姑娘去南方替她採藥。」

池燦一張俊臉立刻冷了下來。「她也配！」楊厚承咳嗽一聲。「拾曦，說話注意點，這是宮裡。」

池燦卻越想越惱火。這些日子他一直忍著沒有見黎三，他想儘快成長到能替她遮擋風雨再站到她面前，或許那時候，她會改變主意也不一定。

可是，他可以忍著思念不去見她，卻忍不了她一個人往南邊跑。沿海有多亂，這丫頭到底知不知道！「我去見太后。」池燦站起來。

楊厚承一把拉住他。「去也沒用，太后平時雖然挺疼咱們兩個的，可她老人家決定的事，什麼時候改變過？」池燦氣得踢了一下白玉臺階，神色冷然。「總之不能讓她一個人去南邊。」

楊厚承眼珠一轉來了主意。「太后不是要派人護送黎姑娘去嘛，咱們都是金吾衛的，可以接下這個差事呀！」

池燦抬手拍了拍楊厚承肩膀。「好主意。」

一三六　你可擔心？

喬昭離開皇城後，命車夫直奔冠軍侯府。

她的身體好了起來，自是不好每天偷偷摸摸跑到隔壁宅子與邵明淵會面。照著慣例給邵明淵施過針，喬昭便提出來與喬墨單獨聊一聊。

「特意避開冠軍侯，要和大哥聊什麼？」

「大哥，今天我去宮中見了太后。」

喬墨大為意外。喬昭把事情來龍去脈講了一遍，卻發覺側耳聆聽的人反常沉默。

「大哥？」

喬墨臉色有些不好看。「所以說，妳要去南海，像李神醫那樣去採凝膠珠？」

大哥這是不願意了？

喬姑娘乾笑道：「這不是重點，我要去南邊，主要是為了咱們家那場大火——」

「但還是要去採凝膠珠交差？」喬墨面無表情打斷她的話。

喬昭眨眨眼。

喬墨目光沉沉看著喬昭。「昭昭，妳去南海採凝膠珠，不只是為了替九公主治臉吧？」

喬昭垂眸。「我還想去祭拜李爺爺。」

「不，除了這些，妳還想用凝膠珠治好我的臉。」喬墨輕聲道。

喬昭拉住喬墨的手，笑道：「大哥，一箭三雕，不是挺好嘛。要是錯過這次，很難再找到名正言順去南邊的機會了。」

「妳的安全怎麼辦？」

「太后會派人護送。」

喬墨眸中幽深。「李神醫還有冠軍侯的人護送，可是遇到天災依然無能為力。昭昭，海上不同於陸地，太危險了，我不同意。」

「大哥，先前咱們說好的，只要有可靠的人陪我去，妳就不反對。」

喬墨不為所動。「那時候說的是去嘉豐，不包括去南海。」

更何況，還出了李神醫的事。他不能承受再失去一次親人的痛苦。

喬墨心知妹妹是個有主意的，目光從庭院中的合歡樹上一掠而過。

合歡樹開得如火如荼，小扇子般的合歡花在地面上鋪了薄薄一層。

他收回視線，提出了最實際的問題：「妳不是每天都要替冠軍侯施針驅毒，若是離開，冠軍侯該怎麼辦？」這個問題喬昭當然也考慮過，聞言便道：「我可以推遲幾個月再動身……」

在兄長深沉的目光下，喬昭悻悻然住了口。

她明明和大哥商量好了啊，又不是先斬後湊，大哥這麼堅決反對做什麼？

「大哥——」喬昭喊了一聲。喬墨乾脆轉過身去不看她。

喬昭抬手拉住喬墨衣袖。「大哥，太后已經發話了啊，現在又不能反悔了，你說呢？」

喬墨抽出衣袖，冷冷道：「妹妹既然這麼說，又何必還來通知大哥？」以大妹的聰慧，要想讓太后改變主意並不是沒有辦法，說白了，還是這丫頭想去，哪怕是刀山火海。

「大哥，你真的生我氣啦？」望著兄長挺得筆直的後背，喬昭問道。

這幅身體的音色甜美軟糯，她這樣一說便像小姑娘在撒嬌。

喬墨一顆心軟了幾分，隨後又強迫自己硬起來。

不能心軟，心軟了妹妹就飛了。

身後許久沒有傳來動靜，只有女孩子若有若無的體香，讓他確定身後還有人。

喬墨終究沒忍住轉過頭來，就見少女冷冷清清坐著，委屈得像是被主人拋棄的小貓崽。

喬墨忍不住抬手揉了揉喬昭的髮。「昭昭……」

少女抬了眼簾，明亮的眸子裡有淺淺的水光閃爍。「大哥真的生氣啦？」

「沒——」

少女眼睛亮了亮。「那是答應了？」

「沒——」

少女眼中的光黯了下去，像是天上的星瞬間墜落深淵，把她整個人都籠罩進這一片絕望裡。

喬墨未說完的話便不由自主拐了一個彎：「沒有不答應。」

說完這話，喬墨懊惱不已。他怎麼就心軟了！

喬昭眼睛彎起來。「我就知道大哥一定會答應的。」

喬墨暗暗搖頭。大妹換了一副殼子，怎麼如此會撒嬌了？

「我可能又後悔了。」喬昭一怔，隨後莞爾一笑。「大哥別逗我，你從來都是說話算數的。」

喬墨無奈笑了笑。喬昭神色鄭重起來。「大哥真的甘心咱們的仇人逍遙法外？」

「我是痛心把重擔壓在妳一個人身上。」

無論大妹多堅強，他都希望是能替她遮風擋雨的兄長，而不是像現在這樣，成為廢人的他反而事事要讓妹妹出頭。

喬昭笑起來。「所以我才要去南海，無論如何要把大哥的臉治好。只有大哥的臉好了，才能走上仕途，那麼祖父、父親留下的人脈才能助大哥一臂之力，將來我們才能真正與首輔蘭山一爭長短。」祖父做過國子監祭酒，早年當過多次鄉試、會試的主考官。依慣例，主考官和考生有師徒之名，只要踏入官場，這是終生無法擺脫的關係，大哥的優勢只有站到朝堂上才能發揮。

喬墨沉默良久，輕聲道：「妳說得對。」

給他下毒的線索既然查到了首輔蘭山之女沐恩伯夫人那裡，那麼無論對喬家直接出手的是誰，他們最終還是會和蘭山對上的。他如果一直是這樣一個廢人，難道要看著妹妹將來與當朝首輔孤身抗衡嗎？

「大哥這是真的答應了？」喬昭悄悄鬆了一口氣。

「不答應還能怎麼辦呢？」喬墨輕嘆一聲。

「大哥，我會好好照顧自己的。今天進宮，家裡都很擔心，我先回去了。」

等喬昭離開後，喬墨坐在庭院中的石桌旁一直沒有動，等擺在面前的茶涼透了，才拿起來默默喝了一口。邵明淵在喬墨對面坐了下來。「舅兄是不是有什麼為難事？」

喬墨看向他。

「與黎姑娘有關？」

喬墨點點頭。「侯爺猜得不錯。」

邵明淵招招手，示意一名親衛把冷茶撤走，換上新茶，提起茶壺替喬墨斟了一杯，卻沒有替自己斟，把茶壺輕輕放回石桌上。

「要是方便說，舅兄可以告訴我。若我能幫得上忙，定竭盡所能。」

「她要去南海採凝膠珠。」

喬墨一句話令邵明淵面色微變，他壓下心中震驚，竭力平靜問道：「為何？」

聽喬墨講了緣由，邵明淵開口道：「既然黎姑娘定下來要去，那我多派些親衛保護她。」

喬墨喝了一口茶，波瀾不驚問道：「侯爺不擔心昭昭安危麼？」

邵明淵被喬墨問得一怔。

黎姑娘的安危？他當然擔心。可是他沒有立場陪她去，甚至沒有立場表露出來。

喬墨眸光深深看著邵明淵，露出意味不明的微笑。「如果可以，我希望侯爺能陪她去。」

邵明淵沉默良久，下意識端起茶杯湊到唇邊喝了一口，卻發現杯中是空的。他尷尬地把茶杯放下來，迎上喬墨深沉的目光問道：「這是舅兄的意思？」

喬墨笑笑。「李神醫當初也拜託過侯爺照顧昭昭啊。」

「好吧，我陪她去。」

見邵明淵答應了，喬墨竟說不出心中滋味如何，語氣一轉道：「昭昭還未出閣，侯爺要與她同行的話，希望能有不損及她名聲的理由。」

邵明淵再次點頭道：「好。」既然舅兄不介意他陪黎姑娘去，他當然會找到合適的理由。他無法欺騙自己，李神醫出事後，無論派多少親衛保護黎姑娘，他都不放心。

「那就這樣定了，昭昭的安危就託付給侯爺了。」喬墨忽然起身，朝邵明淵鄭重一揖。

邵明淵忙跟著站起來，側身避開喬墨的禮。「定不負舅兄所託。」

喬墨依然難以開懷。「海上凶險，萬一再遇到颶風等天災……」

邵明淵鄭重道：「天災或許非人力能抵擋，我只能向舅兄保證，倘若黎姑娘回不來，那我也不回來了。」他這話說得平平淡淡，喬墨卻心頭一震，深深看了邵明淵一眼。

邵明淵面上沒有多大反應。「舅兄，那我就去安排一下。」

他與喬墨告辭，往月洞門的方向走了數步忽然停下來，轉身看著喬墨。「舅兄，你是不是不自覺把黎姑娘當成喬昭了？」

喬墨眼神閃了閃，笑道：「侯爺何出此言？」

「有的時候，會有這種錯覺。」邵明淵垂眸盯著被風吹到腳邊的合歡花，自嘲地牽牽唇角。

舅兄對黎姑娘的態度，讓他在夜深人靜時，何嘗沒有生出這樣的錯覺呢？

可是這樣，對喬昭並不公平。

「不在的人無法挽回，身邊的人才該珍惜，侯爺應該往前看。」

邵明淵聞言一笑，轉身而去。

喬昭回到黎府，把將要南行的事先對鄧老夫人講了。

鄧老夫人聽了久久不語。

「祖母？」

鄧老夫人回神，語重心長道：「三丫頭，南邊沿海很危險。」

「所有的危險，孫女已經考慮清楚了。」

鄧老夫人嘆了口氣。「妳去南邊，不只是為了替九公主採藥吧？」

喬昭垂眸輕輕替鄧老夫人捶腿。「我想去南海邊，親自祭拜一下李爺爺。祖母，我只要一想到李爺爺那麼大年紀，最終連屍身都尋不到，就夜不能寐。」

她那些葬身火海的親人，還有李爺爺，想到那一張張熟悉的面孔，她就沒有辦法勸自己留在京城這錦繡之地，如尋常姑娘那樣嫁人生子，苟且一生。

總要為他們做些什麼才安心。

鄧老夫人抬手撫了撫喬昭的髮絲，長長嘆了口氣。「罷了，祖母知道妳是個聰明的孩子，有自己的主意。既然妳決定了，太后那邊有人護送，那妳就去吧，只是有一點，一定要毫髮無傷地回來。」

「我會照顧好自己的，祖母放心。」

「去和妳爹娘好好說吧，妳娘那個脾氣，知道後恐怕要把房子都掀了。妳爹——」妳爹面上裝著雲淡風輕，背後估計要偷偷抹淚了。鄧老夫人是厚道人，決定還是不拆穿兒子了。

「我會好好對爹娘說的。」喬昭笑盈盈道：「或許不久後就有喜事，能讓爹娘心情好些呢。」

鄧老夫人心中一動，問道：「何來喜事？」

「呃……」喬昭遲疑了一下。畢竟是還沒個影子的事，這個時候說出來不合適。

鄧老夫人笑笑。「妳這丫頭，什麼時候學會說吉利話哄人開心了。快去跟妳娘說吧，別等太后懿旨先下來，可沒有妳娘不敢做的事。」

喬昭離開青松堂時，二太太劉氏恰巧進來。

「二嬸。」

「三姑娘從宮中回來了啊？」

「嗯，剛剛回來。」

劉氏眉眼彎彎一笑。「宮中規矩大，怪悶的，三姑娘要是無事可以去找嫣兒她們解悶，那兩個丫頭別的本事沒有，就知道玩。」

喬昭微微一笑。她越來越覺得，這位二嬸是一個妙人。

「知道了，二嬸，我要先回雅和苑一趟。」

望了喬昭離去的背影一眼，劉氏這才走進去，笑道：「老夫人，兒媳就說吧，三姑娘即便去宮裡也不會有事的。」

鄧老夫人哭笑不得地嗔她一眼。「妳倒是對三丫頭有信心。」

劉氏抿嘴樂了。能沒信心嘛，凡是惹了三姑娘的人都倒楣啦！

「兒媳過來，是想和老夫人商量個事兒。」

「妳說。」最近二兒媳婦與大兒媳婦沒有針尖對麥芒了，老太太覺得耳邊清淨許多。

「您看啊，東府的女學停辦了，嫣兒和嬋兒兩個丫頭又正是要學本事的時候，總不能一直這麼閒著。兒媳想著，要不就請三姑娘每天抽上半個時辰，指點兩個妹妹練練字。老夫人覺得這個主意可行嗎？」

鄧老夫人點點頭。「主意倒是個好主意，不過三丫頭恐怕沒空指點嫣兒她們了。」

劉氏不解看著鄧老夫人。

「三丫頭要出遠門了，奉了太后的命令出門辦事。」

「還有這事啊。」劉氏一聽愣了，隨後咋舌。「三姑娘真是有本事啊，現在都能替太后辦事了。」卻識趣沒有多問究竟要辦什麼事。

「嫣兒她們兩個的事，妳也不要心急。眼看就要秋闈了，到時候有那落第的老秀才，咱們便可以請來當先生。」

劉氏一聽連連點頭。「還是老夫人想得周到，那就再等等，這些日子我教她們兩個女紅就是了。」鄧老夫人不知想到什麼，嘆了口氣。「其實學問差一些也無妨，把兩個丫頭性子養好了最重要。」

「是，兒媳懂的。」

一三七　葡萄成熟

那一邊喬昭回到雅和苑，對何氏講了將要南行的事，何氏一聽整個人都不好了。

「娘，您聽我解釋。」

「我不聽，我不聽！」何氏摀著耳朵抬腳就往外走。她一聽肯定會被女兒說服的！

何氏一頭撞在了黎光文身上。

黎光文伸手扶住她，斥道：「這是幹什麼？慌裡慌張的！」為什麼媳婦就不能淑女一點啊？

「老爺，你快去勸勸昭昭吧，我是管不住她的……」

「勸什麼？」黎光文一副不以為然的樣子。「昭昭做事向來有分寸，妳莫要拖她後腿。」

無知婦人，就知道給他閨女添亂！

何氏美眸睜大幾分。「老爺還不知道吧，昭昭要去南邊替九公主採藥了。」

等何氏抹著淚把情況說完，清朗俊秀的黎大老爺呆住了。

「老爺，我知道昭昭做事有分寸，可我就是忍不住擔心——」

黎光文抖了抖嘴唇。他收回剛才的話，那丫頭有什麼分寸啊，純粹是胡鬧！

黎光文一抬眼就看到喬昭立在門旁。「父親。」喬昭乖乖打了招呼。

「嗯。」黎光文不冷不熱地應了一聲。

「要不您勸勸娘吧，您懂得多，娘會聽您的。」喬昭先給黎光文戴了一頂高帽子，轉而對何氏笑盈盈道：「娘，我去熬甜湯給您二位喝。」

等閨女遁了，留下夫婦二人面面相覷。

好一會兒後何氏問：「老爺，昭昭說您懂得多，是指什麼啊？」

黎光文默默望天。他怎麼知道！剛剛閨女一誇他，光顧著高興了，忘了問！

喬昭一頭鑽進小廚房裡，熬了一份加了「特別佐料」的甜湯給黎光文與何氏送去。有甜湯孝敬著，喬昭好說歹說總算疏通了父母二人，這才長舒一口氣回到西跨院。

屋簷下一隻八哥正在橫木上打盹，聽到動靜展開翅膀飛過來，落在喬昭手心，歪著頭喊：「萬事如意。」

喬昭彎唇笑笑。這隻八哥在她糾正了無數遍後，總算不亂喊了。

她才想到這，就聽八哥脆生生喊了一聲：「媳婦兒！」

喬昭扶額。

冰綠在一旁撓撓頭。「說來奇怪啊，二餅怎麼就跟姑娘喊媳婦呢？」

喬昭呵呵了一聲。她也想知道為什麼！冰綠撫掌。「婢子知道了！」

「嗯？」

「一定是邵將軍教的！」見喬昭不吭聲，冰綠對阿珠擠擠眼。「阿珠，妳說呢？」

在大福寺的那段日子她可是看出來了，邵將軍對姑娘很照顧呢，要是姑娘能嫁給邵將軍還是很好的。咳咳，那樣的話，晨光就會一直給姑娘當車夫了。

小丫鬟想起在大福寺時晨光對她說的話，原來他以後還是要回冠軍侯府的。

一想到晨光要回冠軍侯府，不在黎府了，冰綠就開始難過。

那怎麼行呢，晨光不在黎府，以後誰教她拳腳功夫，誰給她欺負呢？

「我不知道。」阿珠實事求是搖搖頭，眼眸一亮。「姑娘，您看！」

一隻白鴿優雅地劃過藍天飛低，繞著喬昭盤旋。喬昭伸出另一隻手，白鴿飛落在她手心上。

二餅歪頭打量不速之客一眼，張開翅膀從喬昭一隻手心飛到另一隻手心上，把白鴿擠了下去，得意地朝白鴿叫了一聲。喬昭抬手摸了摸八哥的羽毛，警告道：「別鬧。」

二餅眼珠轉了轉，彷彿聽懂了主人的話，果然不再叫了，然後——然後牠衝到白鴿身上，兩隻鳥打了起來。

主僕三人一時之間誰都忘了說話。

一隻八哥一隻白鴿旁若無人打夠了，這才以二餅壓倒性的勝利而結束。

「冰綠，把二餅帶去喝水。」

「噯。」冰綠抱著雄赳赳氣昂昂的二餅走了。

喬昭這才彎腰把白鴿抱起來，安撫替牠理了理羽毛，取出綁在鴿子腿上銅管中的紙條。

紙條上的訊息很簡單：隔壁見。

邵明淵要見她？

喬昭沒有回信，直接放飛了白鴿。

隔壁宅子中，邵明淵已經等在院中。

院中有一架葡萄藤，這個季節葡萄已經成熟了，像是堆砌的瑪瑙珠，泛著誘人的色澤。

邵明淵選了兩串葡萄摘下來，拿到井邊去洗，一名親衛道：「將軍，讓卑職來吧。」

「不用。」邵明淵頭也未抬，洗得很認真。

白鴿落到了他腳邊，委屈地叫了兩聲。邵明淵看向白鴿，不由皺眉。

這隻信鴿怎麼好像被打了一頓？要說路途遙遠，信鴿中途有可能遇險，可不就在隔壁？

年輕的將軍洗好了葡萄，交給親衛去裝盤，站起來眺望了一下黎府的方向，百思不得其解。

他打開銅管發現紙條不見了，輕輕撫摸了一下信鴿的頭。「辛苦啦，去吧。」

葡萄裝到白玉盤中擺到了石桌上，邵明淵一顆沒有碰，單手拿了一卷兵書默默看著。

約莫等了兩刻鐘左右，就有親衛上前低聲道：「將軍，黎姑娘來了。」

邵明淵把兵書隨手放在石桌上，起身迎過去。

「邵將軍。」

「黎姑娘請隨我來。」

邵明淵帶著喬昭來到石桌旁坐下，伸出修長手指，把白玉盤推到喬昭面前。「發現這裡的葡萄比春風樓後院的葡萄也不差，黎姑娘嚐嚐。」

喬昭吃下一顆葡萄，贊道：「味道很好，我還以為會先吃到春風樓的葡萄。」

她順口說了這句，邵明淵便道：「回頭命人給黎姑娘送去。」

「這倒不用了。邵將軍叫我來有什麼事？」

「我從舅兄那裡聽說，黎姑娘要去南方。」

喬昭點點頭。「對，邵將軍放心，我會等你不需要針灸了再動身。」

「不用。」

喬昭一怔。對面的人神情坦蕩。「我會和妳一起去。」

喬昭想了想，問道：「這是我大哥的意思？」

「是。」對面的男人回答得毫不猶豫，心中那種不對勁的感覺卻越發強烈。

無論是舅兄還是黎姑娘，提及對方的語氣就和真正的兄妹沒有任何區別，他其實想像不出這樣的感覺。他沒有妹妹，更無法想像把毫無血緣的女孩子當親妹妹來待，即便是晚晚，他也只是源於對亡妻的一份責任。更何況，黎姑娘與舅兄其實並無多少相處的時間。

「以邵將軍的身分，私自去南方恐怕不大方便。」

邵明淵笑笑。「這些我來解決，黎姑娘無需操心這個。」

「那邵將軍叫我來究竟是何事呢？」

「請妳等葉落回京後再動身。他去過一趟南邊，對那邊的情況比較瞭解。」邵明淵解釋道。

喬昭點頭。「知道了，邵將軍考慮得很周到。」

她的眼睛裡閃過幾分感傷，邵明淵知道，因為提到葉落，眼前的女孩子又想到了李神醫。

他有些內疚，卻不知道如何安慰才好，便把那一盤葡萄推了過去。「黎姑娘，吃葡萄。」

喬昭吃了一顆，看著他。對面的男人神情有些僵硬。

喬昭這才恍然，原來真的只是叫她吃葡萄，她還以為是為了後面要說的話作鋪陳呢。

喬昭覺得有些好笑，站起身來。「邵將軍，要是沒有別的事，我就回去了。」

對面的男人明顯鬆了口氣。「好，黎姑娘請慢走。」

直到回了黎府，喬昭還在琢磨，明明每天都見面，邵明淵究竟局促什麼？

楊太后的懿旨在三天後傳下來，因為喬昭提出要先配置好其餘的藥物，具體出行的日子便交給了她來定。

暑熱開始退去，很快便入了秋，天空湛藍得純粹，經常連一絲白雲都不見。

眼看喬昭出門的日子快要到了，何氏開始慌得吃不下東西。

這一日給鄧老夫人請過安後，鄧老夫人把何氏留了下來，問道：「何氏，我聽說妳這幾日都沒怎麼吃東西？」何氏原本豐潤的雙頰清減了幾分，直言道：「是呀，兒媳一想到昭昭要去那麼遠的地方，還要出海，就愁得吃不下東西。」

「我知道妳擔心三丫頭，但如今三丫頭要出門是不能更改的事實，妳這樣不好好吃東西，萬一熬出病來，不是要三丫頭出門也不安心嗎？」

「可兒媳就是吃不下啊，一吃就犯噁心。」

「噁心？」鄧老夫人心中一動。何氏苦笑。「是呀，大概是沒睡好吧，心裡又難受……」

她話說了一半，忽然面色微變，掩口一陣乾嘔。大丫鬟青筠見狀忙端了痰盂來。何氏湊過去，吐了幾口酸水才直起身子，一張臉白得沒有血色。

「青筠，去請大夫來。」

何氏拿帕子擦了嘴，接過丫鬟遞過來的水漱過口，阻止道：「老夫人，不用了，我沒什麼事，就是一直不怎麼吃東西又睡不好鬧得。」

「還是看了大夫才放心。」鄧老夫人此刻心情頗為微妙，她有了一個大膽的猜測，明知道不大可能，偏偏又控制不住自己往那個方向想。

「老夫人？」見鄧老夫人神情有些古怪，何氏不解喊了一聲。

鄧老夫人不露聲色。「沒事，等大夫給妳看過，才能讓人放心。」

「老夫人，我真沒事。」

不多時大夫被請來，鄧老夫人語氣中帶出幾分急切：「大夫，我兒媳不大舒服，勞煩您給她看看。」何氏有些感動，沒想到婆婆這麼關心她，怪不適應的。

「請太太伸出手。」

何氏伸出手腕，大夫把手指搭上去，閉目號了好一會兒，才睜開眼睛。

「大夫，我兒媳如何？」

大夫對鄧老夫人拱拱手，笑道：「恭喜老夫人了，貴府太太是有喜了。」

「有啥？」何氏聽懵了，整個人都呆呆的。

「太太有喜了，恭喜。」

何氏狠狠掐了自己一把，喃喃道：「不疼。老夫人，我這是做夢了吧？這夢也忒真切了……」

鄧老夫人面色古怪，趁著大夫不注意悄悄把何氏的手扒拉開。

這個棒槌，當然不疼了，掐的是我的大腿！

因為早就有了猜測，鄧老夫人雖然激動，面上卻還沉得住氣。「大夫，我兒媳真的有喜了？不知多長時間了？情況如何？」

大夫笑道：「已經有一個多月身孕了，貴府太太底子好，目前一切良好。」

「可她說吃不下東西。」

「這也是正常的，等一下我給貴府太太開一副開胃的藥，隔三天吃一副，就能好轉一些。」

鄧老夫人忙命青筠包了厚厚的喜封給大夫。

何氏一動不動聽著鄧老夫人與大夫對話，還有滿屋子丫鬟道喜的歡聲笑語，整個人卻好像丟了魂似的，一臉呆滯。

「快去把大老爺叫回來！」

聽到這裡，何氏才猛然回神，抓著鄧老夫人的手問道：「老夫人，我、我真的有了？」

「有了，有了。」鄧老夫人連連點頭，見何氏表情不對勁，忙警告道：「妳可別激動啊，想想妳肚子裡的孩子！」

何氏忙護著腹部。「我不激動，不激動……」然後白眼一翻，昏了過去。

大夫還沒出府就又被請了回去。

聽到動靜的二太太劉氏趕過來。「老夫人，大嫂怎麼了？」

鄧老夫人笑得合不攏嘴，大丫鬟青筠脆生生道：「二太太，大太太有喜了！」

「有喜？有什麼喜？」劉氏眨眨眼。

鄧老夫人更是高興。「平時挺機靈的人，怎麼現在傻了，妳大嫂有身孕了。」

劉氏好似被人迎頭打了一棍子，一下子懵了。

大嫂懷孕了？明明這十多年來都沒有過動靜啊。一時之間，劉氏心情格外複雜。

西府第三代只有三公子一個男丁，她連生了兩個女兒，何氏只有一個女兒，說起來也算是難姊難妹了，可是何氏居然懷孕了！

這一瞬間，劉氏是有那麼一點嫉妒和擔憂的。

倘若何氏生下一個男娃，她將來在府中的處境就尷尬了。

鄧老夫人見劉氏發呆的樣子只覺好笑，嘆道：「三丫頭也是個有靈性的，前些日子還曾說過，家中要有喜事了呢。」

劉氏聞言猛然回過神來，調整好了心情。

嫉妒又如何？這也是一個人的命，她的男人都不在身邊，就是想生也無能為力啊。

倘若何氏真的生下男娃，對整個西府來說是好事，畢竟只有三公子一個太單薄了些，等他們這一輩老了，西府容易被人欺負。她的兩個女兒，娘家兄弟多了，以後在婆家也硬氣。

劉氏很快想明白，露出真切的笑意。「三姑娘當然有靈性呢。等等，老夫人，您說三姑娘早就提過咱們府上會有喜事？」

聽劉氏這麼一問，鄧老夫人也覺出奇怪來。

一三八　隨身錦囊

鄧老夫人回憶著一個多月前喬昭說的話，當時就覺得有些奇怪，卻沒往深處想，如今想來真有幾分未卜先知的味道。「請三姑娘過來。」鄧老夫人吩咐下去。

「老夫人，這個時候三姑娘不在吧。」青筠提醒道。

鄧老夫人這才想起來，每天這個時候喬昭都會前往冠軍侯府。

「罷了，妳去門房那裡交代一聲，三姑娘一回來立刻來青松堂。」

劉氏一聽來了精神。「老夫人，三姑娘真的說過啊？她是怎麼說的？」

鄧老夫人回憶著把喬昭當時的話複述一遍，劉氏一拍大腿。「老夫人，三姑娘這絕對是心裡有數啊！」

鄧老夫人往何氏休息的西間看了一眼，不由蹙眉。「有數？可那時候何氏還沒有懷上呢。」

劉氏愣住了。「對呀，那時候大嫂還沒有懷孕。」婆媳二人越發困惑，一起眼巴巴盯著門口瞧。

時間好像過得格外慢。在二人的望眼欲穿之下，喬昭總算回來了。

「三丫頭，快過來。」

喬昭腳步輕盈走到鄧老夫人面前，給鄧老夫人與劉氏見過禮，笑道：「祖母氣色這麼好，是遇到什麼高興事了嗎？」

「確實高興，昭昭啊，妳母親有喜了。」鄧老夫人笑瞇瞇道，一雙眼睛緊緊盯著喬昭。

喬昭笑起來。「那真是好極了，我去看看母親。」

鄧老夫人拉住她。「妳母親就在祖母這歇著呢。昭昭啊，前些日子妳說的喜事，是不是指這個？」喬昭沒有立刻回答，眼波流轉，觸及到屋中人好奇的眼神，笑盈盈道：「是呀。」

「三姑娘，妳莫非能未卜先知？」劉氏一臉熱切。

未卜先知她是不信的，但三姑娘懂醫術啊，難道是給何氏吃了什麼有利於受孕的湯藥？

不得不說，劉氏已經猜中了真相。

喬昭朝劉氏莞爾一笑。「二嬸說笑了，我哪裡能未卜先知呢？」

「三丫頭，那妳當時怎麼會這麼說？」鄧老夫人追問。

少女濃密卷翹的睫毛顫了顫，神色卻很輕鬆。「當時呀，我看父親和母親相處融洽，就猜測或許要有個弟弟了。」未卜先知是無稽之談，她能調製有利於受孕的湯藥這種事，更不能傳揚出去，不然麻煩恐怕不小，她可不想被一群婦人追著求子。

鄧老夫人心跳漏了一拍。「弟弟？」

喬昭朝鄧老夫人盈盈一笑。「是呀，弟弟。」

母親性情衝動，希望她出門後一家人看在母親肚子裡娃娃的份上，對母親多些耐心和包容。

「祖母、二嬸，我去看看我娘。」

等喬昭去了西間，鄧老夫人神情怔忪，劉氏一把抓住了鄧老夫人手腕，連聲音都帶著幾分顫抖。「老夫人，三姑娘她……」是什麼意思啊？難道連何氏肚子裡是男娃還是女娃都知道？

劉氏先是覺得自己魔障了，轉念一想，這可是三姑娘啊，誰挑釁誰倒楣的三姑娘，有些神奇之處好像也是能接受的。鄧老夫人輕輕拍了拍劉氏的手，沒有多言。

喬昭進了房間看到何氏時，何氏臉上掛著傻笑，燦若春曉的一張芙蓉面，彷彿發著光。

「娘。」

喬昭輕輕喊了一聲，何氏才回過神來，語氣激動：「昭昭，妳要有個弟弟或妹妹了。」

「恭喜您了。娘想要個弟弟還是想要個妹妹呢？」

何氏未加思索道：「娘希望生個弟弟。」

她伸手，輕輕撫摸著女兒黑亮順滑的秀髮。「那樣等他長大了，就可以保護姊姊了。」

喬昭伏在何氏膝頭，悄悄紅了眼圈。「娘會得償所願的。」

何氏有喜一事把西府因為三姑娘要遠行而籠罩的離別氣氛沖淡了些，喬昭暗暗鬆了一口氣的同時，終於知道了邵明淵以什麼樣的理由離京南行。

他要去祭拜岳父一家，主動向上請示過後，上面便點頭應允了，甚至還發了一些慰問品。

對此，喬昭不得不承認，這個理由找得極好。

出發那一天，喬墨把邵明淵送到了府外。被海風吹黑了的葉落，牽著馬等在那裡。

邵明淵停下來。「舅兄，請回吧。」喬墨定定望著邵明淵。「侯爺保重。」

眼前的男人承諾過會與大妹同在，那麼他安全，大妹就是安全的。

「我會的，舅兄放心。」邵明淵點頭，朝喬墨抱拳，而後轉身大步向白馬走去。

「侯爺。」喬墨在他背後喊了一聲，追上去。

邵明淵聞言停住腳步，轉過身來。「舅兄還有什麼要囑咐的？」

喬墨從懷中拿出一個錦囊遞過去。

邵明淵接過來，垂眸仔細看了一眼，喬墨的聲音響起：「侯爺，倘若有一日，你因為黎姑娘遇到了很為難或者很不解的事，就打開看看吧。」

「好。」邵明淵把錦囊收好，翻身上馬，朝喬墨道：「舅兄安心與晚晚在府中住著，我會把她平安帶回來。」他說完輕輕一夾馬腹，白馬馬蹄輕揚，迎著晨曦往遠處奔去。

「姊夫——」府中衝出來個女童，一見白馬遠去了，咬了咬唇，委屈地哭了起來。

「晚晚，妳怎麼起來了？」平時這個時間，喬晚正睡得香。

喬晚拉住喬墨衣袖。「大哥，姊夫要出遠門，你怎麼沒喊醒我？」

寬闊的青石街道上連個人影都瞧不見了，喬墨領著喬晚往回走，邊走邊道：「昨天不是和妳姊夫告過別了麼？」

「可我想親自送送姊夫。」

喬墨莞爾。「侯爺是怕影響妳睡覺，小孩子睡少了會長不高的。」

一聽邵明淵是為了她著想，而不是把她忘了，小姑娘抿唇笑了。「這樣啊，那我再回去睡個回籠覺，等姊夫回來，我說不定會比黎姊姊還高了。」

「去吧。」喬墨捏了捏喬晚的小鼻子，看著幼妹蹦蹦跳跳的背影，他卻想到了大妹。

也不知道冠軍侯將來看到錦囊中的紙條，會有何種表情，又會如何對大妹呢？

想像著那個場景，喬墨忍不住微笑起來。

無論如何，大妹這次南行有邵明淵陪著，他安心多了。

黎府這邊，太后派來的護送隊伍已經等在前院，不多不少正好十人。

黎光文一想這些人要把女兒帶走，心裡就跟割肉似的，以挑剔的眼神掃了一眼，猛然看到一張熟悉的臉。

那年輕人並沒有站在最顯眼的地方，可總是能讓人一眼看到。那是一張太過精緻俊美的臉，彷彿獨得上天寵愛，連睫毛翹起的弧度都比尋常人大得多，輕輕搧動時會帶動眼中的波光瀲灩。

他走近黎光文，笑著見了個禮。「黎叔叔。」

「是你呀。」黎光文一顆忐忑不安的心，忽然就放鬆了些。

他承認，不久前的那場山崩，眼前的年輕人撲到屍體旁辨認的場景讓他很受觸動。

這小子對女兒是真心實意的吧？嗯，不管女兒以後願不願意嫁，至少出門在外有個可靠的人照顧她。等等，這樣似乎更可怕，這小子萬一想占女兒便宜怎麼辦？豈不是近水樓臺先得月？

黎大老爺又開始糾結了。

「黎叔叔，不知道黎三姑娘準備好了麼？」面對著黎光文一張變幻莫測的臉，池燦不動聲色問道。

「收拾好了，你們先坐，我去看看。」

池燦盯著黎光文的背影，默默退回到眾人中間。

楊厚承悄悄用手肘撞了池燦一下，低聲道：「拾曦，你這麼一本正經的，我有點不習慣。」

池燦瞪他一眼，輕聲道：「不習慣就滾！」

「夠了啊，我才是這次的領隊。咦，黎姑娘過來了。」

池燦神色一僵，飛快往那個方向看了一眼，而後垂眸不語。

「楊大哥，怎麼是你？」喬昭見到站在前面的楊厚承，有些意外。

楊厚承咧嘴一笑。「我在金吾衛啊，太后想找個可靠的保護黎姑娘，就想到我了唄。」

他說著，有意往旁邊側了側身子，把池燦露出來。

那一瞬間，池燦有些緊張，他從未面對一個人時生出過這樣的情緒，懊惱之餘又帶著隱祕的期待。但那期待在撞進少女平靜淡然的眸子裡時，頓時煙消雲散。

「池大哥。」少女目光坦蕩，點頭致意。

池燦笑了。「該要出發了。」

暫時這樣也好，一路南行，朝夕相處的機會還很多，他不信她一個女孩子心是鐵打的。

在鄧老夫人的殷殷叮囑與何氏的淚眼相望中，喬昭坐上馬車，在楊厚承等人的護送下往城外駛去。黎光文帶著黎輝一直送到城門外。

「黎大人，我們要加快速度趕到京郊碼頭，您請回吧。」楊厚承道。

池燦鄭重道：「黎叔叔請放心，我們一定會保護好黎三姑娘的。」

喬昭從車窗探出頭，朝黎光文父子揮揮手。

黎光文覺得眼眶有些熱，但他這麼堅強的大男人在人前肯定是不能流露出來的，遂暗暗吸了吸鼻子，裝作雲淡風輕的樣子道：「那就拜託各位了。輝兒，我們走吧。」

馬車動了，黎光文沒走出幾步就猛然停下來轉身，眼巴巴看著遠去的馬車，腳底彷彿生了根，最終才眼圈通紅地被兒子領回家去了。

江府，江堂的書房中。

茶香縈繞中，江堂正輕聲交代江遠朝事情：「十三，這次派你去嶺南，事關重大，你可要好好幹，做出一番名堂來。」疏影庵的血案竟然與肅王餘孽有關，而作為肅王曾經的屬地嶺南，確實有必要去摸一下情況。

女兒的年紀不小了，到了嫁人的時候，原本他是想要十三安定下來的，但這是個千載難逢的機會，只要十三這次去嶺南能有收穫，就算是立了大功，將來在朝中也就有了一席之地，哪怕他不在了，十三也不會輕易被那些老謀深算的老狐狸扯下來。

「義父放心，十三明白。」

「明白就好。」江堂深深看了江遠朝一眼，忽而笑道：「對了，我聽說今天也是黎三姑娘南行的日子。」江遠朝面色淡淡道：「是麼？十三這幾日正忙著與別人交接差事，沒有注意。」

「呵呵。」江堂朗笑起來，從懷中掏出一塊權杖，遞給江遠朝。

江遠朝看了那枚權杖，嘴角笑意微凝，不大明白江堂的意思。

這枚天字權杖在錦鱗衛中代表的身分比他們十三太保還高，也就是說，見到這塊天字權杖，連十三太保也要聽命。

「義父？」江遠朝雙手接過天子令，微訝的語氣恰到好處表達了疑惑。

江堂笑起來。「不是給你的。」

江遠朝心中驀地一動，想到了一種可能，又覺得有些離奇。

江堂開口解釋道：「你去嶺南，剛開始走水路會與黎姑娘有一段路同行，替我把這枚權杖交給她吧。」

「是。」江遠朝把疑惑壓在心頭，不動聲色應下來，腦海中卻不由自主閃過喬昭的身影。

那個小姑娘究竟與義父達成了什麼樣的交易，居然會讓義父把天字令交給她？

江堂拍拍江遠朝的手臂。「好了，快去吧。」

話音落，書房的門砰的一聲被推開了，江詩冉如一陣旋風衝了進來。

「冉冉？」江堂蹙眉。

江詩冉跑得很急，胸脯起伏不定，看了束手而立的江遠朝一眼，氣怒不已質問江堂：「爹，我都聽說了，您要把十三哥派到南邊去，是不是真的？」

「是。」

「為什麼？您明明知道——」

江堂面色微沉。「冉冉應該還記得爹說過的話。」

「爹說過什麼話？」江詩冉琢磨了一下，猛然想起來，不可置信地後退一步。「爹，您是說真的？」

她再退一步，一臉的委屈氣憤。「真的因為我得罪黎三，您就把十三哥調走？」

「妳以為爹只是說說而已嗎？」

派十三去嶺南當然與黎姑娘無關，但女兒這無法無天的性子也該有所收斂了，要不是女兒跑去太后面前胡鬧，黎姑娘又怎麼會南行？

基於這個目的，江堂決定趁機嚇唬一下女兒。

「爹，我都懷疑到底我是您女兒，還是黎三是您女兒！」江詩冉搗著嘴，眼圈漸漸紅了。

江堂一看女兒哭，心又軟了下來，嘆道：「好了，冉冉，妳十三哥馬上要出門了，妳和他說說話吧。」

「我不要！爹，您是不是打算給我娶個後母啊？我恨您！」江詩冉跺跺腳，轉身跑了。

江堂一個頭兩個大，掃神情平靜的江遠朝一眼。「還不去哄哄那丫頭？」

「是。」江遠朝轉身出去了。

書房中空蕩蕩的，江堂長長嘆了口氣。

一三九 登船遠行

喬昭一行人趕到京郊碼頭時，邵明淵已經等在那裡了。

年輕的將軍依然穿著淺白色的長袍，優雅矜貴，身邊只有葉落一名親衛。

馬車停下來，晨光跳下馬車，對著邵明淵所在的方向，露出個大大的笑容。

車門簾掀起，冰綠與阿珠扶著喬昭下了馬車。

「庭泉，你來得挺早啊。」楊厚承上前一步，高興地拍了拍邵明淵肩膀。

邵明淵笑笑，目光落在池燦身上。「拾曦，有些日子沒見，你黑了些。」

這段時間池燦沒有去春風樓找他喝酒，亦沒有來冠軍侯府，邵明淵隱隱猜測好友與黎姑娘之間，恐怕是發生了什麼不愉快的事，不過他們不提，他自然不會多嘴。

池燦彎唇一笑。「庭泉，你沒有想到我也會去吧？」

邵明淵含笑點頭。「確實。」他說著深深看了楊厚承一眼。

楊厚承要去他是知道的，有意思的是，楊二卻沒和他提及池燦也在這次的護送隊伍中。

楊厚承朝邵明淵擠擠眼。

他不是有意隱瞞啊，還不是黎姑娘每天都去冠軍侯府，池燦怕你對黎姑娘透露風聲唄。

「好啦，咱們先上船吧。」楊厚承哈哈笑了兩聲。都是熟悉的人，這次南行定然挺有趣的。

邵明淵這邊只帶了葉落，喬昭帶了兩個丫鬟與晨光，護送隊伍中除了任正副隊長的楊厚承與池燦，都是普通侍衛。確如楊厚承所言，一行人都是再熟悉不過的。

碼頭停靠著一艘巨大的商船，共有三層，除了喬昭這些人，還有許多陸續上船的旅客，此時不少目光便圍著他們打轉。

「走啦，咱們的房間在頂層。」楊厚承揮了揮手，率先踏上甲板。

眾人都是輕車簡從，除了必要換洗等物並無多少東西，邵明淵三人上船後略作收拾，便聚在頂層敞窗的廳裡敘話。

船還沒有到起航的時候，窗外可以看到碼頭兩岸的婆娑垂柳，還有朝陽下閃爍著金芒的滔滔江水。噠噠馬蹄聲由遠及近，靠在窗邊的池燦用摺扇敲了敲窗沿，不悅道：「他怎麼也來了？」

「誰啊？」楊厚承探頭一看，臉色同樣不好看了，撓撓頭道：「是那個錦鱗衛的十三爺，一看就沒好事。」

邵明淵往窗外看了一眼，無動於衷。

「快看，那小子上船了。」楊厚承就差把半個身子都探出去了。

池燦伸手把他拽了回來，涼涼道：「管他呢。」

「我就是覺得巧合啊，咱們先前從南邊回來的時候，也遇到他，這次南行又遇到他，還真是——」

「陰魂不散。」池燦吐出這四個字。

楊厚承點頭。「對，就是陰魂不散。」

邵明淵手執茶盞笑道：「各走各的，不相干。」

彷彿察覺到被人打量的目光，來到碼頭上的江遠朝忽然抬頭，視線與三人在半空中交會，彎唇笑了笑。「笑面虎。」池燦懶懶收回了視線。

錦鱗衛的雖然都是狗皮膏藥，只要不往他身上貼，勉強還是可以忍受的。

楊厚承嘆了口氣。「不知道為什麼，一看到他，忽然覺得這趟遠行籠罩了一層陰影。來，咱們三個喝杯吧，去去晦氣。」

他不知何時準備的美酒，彎腰拎起酒壺放到了桌面上，給三人各自滿上一杯。

美酒清冽香醇，池燦端起酒盞淺酌一口，邵明淵卻沒有動。

楊厚承拿眼看著他。「庭泉，你怎麼不喝？」

庭泉以往喝酒還是很痛快的。

邵明淵盯著面前的酒盞，坦然道：「黎姑娘不讓喝。」

池燦驀地看了他一眼，眼神莫名。楊厚承沒有察覺其中微妙，遺憾嘆口氣。「那看來只有我和拾曦對酌了。庭泉，真看不出來，你還挺聽話。」

邵明淵猛然咳嗽兩聲，眼角餘光掃池燦一眼，果不其然，好友的面色已經鐵青。

他在心中悄悄嘆了口氣。黎姑娘建議他近期不要喝酒是事實，對二位好友他不想隱瞞，然而楊二這就是添亂啊，再說下去，拾曦該跳腳了。

「當然要聽黎姑娘的話，她是大夫。」邵明淵目光清明，神色坦蕩。

池燦面色緩和幾分，白皙如玉的手指捏緊酒盞，仰頭一飲而盡。

門外傳來晨光的聲音：「將軍，錦鱗衛的十三爺前來拜訪。」

「他來幹什麼？」池燦把酒蠱往桌面上一放，發出清脆的撞擊聲。

「就是啊。」楊厚承把目光對準門口。邵明淵神色不變，淡淡道：「請江大人進來。」

廳外走進一名玄衣男子，身材修長，嘴角掛著令人如沐春風的微笑。單看外表，任誰都想不到這是人人懼之的錦鱗衛中，僅次於江堂的人物。

「侯爺。」江遠朝朝邵明淵頷首，又朝池燦與楊厚承點頭致意：「池公子，楊世子。」

「江大人也要南行？」邵明淵問道。

「是。」江遠朝目光掃過擺在三人面前的酒蠱，笑道：「三位好雅興，不知在下能否討一杯水酒喝？」

池燦輕笑一聲，身體後仰靠在窗邊，手中把玩著酒蠱。「不好意思，酒杯不夠。」

江遠朝不以為意坐下來，目光淡淡看了池燦一眼，便看向邵明淵。「沒有酒喝也無妨，勞煩侯爺幫我請黎姑娘出來吧。」

池燦坐直了身子，眼底帶著警惕。「你叫她出來做什麼？」

「這個就不方便告訴池公子了。」江遠朝嘴角依然掛著笑，態度卻很強硬。

「江大人還是請回吧，保護黎姑娘是我們的責任，可不想她見亂七八糟的人。」

池燦的話對江遠朝沒有造成絲毫影響，他修長十指交叉，語氣波瀾不驚：「願不願意見我，是不是該問一下黎姑娘本人的意思？」他輕輕瞥了池燦一眼，笑道：「池公子也說了，你們是護送黎姑娘的人，可不是押解黎姑娘的人。有客來訪，她總該有知曉的權利吧？」

池燦還待再說，邵明淵已經吩咐道：「晨光，去請黎姑娘過來。」

江遠朝背對廳門而坐，不多時聽到身後傳來輕盈的腳步聲，他心頭驀地生出幾分不知從何而起的悵然，一時之間竟忘了轉身。

「江大人找我有什麼事？」

少女清清淡淡的聲音從背後傳來，江遠朝起身轉過去，面上已經一派從容。「黎姑娘，我們借一步說話。」

「江大人請隨我來。」

「黎三——」池燦忍不住喊了一聲，這差不多是他這些日子以來第一次主動和喬昭說話。

喬昭朝池燦笑笑，走出大廳。江遠朝似笑非笑看池燦一眼，跟著走了出去。

二人一前一後在船尾站定。船已經駛離了碼頭，緩緩行駛在江面上，江心處的秋意要比陸地上濃，清涼的江風吹拂著二人的衣襬。

「江大人有話便說吧。」喬昭背對著江面而立，看向江遠朝。

江遠朝笑道：「池公子對黎姑娘好像很關心。」

他說出這話有些後悔。他本來不是這麼嚼舌之人，不過面上瞧不出半點異色。

少女神色淡淡。「江大人說這話，似乎交淺言深了。」

江堂對她有所求，眼前的人對她暫時便沒有什麼威脅了，那她自然不必委屈自己的情緒。

江遠朝這個人，她很不喜歡。

江遠朝怔了怔，苦笑。「黎姑娘說得是，那咱們還是說正事吧。」

少女眉眼平靜望著他。

江遠朝很高，比眼前的少女足足高出一個頭還多，少女只能仰望著他，可是他卻覺得這個小姑娘氣勢十足。想到這裡，江遠朝心中更是苦笑。

這個小姑娘在他面前好像從來都是這樣的，對他沒有懼怕，只有……冷淡，是那種恨不得離得遠遠地永遠沒有交集的冷淡。他們的人生原該是這樣的，毫無交集。

可是，她為什麼偏偏像極了他心底的那個人呢？

一切隱晦的念頭都在嘴角輕揚間被悄悄收起，江遠朝從袖中掏出一物。「大都督讓我給妳一樣東西。」他背對著船艙，高大的身軀足以遮擋一切視線，把那枚權杖遞了過去。

入手微涼，喬昭迅速掃了一眼權杖，收入袖中。

江遠朝問道：「黎姑娘知不知道這枚權杖的作用？」

「不知。」

少女的言簡意賅讓江遠朝有些鬱悶，忍不住道：「黎姑娘若是叫我一聲江大哥，我便告訴妳。」

「江大人」這三個字他聽過太多人叫，「江大哥」只有眼前這個小姑娘叫過。

他覺得「江大哥」比「江大人」好聽多了，特別是在這江心客船上。

喬昭莞爾一笑。「江大人說笑了，你我非親非故，不敢亂稱呼。」

好不容易與此人保持距離，她可不會再自投羅網。

喬昭也說不清是為什麼，從見眼前這個男人第一面起，就有種野獸般的危險直覺。

江遠朝眼簾微垂，神情淡淡。「呃，若是這樣，那在下就不說了。」

少女衣袖一甩，一物直接往他身上飛來，江遠朝動作俐落抓住，是那枚權杖。

「黎姑娘，妳這是……」少女下頦微揚，淡淡笑道：「若是不知道用途，那我便不要了。」

一個還不知道用途的權杖，就想要脅她，她才不會給人這種機會。

江遠朝動了動唇。

不要了？義父給的權杖她居然不要了，莫不是欲擒故縱？

「江大人，若是沒有別的事，那我就先回去了，邵將軍他們在等。」喬昭略一欠身，抬腳往前走。

「黎姑娘——」江遠朝喊了一聲，迎上少女冷淡的眉眼，無奈嘆口氣。「妳贏了。」

他把權杖重新塞回喬昭手裡，與之交錯而過時低聲道：「這是錦鱗衛的天字令，大都督之下任妳差遣，黎姑娘將來回京可要記得還給大都督。」江遠朝說完大步離去，竟是片刻沒有停留，亦不曾回頭。

喬昭不自覺握緊了手中權杖。

她雖料到對她的遠行江堂會有所表示，卻沒想到江堂送給她這樣一份大禮。

喬昭收好權杖回到廳中，邵明淵三人的視線立刻投過來。

「黎姑娘，姓江的沒有欺負妳吧？」楊厚承拍了拍胸口。「要是欺負妳了跟楊大哥說，看妳楊大哥把他打得滿地找牙。」

窗邊忽然傳進一道淡淡的聲音：「那我拭目以待。」

楊厚承脖子僵硬扭過去，怒道：「你這人，怎麼聽牆角啊？」

窗外的人影不見了，片刻後江遠朝推門而入，施施然坐下，笑道：「沒有聽牆角，在下正在賞江景，是楊公子聲音太大了。」

楊厚承尷尬地摸了摸鼻子。

「江大人還有事？」池燦挑眉問道。

「沒有事了，在下進來歇歇腳。」

池燦冷下臉來。「江大人，這一層被我們包下來了，您不請自入，不大合適吧？」

江遠朝依然笑意淡淡。「呃，在下剛剛逛了一圈，發現只有這一個茶廳。在下也是住在這一層，總不好跑到下一層去喝茶。」

「葉落，去把船家給我找來，我倒是要問問，明明包給我們的房間，為何還讓別人入住！」池公子沒有帶小廝，毫不客氣把好友的親衛給徵用了。

「不用了。」江遠朝起身給自己倒了一杯茶，捧著茶盞重新落座，不緊不慢道：「池公子不用派人去叫船家了，船家知道啊。」

他說著看了池燦一眼，笑吟吟道：「我是錦鱗衛嘛，需要徵用這一層的一間房住，船家當然要配合的，相信各位也是能理解的吧？」

池燦薄唇抿成了一條線。他很不爽，恨不得把眼前這個笑面虎扔出窗外去餵魚，然而打著錦鱗衛辦案的名頭，確實不能把這人怎麼樣。

上到皇親國戚，下到販夫走卒，錦鱗衛都是有權查辦的，有的時候甚至無需給出理由。

見池燦不再說話，江遠朝微微一笑。「說實話，在下還是挺高興有三位一路同行，以後至少有人陪著一起喝茶了。」說到這，他忍不住掃了安安靜靜的少女一眼。

喬昭站起來。「那江大人喝茶吧。邵將軍，去我的房間還是你的房間？」

少女面上一派雲淡風輕，卻不知這話給在座的其他人造成多大衝擊。

邵明淵就在其他人詭異的沉默下，耳根一點一點地紅了。

黎姑娘一點都不會說話！年輕的將軍腹誹著，然而也不敢明說。

不理會眾人的沉默，喬昭率先走了出去。

邵明淵故作平靜咳嗽一聲，對池燦等人道：「那我先過去了。」

等邵明淵走出去後，楊厚承偷偷瞥了池燦一眼。

池燦惱羞成怒。「看我做什麼！」他抓起酒蠱仰頭灌了下去，因為喝得太急，一股辛辣衝上來，不由咳嗽起來，咳得連淚都流出來了。

楊厚承嘀咕道：「生氣就生氣，咱也不至於哭啊。」

「閉嘴！」池燦氣個半死，有種把手中酒蠱砸到好友臉上的衝動。

盯著敞開的廳門，他在心中自嘲笑笑：黎三啊，妳可真是個狠心的丫頭。

江遠朝同樣捧著茶盞好一會兒沒緩過神來。

黎姑娘和冠軍侯——是不是走得太近了些？

他把視線落在池燦身上。

池燦此刻神色已經恢復如常，揚揚手中酒蠱。「喝一杯麼？」

「好。」江遠朝微微一笑。

喬昭慢慢走在前面，邵明淵追了上來。

「去哪裡？」喬昭側頭問。

「去我的房間吧。」說出這話，邵明淵只覺耳根更熱了。

喬昭點點頭。「也好。」

二人一同進了邵明淵的房間，針灸過後，邵明淵迅速穿好衣裳，對喬昭道：「多謝黎姑娘，妳去休息一下吧，我去找拾曦他們。」

「邵將軍，我有些話要對你說。」

「呃……」邵明淵看向站在門口的葉落，吩咐道：「葉落，你去門外守著，別讓別人靠近。」

葉落默默關好房門。

江上開闊，哪怕是在房間裡光線都是極好的，喬昭能清晰看到對面男子白皙如玉的耳朵，染上了紅暈。

他這是害羞了？

喬昭有些疑惑。明明在她面前脫光的次數都數不清了，他害羞什麼？

喬昭坐下來，為自己斟了一杯茶，擺出長談的架勢。

「邵將軍去嘉豐祭拜過後，有什麼打算？」

「黎姑娘去南邊沿海會經過嘉豐，我想請黎姑娘等我兩日。待我祭拜過岳丈一家後，便隨妳一同前往南邊。」

「可我打算在嘉豐多待些時日。」

「這是為何？」

喬昭抬眸，與邵明淵對視。「我要查到喬家大火的真凶，讓他得到該有的懲罰。」

對喬家直接動手的究竟是抗倭將軍邢舞陽，或者是與他有關的人，目前尚不清楚。皇上不願動邢舞陽，更不願動首輔蘭山，那就先從這些人的周圍下手，一點一滴斬斷他們的臂膀。

邵明淵沉默了片刻，問道：「黎姑娘的打算，我舅兄知道麼？」

「他知道的。」

邵明淵凝視著面前的少女，眸光深沉，令人沉醉。

「邵將軍為何這樣看著我？」

邵明淵語氣真誠：「因為我有些奇怪，舅兄為何會同意黎姑娘這麼做。」

儘管黎姑娘不是一般的女孩子，又是舅兄的義妹，但喬家大火終究與她沒有半點干係，舅兄為何會讓黎姑娘挑起這個擔子？

這不合常理，如果他是舅兄，絕對不會把一個局外的女孩子牽扯進來。

喬昭眸光微閃。邵明淵這是懷疑她了？不過這人倒是實在，就算懷疑也是放到明面上來。

她沒打算告訴眼前的男人真實身分，然而不得不承認的是，對這個人她是信任的。

不是因為他曾是她的夫君，而是因為他是邵明淵。

「原來邵將軍是奇怪這個。」喬昭望著他嫣然一笑。「因為我死纏爛打啊，大哥就不得不答應啦。」

死纏爛打？邵明淵面色古怪，無論如何沒有想到是這樣的理由，心中覺得荒謬的同時，迎上少女黑曜石一般的眼睛，還有她嘴角掛著的頑皮笑容，他又有些不確定了。

年輕的將軍心中驟然升起一個念頭：倘若她這樣求他，哪怕是很離譜的事，他大概也會忍不住答應的吧？

喬昭收了笑，盯著手中杯子，輕聲問：「邵將軍知道李爺爺為何仙去的吧？」

邵明淵沒有說話。這個問題的答案顯而易見。

然而面前的少女卻給了他不同的答案：「李爺爺是被那場大火害死的。」

提到李神醫，喬昭眼中閃過一抹哀傷。「倘若沒有那場大火，大哥就不會毀容，李爺爺就不必去南邊採藥，那麼他老人家就不會出事了。而且我既然認了大哥為義兄，那麼他的事就是我的事，我知道大哥心中很痛苦，比任何人都想把凶手繩之以法。所以無論從哪個方面，我都不會置身事外。」

「黎姑娘。」

「嗯？」

「妳南行的真正目的，是這個吧？」

喬昭也不隱瞞，含笑點頭。「對。」

她認真看著眼前的男人。「所以，請邵將軍助我一臂之力吧。」

邵明淵搖搖頭。喬昭抿緊了唇，不解地看著他。

「黎姑娘說錯了，不是在下助妳一臂之力，而是要多謝妳的幫忙。」邵明淵笑著解釋：「找出喬家大火的真凶，是我該做的事。」

「不管誰幫誰吧，那我們說定了？」

邵明淵頷首。「嗯，說定了。」

喬昭露出舒朗的笑容。「不知邵將軍打算從什麼地方著手？」

邵明淵對這個問題有些遲疑。黎姑娘終究是個女孩子，他怕說出來嚇著她。

「邵將軍？」少女聲音甜美，透著滿滿的催促。

某人心中那絲遲疑立刻消散了，坦言道：「我打算請仵作開棺驗屍。」

「開棺驗屍」四個字，讓對面的少女瞬間變了臉色。

邵明淵心中一嘆，溫聲問道：「是不是嚇到黎姑娘了？」

十幾歲的女孩子，提到這種事，哪有不怕的。

喬昭當然沒有被嚇到，只是一瞬間心痛如絞。她不敢想父母親人現在的模樣，更不敢想仵作開棺驗屍後的樣子，只要一想，便是錐心之痛。

可是，她不得不承認，這是必須的一步。

「邵將軍，你接著說。」

「我曾經從寇尚書那裡借閱過喬家大火的調查案宗，發現黎侍郎去嘉豐調查時並未請仵作檢查過喬家眾人的遺體，得出死於大火的結論，主要依據喬家大宅遭受火災後的樣子，以及對附近村民的查問。所以我想請經驗豐富的仵作檢驗一次——」邵明淵語氣一頓：「黎姑娘，妳是不是不舒服？」

喬昭蒼白著臉笑笑。「我大概有點暈船。邵將軍，你繼續說。」

一四〇 離航轉道

在喬昭的催促下，邵明淵接著道：「先確定喬家眾人是死於大火中，還是大火前就已經被殺害，這樣後面的調查才能名正言順。」無論是邵明淵還是喬昭，他們都相信喬墨的判斷，喬家眾人在大火前就已經被殺害幾乎是肯定的，但他們需要的是證據，把凶手繩之以法的證據。

喬昭默默聽著，端起茶杯喝了一口茶。茶水已經溫涼，喝下去一點都不舒服，可她還是一口一口喝完了，輕聲道：「邵將軍，你說得對，總要開棺驗屍才作數。」

「是呀。」邵明淵輕嘆一聲。

喬昭看著他。「邵將軍擔心什麼？」

邵明淵目光投向窗外的江景。「世人都講究入土為安，我雖徵求過舅兄意見，卻依然心有忐忑。」如果妻子還在，可會怪他？

喬昭聽他這麼說，心中一動明白了他的心事，脫口而出道：「邵將軍不必忐忑，讓凶手得到懲罰，才是真正的入土為安，相信無論是大哥還是先夫人，都是這麼想的。」

邵明淵深深看著喬昭，最終點頭。「多謝黎姑娘寬慰。」

喬昭起身。「我先回房了。」

邵明淵跟著站起來，把喬昭送到門口。這一層的客房都在一條長廊兩端，他親眼看著喬昭進了屋，卻沒有回池燦他們那裡，而是轉身回屋，躺到了床榻上。

船行速度漸漸快了起來，風從窗邊吹進來，伴著微腥的水氣。

邵明淵伸手從懷中取出錦囊，修長如玉的手指從錦囊上緩緩滑過。

舅兄說如果有一天因為黎姑娘遇到了很為難或者很不解的事，就打開看看。

這錦囊裡到底是什麼呢？

手指滑到錦囊開口處，停留片刻又收起，目光卻不曾移開過。

他有一種預感，一旦打開錦囊，一切都會不一樣了。

邵明淵最終還是把錦囊收了起來。目前的狀態，似乎沒有改變的必要，留著以後再看吧。

船行了半個月左右，就在眾人已經習慣江遠朝每天跑來蹭茶水喝時，他卻在船停靠在渝水碼頭時瀟灑離去。

池燦冷笑。「到底是錦鱗衛的，把『無情無義』四個字詮釋得徹底。」

楊厚承不以為意笑笑。「反正他走了，我覺得以後的路途輕鬆自在多了。」

「這倒也是。」池燦斜睨邵明淵一眼，見他立在船尾目不轉睛望著漸漸遠離的碼頭，拍了拍他。「想什麼呢，莫非捨不得？」

邵明淵目光依然望著遠方，喃喃道：「我在想，他從渝水改道，會去什麼地方。」

他從少年到青年都是在冰天雪地的北地度過，對花紅柳綠的南方並不熟悉。

「這個誰能知道啊，他們錦鱗衛口風緊著呢。」楊厚承道。

「我回房查一下輿圖。」邵明淵轉身往內走。

池燦等人跟過去。

邵明淵把一張輿圖鋪在桌子上，輿圖足足占了半張桌面，是整個南方的粗略地圖。

「你連這個都帶著？」池燦意味深長問道。

邵明淵可真是把行兵打戰的本能印在骨子裡了，去一個地方還隨身帶輿圖……

輿圖很粗略，只標著各城鎮的名字和重要河流山脈。

喬昭湊過來看，淡雅的沉香氣味飄進邵明淵鼻端。他恍若未覺，全神貫注盯著輿圖看，修長手指從標誌著「渝水」的地方在圖上緩緩滑過，最後停頓在某處。

喬昭眼神一緊。

邵明淵手指停留的地方……是嶺南。他下意識向喬昭望來。

喬昭本來就在看著他，這一瞬間，二人視線交會，俱都盛滿了不可言說的深意。

二人視線膠著的時間有些長了，池燦的眉心跳了跳，涼涼道：「你們看夠了沒？」

當他和楊二是死人啊？

邵明淵收回視線，用面無表情掩飾心中的尷尬。「我猜測，江遠朝的目的地是這裡。」

池燦看了一眼輿圖，面色忽地一白。「嶺南？」

他猛然看向邵明淵，不見了一貫的懶散隨意，聲音中有著難以掩飾的緊張：「你確定？」

「我只是猜測。你們看，從京城出發，途經渝水轉道，最有可能的目的地便是這裡。」

「可他也許是去齊陽。」池燦忍不住反駁。

「若是去齊陽，從渝水之前的那個碼頭離開會更近一些。」邵明淵不緊不慢解釋著：「當然也不排除別的情況，我只是從常理推斷。」

池燦盯著輿圖許久，語氣低沉點頭。「你說得對，長時間的江上旅途又不是什麼愉快的事，從常理來說，沒有棄近路繞遠的道理。」

「拾曦，你好像有些緊張。」這個時候，遲鈍如楊厚承亦察覺出幾分不對勁來。

池燦挑眉看楊厚承一眼，然後轉頭看向門口。

邵明淵開口道：「葉落和晨光都守在外面，不會有人靠近。」

池燦點點頭，問楊厚承：「楊二，你知道嶺南是什麼地方嗎？」

「沒去過，據說那邊鳥不生蛋啊，窮得不行。」

池燦皺眉。「誰讓你說那裡是窮是富了。」

「也對，窮富都不關咱們的事。咦，那你們都是什麼表情啊？」楊厚承越發困惑。

「二十年前，嶺南曾經出過亂臣賊子。」池燦一字一頓道。

喬昭深深看了池燦一眼，心中暗暗納罕。池燦還不到弱冠之年，又是清閒尊貴的貴公子，為何會注意到二十年前的嶺南之亂？要知道那一段歷史在後來的史冊上皆一筆帶過，極力被淡化。

池燦盯著輿圖上的「嶺南」二字，像是盯著洪水猛獸。

「江遠朝是錦鱗衛指揮使江堂的準女婿，這個時候突然前往嶺南……」池燦看向邵明淵。

「庭泉，你說會不會是肅王餘孽又開始作亂了？」

肅王餘孽……想到這些亂臣賊子，他就恨不得生噬其肉。

多年前，就是肅王餘孽把他與母親圍困在淩臺山，他最終靠著喝母親的血才活了下來。

難道安生了這些年，那些畜生又不安分了嗎？

「黎三，江遠朝那天找妳是因為什麼事？」

「和這個沒有什麼關係，他交給我一樣東西。」

池燦蹙眉。「沒有便好，以後妳離他遠點兒。」

「當然。」喬昭沒有猶豫便道。

池燦許久沒見喬昭如此乖巧過了，聽她這麼說，眼底流動著柔光，笑容璀璨。「那就好。」

江遠朝的離開只是個小插曲，儘管在眾人心裡掀起了幾分波瀾，隨著船繼續南下，便漸漸被拋諸腦後了。但整日在船上，再美的江景也看厭了，楊厚承百無聊賴靠著欄杆，眺望道：「下一個地方是什麼啊，應該快到寶陵了吧？」

邵明淵走過來，雙手搭在欄杆上，淡淡道：「下一個城鎮是臺水。」

「臺水？」楊厚承扭過頭對喬昭道：「黎姑娘，還記得不，當時咱們就是在臺水遇到李神醫的——」

「楊二！」池燦低低警告了一聲，「你是不是傻啊，哪壺不開提哪壺！」

楊厚承意識到說錯了話，尷尬眨眨眼。

喬昭原本在看書，聞言放下醫書走到三人身邊，眺望著若隱若現的碼頭。「是呀，當時還是楊大哥把李爺爺帶過來替我看病的。」

「黎姑娘，我不是有意提的……」楊厚承一臉歉然。

喬昭笑笑。「楊大哥不必在意，不提我也會記得啊。」

她憑欄遠望，任由江風吹動著衣襬，鼻端是秋日的江水與沉香混合的淡淡味道。

「客船會在臺水碼頭停靠半日吧？」

「對，要補充物資。」楊厚承道。

喬昭偏頭看向邵明淵。「邵將軍，你陪我進一趟城吧。」

「好。」

池燦深深看了二人一眼，薄唇抿成一條細線。

好想搗住黎三的眼睛，讓她不許看別人，哪怕是至交好友也不行。

可是他知道，他這樣做，她一定不喜歡。想討一個人喜歡，怎麼就這麼難呢？

池燦心頭一片苦澀。

楊厚承悄悄看了池燦一眼，清清喉嚨道：「黎姑娘，你們進城做什麼啊？妳知道，我們奉了太后的命令保護妳，對妳的行蹤要掌握的。」

邵明淵睇了楊厚承一眼。此時天高皇帝遠，好友這明顯是說瞎話呢。

楊厚承面不改色心不跳。「咱們一起去唄。」不然等邵明淵和黎姑娘走了，留下他一個人面對拾曦的冷臉太可怕了，拾曦一定會纏著他下棋的！

「我要去找一個人，人多了不太好。」喬昭坦言道。

「要不你們三個去？」

喬昭看了一眼池燦，嘆氣。「可是池大哥樣貌太出眾，容易引人注意。」

「那他可以——」

「楊二，你不必說了。」池燦打斷楊厚承的話，伸手拍了拍邵明淵肩膀。「照顧好黎姑娘，別害我們被太后問罪。」他說完離開此處，去了船艙另一端的甲板上吹風。

「邵將軍，楊大哥，我進去收拾一下。」

喬昭也離開後，楊厚承喃喃道：「拾曦好像不開心了。」

「嗯。」

「黎姑娘好像不在乎拾曦開不開心。」

邵明淵無法回答了。大多時候他都不懂黎姑娘在想什麼。

「走了，去看看拾曦，他可別想不開跳江。」楊厚承雖是玩笑，心中還是有些擔心。

無論如何，兄弟情分不能傷。

池燦立在船尾，看著兩岸一點點被拋到後面去的垂柳出神，聽到身後的腳步聲沒有回頭。

他聽得出來，那腳步聲不是黎三的。也是，她恨不得離他遠遠的，哪裡會來找他呢。

「拾曦，等會兒到了臺水，咱們去打打牙祭啊？」

「不去。」

「幹嘛不去啊，這船上的一日三餐你還沒吃夠？」

池燦轉過身來，眸光沉沉看著邵明淵。「庭泉，黎姑娘要去找什麼人？」

「她沒有提過，我也是才知道的。」

池燦看向楊厚承。「楊二，等會兒我們一起去喝酒，現在我想先和庭泉說幾句話。」

「好，你們聊吧，我進去換身衣裳，好不容易進城一回，總得捯飭捯飭。」

楊厚承快步走了，把空間留給二人。

船尾很安靜。

池燦看了面色平靜的好友一眼，開門見山問道：「庭泉，你對黎姑娘是什麼想法？」

嗯，知己知彼百戰不殆，如果好友有想法，他就要更努力了。

退出？別開玩笑了，他這輩子交了三個生死兄弟，什麼都能讓，只有媳婦不能讓。他看上了黎三，就會竭盡全力去爭取，哪怕黎三最終選擇的不是他，他也不會還沒努力就先認命。

因為他清楚，輸不可怕，後悔才可怕。

邵明淵微怔，而後搖搖頭。「沒有想法。」

若說對黎姑娘是否動心，他不能否認。若是池燦問的意思，他可以給好友一個明確的答案，讓好友安心。

「當真？」池燦心中輕鬆了些。他不傻，能看得出來黎三對邵明淵是不一樣的。不過他瞭解好友，邵明淵說不會出手，那便不會。無論如何，少一個人覬覦他家白菜，是件高興的事。

邵明淵唇畔含笑。「當真，你放心。」

池燦咳嗽一聲，板著臉道：「我就是隨便問問。行了，你快去吧，船馬上要靠岸了，我們在臺水最出名的酒樓等你們。」

沒過多久，船便靠了岸。

臺水是個小城，城內的街道很乾淨，兩旁栽滿了不知名花樹，這個季節居然有繁花綻放。夢裡江南，不外如是。

男子挺拔俊朗，少女纖細柔美，二人並肩走在這樣的街上，便成了別人眼中的一道風景。

「黎姑娘要找什麼人？」

邵明淵比喬昭高很多，她看著他說話時，便要仰起頭。「我要找一個仵作。」

「仵作？」

「對，李爺爺說過，他是天下最好的仵作。」年少時，李爺爺曾帶她來拜訪過這位仵作，她也是從那時候，見識到了許多醫者終生無法接觸到也不敢接觸到的東西。

邵明淵腳步一頓，停了下來，平靜的目光起了波瀾。「李神醫何時告訴黎姑娘的？」

喬昭被問得一怔。似乎，好像——說漏嘴了！

不過還有挽救的餘地。

喬姑娘面不改色道：「離京前啊。」

邵明淵半低著頭看著少女，從他的角度能看到少女濃密如羽扇的睫毛輕輕顫動，他的聲音比自己想像的還要輕：「這樣啊……我有些想不通，李神醫為何會對黎姑娘提到仵作。」

一四一　榆錢胡同

「邵將軍這就有所不知了。李爺爺把畢生所學寫成的醫書交給我後，曾對我說，當一名醫者自覺醫術無法更進一步時，那麼瞭解仵作掌握的本領，會為這名醫者打開新的天地。」

喬昭說完，見低頭看她的男人眼神深邃，不知道在想些什麼，便有些無力。

又不是十五、六歲的少年，這麼多好奇心做什麼？

完全不知道已經被暗暗嫌棄年紀大的將軍，打量了一下四周。「黎姑娘想找的仵作，家住何處？」喬昭記得去那名仵作家的路，然而有了剛才的事，自然不能再露出馬腳，便把位置說給邵明淵聽。「地址是李爺爺告訴我的，我們找人打聽一下吧。」

「好。」邵明淵環視一眼，攔住一名年輕人問路。

年輕人伸手指著某個方向說了幾句。

「多謝。」邵明淵頷首致謝，帶著喬昭往那個方向走去。

二人走了不久拐彎，街道變窄了，再往前走便是一道拱橋，河中白鵝成群游過。

過了拱橋，邵明淵一指油坊旁的一條胡同。「應該就是那裡了。」

胡同口有不少上了年紀的人聚在一起磕牙閒聊，一條老黃狗趴在地上，發現有陌生人靠近，警惕地抬頭看了一眼，卻因為實在太老了，沒了與陌生人較真的力氣，又懶懶趴下去。

邵明淵客客氣氣地請教一位老嫗。「大娘，請問這裡是榆錢胡同吧？」

問話的年輕人客氣有禮，氣度出眾，老嫗面上很是和藹，連連點頭道：「是這裡。後生是外地人吧，要找誰家啊？」

「想問問大娘，錢仵作是住在這裡嗎？」

邵明淵這話一出，現場便是一片安靜，老人們連瓜子都不嗑了，睜大著渾濁的眼睛，直勾勾盯著二人瞧，氣氛很是詭異。邵明淵面上不動聲色，依然掛著客氣的笑容。「大娘？」

老嫗回過神來，把邵明淵上下打量一番，而後又打量喬昭好幾眼，也不理會邵明淵的話，自言自語道：「這麼漂亮的一對小夫妻，怎麼會與那種人打交道呢？」

喬昭雖是未出閣少女的打扮，在老人們眼裡，未婚夫妻和成親後的夫婦是一樣的。

老嫗這話讓邵明淵臉上一熱，不由看了喬昭一眼，卻見她面色平靜，一副沒有聽見的模樣。

邵明淵暗笑自己還沒一個小姑娘灑脫，彎腰再問道：「大娘，請問錢仵作是住這嗎？」

「不知道，不知道。」老嫗擺擺手，唯恐邵明淵再問，乾脆顫巍巍伸出手。「年輕人，扶我一下。」對老嫗的請求邵明淵自然不會拒絕，伸手把老嫗扶了起來。

「謝謝啊。」老嫗站起來後緩了緩，把馬扎夾在腋下，顫巍巍走了。

邵明淵表情有些複雜。喬昭抿唇忍住了笑意。

邵明淵無奈看她一眼，而後轉身走向另一位老漢，誰知閒聊的人見狀全都站了起來，搬馬扎的搬馬扎，拿茶缸的拿茶缸，頃刻間便一哄而散，原本熱熱鬧鬧的胡同口，轉瞬間就只剩下一條老黃狗與二人大眼瞪小眼。

二人面面相覷。「邵將軍這是第一次被人如此嫌棄吧？」喬昭笑道。

邵明淵無奈搖頭。「走吧。」

「不問了？」喬昭偏頭看他。

邵明淵伸手一指。「錢仵作家應該是胡同最深處咱們左手邊那一家。」

喬昭來了興趣。「邵將軍如何得知？」

邵明淵笑笑。「黎姑娘應該也猜出來了吧？剛剛那些人雖然什麼都沒說就散了，視線卻下意識望向胡同深處，而且有幾人陸續進了胡同裡的這些宅子，只有最深處相對的兩家沒有動靜。」

喬昭頷首。「確實，不過我可分不清錢仵作家是胡同深處左手邊那家，還是右手邊那一家。」她當然分得清，她來過，可是她好奇邵明淵是怎麼確定的。

「邊走邊說。」邵明淵邁開大長腿往胡同裡走，逼仄的空間讓他往旁邊側開，盡量把開闊的空間給身旁的女孩子讓出來。

「小心腳下。」邵明淵叮囑道。

這些最普通的老百姓顯然沒有良好的衛生認知，胡同裡丟了不少廢棄物，因為長年累月圖方便直接把髒水倒出門外，地面上積了多個水窪，需要人時刻留意腳下。隨著越往裡走，一股腐朽氣息撲面而來，讓人莫名覺得不舒服，等走到胡同盡頭時，光線昏暗，和胡同外彷彿成了兩個天地。

邵明淵停下來，嘴角含笑解釋道：「之所以確定是左手邊這家，是因為我看到了這牆上的塗鴉。」灰黃色的土牆上抹著很多亂七八糟的東西，顯然是調皮孩子們的傑作，最顯眼的是一大片紅色，看不出究竟是什麼。

「從剛剛那些人的反應來看，錢仵作顯然很不受歡迎。黎姑娘妳看，對面這家的牆壁上就好多了，幾乎沒有這些亂七八糟的東西。所以我推斷，左邊才是錢仵作的家。」

孩子的言行深受大人影響，面對不喜歡的人往往會有一種天真的殘忍，欺負起人來直白露骨。喬昭暗想：這些年錢仵作經歷了什麼變故？當年李爺爺帶她來時還不是這個樣子。儘管普通百姓對仵作不大能接受，但更多的是畏懼，而不是現在這種厭惡和痛恨。

「邵將軍站在胡同口居然能看到這片塗鴉？」

這一次年輕的將軍回答得理所當然：「是呀，我眼神好。」

對於紅色的東西，他總是格外的敏感，大概是在戰場上太久了。

他上前一步敲門。

咚咚咚的敲門聲在狹窄幽靜的胡同裡迴蕩，滿是斑駁的木門卻遲遲沒有開啟。

「難道沒有人？」邵明淵手上敲門動作沒有停，忍不住嘀咕道。

「這個時候應該在家吧。」喬昭心頭蒙上一層陰影。

他們只有半天的時間，要是錢仵作不在家，那可就麻煩了。

「或許是年紀大了，聽不見。」邵明淵這樣說著，加大了敲門的力度。

砰砰砰敲了幾下，門猛然打開了，卻是對面的門。

一名中年婦人扠腰站在門口，罵道：「敲什麼敲，還讓不讓人好好餵豬了？」

中年婦人穿著顏色暗淡的麻衣，包頭的布巾是最常見的藍底碎花，上面有一塊明顯的油漬，看著髒兮兮的。她的手粗糙，臉上卻塗著劣質的胭脂，眼尾高高的，嘴唇偏薄，一看就是個能言會道的厲害人。這樣的人要是罵起人來，是能從早罵到晚不會歇口氣的。

就在中年婦人唾沫四濺的破口大罵中，邵明淵面色平靜走過去，掏出一塊碎銀子遞過去，語氣溫和：「這位大嫂，我們想打聽點事兒。」

中年婦人的叫罵聲戛然而止。

她低著頭，直愣愣盯著邵明淵遞過來的碎銀子，舔了舔乾裂的嘴唇。「這……這是銀子？」

邵明淵唇角含笑。「是，剛剛影響了大嫂家的豬吃飯，對不住了。」

喬昭低頭抿唇，壓下了嘴角的笑意。這人諷刺起人來都一本正經，還真是讓她意外。

中年婦人可聽不出來什麼諷刺不諷刺的，銀子才是最重要的，她劈手奪過來，先在圍裙上擦了擦，然後張嘴咬了一下。確認是真金白銀無疑，中年婦人露出真切的笑容。「二位有什麼就問吧，要不要來屋裡喝杯水？」

「喝水就不用了，我們想打聽一下，這宅子裡的主人在家嗎？」

「呃，你們問錢仵作啊？」中年婦人瞟了一眼對門。

邵明淵看了喬昭一眼，眼中透著笑意。

沒有找錯。喬昭自是明白他這一眼的意思，輕輕點了點頭。

嗯，還是鼓勵一下好了。

邵明淵收回視線，對中年婦人點點頭。「大嫂說得對，我們是找錢仵作。」

如胡同口的老嫗一眼，中年婦人把邵明淵上下打量一番。

邵明淵側了側身，擋住了喬昭大半身體。沒想到剛剛還遲鈍的中年婦人，現在卻敏銳起來了，一見邵明淵的動作便撇嘴笑道：「小哥這麼護著你小媳婦啊，我又不是漢子！」

「大嫂知不知道錢仵作的情況？」邵明淵決意裝作沒聽到。

「這怎麼不知道呢，四鄰八舍誰不知道啊。我說小哥，我看你們都是講究人，怎麼會跟那種人打交道？」中年婦人一臉嫌棄。

「錢仵作怎麼了？還請大嫂解惑。」邵明淵態度一直不急不躁。

中年婦人顯然願意和人分享八卦，何況還有銀子的激勵，一股腦把內情倒了出來。「你們要找的錢仵作啊，是個喪心病狂的惡魔，他把他死去婆娘的心肝都剖出來吃了！」

這話就太聳人聽聞了，喬昭與邵明淵不由面面相覷。

中年婦人自顧說著：「就是年初的事，當時還有個老頭子來找他，那老頭好像不是人，街坊們都說是狐仙變得。他來時正趕上錢嬸子沒了，他們兩個就喝著小酒，把錢嬸子的心肝掏出來下酒了……」喬昭心中驀地一動。這個大嫂口中提到的狐仙，莫非是李爺爺？

年初的時候她剛剛成了小姑娘黎昭，生病後停靠在臺水碼頭去找大夫，楊大哥便把李爺爺帶了過來。現在想來，世上哪有那麼多巧合的事，定然是李爺爺又來拜訪錢仵作了，才會遇到了楊厚承。當年李爺爺帶來她拜訪錢仵作時，她還不大，對錢仵作並不瞭解，但她可以確定，李爺爺是不可能吃人心肝的。

耳邊婦人聒噪的聲音不停：「哎呦，真是造孽啊，錢仵作那個老畜生吃錢嬸子心肝，正好被他們兒媳婦撞見，他們家兒媳婦本來懷了一個多月身孕，就這麼把孩子給嚇沒了，你們說不是造孽是什麼……」

「大嫂，那後來呢？」由著婦人說下去，還不知道要說到什麼時候，邵明淵打斷道。

「後來錢仵作的小子就把錢仵作趕出去了，所以錢仵作不在這裡了。」

「錢仵作的兒子也不住在這裡了嗎？」

「他們在呢，不過這個時候都不在家啊。」

「不知他們現在何處？」

「這個嘛——」中年婦人眼珠亂轉，搓了搓手。

邵明淵又掏出一塊碎銀子。中年婦人見到銀子眼睛一亮，伸手就去接。

邵明淵把手往回一收，淡淡笑道：「大嫂，妳還沒說他們現在何處。」

北地人生百態，如眼前婦人這般貪婪的人他見過不少，若是直接給了銀子，等一會兒又要作妖了。他不缺銀子，但也不能這麼浪費，他還要把銀子留著給黎姑娘當診金呢。

想到這裡，年輕的將軍悄悄瞥了靜靜站在身旁的少女一眼。

中年婦人直勾勾地盯著邵明淵手中銀子，清清喉嚨道：「他家的兒子如今在一個叫喜來福的酒館給人當帳房先生呢，兒媳出去做幫工去了。」

邵明淵又問了喜來福的具體位置以及錢仵作的兒媳每天回來的時間，這才把銀子給了婦人。

婦人喜孜孜收起來，因來了說話的興致，依然滔滔不絕：「錢仵作的兒子倒是個有出息的，打得一手好算盤，媳婦也是勤快人，兩口子這麼賣力，是想著換個宅子呢。嘖嘖，攤上個那樣的爹，這裡是住不下去了……」

邵明淵忙道：「多謝大嫂，我們告辭了。」二人幾乎是逃出了令人窒息的胡同。

秋日的陽光透著一股明快爽朗的味道，溫和的風吹來，吹散了人心中的鬱氣。

二人同時舒了口氣，四目相對，不由笑了起來。

「邵將軍，不如我在這裡等錢仵作的兒媳，你去喜來福酒館——」

「不行。」邵明淵直接否定。「一起去喜來福酒館。」留她一個人在這裡，他是絕對不放心的。

喬昭沒有堅持。「那好，咱們抓緊時間，別耽誤了上船。」

臺水不是大城鎮，叫得上名號的酒館都在一條街上。二人很快找到那裡。

街道兩旁商鋪林立，旗幟飛揚，乍一望去，令人眼花撩亂。

「應該是那一家。」邵明淵伸手一指不遠處的一家酒肆。

酒肆位置有些偏僻，門口插著的青色酒旗上寫著一個「喜」字。

「咱們過去吧。」

二人並肩向喜來福走去。

數十丈開外的一座二層酒樓上，隨意望向窗外的池燦目光微凝。「楊二，你看那邊，是不是庭泉他們兩個？」

一四二　荒山野嶺

楊厚承湊過來看，語氣猶疑：「是他們。奇怪，黎姑娘不是說去找人嗎，怎麼和庭泉一起進了酒館？」

池燦起身。「走，去看看。」他起得有些急，衣裳碰倒了擺在桌案上的白瓷茶杯，茶杯在桌面上打了個圈，將要掉下去之際被楊厚承手疾眼快抓住，穩穩放好。

「拾曦？」

「走吧。」

二人走出臺水城最出名的酒樓，直奔喜來福酒肆，才走進去就有小二迎上來：「二位客官用些什麼？」池燦直接丟過去一塊碎銀子，語氣帶著幾分漫不經心。「剛剛看到兩個朋友進了貴店，一男一女，皆氣度出眾，不知他們進了哪個雅間？」

「哦，您說剛剛進店的兩位客人啊？」小二顯然很滿意這意外的收穫，直接就把喬昭二人給賣了。「他們不是吃飯，是找錢先生。」

「錢先生？他是什麼人？」池燦一雙熠熠生輝的眸子，把酒肆內部打量一圈。

這是一間很普通的酒肆，瞧著沒有任何特色，他想不出會有什麼人物值得黎三專門來找。

「您問錢先生啊——」小二笑了笑，很快給出了答案：「他是我們這的帳房先生。」

對於普通小老百姓來說，識文斷字的人足以被稱一聲先生了。

「二位客官要去找錢先生嗎？小的可以帶二位去。」

「好／不了。」楊厚承與池燦一同開口道。

小二愣了，看看楊厚承，又看看池燦，心道：到底是去還是不去啊？嗯，這位公子生得俊，聽他的！小二有了決定，彎腰伸手。「那二位客官先坐，小的給您二位倒茶。」

池燦施施然坐下來。

楊厚承低聲問：「不去找他們？」他越來越不懂好友的心思了。

「不了，在這裡等也是一樣的。」他雖然好奇，卻不想再惹她煩。

想到這裡，池燦不由苦笑。什麼時候他變得這般患得患失了？

酒肆後院的一個房間內，一名穿暗青色長衫的中年男子手搭著算盤，態度十分客氣。「聽說二位找我？」

「是的，請問令尊是錢仵作吧？」

中年男子陡然變色，一改先前的客氣。「不好意思，我不認識什麼錢仵作。我還要對帳，二位請離開這裡吧。」

他的態度轉變太快，提起「錢仵作」時雖竭力裝作平靜，可眼中濃濃的嫌惡是遮掩不住的。

邵明淵與喬昭不由面面相覷。

一個人對親生父親嫌惡至此，看來與從婦人那裡打聽來的流言有密不可分的關係。

「錢大哥，我們既然找到了這裡，自然是打聽過的。我們也沒有別的意思，就是想問一下錢仵作現在何處？」喬昭深深看了邵明淵一眼，悄悄抿了一下嘴角。

當年李爺爺帶她來拜訪錢仵作時，她是叫錢仵作爺爺的，對錢仵作的兒子自然稱呼叔叔，現在邵明淵叫人家錢大哥，豈不是占她便宜？

邵明淵以為喬昭有什麼想法，輕輕挑眉以示詢問。喬昭搖了搖頭。

中年男子把算盤往旁邊一推，算珠發出清脆的撞擊聲，他看起來厭煩急了，擺擺手道：「走走走，我不知道！」

邵明淵把一錠銀子輕輕放在中年男子面前。

中年男子膨脹的怒火好似被戳破的氣泡，一下子癟了下來，目不轉睛盯著那錠銀子，眼中貪婪與糾結交織。

他與媳婦辛辛苦苦，起早貪黑，就是為了儘快攢夠了銀錢，好從榆錢兒胡同搬出去。

他是在榆錢兒胡同長大的，因為父親的差事，從小就承受著各種異樣的目光，那些與他年紀相仿的孩子見了他總是躲得遠遠的，像是看怪物一樣看著他。

好在等他九歲後，父親把他送進了私塾，那時候他覺得自己還是有點幸運的，雖然以他的天資與科考無緣，但不用再接父親的班，長大後當個帳房先生還是可以的。

後來，他果然如願當了帳房先生，娶了勤快的媳婦，本以為再過個幾十年，兒孫輩漸漸長大了，就再也沒人記得錢家是仵作出身了，可是誰想到——

那惡夢般的場景讓中年男子渾身一顫，回到了現實中，他的耳邊響起年輕人的聲音：「錢大哥，我們只想知道令尊在哪裡，絕不會對你造成什麼影響。」

年輕人的聲音溫和乾淨，如榆錢兒胡同前面那條河中的水一樣清澈，他有些想不通，這樣的兩個人為何會找那個老不死的惡魔。

「他在北城門外的荒山上住。」中年男子飛快收起銀子，背過身去。「你們趕緊走，別的我都不知道了。」他好不容易才與那個老不死的撇清了關係，漸漸讓人不再當著他們夫婦的面指指點點，可不能被這兩個陌生人破壞了來之不易的平靜生活。

中年男子的語氣很堅決，邵明淵知道再問不出什麼了，看了喬昭一眼。

喬昭輕輕點頭。「多謝了。」邵明淵道了一聲謝，與喬昭一起往前邊走去。

他們走進酒肆大廳，一眼就看見了坐在窗邊座位上的兩個好友。

這個時候酒肆中的人不算少，但池燦二人如鶴立雞群般的顯眼。尤其是池燦，許多目光黏在他身上就不收回去了，他強行忍著掀桌子的衝動，只覺等待的時間分外煎熬。

「可算是出來了。」一見邵明淵與喬昭出現，楊厚承長舒一口氣，拉了池燦一把。

四人走出酒肆，邵明淵才問：「你們怎麼來了？」

池燦控制著視線不往喬昭身上掃，睇了眼道：「我們在那邊喝茶，正好看到你們，就過來看看。」他說到這裡才看向喬昭，用隨意的口氣掩飾著心中的緊張。「一起先用過飯再回船上？」

「恐怕不行。人還沒找到，我們要去北城門外的荒山。」

池燦嘴角笑意微凝。「呃，還沒找到麼？」

邵明淵拍拍池燦。「走吧，一起去，時間應該還來得及。」

四人便直奔北城門外的荒山，尋覓一番，在溪邊發現了一間茅草屋。

草屋前面的空地上，一個衣衫襤褸看不出模樣的人，正四仰八叉躺著曬太陽。

池燦嫌惡地皺眉，低聲問喬昭：「這就是妳要找的人？」

喬昭把眸子睜大幾分，仔細打量著那人。

她雖然記性好，可畢竟多年未見，眼前的人臉上髒得看不出模樣，一時之間不好分辨。

邵明淵抬腳走過去，在那人面前半蹲下來。「錢仵作。」

他的聲音堅定有力，沒有絲毫遲疑。

那人眼皮動了動，沒有睜眼，直接翻了個身繼續睡。

這樣的反應反而讓喬昭確信是錢仵作無疑，她抬腳走了過去，跟著喊了一聲：「錢仵作——」

那人依舊毫無反應。

池燦揚了揚眉，身子剛動就被楊厚承拉住了。「先看看黎姑娘他們到底要做什麼。」

池燦冷笑一聲。「你以為我要幹嘛？」

楊厚承嘿嘿直笑。可不能胡亂打人啊，萬一有求於人，把人打了不是壞事了。

池燦輕哼一聲，雙手環抱胸前，冷眼旁觀。

喬昭喊了一聲沒有回應，心念一轉，直接問：「錢仵作，您還記得李神醫嗎？」

躺著的人猛然坐了起來。他花白的頭髮披散著，一看就許久沒洗過了，黏在一起散發著酸臭的味道，一直閉著的眼皮終於掀起來，渾濁的目光直直盯著喬昭。

面前的少女面色平靜，目光平和，離他這麼近卻絲毫瞧不出嫌棄的樣子。

「妳是李神醫什麼人？」打量喬昭許久，錢仵作慢慢問道。

他似乎許久沒說過話了，聲音透著一股艱澀，就好像是鐵器生了鏽，讓人覺得很不舒服。

少女的神情卻沒有絲毫變化，笑道：「我是李神醫的孫女。」

「胡說！」錢仵作大怒，盯著喬昭的眼神很凶狠。「小小年紀滿口胡言，李神醫的孫女比妳大多了！」

邵明淵聽了這話，不自覺握了一下拳。

這位錢仵作居然是見過喬昭的。這一刻，邵明淵心情格外複雜。

若不是黎姑娘的提議，他恐怕永遠不會知道，在這麼一個小城外的荒山上，一個形如乞丐的老人是見過他的妻子喬昭的，甚至見了不止一面。

偏偏他身為人夫，與喬昭卻是陌生人。

那種遺憾與內疚結成了細細密密的網，把邵明淵一顆心纏得緊緊的，讓他有些透不過氣來。

他忍不住想：要是喬昭還活著，會是什麼樣呢？或許今天與他一同前來拜訪錢仵作的，就會是她了。

「您見過李神醫的孫女？」喬昭並不在意錢仵作的斥責，笑盈盈道：「這麼說，您承認自己是錢仵作了？李爺爺曾對我說過，他有一位朋友住在臺水城，是天下最好的仵作。」

「妳到底是誰？」錢仵作渾濁的眼中閃過一道精光，死死盯著喬昭不放。「小丫頭不要騙我，我見過李神醫的孫女，多年前她就有妳這麼大了！」

「我是李神醫的另一個孫女。」激著錢仵作承認了身分，喬昭不再賣關子。「今年初李爺爺才認了我當乾孫女，所以您不知道我，但他老人家卻對我提起過您了。」

錢仵作瞇了眼打量著喬昭，好一會兒後問道：「李珍鶴為什麼沒有來？」

這便是正式承認了自己的身分。

「李爺爺過世了。」喬昭垂眸，聲音低下去。

「不可能！」錢仵作張嘴往地上吐了一口濃痰，冷冷道：「我還好好活著呢，李珍鶴怎麼會過世？你們跑來哄騙我，有什麼目的？」

那一口濃痰就吐在喬昭腳邊，池燦忍無可忍走過去，居高臨下道：「這話真是好笑！」他目光一轉，毫不客氣道：「你衣不蔽體，連鞋子都只剩一隻，我們就算哄騙你，能得到什麼？」

錢仵作睜著渾濁的眼看了池燦一眼，掀動了一下嘴唇。「那你們來找我，就是報喪的嗎？」

「你──」

邵明淵朝池燦輕輕搖頭。換了普通人或許會忌憚來客身上隱隱流露的貴氣，可眼前的老人分明已是無欲無求，一副等死的模樣，又豈是會被言語唬住。

「錢仵作，我們來找您，就是請您出山的。」邵明淵接著道。

錢仵作充耳未聞。「你們先告訴我，李珍鶴是怎麼過世的？」

「李神醫出海採藥，不幸遇到了海難。」

錢仵作聽後呆了好一會兒，重新躺了下去，他一隻胳膊直接壓在了地上的濃痰上，卻絲毫不在意。生性愛潔的池燦嘴唇抖了抖，連楊厚承都忍不住做了個乾嘔的表情。

「錢仵作。」邵明淵面不改色喊了一聲。

他初到北地時連人吃人都見過，眼前的情景又算得了什麼。

「別喊了，你們走吧，我是不會出山的。」

「怎麼樣你才願意出山？」池燦蹲下來，忍著噁心問。

錢仵作一動不動。

池燦眉心緊鎖。「你說說條件，我們會盡力滿足。」

錢仵作背對著幾人呵呵笑起來。「小子，別說廢話了，趕緊走吧。」

「錢仵作，我的朋友說話比較直，請您不要介意。我們從京城而來就是為了請您出山的，您能否看在李神醫的面子上，幫我們這個忙？」邵明淵客氣問道。

池燦一聽這話，不由看向喬昭。

他可從來不知道，他們從京城跑到這裡就是為了請這個性情古怪的老乞丐出山的。

喬昭面上沒有絲毫變化，池燦又去看楊厚承，楊厚承一臉疑惑，顯然也是才知道。

池燦心中只剩苦笑。原來黎三早就與邵明淵商量好了，卻對他半個字都沒提起。

「你們不要在這裡浪費時間了，我說過的話不會改的。」錢仵作翻了個身，又換成了四仰八叉的姿勢，滿是褶皺的眼皮把渾濁的雙眼遮住，似乎已經睡著了。

楊厚承拉了邵明淵一下，輕聲問道：「非請這個人出山不可？」

邵明淵看了喬昭一眼，點頭。「嗯。」

楊厚承搓搓手。「這人明顯死豬不怕開水燙啊。」

邵明淵嘆了口氣。

最怕的就是死豬不怕開水燙，他那些對待敵人的手段又不能用在這樣一位老人身上。

這時喬昭開了口：「錢仵作，李爺爺曾對我說過一段話。」

錢仵作沒吭聲，「李爺爺」三個字卻讓他耳朵動了動。

喬昭把錢仵作的反應盡收眼底，好笑過後更多的是傷感。

她還記得那時候李爺爺與錢仵作秉燭夜談，談到興起便會喝酒，喝到濃處李爺爺高歌，錢仵作大哭，留下她一臉淡定聽錢家婆婆的咒罵。

轉眼間，一切就都變了。

喬昭語氣中帶著懷念。「他說，為生者治病，他是天下最好的大夫；替逝者昭雪，您是天下最好的仵作。在他心裡，你們同為醫者，是同行。」

邵明淵不由看了喬昭一眼，心中的違和感更甚。他很清楚，黎姑娘與李神醫在京中的接觸並不多，李神醫對黎姑娘說起的話卻未免太多了……

李神醫與黎姑娘之間的關係給他的感覺，更像是有著深厚感情積累的一對祖孫。

錢仵作猛然轉身，嘴唇微微顫抖。「他這樣說過？」

喬昭輕輕點頭。「他老人家是這麼說的，也是這麼想的。李爺爺對我提起您時很欣賞，並叮囑我，以後若想醫術更進一步，有機會要來向您請教。」錢仵作定定看著喬昭，彷彿要把她的臉盯出一朵花來。

池燦不悅擰緊了眉，有心想說什麼，最終還是沒開口。

許久後，錢仵作牽了牽嘴角。「現在我相信妳是李珍鶴的孫女了。」他渾濁的目光多了幾分困惑。「那年李珍鶴帶著喬丫頭來，對我說過，他會把衣缽傳給喬丫頭。說起來喬丫頭應該是妳的師姊，她現今如何了？可有娃娃了？」

邵明淵臉色微變。喬昭面帶惋惜。「師姊也不在了。」

錢仵作眼睛睜大了幾分。「不在？她如今不過雙十年華吧，怎麼會不在？莫非是死於難產？」

二十出頭的人正是氣血最旺盛之時，鮮少生病，作為女子最大的可能，便是沒有跨過生產這道鬼門關。喬昭情不自禁看了邵明淵一眼，見他唇色發白，顯然很不好受，遂不再多說，含糊應了一聲。

「難怪李珍鶴會認了妳當乾孫女。」錢仵作微睜著眼看著幾人。「我曾經發過毒誓，不再幹仵作的事，你們先說說，找我是為了什麼？」喬昭心中微鬆。錢仵作這麼說，就說明有希望。

邵明淵先是介紹了自己的身分，接著道：「我這次前來祭拜岳父一家，便想趁著這個機會查一查岳父一家真正的死因。」

「那妳呢？妳為何幫他？」錢仵作問喬昭。

「我是幫我義兄，我認了喬公子為義兄，所以不能對喬家的事袖手旁觀。」

「所以小丫頭就想到我了？」

「是。」

錢仵作坐在地上，看了一眼遠處。臺水城在他眼裡變小了，模糊一片。他想到了街坊鄰居們的非議和鄙視，兒子兒媳的不解和痛恨，還有那些流言蜚語的荒唐可怕。

李珍鶴說，他們是同行。

要是世人都像李珍鶴那樣想，他是不是就不會變成這樣了？他做的是與死人打交道的事，但他也是個人啊。他不過是想比別的仵作做得更好，怎麼就不容於世了呢？

一滴淚從錢仵作眼角悄悄流出，他閉了眼，語氣淡漠：「我可以給妳一個機會，若妳能通過考驗，那麼我就隨你們下山。」

因為錢仵作閉著眼，這話不知是對誰說，邵明淵便道：「請錢仵作說說是什麼考驗，在下願意接受。」錢仵作霍然睜開眼睛，目光冷漠掃了邵明淵一眼，嘴角翹了翹。「你不行。」

他伸手一指喬昭。「我要她來。」

這話一出，眾人都變了臉色。

「錢仵作，我們三個男人在這裡，你要她一個小姑娘接受考驗，有什麼居心？」池燦冷冷問道。「就是啊，您有什麼考驗讓我們來，她一個小姑娘哪行啊。」楊厚承跟著道。

邵明淵同樣覺得出乎意料，薄唇緊抿成了一條細線。

「你們？」錢仵作冷笑，絲毫不留情面。「她是李珍鶴的孫女，要繼承李珍鶴衣缽之人，你們跟李珍鶴有什麼關係？」這話把三個大男人問住了。

他們與李神醫當然沒有這層關係。

「你們既然和李珍鶴沒關係，我又不認識你們是誰，憑什麼給你們考驗的機會？」

「錢仵作，請您說說是什麼考驗吧。」喬昭嫣然一笑。「有什麼考驗，我都接著。」

錢仵作滿意點點頭。「小丫頭確實痛快，難怪李珍鶴能看中妳。」

他說著瞥了邵明淵三人一眼，冷冷道：「比這三個婆婆媽媽的小子強多了。」

三人：「……」果然是沒有比較就沒有傷害。

「您請說吧。」

「這考驗現在不行，要到下午去了。」

楊厚承一聽忙搖頭。「黎姑娘，這不行啊，下午船該走了。」

錢仵作看向楊厚承。「怎麼，等不了？」

他的神情一下子變得冰冷無比，不耐煩道：「那就趕緊都滾蛋，別浪費我的時間。」

「可以等。」邵明淵當機立斷開口道。他看得出，眼前的老人什麼都不在乎，若不是黎姑娘提到的李神醫那番話讓他有所觸動，恐怕這個考驗的機會都是沒有的。

「庭泉——」楊厚承喊了一聲。

邵明淵面色平靜。「重山、拾曦，你們先回去，船該什麼時候走就什麼時候走，我在這裡陪著黎姑娘。等通過了錢仵作的考驗，我會帶著他們快馬加鞭，在下一個碼頭等你們。」

錢仵作嗤笑一聲。「小子口氣不小，料定小丫頭一定能通過考驗？」

邵明淵笑笑。「在下自然相信她。」楊厚承看看一臉無所謂的錢仵作，嘆口氣。「那好吧，我們在下一個碼頭等你們。拾曦，咱們走吧。」

「不行。」

「啊？」

「咱們都是奉命保護黎姑娘的，不能全交給庭泉一個人，總要留下一個吧。」池燦笑瞇瞇問楊厚承：「你留下還是我留下？」

楊厚承摸摸鼻子。「咳咳，當然是你留下。」

「你們商量好了？」錢仵作問道。

得到肯定的回答，他爬了起來。「我要洗澡了，年紀大了洗不動，你們誰來搭把手？」

「我來。」唯恐錢仵作連洗澡都要喬昭幫忙，邵明淵忙道。

一四三　物是人非

錢仵作胳膊一抬便要脫衣服。

池燦一雙精緻的眉擰起來。「你就在這裡脫？」

「不在這裡在哪裡？」錢仵作一指茅屋不遠處的溪水。「進屋脫了不是還要出來？」

不同於京城的初秋已經有些涼意，臺水依然抓著夏天的尾巴，在溪水裡洗澡也不算什麼。

「拾曦，你先帶黎姑娘去那邊走走吧，等錢仵作洗好了我叫你們。」

池燦自然不願喬昭被汙了眼睛，側頭道：「咱們去那邊吧。」

「嗯。」

不遠處山丘起伏，並不高，二人上了小山丘又往下走，是一片灌木叢，灌木上結了許多晶瑩剔透的紅色果實，看起來像瑪瑙一樣漂亮。

「這個可以吃。」池燦忽然道。

喬昭不由看他。

池燦笑了笑。「我小時候吃過。」

曾經被困在凌臺山上，他吃過這種野果子。

「味道還不錯。」池燦走過去摘了幾顆紅色野果子，彎腰想在溪水中洗淨，想起不遠的地方正有人在這溪水中洗澡，頓時一陣噁心，直起身來從懷中掏出一方手帕，把野果細細擦拭乾淨，然後遞給喬昭。「要不要嚐嚐？」

紅色的野果映著白玉一樣的修長手指，分外好看。

這種野果喬昭也是吃過的，入口微甜，後面就是一股澀味，口感很一般。

她笑著接過，道了謝，拿起一枚野果吃下。

「怎麼樣？」池燦一雙琉璃般的眸子微微睜大幾分，滿是期待。

「還可以。」

池燦眼睛彎起，把一枚野果吃進嘴裡，隨後便愣住了。

他勉強把果子嚥下，滿是不解，喃喃道：「和記憶裡的味道不一樣了。」

喬昭把玩著手中的幾枚野果，笑道：「或許野果的味道沒有變，是池大哥的心境和當時不一樣了。」

池燦怔了怔，而後點頭。「妳說得對。」他指了指青草地上的兩塊石頭。「咱們坐一會兒吧，那老仵作髒得瞧不出模樣來了，一時半會兒是洗不乾淨的。」

二人坐下來。石頭帶著一點溫熱，青草特有的清新味道把二人縈繞。

喬昭沒有說話，池燦也沒有說話。

他悄悄看著她的側顏，忽然覺得很滿足。這是他喜歡的姑娘呢。

喬昭察覺到池燦的目光，大大方方迎上他的視線。

她永遠不可能給得起他想要的，便不會讓二人獨處的氣氛滿是曖昧。

「池大哥，我們可能會在嘉豐待很長一段時間，之後還要去南邊沿海，十有八九是不能回京城過年了。」

「沒事，在外面過年也一樣的。」

池燦不由想起長公主府中過年時的景象。

熱鬧喜慶都是表面的，偌大的廳中他與母親分坐飯桌兩端，滿滿一桌子菜動不了幾筷子，味同嚼蠟。

他不喜歡過年，不過今年說不定可以期待一下。到那時，就讓黎三給他做叉燒鹿脯吃吧。

池燦這樣想著，心都軟了，眉梢眼角俱是笑意。

時間不知不覺流過，山坡那邊傳來邵明淵的喊聲：「拾曦，你們過來吧。」

池燦壓下心中的不捨站起來，低聲道：「那個錢仵作估計要狠狠刁難妳，我擔心……」

「沒事。」喬昭打斷池燦的話。「我不怕刁難，至少他願意刁難，而不是一口回絕。」

池燦深深望著喬昭。

「怎麼了？」

池燦笑笑。「沒什麼，走吧。」

他率先往前走，心中卻頗不是滋味。邵明淵想要替岳父一家沉冤昭雪，黎三為何如此盡心？從一開始，黎三對邵明淵的態度就是不同的。

「總之還是要小心，不要逞強。」

二人返回原處，只看到邵明淵一人。

「錢仵作呢？」池燦問。

邵明淵指指茅草屋。「進屋睡覺去了。」

「他讓咱們等到下午，自己進屋睡覺？」池燦嘴角緊繃。

邵明淵無奈笑笑。「不進屋睡覺似乎也不行。錢仵作說只有一身衣裳，等衣裳曬乾了他再出來。」喬昭環視一眼，果然看到不遠處的石頭上平鋪著衣裳。

「我剛把衣裳洗出來，好在這時候日頭大，很快就能乾了。」

「還不如去山腳下的人家給他買一身。」池燦道。

「他說新衣裳穿不慣。」

池燦冷笑。「老東西就是折騰人。」

「你們先坐，我去打幾隻野兔來，錢仵作說要吃烤兔肉。」

「他是不是還要來一壺燒酒啊？」池燦氣樂了。

老傢伙就是吃定了邵明淵的好脾氣。

邵明淵看了喬昭一眼站起來。「這倒沒有，下午還要考驗黎姑娘，許是不能喝酒誤事。拾曦，你撿些乾柴來，我很快就回來。」他交代完很快就鑽進了山林，半個時辰不到就回來了，手中提著三隻野兔及一隻野雞，另一隻手上托著一個蜂窩。

「這是什麼？」池燦盯著蜂窩問。

「蜂巢，裡面有蜂蜜。」

池燦伸手把蜂窩接過來。「原來我們吃的蜜就是這樣來的。」

他好奇靠近了張望，忽然一隻蜜蜂鑽出來，迅速落在了他的眼皮上。

邵明淵快若閃電伸出手指把蜜蜂夾走。

池燦低呼一聲，摀著左眼一動不動。

「是不是螫到了？」邵明淵問。

池燦的左眼處高高腫了起來，眼皮已經睜不開了，卻沒有放下手。

他這個樣子一定很難看！

「邵將軍，你先收拾兔肉吧，我給池大哥看看。」

「好。」邵明淵點頭，處理這些黎姑娘自然比他得心應手。

喬昭湊近了些。「池大哥，你把手拿下來，我看看情況。」

池燦摀著眼一動不動。

喬昭臉一板。「池大哥要是不想讓我看，那你就先下山去找大夫看吧。」

這是要趕他走？池燦心一橫把手放下來。

他的左眼腫得老高，瞧著分外滑稽，正覺尷尬無比，卻見對面的少女神情沒有絲毫異樣，打量他的眼神格外認真。這一瞬間，池燦覺得被蜜蜂螫一下還是挺值得的。

也許是少女認真中帶著幾分擔憂的目光給了池燦啟發，他靈光一閃，可憐巴巴道：「疼……」

邵明淵忍不住看了池燦一眼，含笑低頭。

拾曦雖然性子有些彆扭，卻是個自尊心強的，若不是因為黎姑娘，斷然不會可憐兮兮喊疼。好友為了心上人，也是豁出去了。

對於池燦與黎姑娘，邵明淵樂見其成。

他很清楚自己今生與黎姑娘無緣，那麼與其將來黎姑娘嫁給不知根底的人，還不如嫁給好友。至少池燦會對黎姑娘很好，也不會把後宅弄得烏煙瘴氣。

難過麼？是有一些難過的，他終究是個男人。但活了二十多年，令人痛澈心扉的事情那樣多，似乎也就麻木了。

「別動，我看看啊。」

少女溫和的聲音傳來，有著安撫人心的力量，邵明淵情不自禁側頭，默默地看著。

喬昭從荷包裡摸出一根銀針，細長的銀針在陽光下閃閃發亮。

池燦乾笑。「黎三，妳要做什麼？」

喬昭視線始終沒有離開池燦的左眼，捏著銀針解釋道：「毒刺留在肌膚裡了，要把它挑出來。」見池燦目露遲疑，她安慰道：「你不動的話，很快就能挑出來的。」

池燦眨了眨眼。「妳來吧。」

「池大哥稍微忍耐一下。」

少女靠近了，傳來淡淡的香氣。池燦悄悄動了動鼻子，聞出這是上好的沉香味道，他目光下移落在少女的皓腕上，果然就見她雪白纖細的手腕上纏著一串沉香佛珠。

看色澤，那串沉香佛珠已經有些年頭了。

這串沉香佛珠是從哪裡來的？池燦不自覺皺眉。

他出身尊貴，眼界自然是高的，這串沉香手珠品質絕佳，就算是皇家都沒有幾串能與之媲美，這樣的手珠絕對不是出自黎府。

誰會送黎三這麼貴重的沉香手珠呢？

「好了，還疼嗎？」池燦神遊天外之際，喬昭已經把毒刺挑了出來，見他一直皺著眉，出聲問道。

「疼的。」池燦回神，眼巴巴望著喬昭。

他的五官精緻絕倫，此刻一隻眼睛雖腫著，卻沒有讓人感覺醜陋可笑，只會覺得憐惜收起了所有尖銳的俊秀男子，眼神清澈如稚子。

喬昭從荷包裡摸出個比指甲蓋大不了多少的小盒子，打開來，用指尖挑起一點淡綠色的藥膏，輕輕塗抹在池燦左眼皮上。少女指腹柔軟，隨著藥膏一點點氤氳開來，眼皮處便一片清涼，頓時緩解了那種火辣辣的灼痛感。

「怎麼樣？」

池燦點頭。「好多了。」

他竭力掩飾著眼底的柔情，裝出雲淡風輕的模樣，唯恐把好不容易靠近他的少女又嚇跑了。

喬昭沒有把小盒子收回去，反而放在池燦手心。「池大哥留著塗吧，一日三次。」

「我沒鏡子，看不到啊。」池燦道。

「這樣啊？」少女濃密的睫毛搧動了一下，彷彿沉睡的蝴蝶忽然揮動起了翅膀，撓得人心頭癢癢的。

「是呀，沒有鏡子，萬一塗抹到眼睛裡去怎麼辦呢？」

池燦唇角微翹，心道：這樣的話，黎三每次就要幫他塗了吧。

喬昭垂眸。「池大哥說得也是。」

然後，她從池燦手裡把藥盒拿出來，揚手扔給了邵明淵。「邵將軍，這盒藥膏你收著吧，以後好幫池大哥塗藥。」

池燦神情扭曲了一下。不帶這樣的啊，這下子連準備留下當念想的藥盒都沒了。

他大步走到邵明淵身邊把藥盒拿了回去，輕咳一聲道：「算了，不麻煩別人了，我到時候可以把溪水當鏡子。」邵明淵笑笑，沒有揭穿好友的小心思。

他動作俐落，沒用多久茅草屋前就架起了火堆，烤肉的誘人香味飄散開來。

「沒有鹽能吃麼？」池燦盯著烤得色澤金黃的兔肉問。

邵明淵往兔肉上刷了一層蜂蜜，笑道：「將就著吃吧。」

池燦站起來向茅草屋走去。「吃的怎麼能將就？」

他走到茅屋處喊道：「錢仵作，有沒有鹽巴？」

錢仵作探出頭來，狠狠抽了抽鼻子。「好香，快給我拿衣裳來。」

「你先說有沒有鹽巴？沒有鹽巴怎麼吃！」池燦站著不動。

「有。」錢仵作縮回頭去，不一會兒重新探出頭，遞了個髒兮兮的碗出來，裡面是夾雜著草葉砂礫的灰白色顆粒。

「這是鹽巴？」池燦的聲音都拔高了。

「不是鹽巴是什麼？快拿給那個小子，然後趕緊把衣裳給我拿來，我要出去吃肉。」

池燦沒有把碗接過去，轉身看了一眼正忙碌著的邵明淵，走到石頭那裡用兩根手指提起曬著的衣裳拋給錢仵作。

「沒有鹽。」池燦在邵明淵身旁坐下來。

要是用髒成那樣的鹽巴，他情願不吃了。

「塗了蜂蜜會有些滋味。」邵明淵說著把一種植物塊莖掰開，把滲出來的汁液塗抹到烤肉上。

「這種塊莖的汁液帶一點鹹味，烤肉應該還是能入口的。」

池燦訕訕地看了邵明淵一眼，嘀咕道：「你什麼時候練出了烤肉的手藝？」

「熟能生巧罷了。」

錢仵作擠進來。「好了嗎？」

邵明淵把一隻烤兔遞過去。「可以吃了。」

錢仵作接過來，顧不得還燙，直接咬了一大口，嚥下去後連連點頭。「好吃。」

池燦往一側挪了挪，忍耐地動了動嘴角。

邵明淵轉動了一下木棍，問喬昭：「黎姑娘，妳是吃兔肉還是烤雞？」

喬昭笑笑。「給我一隻雞腿就好。」

她本以為大福寺的竹林深處那餐烤雞會成為永遠的回憶，沒想到這麼快就吃到了。

坦白說，還真有些想念了。

邵明淵把烤好的雞腿遞給喬昭，這才與池燦分吃了剩下的烤肉。

一頓飽餐之後，錢仵作用袖子抹了一下嘴，面無表情道：「吃也吃了，跟我走吧。」

喬昭知道，錢仵作對她的考驗馬上要來了。

三人跟著錢仵作下了山，一路步行入城，等他停下來時，三人面色皆是一變。

錢仵作竟然把他們領到了義莊來。

所謂的義莊，是專門用來臨時存放棺槨的地方。

「錢仵作？」看門的人一看錢仵作，猛然跳了起來。「呦，你可終於願意來了。」

「小六在這裡嗎？」

「在呢，正巧剛過來不久。」

錢仵作沒吭聲。他這個時候過來，當然是估摸著小六在這裡。

守門人扭頭扯著嗓子喊：「小六，你師父來了。」

不多時跑出來一個年輕人，一見錢仵作神情激動。「師父，您——」

錢仵作擺擺手。「進去再說。」

一四四　義莊之內

小六忍不住打量了喬昭三人幾眼。

錢仵作抬腳往內走，被守門人攔住。「錢仵作，他們是……」

「打下手的。」錢仵作隨口道。

打下手？這樣的三個人能給錢仵作打下手幹那些事？守門人和小六第一個反應都是不信。

小六知道師父脾氣倔，怕把人惹惱又走了，朝守門人擠擠眼。

守門人側了側身子，見喬昭也要跟著進去，伸手攔下來。「錢仵作，別人能進，這位小娘子不能進吧。」

錢仵作回頭看著守門人。守門人笑笑。「錢仵作，你幹這行幾十年了，總該知道點忌諱吧？」

「忌諱？什麼忌諱？」

守門人笑著搖頭。「你可真是逗我呢。這義莊不能讓女子進啊，這裡本來就陰氣重，女子進來不是容易惹麻煩嘛。」

錢仵作嗤笑一聲。「青天白日的能惹什麼麻煩？小六，你到底要不要我幫這個忙？不需要的話，我立刻就走。」

「要啊，要啊，師父您別生氣，快進去吧。」小六彎腰道歉，扯了守門人一把，低聲道：「回頭請你喝酒。」守義莊的人一年到頭看不到油水，本來就是個寒苦地兒，聽小六這麼一說，心中雖還有些不情願，到底是放幾人進去了。

一踏入義莊，喬昭立刻感覺比外面陰涼許多，肌膚上瞬間冒出了細小的疙瘩，一股腐朽夾雜著奇怪臭味傳來，好在手腕上的沉香手珠散發著淡淡清香，稍稍緩解了這種令人不適的味道。

喬昭察覺有人拉了她一下，因為太突然，又是走在這種地方，頭皮不由一麻，之後才發覺是池燦扯了她的衣袖一下。

她腳步放緩，以詢問的眼神看著池燦。

池燦低聲道：「黎三，我有種不妙的預感，那個老仵作對妳的考驗，恐怕沒那麼簡單。」

喬昭扯了扯嘴角，聲音同樣很輕：「這是自然。」

「他該不會讓妳在這裡面獨自待一晚上吧？」

喬昭表情微僵。這似乎不是不可能的事。

一想到要在這種地方獨自待一晚上，饒是喬昭素來冷靜沉穩，這時候也不由有些心慌。

「別怕，要是真的那樣，我來陪妳。」池燦凝視著身側的少女，輕聲道。

他的語氣誠懇真摯，顯然是真心實意有這般打算。

喬昭能聽得出來這份真誠，若說心底沒有一點感動是不可能的。

她心情凝重，面上不動聲色笑笑。「錢仵作應該不會提這種考驗。」

走在錢仵作身側的邵明淵，回頭看了一眼。

「走吧。」喬昭低低對池燦說了一聲，快步追上去。

池燦立在原地停頓了片刻。他從來沒想過跟錢仵作那樣的人打交道，更沒想過會來義莊這樣的地方，他討厭一切骯髒噁心的東西，現在卻一一破了例。

可是破例的感覺似乎也不錯呢。

池燦目光追逐著少女的背影，彎唇笑了笑。

大概是因為有她在，所以一切就沒有那麼令人難以忍受了。

他默默跟了上去。

小六領著幾人越往裡走，那種奇特的臭味就越明顯。

他不由打量著錢仵作領來的三人。那名身量高䠷的男子毫無異樣，彷彿是行走在大街上，他身邊的姑娘神情平靜緊隨其後。走在最後的那名男子看起來不大好，皺著眉極力在忍耐著什麼。

這三個人是什麼來歷呢？似乎都不簡單。

「小六，是哪一間？」錢仵作擰眉問道，顯然不滿意小六的走神。

小六猛然回神，一指最裡側。「那一間。」

一行人走過去，小六用鑰匙開了門。隨著兩扇門推開，一股惡臭撲面而來。

喬昭忍耐著抿緊了唇。池燦面色發白，險些吐出來。

邵明淵關切地看了二人一眼。

「你沒事？」池燦抖著唇問。

那樣的臭味衝擊力實在太強，不是僅憑意志就能做到面不改色。

池燦暗惱自己不爭氣的同時，又好奇好友是如何做到毫無反應的。

邵明淵笑笑。「在北地，這樣的味道太常見了。」

寧做太平犬，莫做亂世人。在北地不知多少人家破人亡，路邊倒地的屍體隨處可見。

「黎姑娘要不要緊？」邵明淵問。喬昭緊緊閉著嘴，搖了搖頭。

邵明淵在心中輕嘆了一聲，讓黎姑娘來這種地方，確實是委屈她了。

看著眼皮都沒抬的錢仵作，他開始起擔心接下來的考驗。

「就是那一具？」錢仵作問小六。

小六點頭，抬腳要走過去把蓋屍體的白布掀起，被錢仵作阻止了。

「小丫頭，妳去把蓋屍體的布扯下來。」錢仵作看著喬昭道。

喬昭不由握緊了拳。

池燦大怒。「錢仵作，你別開玩笑！」

錢仵作更是大怒。「誰有空和你們三個毛孩子開玩笑？」他瞪著喬昭，毫不客氣伸手一指門口。「要不就照我說的做，要不就立刻給我滾。我醜話說在前面，考驗現在還沒開始，要是連這個都受不了，趁早不要瞎耽誤工夫！」

「考驗並不代表糟蹋人！」池燦一拉喬昭。「黎三，咱們走，天下莫非就他一個仵作不成？」

錢仵作雙手環抱胸前前冷笑。「對啊，天下仵作千千萬，你們跑來找我幹什麼？我就是喜歡糟蹋人，看著別人難受，我就舒坦了。」說完，轉頭對目瞪口呆的小六吼道：「傻愣著幹什麼，把他們給我轟出去！」

「呃，呃……」小六腦袋有些亂，不由看向喬昭三人。

喬昭上前一步，輕聲道：「錢仵作，您別惱，我只是剛剛有些意外。」

她解釋完，一步步向停屍處走去。

「黎三——」池燦面色鐵青，忍不住喊了一聲。

喬昭的腳步沒有停頓。錢仵作目光一直盯著喬昭，見狀眼中怒氣稍減，瞥了池燦一眼，冷冷道：「要是這樣就捨不得，要不你帶她走，要不你先走，別在這裡礙事！」

池燦把拳頭攥得咯吱響，咬牙嚥下了這口悶氣。

他不明白，黎三為何要摻和進喬家的事來。她是為了邵明淵，還是喬墨？

喬昭已經來到蒙著白布的屍體面前，閉了閉眼，毫不猶豫把布掀了起來。

一具形容恐怖、噁心至極的屍體呈現在眾人面前。

那一瞬間的衝擊力太強，池燦終於忍不住跑出去，扶著廊柱大吐起來。

邵明淵忍不住上前一步，擔憂地看著喬昭。

她就站在那具形容恐怖的屍體旁，承受著最直接的視覺與嗅覺雙重衝擊。

秀麗的少女與恐怖的屍體，這一刻給邵明淵帶來的衝擊同樣是強烈的。

他忍不住想：黎姑娘是個什麼樣的女孩子呢，為什麼能做到這一步？難道真的只是為了舅兄……或者李神醫？

他想到了懷中的錦囊，因為怕無意中丟了，一直被他小心貼在心口處。

或許應該看一看錦囊裡到底放著什麼——邵明淵腦海中閃過這個念頭。

錢仵作走過去，專注看著屍體。他的眼睛眨也不眨，看得很認真，彷彿面對的不是膨脹腐爛的屍體，而是一件美妙的藝術品。

喬昭忍著不適悄悄打量錢仵作，心道：術業有專攻，或許就是因為這樣，錢仵作才能成為天下最好的仵作吧。屍臭味直往喬昭鼻子裡鑽，她卻強撐著沒有移開眼。

錢仵作說真正的考驗還沒開始，她大概已經能猜到接下來的考驗是什麼了。

真是艱巨的考驗，但她無論如何也不能後退，只要退一步，父母親人就永遠不能沉冤昭雪。

「小六，拿一雙手套給她。」錢仵作直起身子。

小六取來一副手套，目光在邵明淵與喬昭之間來回游移，估不準這手套究竟給誰。

喬昭伸手接過手套。「多謝。」

小六不由看向錢仵作。錢仵作輕輕點了點頭，看向喬昭的眼神溫和些許。

小六一臉的不可思議。師父不會要這位姑娘當仵作吧？

這可真是天方夜譚！

喬昭把手套戴好，主動問道：「錢仵作，我該做些什麼？」

既然無法逃避，那不如早來早解脫。

「妳不怕？」錢仵作反而不急著發話了，饒有興致打量著喬昭。

喬昭勉強笑笑。「怕與不怕，考驗是不會變的。」

她只是個普通的女孩子，怎麼會不怕？不只是怕，還噁心至極。

錢仵作點點頭。「那好，妳仔細觀察一下屍體的手，把妳看到的描述出來。」

喬昭臉色蒼白，連深吸一口氣平復情緒都不能夠，因為這樣就會吸到令人作嘔的臭味。

或許是她主動戴上手套的表現讓錢仵作比較滿意，見她一時沒有動作，錢仵作只是目不轉睛盯著她，沒有立刻罵人。

少女垂眸盯著自己的手。

那一刻，邵明淵生出不顧一切把她帶走的衝動。到底為了什麼，她要把自己逼到如此境地？

喬昭伸手把屍體的手抓了起來。

入手的感覺讓她無法用言語形容，卻知道自己這輩子都忘不了了。

池燦走進來，看到裡面的情景不由變了臉。

邵明淵伸手拽住他，搖了搖頭。池燦盯著錢仵作的眼神彷彿要吃人。「他怎麼能——」

邵明淵輕嘆一聲。「拾曦，你要是受不住，就在外面等著吧。」

池燦搖搖頭。「不，我就在這裡陪著。」

二人皆不再說話，少女甜美的聲音響起：「手浮腫，呈青紅色，表皮……」

「看看指甲。」

喬昭強忍著噁心，仔細觀察了一下。「指甲不長，應該才修剪過不久，看著很乾淨……」

錢仵作點點頭，指了指屍體的嘴巴。「掰開來看看。」

見喬昭站著不動，他聲音加大了些，很是不耐煩：「快點！」

喬昭伸出手，觸碰到屍體的嘴巴，額頭的汗珠細細密密，臉色比雪還要蒼白。

片刻後，她的聲音響起，在散發著惡臭的陰冷房子裡很是清晰。

就這樣，時間不知過去多久，對邵明淵與池燦來說，似乎從來沒有這麼難熬過，終於聽到錢仵作發話：「好了。」

幾人一同看向喬昭。少女依然站得筆直，衣裳卻已經被汗水濕透，像是從水中撈出來的。

她費了些力氣才把手套摘下。

錢仵作看了她一眼，語氣淡漠道：「想吐的話可以出去。」

喬昭搖搖頭。錢仵作收回視線，看向小六。

「師父，您查出什麼來了嗎？」

「這個人是死後被推入水中的。」

小六有些吃驚。「您從哪裡看出來的？」

不只是小六很驚訝，邵明淵與池燦同樣難掩驚奇，只有親歷了剛才檢驗的喬昭垂眸而立，隱隱有所領悟。

「一個人若是溺水，出於本能會劇烈掙扎，那麼手指夾縫和指甲內會有泥沙水草，而這具屍體的手指很乾淨……」錢仵作不急不緩地講述著。在這間陰冷的屋子裡，他衣衫襤褸，面容滄桑，卻彷彿是主宰這片天地的主人，散發著強烈的自信。

喬昭認真聽著，一時之間竟連排山倒海的噁心感都暫時忘記了。

錢仵作從屍體的手部特徵講起，按著讓喬昭檢查的部位依次講述，既是講給小六聽，又是講給喬昭聽。他講完，掃了喬昭一眼，問小六：「明白了麼？」

小六一臉崇拜點點頭。「明白了。師父啊，所以還是要您老人家出馬啊，徒兒昨天瞧了半天，什麼都沒看出來。」

錢仵作冷冷笑了笑。

「師父，那您查出來這人的死因嗎？」小六趁機問道。這個案子縣太爺很重視，不然他也不會一天往山上跑了好幾趟，本來都絕望了，沒想到師父居然下山了。

「這個人是被捂死的。」

小六瞪大了眼睛。「師父怎麼看出來的？我檢查過它的頸部，沒有痕跡。」

「你看它口鼻裡的損傷，還有——」錢仵作拿著鑷子從屍體口腔裡夾出一條細線。「你看看這是什麼？」

「這是——」小六眨眨眼，臉皺起來。

「繡線？」喬昭脫口而出。

錢仵作點點頭，看向喬昭的目光帶上了贊許。「對，就是繡線。」

他說著深深看了小六一眼。「這個人是死後被丟入水中，口鼻裡的繡線不可能是入水後吸入的。而一個人什麼情況下會吸入這個呢？」

小六並不蠢，脫口道：「被人用軟巾帕子之類帶繡花的東西捂住口鼻時？」

「正是如此。」錢仵作把鑷子往托盤裡一扔，朝喬昭輕輕點頭。

「小丫頭，妳的考驗暫且算是通過了，走吧。」

一四五　重重考驗

「謝謝。」心中一塊石頭終於落地，喬昭勉強笑笑，白著嘴唇衝了出去。

「黎三——」池燦抬腳追過去。錢仵作面不改色走了出去。

小六追上來。「師父，您別走啊，徒兒請您喝酒去。」

錢仵作手一抬。「不用，以後也別去山上煩我。」

小六緊緊跟著錢仵作。「哎呦，師父啊，您可別這麼說，以後徒兒不懂的還要請您出馬！」

錢仵作冷笑。「只此一次，下不為例。」

邵明淵跟在錢仵作身邊走出去，一眼望去，就見喬昭扶著院中古樹彎腰吐個不停，池燦就站在一旁，掏出手帕遞給她。

「麻煩打些水來。」邵明淵向小六遞過去一塊碎銀子。

小六怔了怔，小心翼翼看錢仵作一眼，見他面無表情，忙把銀子接過，道了一聲謝飛快跑了。

仵作是縣衙裡最底層的人，這樣的意外之財可不多。

沒過多時，小六抱著水壺過來。邵明淵接過水壺走向喬昭。「黎姑娘，先洗洗手吧。」

喬昭聽到邵明淵的聲音不由直起身來，背對著他緩了好一會兒，這才轉身。「多謝了。」

她就著水壺裡的水反覆洗了幾遍手，拿帕子擦了擦嘴角，蒼白的臉色瞧著有幾分狼狽，渾然不見了以往從容淡定的樣子。這一刻，無論是邵明淵還是池燦，都真切意識到剛才的一切對眼前的少女來說，確實是一場痛苦的折磨。

她也只是個普通女孩子，沒有三頭六臂。池燦看向錢仵作的眼神滿是嫌惡。這個老東西，等秋後再說！

錢仵作瞥了池燦一眼，冷笑。「怎麼？小子想找我秋後算帳？」

喬昭不由看了池燦一眼。池燦看得出來，那一眼中有怕他壞事的擔憂。他不由苦笑。他就是再生氣，也不能讓她一番努力付諸東流。

「哪能呢，本公子向來尊老愛幼，錢仵作多心了。」

「哼！」錢仵作冷哼一聲，顯然是不在乎什麼以後的，直接問喬昭：「吐夠了嗎？」

喬昭欠了欠身。「讓您見笑了。」

「見笑倒沒有，既然吐夠了，那就繼續後面的考驗吧，再耽誤下去天都黑了。」

「還有考驗？你剛剛不是說她已經通過了考驗？」池燦氣得臉色發黑，偏偏拿錢仵作毫無辦法。

錢仵作嘿嘿一笑。「原本是通過了啊，但我瞧著你小子不順眼，給她加試一場。」

池燦一張臉頓時白了，看著喬昭張了張嘴說不出話來，眼中滿是歉疚。

在黎三眼裡，他是不是一無是處，只會幫倒忙？

喬昭笑笑。「錢仵作，您別開玩笑了。您剛才說過了，我只是暫且通過了考驗，後面自然還有考驗等著。」

「呵，小丫頭倒是聰明。」錢仵作白池燦一眼，抬腳往前走去。

池燦看向喬昭，忍不住彎起了嘴角，眼神晶亮。

她是怕他難過，給他解圍吧？這麼說，她還是有一點在意他的？

「拾曦，走了。」邵明淵拉了池燦一把。池燦這才發現喬昭已經走遠了。

「庭泉，」他心情雀躍，與這陰森壓抑的義莊格格不入，眉梢眼角是按耐不住的喜悅。「我有些開心。」邵明淵沒應聲，拍了拍他手臂。

「回頭追上楊二他們，咱們喝酒吧。」

「好。」

出了義莊大門，喬昭長長吐出一口濁氣。

這個時候太陽已經快要落山，微涼的風終於讓人感受到一絲秋意。

義莊附近是沒有什麼行人的，幾人往前走了一段距離轉入另一條街道，才一下子熱鬧起來。民宅炊煙裊裊，路上行人匆匆，酒館飯莊門前的燈籠提前亮了起來，已經到了用晚飯的時候。

「餓了吧？」錢仵作笑瞇瞇地問喬昭。喬昭面上平靜，心中苦笑。

她剛才雖然把午飯全都吐出去了，這個時候哪裡吃得下去。

「吃不下？」錢仵作臉上笑意不減。邵明淵開口問道：「錢仵作想去哪裡吃？」

錢仵作似笑非笑看了喬昭一眼。「就東大街那個喜來福吧。」

「好，錢仵作請。」

一行人直奔喜來福。小二迎上來。「呦，原來是幾位客官，快快裡面請。」

他目光落到錢仵作身上，先是一愣，忽然瞪大了眼。「你、你是那個——」

池燦直接把一塊銀子砸進小二懷裡。「別廢話，領我們去雅間！」

銀子立刻起了作用，小二彎著腰連連道：「幾位裡邊請！」

幾人被小二領進一間屋子，小二滿臉堆笑問道：「幾位客官要吃些什麼？」

邵明淵側頭問錢仵作：「錢仵作想吃些什麼？」

「爆炒豬舌，溜肝尖……」錢仵作毫不客氣報了一串菜名。

每報出一個，喬昭臉色就白上一分，到後來險些坐不住。

她已經能猜到錢仵作對她接下來的考驗是什麼了。

他們來得早，沒用多長時間，熱氣騰騰的飯菜就端上來了。

「幾位慢吃。」

小二出去後想了想，悄悄溜去了後邊。

錢仵作的兒子正望著窗外發呆。今天忽然有人來找那個老東西，讓他頗有些心神不寧。

「錢先生。」小二喊了一聲。

「有事？」

「錢仵作來咱們酒肆吃飯了。」

小二話未說完，錢仵作的兒子騰地就站了起來，三兩步走出門外。「他怎麼來了？」

「哎呦，你別激動啊，錢仵作不是一個人來的呢。要是擾了客人吃飯，掌櫃要罵了。」

「我知道了。」錢仵作的兒子抖了抖身上的長衫，抬腳向前邊走去。

雅間內飯菜的香氣充斥著每個人的鼻端，然而除了錢仵作，就只有邵明淵面色尚算平靜。

池燦看一眼滿盤子的炒豬舌，強行抿著嘴才忍住了嘔吐的欲望。

在義莊時，他無意中看了一眼，正看到喬昭用帶著手套的手，在錢仵作的要求下把死者舌頭翻起來。錢仵作端起那盤子炒豬舌往自己碗中倒了一半，然後推到喬昭面前。「把這半盤子炒豬舌吃了，不許吐，我就跟你們走。」

「當真？」喬昭輕聲問。錢仵作嗤笑：「我還哄妳一個小丫頭不成？」

喬昭垂眸盯著擺在眼前的炒豬舌，睫毛顫了顫，舉起筷子伸過去。

另一雙筷子忽然壓到她的筷子上。喜來福只是個中檔酒肆，筷子不過是最尋常的竹木製成，此刻壓在喬昭的筷子上，她卻覺得有著沉甸甸的份量。

那是池燦的筷子。喬昭抬眸看他。池燦卻沒有看喬昭，而是笑吟吟問錢仵作：「這酒菜上了桌，沒有不讓人嚐一嚐的道理吧？我吃一口，錢仵作不介意吧？」

錢仵作冷冷掃了池燦一眼。

他知道這個年輕人是想替旁邊的小丫頭減輕負擔，要是照著他的脾氣，自然是不同意的。不過——錢仵作眼尾掃了端坐著的少女一眼，想起在義莊時她的行事還算合胃口，到底沒把反對的話說出來。

錢仵作的默認讓池燦微鬆口氣，也不看喬昭，直接夾了一大筷子炒豬舌，放進了自己的碗碟中。喬昭這半盤子炒豬舌份量本來不算太多，夾走一大筷子後，自是替她減了不少負擔。

又是一雙筷子伸過來，邵明淵同樣夾走一大筷子炒豬舌，默默吃了起來。

錢仵作眼神微閃，不冷不熱道：「夾走的菜可是要吃下去的，炒豬舌滋味美妙，我可最見不得浪費！」這話明顯是說給池燦聽的。

錢仵作在義莊時把池燦的表現盡收眼底，更注意到了剛剛這道炒豬舌端上桌時，對方作嘔的表情。他忽然覺得看著這小子吃炒豬舌頭，比看那小丫頭吃還要有趣。

沒辦法，他就是這麼記仇的人，誰讓這小子嘴賤呢。

察覺到錢仵作看熱鬧的眼神，池燦冷冷一笑。「我當然是愛吃才會夾走，怎麼會浪費？」

他說完垂下眼簾，夾起一筷子炒豬舌放入口中，一下一下咀嚼著。

炒豬舌的口感與腦海中義莊的一幕相重疊，池燦一張臉時青時白，額角青筋凸起，連放在桌下的手都緊緊握成了拳，才死死克制住了嘔吐的衝動。

邵明淵不由看了喬昭一眼。拾曦對黎姑娘如此情深義重，卻不知她為何要拒人於千里之外？

他面色平靜吃著炒豬舌，並沒有任何不適的感覺。所以說，習慣真是個可怕的東西。

池燦終於吃完了，端起茶杯灌了幾口，拿帕子擦拭嘴角，緩緩吐出兩個字：「好吃。」

他這樣說完，筆直坐著一動不動，再也沒拿起筷子。

錢仵作把目光投回喬昭身上。

喬昭心裡有些堵。她以為，她已經把話說得夠明白了，為何池燦還會如此執著？

他對她越好，因著這份好是無法回報的，她便越發難受。

喬昭夾起一筷子炒豬舌放入口中，險些就要直接吐出來，迎上錢仵作打量的目光，忙死死抿住了唇，克制著身體的本能反應。

一筷子接一筷子，她手上動作不停，麻木往嘴裡塞，唯恐一個猶豫，就再也吃不下去了。

池燦看著喬昭的樣子有些心疼，暗想早知如此，他剛剛那一筷子應該夾得更多些。

一盤子炒豬舌終於見了底，喬昭用手帕擦了一下唇角，對錢仵作牽牽唇。

這個時候她已經說不出話來了，唯恐一開口就吐出來，前功盡棄。

錢仵作勉強點點頭。「吃飯吧。」算是默認了喬昭已經通過考驗。

他端起一碗白米飯吃得香甜，在座的只有邵明淵能陪著吃，喬昭與池燦二人連拿筷子的勇氣都沒了。等到一頓飯吃完，四人出了酒肆，外頭已是華燈初上。

不遠處的樹下一個黑影大步走來，聲音夾雜著憤怒與厭惡：「你來幹什麼？」

「阿文……」錢仵作嘴唇動了動，把兒子的小名喊了出來。

攔路的人正是錢仵作的兒子。邵明淵與喬昭都是見過的，二人看向錢仵作。

錢仵作不由上前一步。阿文立刻往後一退，臉上是不加掩飾的厭惡。「你為什麼來這裡？」

「我來吃飯。」在兒子面前，他沒了面對喬昭三人時的頤指氣使，反倒被人聽出幾分卑微。

阿文冷笑，拔高了聲音：「吃飯？我說過了，以後別湊到我眼前來，你害我害得還不夠嗎？我好不容易安穩當上喜來福的帳房，你非要讓我在這裡待不下去了，一輩子活在別人的白眼中，你才滿意？」錢仵作抖了抖唇，沒有吭聲。

池燦嗤笑一聲：「喂，你信不信，你再這種態度說話，我現在就可以讓你丟了這份差事？」

阿文臉色一變。「你是誰？」

池燦晃了晃手中的錢袋子，涼涼道：「我是誰不重要，喜來福的東家知道它是誰就足夠了。」有錢能使鬼推磨，帳房又不是什麼了不得的人物，一筆錢砸下去，說換也就換了。

阿文顯然明白這點，當下驚疑不定問錢仵作：「你為何會與他們在一起？他們是什麼人？」

邵明淵忍不住開口：「錢大哥應該還記得我們吧，我們是慕名前來請令尊出山的人。你有疑問很正常，但與令尊說話時，難道不該稱一聲父親嗎？」

多管閒事！阿文狠狠瞪了錢仵作一眼。

錢仵作長嘆一聲：「罷了，咱們走吧。」他還在喜來福吃飯，就是為了再看兒子一眼，內心深處存著那麼一點奢望，或許兒子見到這些氣度不凡的人對他恭恭敬敬，會放下成見呢？現在看來，是他癡心妄想了。他沉迷身為仵作的一切，就注定了不該擁有普通人的天倫之樂。

錢仵作深深看了阿文一眼，轉身便走。

阿文礙於池燦的威脅，只是恨恨盯著錢仵作的背影沒再吭聲。

喬昭忽然轉過頭去。「錢……錢帳房，你口口聲聲說錢仵作害了你，我其實很好奇，出身仵作之家的你，是如何當上帳房先生的？」

當年李爺爺帶著她來拜訪錢仵作，錢仵作的兒子已經二十多歲了，依然沒有出去做事，更沒有繼承錢仵作的衣缽，而是每天上學堂。錢仵作說，兒子沒有讀書的天賦，但他不願意子承父業，那就讓他一直讀下去，比別人多學幾年，將來當個帳房先生也是好的。

而今，錢仵作的兒子果然當上了帳房先生，卻把供他讀書的父親給忘了。

錢仵作腳步一頓，深深看了喬昭一眼。「小丫頭，別那麼多話，趕緊走吧。」

離開喜來福後，錢仵作明顯情緒低落下去。

「錢仵作，我們想連夜趕路，你能支撐得住嗎？」邵明淵問。

「今天就走？」錢仵作有些意外。邵明淵耐心解釋道：「我們要抓緊時間與朋友會合，走水路前往嘉豐，為了能趕上客船在下一個碼頭停靠，最好是連夜趕路。」

楊厚承等人坐船本來就是日夜兼程，走陸路還需要繞遠，他們要想追上去，就必須加緊時間不能停歇。「錢仵作要是覺得乏了，我們就先找間客棧休息一下，明天一早出發也行。」錢仵作畢竟上了年紀，邵明淵擔心他身體受不住，轉而提議。

「不用，趕緊走吧。」

邵明淵很快找好了馬車，可靠起見並沒有找車夫，而是由他充當了臨時車夫，一行四人趕了兩個日夜的路，總算在下一個城鎮的碼頭與翹首以待的楊厚承會合。

楊厚承興奮地捶了邵明淵一下。「總算等到你們了，我還擔心你們趕不上呢。」

邵明淵笑笑。「你招待一下錢仵作，我先去睡一覺。」

楊厚承這才發現邵明淵眼下一片青影，眼中血絲遍布。

「你這是多久沒睡了啊？」楊厚承追著邵明淵的背影問。

池燦板著臉道：「一直沒睡。」

楊厚承打量三人幾眼。池燦三人雖免不了趕路的疲憊，看狀態還是不錯的。

「拾曦，你沒替換庭泉一下啊？」

「他嫌我趕車慢！」池燦沒好氣道。他也想幫忙啊，居然被嫌棄了！

楊厚承一琢磨，嗯，庭泉嫌棄得有道理，不由樂了。「行了，快上船歇著吧。」

他生得濃眉大眼，笑起來格外燦爛友善。「錢仵作，累壞了吧，已經給你準備好了房間，咱們先回房歇會兒？」

錢仵作明顯看楊厚承這樣的順眼些，撇嘴問道：「你這小子就知道我一定會來？」

楊厚承笑得更加燦爛。「那當然啊，黎姑娘做事靠譜得很，從沒讓人失望過。」

「呵呵。」錢仵作笑了笑，踩著木板往船上走去。「餓了，小子趕緊給我準備吃的。」

「好嘞，吃的也準備好了，我帶你過去啊。」楊厚承說著看了池燦與喬昭一眼。

喬昭朝楊厚承略一頷首。「我先回房了。」

池燦跟著道：「我也回屋。」趕了這麼久的路，不洗漱一下，誰能吃得下東西。

喬昭回到船上的客房，冰綠就撲了上來。「姑娘，您說您下船辦事去，怎麼就不帶著婢子呀。」小丫鬟委屈極了，掃了安安靜靜的阿珠一眼，不情願道：「哪怕帶上阿珠也行啊，您一個人出去，要是吃了虧，我們都沒辦法幫忙。」

「姑娘不會吃虧的，有邵將軍跟著呢。」阿珠忽然開了口：「我們跟著反而添亂。」

「妳——」冰綠伸手指著阿珠，恨鐵不成鋼。「阿珠，妳是不是傻呀，姑娘吃不了別人的虧，萬一吃邵將軍的虧呢？」哼，她們姑娘可是未出閣的小娘子呢，邵將軍送的八哥二餅見了姑娘就喊媳婦兒，這肯定是邵將軍教的啊。

雖然她對姑娘嫁給邵將軍樂見其成吧，但沒成親前，可不能讓邵將軍占了便宜去。

「邵將軍不是那種人。」阿珠淡淡道。跟著姑娘這麼長時間，她冷眼旁觀，覺得邵將軍是可靠之人，姑娘若是嫁給邵將軍，應該會幸福美滿的。

「阿珠，妳胳膊肘往外拐！」

「我只是實話實說。」

眼見兩個丫鬟打起了嘴仗，喬昭抬手揉了揉眉心。「好了，伺候我洗漱吧。」自從去了一趟義莊，緊接著就是不分晝夜的趕路，雖然不用她趕車，這其中的苦楚也是一言難盡。

喬昭痛痛快快洗了個澡，一直睡到傍晚，才前往飯廳。

「怎麼不見邵將軍？」喬昭環視一眼問道。

「他還在睡。」池燦道。

「那你們先吃，我去一下他那裡。」

每天的針灸不能中斷，這個時候邵明淵正在睡覺，倒是方便施針。

池燦與楊厚承自是明白喬昭要去做什麼，皆沒有多說。

錢仵作瞟了喬昭背影一眼，看著池燦連連嘆氣。

這小子明顯是喜歡小丫頭的，可這兩天趕路那麼急，小丫頭和那個姓邵的將軍總會獨處一段時間，這小子居然無動於衷。是他老了，看不懂年輕人的想法了。

喬昭來到邵明淵房門口。

「黎姑娘。」葉落出聲打了招呼。

「邵將軍醒了嗎？」

「還沒有。」

「那你隨我一同進去吧。」

葉落跟著喬昭走進去。邵明淵躺在床榻上，睡顏平靜。

「把邵將軍外衣脫了。」

葉落瞳孔猛然縮了一下。他不在將軍大人身邊的這些日子，到底發生了多少事？

素來寡言的葉落比晨光沉得住氣，心中雖震撼不已，面上卻連一絲表情波動都沒有，俐落扯下了將軍大人的腰帶。邵明淵猛然睜開眼睛，拽著牙白色腰帶的葉落傻了眼。

「你去門外候著吧。」

「是。」葉落低著頭不敢再看，轉身便走，走出幾步猛然想起來什麼，急忙轉回來把腰帶塞給了喬昭，一陣風般跑了出去。

喬昭拿著邵明淵的腰帶，一陣錯愕。

葉落把腰帶塞給她做什麼？她不由看向邵明淵。邵明淵同樣尷尬不已，原本已經習慣的事，此刻竟有些慌亂，竭力擺出平靜的模樣笑道：「黎姑娘怎麼不叫醒我？」

喬昭很快神色恢復如常，笑道：「邵將軍這兩日最辛苦，應該多休息一下。」

「已經睡夠了。」邵明淵笑著道。

「那就開始施針吧，晚飯已經好了，池大哥他們正吃著。」

「好。」邵明淵說不出為何緊張，見喬昭神色如常，悄悄鬆了口氣，忙把外衣脫了下來，露出結實緊致的胸膛。

他的動作有些急，外衣內袋裡的錦囊被無意中扯了出來，啪的一聲掉在地上。

喬昭彎腰把錦囊撿了起來。

錦囊是月白色的，針腳細密，一看便是出自繡工良好的人之手。

嗯，能做出這個錦囊的，應該是位心靈手巧的姑娘家，反正她是做不出來的。

喬昭握著錦囊，神色莫名地看向邵明淵。

一四六　一直都在

一想到這個錦囊是喬墨給的，而且還與眼前正拿著錦囊的少女或許有著千絲萬縷的關聯，邵明淵不由眼神一緊，脫口而出道：「是我的。」

喬昭勾勾唇角，把錦囊遞給邵明淵。「知道，我又沒打算要呀。」

她又不傻，從他懷裡掉出來的東西當然知道是誰的，至於這麼緊張嘛。

呃，或許是心上人送的，才這麼寶貝吧。想到這裡，喬姑娘嗔了眼前的男人一眼。

可以啊，某人有暗疾的流言傳遍京城，居然還有小姑娘給他送香囊。現在的小娘子，一點都不在乎「行不行」嗎？

邵明淵被喬昭這眼瞪得頗心虛，忙把錦囊塞到了枕下，故作鎮定道：「黎姑娘，請開始吧。」

「嗯。」喬昭發現她的心思似乎在那個錦囊上有些收不回來，暗暗鄙視了一下自己的好奇心，拿出銀針一本正經道：「那我開始了。」

施針驅毒的過程二人都很熟悉了，一時間室內靜謐無聲，可以聽到船槳帶起江水的嘩啦聲。

喬昭收起針，問邵明淵：「邵將軍覺得如何了？疼痛有沒有減輕？」

「緩解很多了，連變天時都不再出那麼多冷汗。」

「那就好，大概再過一段時間就可以不再施針了，到時我配製一些驅寒丸給邵將軍，你只要按時服用就好。」

邵明淵大喜。「太好了，若是那樣就方便多了，多謝黎姑娘——」

後面的話在觸及到少女烏黑幽深的眸子時，默默嚥了下去。

總覺得黎姑娘有些不高興的樣子，他還是閉嘴好了。

喬昭確實有些氣惱。

看這人眉飛色舞的樣子，明擺著認為平時脫衣針灸很吃虧，難不成是她占了便宜？

她是摸過他腹肌不假，可這算什麼占便宜？那個地方硬邦邦的很硌手呢。

她這樣想著，目光不由往下移去。習武之人感官敏銳，邵明淵立刻就察覺了。

他伸手拽過脫下後放在一旁的外袍遮住身體，故作平靜道：「不知不覺天就轉涼了。」

喬昭起身，面無表情道：「不打擾邵將軍了，我先去吃飯了。」

她走到門口，回眸掃了一眼壓著錦囊的枕頭，推門走了出去。

隨著房門關上，那股一直縈繞在鼻端的若有若無的沉香味消失了，令人心頭莫名生出幾分悵然。

邵明淵覺得這種情緒有些危險，搖了搖頭，把亂七八糟的念頭揮走。

他快速穿好外袍，起身欲走，想了想又把枕頭底下的錦囊重新揣入懷中，這才向飯廳走去。

等他來到飯廳時，喬昭並沒有在那裡，楊厚承熱情招呼道：「庭泉，一直等你呢，今天咱們好好喝一杯。」

「黎姑娘沒用飯嗎？」

池燦看了錢仵作一眼，冷冷道：「吃了幾口就回屋了，她這兩天一直吃得不多。」

被那樣考驗了一回，短期內能有好胃口才怪呢，就連他現在都只想喝酒不想吃肉，更別說黎三。「來來來，喝酒，接下來沒什麼事了，咱們今天喝個痛快。」楊厚承打圓場道。

拾曦就是吃不了虧的性子。這位錢仵作明顯是個性情古怪的，要是撂挑子不幹了，黎姑娘不就急壞了，到時候能給拾曦好臉色才怪。

邵明淵被錢仵作敬了幾杯，不好推辭，四人推杯換盞一陣，他回到屋內時已是微醺。

他剛上船時已是沐浴過了，此時和衣躺在床榻上，卻無論如何也睡不著。

他的腦海中走馬觀花閃過許多事，到最後留在腦子裡最清晰的，便是那道纖細的背影還有縈繞在鼻端的淡淡沉香。

這樣可不行。邵明淵模模糊糊地想。

他已經立誓此生不再娶妻，怎麼能還想著黎姑娘呢？

年輕的將軍睜開眼，直勾勾地盯著彩繪天棚，很是自責，可又控制不住想，黎姑娘今天離開時似乎有些不高興，卻不知道是為了什麼？

酒意上湧，邵明淵抬手揉了揉太陽穴，揉了幾圈手忽然一頓。想起來了，黎姑娘對他的錦囊好像挺留意的，臨走時還回頭看了枕頭一眼。

這樣想著，他伸手去摸枕頭底下，摸了個空後才後知後覺反應過來，錦囊在他懷裡揣著呢。

舅兄交給他的錦囊裡到底有什麼？

邵明淵從沒像這一刻生出這麼強烈的一探究竟的想法。他伸手入懷把錦囊拿出來，仔仔細細打量一番，實在瞧不出什麼特別的，終於忍不住打開了錦囊。

錦囊裡是一張折疊整齊的方箋，從背面隱約可以透出筆跡來。

原來給他留了一張紙條。

邵明淵笑笑，有些疑惑喬墨有什麼話當著他的面不好說，還要採取這樣的方式。

錦囊中一般裝妙計，他倒是要瞧瞧這素箋上究竟寫了什麼。

折疊好的素箋鋪展開來，上面的字映入眼簾。

邵明淵只掃了一眼就騰地坐了起來，連鞋子都顧不得穿，推開房門直奔喬昭的房間。

這個時候天還不算太晚，不過因為幾人才喝過酒，此時都在各自屋子裡歇著，長廊上很安靜。

而邵明淵腦海中像是點燃了一支炮竹，炸得他腦海一片空白，完全憑著本能衝到喬昭房前，敲響了她的房門。

「誰？」裡面傳來阿珠的聲音。

「是我。」

阿珠回頭。「姑娘，好像是邵將軍。」

這個時候還沒到就寢時，喬昭依然穿戴得整整齊齊，猜測著邵明淵此時過來說不準有什麼要緊事，便朝阿珠點頭道：「請邵進軍進來。」

阿珠得到指示忙打開了房門。

伴隨著微涼的江風，一個人影衝了進來，好在阿珠天性沉穩，沒有驚叫出聲，而是低聲道：「邵將軍，您——」她話沒說完就被一股大力推了出去，緊接著房門砰的一聲關上了。

被關在門外的阿珠頓時傻了眼。

邵明淵衝到喬昭跟前。

喬昭很是詫異。她從沒見過這個樣子的邵明淵，就好像是覺醒了本能的野獸。

究竟發生了什麼事？

「邵將軍，這個時候過來——」喬昭話沒說完，就被邵明淵直接拽進了懷裡。

陡然落入寬闊的懷抱，喬昭整個人都驚了，不由喊道：「邵明淵，你……」

邵明淵直接咬上了喬昭的唇瓣。

邵明淵喝了酒，因為體內常年積聚的寒毒，呼出來的氣息有種冰雪的清涼，冰雪的味道夾著濃濃酒氣噴在喬昭臉上，讓她的粉臉瞬間紅霞遍布。

太過震驚之下，喬昭忘了反應。男人有力的手臂緊緊箍著少女柔軟纖細的身子，他吻起來毫無章法，與其說是在吻，不如說是在啃，胡亂咬著懷中人的唇，彷彿要把她吞入腹中。

他吻著她，渾身都在顫抖，那種失而復得的狂喜，讓他腦海中一片空白，而懷中人似乎默許的順從態度則讓他越發沒了理智，毫不猶豫伸舌去撬她的牙關，激烈又粗魯。

喬昭這才如夢初醒，猛然把邵明淵往後一推，揚手打了他一巴掌，氣個半死道：「邵明淵，你瘋了！」

門外的阿珠急得團團轉。剛剛邵將軍的樣子很不對勁，她還聞到了酒氣，難道是邵將軍酒後失態，想要占姑娘便宜？

這樣一想，阿珠更急了，偏偏這種情況不敢大喊，以免把別人引來毀了自家姑娘清譽。

阿珠忙去敲隔壁房門。喬昭這次出行帶了兩個丫鬟，平時阿珠或冰綠中的一人陪她睡在屋子裡，另一人就睡在隔壁間。今天輪到阿珠當值，冰綠已經歇著去了。

聽到敲門聲冰綠打開門，嘟囔道：「什麼事呀？」

阿珠壓低了聲音：「冰綠，妳聽了不要驚叫。」

冰綠愣愣點頭。她什麼時候愛驚叫了？她這麼淡定從容的丫鬟！

見冰綠點頭，阿珠忙道：「剛剛邵將軍衝進了姑娘屋子。」

「什麼？」

阿珠手疾眼快摀住冰綠的嘴，滿心無奈。

說好的不要亂叫呢！

冰綠使勁扒開阿珠的手。「到底怎麼回事？妳怎麼照顧姑娘的？」她一邊說一邊往外走去。

屋子裡，邵明淵挨了一巴掌，眼神總算恢復了幾分清明。

喬昭冷著臉道：「邵明淵，你最好給我一個合理的解釋！」

他居然這麼不管不顧地親她，難道男人喝了酒理智都被狗吃了嗎？不對，就算喝了酒，他跑來親她幹什麼？一貫冷靜聰慧的喬姑娘腦子裡一片混亂。

邵明淵眨眨眼，更加清醒了，視線落在少女微腫的紅唇上，腦袋又大嗡了一聲響，剛剛搭起來的名為理智的弦再次斷掉。

他轉身猛然拉開門，冰綠和阿珠齊齊跌進來，始作俑者卻動作靈活地往旁一躲，就這麼跑了。

喬昭：「……」

阿珠迅速把門重新關上。

冰綠撲過來。「姑娘，邵將軍沒把您怎麼樣吧？」她目光下移落到喬昭被咬破的朱唇上，猛然睜大了眼睛，結結巴巴道：「姑、姑娘，您的嘴唇流血了！」

阿珠臉色一白，立刻想明白了是怎麼回事。邵將軍居然……居然真的非禮了姑娘！

「姑娘……」阿珠忍不住喊了一聲。

喬昭一張臉紅得滴血，伸手按了一下唇，放開後就見白皙的指腹上留下一抹血痕。

邵明淵這個大混蛋！

冰綠眼睛瞪得滾圓。「姑娘，是邵將軍把您打傷的？」小丫鬟氣極。「太過分了，他怎麼能這樣對姑娘！」說到這小丫鬟又開始疑惑。「奇怪，怎麼會打傷了嘴？」

「冰綠！」阿珠狠狠拉了冰綠衣袖一下。

小丫鬟福至心靈，猛然明白了什麼，摀住嘴巴道：「天……」

真沒想到邵將軍是這種人！

喬昭只覺長這麼大從沒這麼尷尬過，稍微冷靜下來後掃了冰綠與阿珠一眼。「今天的事，妳們就當沒發生過，明白麼？」

「是。」阿珠輕輕應了。冰綠點了點頭。

叮囑過兩個丫鬟，喬昭抬腳往外走去。

她倒是要去問問邵明淵，他今天究竟是抽什麼風。

走到門口，喬昭腳步一頓，停了下來。

還是等明天再問好了，他喝了酒，分明有些不正常，萬一——想到這裡，喬昭臉一熱，把羞惱與不解強行壓下來走了回去，往床榻上一躺道：「無論誰來都不許再開門了。」

邵明淵回到自己房間，關上門，整個人靠在房門上，伸出雙手揉了揉臉。

他剛剛都幹了什麼？

理智回籠，邵明淵猛然想起什麼，直奔床榻而去。

落在床榻上的素箋被他一把抓起，反反覆覆把上面的內容又看了十多遍，這才把素箋貼在心口，無聲傻笑起來。

黎姑娘就是喬昭，是他的妻子喬昭。

邵明淵躺倒在床榻上，像個孩子般，忍不住翻了個滾。

黎昭就是喬昭，喬昭就是黎昭，她們是同一個人！

難怪李神醫會對黎姑娘另眼相待；難怪舅兄與黎姑娘之間的感情明眼人一看就不像才認的義兄妹；難怪黎姑娘的字跡與他的妻子喬昭如出一轍，而她前兩年的字跡卻不忍卒睹；難怪黎姑娘執意要來嘉豐查出喬家大火的真凶；難怪黎姑娘對他的態度很奇怪，經常莫名其妙就生氣了；難怪黎姑娘這般冰雪聰明又可愛……

年輕的將軍傻笑著想了無數個「難怪」，最後身子微拱，雙手掩面，又無聲痛哭起來。

他以為他這一輩子注定活在地獄裡，怨不能怨，愛不能愛，求不得，放不下，生離死別，人生種種苦楚皆嘗遍，孑然一身度過餘生，最終一絲痕跡都不會留在這個世間。

可原來，上天願意善待他一次。

「昭昭……」邵明淵吐出這兩個字，酒不醉人，人卻已心神俱醉。

他唯恐是因為喝了酒產生的幻覺，再次仔仔細細看了素箋一眼，才徹底放下心。

沒有錯，沒有錯，舅兄在素箋上清清楚楚寫明白了，黎姑娘確實是他的妻子喬昭無疑。

她怎麼能一直瞞著他呢？

邵明淵想到這裡猛然坐起來，終於想起來自己剛剛跑到喬昭屋子裡幹了什麼混蛋事。

年輕的將軍一臉呆滯。

他強吻了昭昭。

昭昭一定認為他是個不知廉恥的登徒子，會不會從此以後再也不理會他了？

還好他體內寒毒未完全清除，她再生氣，總不會丟下他不管吧？

這一刻，邵明淵忽然恨不得施針驅毒的日子無限延長下去。

他下了床榻想去見喬昭，但最後一絲理智勉強把這份衝動拉回去。

今天昭昭一定被嚇壞了，忍到明天吧。

一四七 長夜難眠

邵明淵重新躺了回去。對，忍一忍，忍到明天就好了。

窗外月朗星稀，江風微涼，窗內的人輾轉反側，折騰了許久還是坐了起來。

他忍不住，他迫不及待想見她。

邵明淵下了床榻，推門而出，靠著船欄目不轉睛，盯著喬昭房間所在的方向，一直站到天邊泛起魚肚白，這才返回房間。天氣雖然還沒轉冷，但在外面站了一夜，邵明淵手腳皆是冰涼一片，但他的心卻是火熱的，從沒有這樣急促的跳動過。

這種心跳加速的感覺，竟然這樣美好。

邵明淵回去勉強睡了一會兒，快到吃早飯的時候，自發地睜開了眼睛。

「將軍不多睡一會兒？」晨光問。

昨天半夜他迷迷糊糊出來小解，看到外頭船欄旁立著個人影，嚇得一點睏意都沒了，這才看清原來是他家將軍大人。將軍大人大半夜不好好睡覺，這是要幹嘛啊？

「不了，去吃飯。」邵明淵笑道。

晨光撓了撓頭。總覺得將軍大人一副春心蕩漾的樣子，好像隨時要插上翅膀飛起來。不對勁，非常不對勁！

等邵明淵走了，晨光把葉落往角落裡一拉，低聲問道：「葉落，昨天將軍遇到什麼好事了？」

「在黎姑娘面前脫衣服？」素來沉默寡言的葉落認真想了想，想不出更特殊的事了。

晨光擺擺手，不以為意道：「那算不上特別的好事，只是常事。」

常事？

葉落摸了摸鼻子。所以在他出海的這段日子裡，將軍大人與黎姑娘之間到底發生了什麼？

晨光恨鐵不成鋼瞪了葉落一眼，搖搖頭。「算了，看來你什麼都不知道，今天還是我當值吧。」邵明淵這次出行只帶了葉落一人，晨光雖然是喬昭的車夫，但這次出遠門一直坐船，自然是派不上用場了，就屁顛屁顛跑回來給真正的主子繼續當侍衛了。

「行。」葉落沒反對。

「走啦，咱們也先吃飯去。」晨光拉了葉落一把，二人勾肩搭背出去了。

喬昭昨晚被邵明淵的驚人之舉弄得心神不寧，自然也是沒睡好。

聽到主子起床的動靜，阿珠與冰綠同樣頂著兩個黑眼圈上前來伺候。

一人端水盆一人遞帕子，喬昭洗漱過後，由著阿珠替她梳了個簡單的雙環髻，理了理裙襬，往外走去。「姑娘……」阿珠在身後喊了一聲，欲言又止。

喬昭轉過身來。「怎麼了？」

阿珠面色微紅，抬手指了指喬昭的嘴唇。

喬昭微怔，伸手撫了撫唇，吩咐道：「拿鏡子來。」

冰綠捧來鏡子，氣憤道：「姑娘您看，腫成這樣了，都是被邵將軍害的！」

鏡子裡少女面色有幾分蒼白，一看就有些精神不足，可櫻唇卻紅得鮮妍，腫脹明顯。

這個樣子，說是自己不小心咬了一下，別人能信嗎？

那個混蛋！

喬昭抿了抿唇，命阿珠從箱籠裡取出一個紅木匣子，拿出一盒藥膏，用指尖挑起一點晶瑩膏脂輕輕塗抹在唇上。這下好了，早飯是別想出去吃了。

「姑娘，婢子去把飯給您端過來吧。」

喬昭點點頭。「好，就說我昨夜沒睡好，有些頭疼，今天不出去吃了。」

「是。」

喬昭想了想道：「要是有人來看我，就說我睡著，不方便。」

別人不說，池燦知道她不舒服大概是要來看的，被他看到她的樣子，恐怕又是一番麻煩。

喬昭越想越惱。

邵明淵到底發什麼瘋？他的沉穩呢？淡定呢？冷靜自持呢？

而且，媳婦沒了還不到一年吧，就跑進人家小姑娘的閨房，二話不說胡亂啃一頓？

喬姑娘越想越惱了。這個無情無義、色膽包天的混蛋！

「要是邵將軍來了呢？」冰綠試探著問。

喬昭臉一冷。「那就讓他進來！」

阿珠悄悄退了出去，往飯廳而去。

飯廳內，邵明淵是第一個到的，眼睛一直盯著門口，如坐針氈。

他當年成親時都沒有這般忐忑緊張的心情。

等一會兒昭昭來了，他要說些什麼呢？她會不會還在氣惱？算了，那樣的事匪夷所思，不方便讓別人知道，那些話還是等到昭昭今天給他針灸時再說好了。

楊厚承與池燦一前一後走了進來。

「庭泉，你這麼早就來了？」楊厚承揉了揉眼睛。

「早就餓了。」邵明淵含笑道。他雖然笑著，卻讓人覺得心不在焉。

楊厚承與池燦不由互視一眼。

這樣心神不屬的模樣，出現在好友身上好違和，難道發生了什麼他們不知道的事嗎？

「回魂了。」池燦伸手在邵明淵眼前晃了晃。

邵明淵垂眸舀起一勺粥吃下去，評價道：「今天的雲片火腿粥味道不錯。」

池燦神色複雜。「庭泉，你吃的是紅棗粥。」

邵明淵眨了眨眼。「紅棗粥？呃，紅棗粥味道也不錯。」

池燦與楊厚承面面相覷。確定了，好友真的傻了。

這時阿珠提著食盒走進來，按著喬昭的吩咐說了，把喬昭那份早餐裝進食盒，屈膝告退。

「她不舒服？」池燦站起來。「我去看看。」

「池公子，我們姑娘還躺著呢，她主要是這兩天趕路累著了，要多睡一會兒，您現在過去恐怕不大方便。」阿珠不卑不亢地擋了回去。

「那讓妳們姑娘多休息，有事情趕緊來稟告。」池燦雖然放心不下，卻也明白不能再像以前那樣不管不顧，最後惹得心上人厭煩。他還有好長時間，可以慢慢等她。

阿珠走後，邵明淵胡亂扒了幾口早飯，起身走了出去。

昭昭頭疼？是不是沒睡好？

呃，是他的錯，昭昭昨天大概是被他嚇到了。

想到昨晚的失態，邵明淵並不後悔。重新來一次，他還是會親上去的。

那是他的媳婦。

不過眼下最重要的事，是趕緊找昭昭解釋清楚。

邵明淵情不自禁走到喬昭房門前，想起阿珠說過的話，又停住了腳。

昭昭還在休息，那他再等一等吧。

冰綠發現了站在門口的將軍，冷著臉道：「邵將軍進去吧。」

邵明淵微訝，腳底發飄地走了進去。

站在走廊裡的池燦眼睛都瞪大了。說好的在睡覺不見人呢？

喬昭端坐在桌案旁，手捧一卷醫書，聽到腳步聲沒有回頭。

「姑娘，邵將軍來了。」阿珠輕聲道。

邵明淵停下來，凝視著那道纖細的背影目不轉睛。

「妳們先出去，把門關好。」

冰綠警惕看了邵明淵一眼。阿珠拉了拉冰綠，恭聲道：「是。」

隨著關門聲響起，喬昭把醫書放下，緩緩轉過身來。

邵明淵的視線直接落在少女微腫的唇瓣上。

喬昭忍耐抿了抿嘴角，平靜道：「我想，邵將軍大概需要給我一個合理的解釋。」

她說完，卻發現某人依然直直盯著她看，好像半點沒有把她剛說的話聽進去。

喬昭不由怒了。這人從昨天開始是不是中邪了？

她上前幾步，站到邵明淵面前，秀氣的眉擰了起來。「邵將軍？」

難道是實在找不到藉口，這混蛋打算破罐子破摔乾脆不解釋了？

淡淡的香氣襲來，邵明淵忽然就想起無數個夜裡的輾轉難眠。他眼神晦暗，聲音低啞，反問道：「解釋？」

眼前的男人一開口，喬昭就本能感到幾分危險，不由得後退半步。

邵明淵卻欺身上前，低頭看著近在咫尺的少女。

他比她高出一個頭不止，居高臨下，氣勢驚人。

喬昭不願弱了氣勢，揚起白皙的下頦與其對視，冷冷道：「邵將軍不打算解釋昨晚的事？」

「我解釋。」眼前的男人一開口，整個人就柔軟下來，目光灼灼盯著喬昭。「我……我沒辦法解釋……」他知道她是他的妻子時，腦子裡什麼都沒想，一見到她就那麼做了，這種本能如何解釋？

察覺少女眼神更冷了一分，年輕的將軍決定實話實說：「我知道妳是喬昭，就情不自禁了。」

「情不自禁？」喬昭冷笑反問：「邵將軍隨便對一個姑娘家情不自禁合適嗎——等等，你剛剛說什麼？」她猛然睜大了眼睛，驚愕至極。是她聽錯了嗎？剛剛邵明淵說她是誰？

邵明淵伸手擁住喬昭，聲音顫抖：「我說，我知道妳是誰了。妳是我的妻子喬昭，一直都是。」

喬昭徹底傻了眼。她被攬在懷裡，能感受到對方硬實的胸膛傳來的驚人熱度，那種獨屬於男子的氣息包圍著她，讓她的思維凝固，腦袋暈沉沉地彷彿喝醉了酒，連腿腳都是軟綿綿的。

「昭昭，妳怎麼早不告訴我呢？」邵明淵低著頭，下頦抵著少女髮頂，一遍又一遍重複：「妳怎麼早不告訴我呢？」

喬昭一驚，伸手去推邵明淵，斥道：「放開我！」她力氣小，自然是推不動這個高山一般的男人，只能狠狠在他腰間擰了一下，揚聲道：「邵明淵，我生氣了！」

邵明淵忙鬆開手，老老實實後退一步，拉開了二人的距離。

喬昭神色不悅盯著神情激動的某人，許久後，有氣無力問：「你如何知道的？」

雖然從喬墨那裡得到了答案，可是真正聽到喬昭承認，邵明淵才終於踏實了，露出大大的笑容。「舅兄告訴我的。」

對上喬昭懷疑的眼神，邵明淵忙從懷中掏出錦囊遞過去，心情雀躍解釋道：「離京前，舅兄交給我的錦囊。」

直到這一刻，他才知道幸福是什麼滋味。

幸福就是當你以為的求而不得與已失去，忽然在某一刻全都不存在，幸福便突然降臨了。

他也是被「幸福」眷顧的人。

年輕的將軍眼眶有些濕潤了，在一個女孩子面前這樣無疑很丟臉、很難堪，可他並沒有避開她的視線。避開了，他就會少看一眼，他才捨不得。更重要的是，比起他忽然擁有的，那些難堪之類的情緒全都不值一提，能被昭昭嘲笑也是好的。有什麼比她還活著更好呢？

喬昭接過錦囊，取出裡面的素箋看過，暗暗嘆氣。

大哥到底在想什麼，這不是在坑她嘛！

「把這個毀了吧？」喬昭揚了揚手中素箋。

「聽妳的。」儘管心中萬分不捨，邵明淵還是毫不猶豫點頭。

他接過素箋揉碎，從臨江的窗口拋了出去，轉身看著喬昭。

「邵將軍……」喬昭開口。明明以往喬昭都是這樣喊，可這個時候邵明淵聽了卻覺刺耳。

「昭昭，妳叫我庭泉可好？」

喬昭轉頭從桌案上拿起茶盞喝了一口水，恢復了平時冷靜從容的模樣，把茶盞隨手放下，淡淡道：「這不大合適，別人聽了會怎麼想？」

「昭昭不是在意別人怎麼想的人。」他的昭昭有多麼特立獨行，他早就知道了。她要真在乎旁人怎麼想，就不會堅持日日給他施針驅毒了。

喬昭氣結。以前沒覺得他這麼厚臉皮啊。

難不成他認為她還算她的妻子？不行，她今天要把話說明白，把他這種危險的想法杜絕了。

「是我覺得不大合適。」

「這樣啊……」邵明淵雙目微闔，濃密的睫毛顫了顫，有一種與他自身氣質極不相符的溫順。

喬昭忍不住嘴角一抽。堂堂的冠軍侯，談笑間能萬軍叢中取將領首級的北征將軍，為什麼做出這麼柔順的樣子，好像她很冷酷無情似的。

明明冷酷無情的那個人是他。當初的燕城城牆上，他那一箭可是射得毫不猶豫。

是，當時他不得不那麼做，她也清楚因為他那一箭，才避免自己落得更悲慘的下場。

她不恨他，不怨他，可這並不代表她還願意回到他妻子的身分，有朝一日回到那個深宅大院去。想到這裡，喬昭心中越發冷靜了。所以把事情早些講清楚是極為必要的。

「邵將軍，請坐。」喬昭轉身倒了一杯茶遞給邵明淵。

邵明淵接過茶杯坐下來。喬昭在另一側的椅子上坐下，沉默片刻開口：「既然邵將軍知道了我是誰，那咱們就談談吧。」

「昭昭想說什麼？」

喬昭蹙眉。「昭昭」兩個字從這人口中叫出來，未免太親暱了。

「邵將軍，我眼下的身分是黎昭，不再是喬昭了，所以我希望以後咱們繼續保持距離，你不能——」

「不能什麼？」

「不能像昨晚和今天這樣動手動腳！」

一四八　將軍夫人

聽了喬昭的話，邵明淵的耳根一下子紅了。

喬昭頗為無語。明明是他動手動腳，他還好意思臉紅。

「邵將軍這一點能做到吧？」

邵明淵沒吭聲，臉也紅了。他不想撒謊騙她，他做不到。他看到她就想抱著不放手了。

喬昭見狀當他默認了，不由放鬆下來，彎唇笑笑。「邵將軍，你也不要覺得不自在，認為要對我有什麼責任，咱們還像以前那樣相處就好。」

邵明淵眸光轉深，貌似平靜問道：「昭昭的意思，不承認我們之間的關係？」

喬姑娘訝然。「我們有什麼關係？」敢情她說了這麼多，白說了？

邵明淵心口隱隱發悶，深深看了喬昭一眼。

喬昭險些忍不住翻白眼。他居然還委屈上了，好像她始亂終棄似的。

「邵將軍，我說過了，我現在是黎昭！」

「可妳就是喬昭啊，不然妳為什麼會在這艘客船上？」邵明淵認真看著喬昭。「昭昭，妳做的這些事全都是喬昭才會做的，就算再否認也改不了妳是喬昭的事實。」

對面的男人眼中光芒太熱切，讓喬昭不禁避開他的視線，嘆氣道：「是，我雖然占著黎昭的身分，卻永遠無法擺脫喬昭的烙印，但是那一箭難道還沒有斷開我們之間的關係嗎？邵明淵，你要明白，從你射出那一箭起，喬昭或許還活著，但你的妻子喬氏卻死了啊。」

邵明淵聞言渾身一震，臉色漸漸白了。

「昭昭，妳恨我嗎？」他看起來像是被遺棄的幼崽，讓人瞧著莫名不忍心。

喬昭移開眼，淡淡道：「不恨。」

「真的？」邵明淵眼睛一亮。

「若是恨你，為何還替你施針驅毒呢？」喬昭反問，忍不住加了一句：「我以為邵將軍明白的。」邵明淵點頭。「我明白。」可再明白也會惶恐忐忑，只有聽到妳的答案才安心。

「可是不恨你，並不代表我還要做你的妻子，懂嗎？」

邵明淵薄唇緊抿。他不懂，就算懂也準備裝不懂。

在他還不知道黎姑娘就是喬昭之前，其實他們之間就已經太親密了。

她日日替他針灸，每天要把裸著上身的他看一遍；落霞山發生山崩，他抱了她不知多少次；還有山洞裡他昏迷時的餵藥方式，一直讓他隱隱猜測卻不敢往下想。

他並不是笨得猜不到，而是不敢猜。

他立誓為亡妻守身，對喜歡的姑娘只能裝聾作啞，推掉該肩負起的責任。

現在，他知道了她們是同一個人，他這輩子、下輩子都不準備放手了。

「昭昭，有個問題，我一直想問妳。」

「邵將軍請說。」喬昭語氣很客氣。這種關鍵時候，她可不能給他錯覺，讓這傢伙得寸進尺。必須讓他明白，他們之間是沒有關係的！

他垂下眼簾，彷彿不敢看她。「呃，就是在山洞裡，我昏迷那一次，妳是怎麼替我餵藥的？」

「咳咳咳——」這個問題太突然，喬昭忍不住咳嗽起來，臉紅如霞。

臉紅的昭昭真好看，邵明淵心想。

他忙抬手替她輕輕拍著背，柔聲道：「別急，我就是問問。」

喬昭咳得滿眼淚，狠狠瞪他一眼。什麼就是問問，他分明是故意的！

「好了，好了，我不問了，我知道了。」邵明淵倒了一杯水遞給喬昭。

喬昭咳得更厲害了，喝了幾口水，睜大一雙明眸瞪著他。

「你知道什麼？」

邵明淵低頭輕笑。「知道妳替我餵藥的方式。」

「邵明淵！」

「噯。」邵明淵應道。

喬昭俏臉通紅，手一指房門。「你出去！」

「好。」邵明淵很是聽話起身離開。

嗯，不能把昭昭逼得太急了，反正今天她還要給他針灸，用不了太久就能再見了。

聽到關門聲，喬昭端起茶杯狠狠喝了一大口，放下杯子開始發呆。

她怎麼從來沒發現，那混蛋根本不是個老實的！

他是什麼時候知道的？更可氣的是，要是不知道她就是喬昭，他準備一直裝聾作啞？這是不準備與小姑娘黎昭更進一步了？

不負責任，衣冠禽獸！喬昭在心裡罵著，心情卻無端好了些。

「姑娘，邵將軍沒做壞事吧？」冰綠見自家姑娘一直發呆，忍不住問道。

喬昭回神，察覺小丫鬟視線一直落在她的唇上，大為尷尬，面上竭力作出雲淡風輕的模樣。

「這樣的話以後別亂說，被人聽到該誤會了。」冰綠一臉鄭重。「姑娘放心，婢子絕對不會亂說的。但您的臉好紅呀，邵將軍肯定做了什麼吧？」

「沒有，妳退下吧，我要歇了。」喬昭抵擋不住小丫鬟的八卦之心，忙把人打發了。

只剩下一個人後，她躺倒在床榻上，抱著軟枕嘆息一聲。

大哥把她的身分揭露，這不是添亂嘛！

她本以為把事情說清楚就好了，可那傢伙居然不配合，還提起山洞的事反將了她一軍。

以前的溫和有禮、進退有據呢？

喬姑娘心塞不已，離開她房間的年輕將軍卻心情飛揚。

不管昭昭暫時能不能接受他，她還活著就是最大的驚喜了。

不過，他還是要多努力一些，爭取早點把她娶回家。

這樣一想，邵明淵頓覺任重道遠，走回自己的房間時朝站在門口的晨光略一頷首。「進來。」

邵明淵進去坐下，指了指對面的椅子。「坐吧。」

晨光忙坐下，心想看來將軍大人又有問題要討教了呢。

果然沉默了片刻後邵明淵開口道：「晨光，有個朋友的問題想問問你。」

「將軍您請說。對了，是普通朋友嗎？」

邵明淵深深看晨光一眼。這小子是故意的吧？看來是太久沒揍了，欠調教。

「不是普通朋友，是你們未來的將軍夫人。」

撲通一聲響，晨光直接從椅子上滑到了地上去。

將軍大人，這麼驚人的話，您這樣雲淡風輕說出來，考慮過別人的感受嗎？

見晨光反應這麼大，邵明淵劍眉擰起。「嗯？」

晨光忙爬起來，一顆心撲通撲通直跳，感覺比自己要娶媳婦了還緊張，小心翼翼問道：「誰是我們將軍夫人啊？」邵明淵斜睨晨光一眼，很不滿他居然問出這麼弱智的問題。

「當然是黎姑娘。」他說完發現晨光不吭聲，不由得蹙眉。「怎麼？」

晨光險些淚流滿面。將軍大人終於開竅了，但是這速度快得讓他有點措手不及！

「沒事，沒事，您問！卑職一定知無不言言無不盡。」晨光拍了拍胸膛。這個時候他可不能掉鏈子。

邵明淵斟酌了一下，道：「她可能有些討厭我，該怎麼辦？」

「討厭？」晨光睜大了眼睛搖頭。「將軍，您肯定是誤會了吧，黎姑娘怎麼會討厭您呢？」

「為什麼不能？」

「身材、樣貌、地位、品性、能力……」晨光掰著手指頭數，數到最後手一攤。「您的優點多到卑職兩隻手都數不過來了，只要是正常的小娘子，怎麼會討厭您？」

說到這，晨光一下子想起來什麼，騰地站了起來，連連道：「壞了，壞了！」

「怎麼？」聽屬下指出他的優點，年輕的將軍還挺高興的，他現在需要鼓勵。

晨光神情有些尷尬。

「說！」

「將軍，您還記得京城流傳的那則流言不？」

「京城哪一天都有各種流言流傳。晨光，你什麼時候這麼婆婆媽媽了？直接說！」

晨光一見將軍大人惱了，心一橫道：「將軍您忘了，外頭人都知道您『不行』啊！」

邵明淵的表情瞬間龜裂。他怎麼忘了這個！

以前還不覺得有什麼，可一想到被喬昭知道了，邵明淵整個人都不好了。

他好好解釋還來得及吧？

晨光一見主子變了臉色，自覺猜中了，小心翼翼提醒道：「將軍，您說黎姑娘會不會是因為這個嫌棄您啊？」

「不會。」邵明淵臉上陣陣發熱。「她對我有別的意見。」

「別的意見？」晨光一聽就納悶了，忍不住道：「將軍對黎姑娘一直照顧有加，黎姑娘居然還對您有意見，太過分了吧？」

邵明淵伸手拍了晨光一下，似笑非笑問道：「是不是車夫當久了，皮癢了？」

昭昭也是他一個小車夫能指責的？

「哎呦，將軍，主要是您不說明白，卑職不好對症下藥啊！」

邵明淵一聽覺得有道理，點了點頭。「她對我曾經做過的一件事有心結，也是因為那件事與我保持距離，然而那件事無可挽回了，你有什麼好主意嗎？」

「那件事能解釋嗎？您二位之間有誤會？」

「沒有誤會，一切都明明白白的，也無須解釋。」

聽邵明淵這麼說，晨光好奇得抓心撓肺。他沒發現將軍大人做過什麼事讓黎姑娘這樣啊，一定是山崩那次，將軍大人與黎姑娘之間發生了什麼！

嘶——難道將軍大人與黎姑娘迫不得已有了肌膚之親？

邵明淵覺得晨光的眼神過於詭異了一些，抬手敲了他一下。「想什麼呢？」

晨光回神，一臉認真道：「將軍，既然是這種情況，卑職只有一個建議。」

「什麼？」

「忘記過去，勇往直前！」您都跟黎姑娘那樣了，退縮也不合適吧？

「勇往直前？」邵明淵喃喃念著這四個字。

「對呀，勇往直前。既然您也說那件事無可挽回了，那乾脆就別糾結了。您這麼優秀，努力對黎姑娘好，還怕她不動心嗎？」晨光越說越起勁：「當然，您記得要堅持一個原則。」

「什麼原則？」邵明淵發現晨光說得有些道理。

「臉皮越厚越好！」

邵明淵怔了怔。

晨光嘆息道：「您別忘了，烈女怕纏郎啊！您只要皮厚、膽大、心黑，定會抱得美人歸。」

邵明淵聽了晨光的話，垂眸思索，許久沒吭聲。

晨光眨眨眼。難道將軍大人覺得他說得不對？

咳咳，他雖然沒有實際經驗，但在這方面絕對比將軍大人有悟性。

「將軍──」

邵明淵深深看了晨光一眼，含笑點頭。「你說得有道理。」

昭昭既然願意替他針灸驅毒，就說明不忍心他死。

她還餵他吃藥……這樣一想，某人忍不住傻笑起來。

晨光同樣看傻了眼。完了，完了，將軍大人徹底栽了。

「對了，將軍，您決定追求黎姑娘的話，池公子那邊是不是要提防一下？」那可是情敵呢！

邵明淵嘴角笑意一僵，情緒明顯低落下去。

「將軍？」

「這件事不用你操心，我會找機會對他說清楚。」

「將軍，敵在明我在暗，咱們才有優勢啊！」

「胡說什麼？」邵明淵睇了晨光一眼，肅容道：「我與他永遠不會是敵人。」

無論是池燦、朱彥還是楊厚承，他們三個是他前二十年的生命中最明媚的色彩，這是永遠不會改變。相信池燦也是這般認為的。

但一想到池燦的性子，邵明淵知道定要鬧上一場，到底有點發怵，決定等晚上喝了酒再說。

喬昭在屋子裡躲到了下午，紅腫的唇總算不大明顯了，才帶上銀針去找邵明淵。

晨光正站在邵明淵房門口，一見喬昭過來，眼睛猛然亮了。「三姑娘，您來啦！」

「嗯。」喬昭不由多看了晨光一眼，總覺得今天的小車夫格外興奮。

晨光咧著嘴直樂。

正在這時，門吱呀一聲開了。

邵明淵穿了一身淡青色的長袍，清俊挺拔如一枝修竹。

晨光看傻了眼。

自從將軍夫人過世，再也沒見過將軍穿白色以外的衣裳了，將軍穿淡青色可真好看啊！

所以說，人就是要向前看，不能總想著過去。

喬昭同樣有些意外，深深看了邵明淵一眼。

邵明淵朝喬昭微微一笑。「昭昭妳來啦，進來吧。」他往一旁一側，目光卻一直停駐在喬昭面上。他的視線太灼熱，喬昭暗暗咬牙，悄悄瞄了晨光一眼。這人這樣肆無忌憚，就不怕被晨光瞧出來？一見小車夫的傻樣，喬姑娘放了心。

嗯，看來是被他家將軍大人的美貌迷住了，沒有發現異常。這樣她就放心了。

喬昭抬腳走了進去。邵明淵朝晨光略一點頭，晨光會意，輕輕關上了房門。

哼，這個時候就是天皇老子過來都不許打擾他家將軍大人！

喬昭進屋後轉頭去看邵明淵，就見他面不改色開始脫衣裳。

一四九　你耍無賴

喬昭一時有些不適應。

就算近來這些步驟已經習慣了吧，他今天脫得是不是格外俐落了些？

「昭昭，可以開始了嗎？」喬昭抿抿嘴角，點頭。某人乖乖躺了下去。

因為體內寒毒拔出了不少，他的肌膚瞧著沒那麼蒼白了，呈現出珍珠般的光澤。胸膛緊致，腹肌分明，深刻的線條收成一束沒入長褲中。

喬昭視線落在那裡，總覺得哪裡不對勁，卻又一時想不起來。

挑明身分後，盯著他那裡反而有些不自在，喬昭默默收回視線，從荷包裡取出銀針。捏著銀針的手指落在對方胸膛上，忽然一頓。

喬昭目光下移再次看了某處一眼，終於明白那絲不對勁從何而來。

他以前從來沒有露出這麼多！

每一次他都把長褲提得高高的，簡直快要提到胸口下面去了。要不是針灸的地方是在心口附近，她都懷疑他能把褲子當裡衣穿。

見喬昭盯著那裡，邵明淵的臉開始發熱，卻垂著眉眼一動不動。

喬昭收回目光看向邵明淵，見他低眉順眼一副任人打量的樣子，不禁氣結。

他這是幹什麼！難不成以為露得多一點她就接受他了？這混蛋把她想成什麼人了，她是那種色令智昏的人嗎？

喬姑娘臉黑了。

年輕的將軍疑惑眨眨眼。昭昭為什麼生氣了？她以前明明喜歡看，還喜歡摸的……

邵明淵不由想起了晨光的話，臉皮越厚越好。這也沒什麼為難的，他完全可以做到。

某人暗暗給自己打了一下氣，伸手抓住少女的柔荑放在了自己的小腹上，而後一張俊臉迅速扭曲。喬昭垂眸看著扎進某人小腹的銀針，忍不住噗哧一笑。

邵明淵尷尬得臉色通紅。他忘了昭昭手裡捏著銀針了！

「疼麼？」

「不疼。」

喬昭白他一眼。「活該！」她正準備替他針灸，他莫名其妙拉她的手幹嘛？

「邵將軍是想試試針能不能扎進去？」少女伸出春蔥般的手指，在某人的小腹上輕輕戳了戳。

邵明淵暗暗吸了一口氣，沒敢吭聲。

「不要再亂動。」喬昭取下銀針警告道。

「好。」邵明淵看著垂首替他施針的少女，眼神專注。

一啄一飲，莫非前定。他要不是為了替昭昭去採千年玄冰，體內的寒毒就不會這麼重。沒有這麼重的寒毒，昭昭定然不會出手。那麼，他就沒有機會瞭解她，對她心動。

而如果他只是把昭昭當成尋常女孩子，舅兄定然不會交給他那樣一個錦囊了。

邵明淵不傻，喬墨沒有第一時間點明喬昭的身分，而是多次欲言又止，證明喬昭從一開始就不打算讓他知道。他只要這麼一想就後怕不已。若是那樣，該是多麼遺憾啊。

所幸一切都剛剛好。

喬昭收起針，察覺某人癡癡地看著她，忍不住皺眉。「好了，把衣裳穿起來吧。」

邵明淵躺著不動。

「怎麼了？」

「手麻了，昭昭把衣裳遞給我可好？」

喬昭拿過邵明淵的衣裳，挑眉問道：「邵將軍，是不是還要我扶你起來啊？」

年輕的將軍溫柔一笑。「也好。」

也好個頭啊！

素來沉穩的喬姑娘忍無可忍在心中罵了一句，直接把衣裳扔到了邵明淵臉上，轉身便走。

這樣大的反應把邵明淵駭了一跳，立刻一個鯉魚打挺從床榻上躍到地上，從後面抱住了喬昭。「昭昭，妳別走——」

喬昭整個身子都繃緊了。她能清楚感覺到對方胸膛的熱度，這到底是和穿著衣裳時不一樣的，是讓人面紅耳赤、腿腳發軟的那種不一樣。

邵明淵抱住喬昭後就反應過來了，然後便傻了眼。他連外衣都沒穿就把昭昭抱住了，她一定氣壞了吧？

他沒有動手動腳的想法，剛剛完全是反射動作。

可是昭昭一定不會聽他解釋的。

想到這裡，某人索性破罐子破摔抱得更緊了，湊在懷中人的耳畔低聲求道：「昭昭，妳別走。」冰雪般的氣息噴灑在少女白皙的脖頸上，開出朵朵桃花來。

喬昭渾身僵硬，不由想到了在山洞裡的那一晚。

那一夜很漫長，她與他皆未著寸縷，一直熬到了天明……

見喬昭沒有反應，邵明淵心一橫，坦白道：「昭昭，我心悅妳已久……妳再當一次我的妻子，好不好？」

喬昭找回了神智，伸手去掰邵明淵的手，氣急敗壞道：「邵明淵，你給我鬆手！」

「我不鬆！」他不信她把他當成毫無關係的陌生人。昭昭這樣的性子，若是心裡一點沒有他，是斷然不會允許他這樣做的。

喬昭以為自己聽錯了。邵明淵說什麼？這個無賴究竟是誰？

「邵明淵，這些登徒子的手段，你是從哪兒學來的？你到底鬆不鬆手？」

「不鬆，鬆開妳就不想見我了。」至少要等明天才能見到，他等不了。

面對這樣的無賴，喬昭已經氣得不知道說什麼好了。

她被他牢牢箍在懷中，連掙扎都不敢，那樣子就太難看了。

「邵明淵，你想幹嘛？霸王硬上弓嗎？」喬昭盡量讓自己語氣平靜下來。

某人老老實實道：「不敢想。」

「那你鬆手，總不能一直這個樣子說話吧？」說到最後，喬昭都為這商量般的語氣唾棄自己了。

面對這樣的登徒子，不是該大耳光抽上去嗎？

「那妳不要掉頭就走。」邵明淵攬著少女纖細的身子，忽然覺得晨光的建議太正確了。

「好。」喬昭氣得閉了閉眼。

環著她的大手忽然鬆開，喬昭立刻轉身，面帶薄怒揚起手來。

邵明淵閉上了眼睛，甚至把頭低下來，方便她打到。

喬昭死死咬著唇，片刻後把手放了下去。

等了一會兒，邵明淵睜開眼睛。他的眼睛黑白分明，很清澈，此時透著濃濃的疑惑，如稚子一般純淨。喬昭抬腳踢了眼前的男人小腿肚一下，怒道：「邵明淵，你就料定了我不能把你怎麼樣，是不是？」

「我沒有，我是覺得妳把我怎麼樣都可以。」前提是不能不理他，不然他還是會厚臉皮的。

*妳把我怎麼樣都可以。*喬昭想著邵明淵這話，眉心跳了跳。

什麼叫她把他怎麼樣都可以？

喬昭暗暗吸了口氣，迎上對方專注的眼神，無奈道：「你先把衣裳穿好。」

難道以為露得多她就容易接受一點？她是那種人嗎？

邵明淵彎腰撿起落到地上的外袍，抖了抖灰塵穿在身上，立時恢復了清冷矜貴的模樣。

當然，剛剛見識了這人厚顏無恥的樣子，喬昭知道這全是錯覺。

「邵明淵，我們好好談談吧。」

邵明淵身子微傾，作出側耳聆聽的樣子。

「我希望咱們保持應有的距離。」喬昭直視著邵明淵。「這一點你能做到吧？」

「不能。」邵明淵老老實實回答道。

「你……」喬昭張張嘴，真的不知道該說什麼好了。

年輕的將軍一臉無辜。「昭昭，妳總不希望我說假話吧？」

喬昭別開眼，心一橫道：「邵明淵，假如我再次成為你的妻子，又面臨當時的情況，你會怎麼做？」

她其實不該問這個問題的。

這個問題太殘忍，她明明知道答案只有唯一的一個，卻偏偏要逼他說出來，讓他斷了念頭。

那一箭，是她的心結，何嘗不是邵明淵的心結。

其實她從來沒認為他做錯了，就只是不想再嫁人。

邵明淵沉默了，臉色難看得嚇人。

喬昭笑笑。「邵將軍回答不出吧？」

邵明淵深深看了她一眼，聲音暗啞。「昭昭，我可以回答妳。」

「洗耳恭聽。」喬昭笑盈盈道。

他一旦把那個答案說出口，又怎麼好意思再說別的？

喬昭這般想著，驟然察覺對面的男人連唇色都是蒼白的，整個人看起來像是深陷泥沼卻無力掙扎的孤狼。她那顆狠下來的心忽然就軟了幾分。

「我……」邵明淵吐出一個字，喉嚨間就湧上一股腥甜，他卻咬牙說了下去，「我自是還會那樣做。」只不過若真的惡夢重演，他會在處理好一切之後去找她。

他緩緩說出答案，緊咬牙關。

喬昭輕笑。「若是那樣，恐怕我沒有這次的好運啦。」

她的意思很明顯，既然再來一次還會取她性命，她為何要嫁給這樣的男人？

喬昭說了這話，悄悄打量著邵明淵的反應。

她都這麼說了，邵明淵這樣自尊心強且責任心也重的人，不可能再厚臉皮糾纏了吧？

邵明淵伸手覆住喬昭的手，認真道：「所以我不會再讓那樣的情景出現。」

「邵將軍畢竟不是神，別忘了天意難測，說不準命運就是那麼安排呢？」

「命運如何安排誰都無法預料，如果早已注定，和任何人在一起都不會更改，那我更不放心把妳交給別人。」

他不笨，昭昭故意說這些就是逼著他放棄。然而他怎麼能放棄呢，哪怕那些話讓他心如刀割，他也不會放手的。「昭昭，妳聽——」邵明淵抓起喬昭的手放在自己心口上，輕聲道：「它死了很久了，昨日才活了過來。妳忍心讓它再死一次嗎？」

喬昭心頭一跳，用力把手抽回，板著臉道：「我先回去了！」

她不敢再看神色寂寥的男人，轉身匆匆走向門口，猛然打開了房門。

晨光一個趔趄衝進來，對上喬昭意外的眼神，咧嘴一笑。

喬昭一下子紅了臉，故作鎮定快步走了出去。

她腦海中還在想著邵明淵說的話，還有他那些混帳行為，連站在轉角處的池燦都沒看到，直奔自己的房間而去。

而池燦目不轉睛盯著喬昭的背影，若有所思。

黎三才從庭泉屋子裡出來，臉為什麼那麼紅？

他情不自禁走向邵明淵房門口，正好聽到晨光問了一句話：「將軍，您對黎姑娘表達了愛慕之情沒有？」

池燦彷彿被人打了一悶棍，整個人都懵了，明明想要進去呵斥晨光的不著調，腳底卻好像生了根，動不了半分。伴隨著清晰急促的心跳聲，好友的回答傳入耳中：「嗯。」

僅僅只有一個字，卻表明了好友的態度。

池燦只覺一道驚雷在腦海中炸響，讓他的腦海一片空白，等反應過來時人已經到了屋內，揪著邵明淵衣襟問道：「庭泉，你們剛剛在說什麼？我是不是聽錯了？」

他一雙精緻的眸子亮得驚人，帶著隱隱的祈求。

邵明淵只嘆天意弄人，本來是他與昭昭之間的事，因為他那一箭，把好友牽扯了進來。

更令他愧疚的是，前不久他才向好友保證過，對黎姑娘沒有任何想法。

他對黎姑娘永遠不會有更進一步的想法，但對昭昭絕不會退半步。

「拾曦，你沒有聽錯。」邵明淵認真道。

原就打算今晚與好友講清楚的，既然趕上了，提前說開了也好。

「沒聽錯？」池燦聲音微揚：「也就是說，你真的對黎三表白了？」

晨光不著痕跡後退幾步，悄悄關上了房門，非常機靈地把自己關到了門外。

這種時候他還是不打擾將軍大人與情敵交流了，反正將軍大人武力高，吃不了虧。

「你說啊，究竟有沒有？」

邵明淵頷首。「有。」

「邵明淵，你混蛋！」池燦掄起拳頭狠狠砸過去。邵明淵一動沒動，生生承受了他這一拳。

池燦更是怒火高漲，眼睛通紅。「邵明淵，別以為你這個樣子我就不動手了。來啊，我用不著你讓，你有種橫插一腳，沒種和我打架嗎？」一拳又一拳對著邵明淵招呼過去，邵明淵沒有調動內力，更沒有使出什麼招式，二人很快毫無章法打在一起。

儘管關著門，這番動靜還是把隔壁房間的楊厚承招了過來。

聽到屋子裡傳來乒乒乓乓的響聲，楊厚承詫異地問守在門口的晨光：「這是怎麼了？」

晨光咧著嘴，笑出一口白牙。「池公子和我們將軍大人在喝茶呢。」

啥？

楊厚承掏掏耳朵。別開玩笑了，這是喝茶嗎？拆房子還差不多。

在楊厚承心中，幾人都是過命的交情，邵明淵與池燦能打起來真是稀奇了。

示意晨光讓開，楊厚承推門而入，正看到一張凳子飛過來，兩個好友則滾在了一起。

手疾眼快接住迎面飛來的凶器，楊厚承一臉費解。「你們在幹什麼？」

一五〇　我想靜靜

滾在地上的兩個人根本無暇理會楊厚承的話，甚至因為房門開了，直接滾到了門口來。

楊厚承彎腰想要把二人扶起來。「你們兩個發什麼瘋啊？」

池燦死死掐著邵明淵的脖子，發現楊厚承來添亂，飛起一腳把楊厚承踹了個趔趄。

戰況激烈的二人很快滾到了走廊上。

楊厚承無端挨了一腳，再看這兩人丟人丟到姥姥家了，也氣不打一處來，追出去抬腳想踹池燦，腳抬起來半天，卻愣是找不到下腳的地方。

萬一不小心踹到庭泉，那他可無法承受秋後算帳的威力。

走廊上房間相連，聽到動靜的幾名金吾衛把門縫打開一條，悄悄探出頭來。

楊厚承扭頭吼道：「都老實點兒，不關你們的事！」

好多腦袋縮回去，但門縫扒得更大了。

錢仵作乾脆推開門，搬了個馬扎放到外頭船欄邊上，一邊吹著江風一邊吃花生米，順帶看熱鬧。

邵明淵與池燦已經滾到了甲板上去。

楊厚承唯恐兩個人掉下去，急得搓手。「我說你們兩個之間到底發生了什麼事啊？又不是穿開襠褲的時候了，難道還為了一個糖人打起來？」

池燦用盡全身力氣對付著邵明淵，分神想可不就是為了一個人打起來麼，只不過那可不是能拱手相讓的糖人了……

二人不知不覺滾到了船欄邊。

楊厚承追過去，不顧一切扒開二人。「再滾就掉下去了，你們真想去江裡餵魚啊？」

邵明淵其實大半時間都沒怎麼還手，有意讓池燦出氣罷了，被分開後默默地坐了起來。

池燦躺在甲板上，氣喘吁吁。

他生得太好，因為打架烏黑的髮披散下來，衣衫凌亂，這麼躺在甲板上，哪怕是男人見了，都忍不住心頭一跳。楊厚承已經能感覺到房門後那些灼熱的目光，不由黑了臉。

年少時他們幾個上街玩，經常有不開眼的賤人調戲拾曦！

「都吃多了是不？今晚沒飯吃！」此起彼伏的關門聲響起，那些看熱鬧的目光終於消失了。

見池燦也不起來，就這麼躺在船板上，眼睛赤紅地瞪著邵明淵，楊厚承更是吃驚。

拾曦這是受了多大的刺激啊，這麼愛乾淨的人竟然什麼都不顧了。

他再去看另一位好友，就見邵明淵默默坐著，神色凝重。

楊厚承心中越發打鼓。壞了，看來出了大事。

「庭泉，你們到底怎麼了？」

邵明淵默不作聲，看池燦一眼。楊厚承伸手去扶池燦。「有話不能好好說嘛？你又打不過庭泉——」

池燦直接把楊厚承的手甩開。這王八蛋是來勸架的還是來火上澆油的？

「邵明淵，你跟我來！」池燦爬了起來。邵明淵擦拭一下嘴角的血跡，跟著站起來。

「你們去哪啊？」楊厚承追問。

「你不必管！」池燦甩下一句話，抬腳走了。邵明淵拍拍楊厚承胳膊。「沒事的。」

眼看著二人走了，楊厚承猶豫了一下，沒有追上去。

他要去和黎姑娘商量一下，黎姑娘比他聰明，說不定知道是怎麼回事。

楊厚承走到喬昭房門前，發現喬昭就站在門口處，神情複雜。

「黎姑娘，妳今天給庭泉針灸過了吧？知道他們是怎麼回事嗎？」

喬昭沒回答。兩個人因為她打起來，這樣的事想想都尷尬死了，難道還要昭告天下嗎？

「我不大清楚，楊大哥還是問問他們吧。」說罷，喬昭欠欠身，轉身回屋去了。

留在原地的楊厚承一臉莫名其妙。今天一個個的怎麼都不正常？

知道那兩個既然把他甩下，定是有話要談的，楊厚承憋得難受，走到船欄處透氣。

錢仵作吃完了花生米，撣了撣落在身上的花生皮，抬腳便走，與楊厚承錯身而過時，長長嘆了口氣。「年輕人啊。」所以還是和屍體打交道省心多了。

船上不比陸上，在室內談話更妥當些。

邵明淵的屋子裡一片凌亂，池燦逕直走回自己房間，等邵明淵進來後，隨手關上了房門。

他也不管邵明淵，直接在桌旁坐下，狠狠灌了一口涼茶，大口大口喘著氣。

邵明淵在他對面坐下來，伸手去拿茶壺。

池燦按住他的手，冷笑道：「這是我的房間，邵明淵，我沒請你喝，你好意思自己動手？」

邵明淵眸光深深看著池燦，輕嘆一聲：「拾曦，咱們之間非要這樣劍拔弩張？」

「劍拔弩張？」池燦嘲諷一笑。「邵明淵，拔出劍來的那個人明明是你啊，你那天是怎麼說的？」見邵明淵不語，他抬了抬眉，把茶杯重重往桌案上一放，「你若是忘了，那我提醒你一下。你說，你對黎姑娘沒有想法，讓我放心。難道說我當時幻聽了？」

「你沒有聽錯，我是這樣說過。」

聽他這麼說，池燦大笑起來，笑聲中透著無法抑制的憤怒，狠狠捶了一下桌面。「那現在呢，你他媽背地裡去找黎三告白？邵明淵，你要是喜歡黎三，坦坦蕩蕩說出來，我不怪你，心上人歸心上人，兄弟歸兄弟。可你現在算什麼，拿話穩住了我，把我當傻子哄？」

他說到最後有些說不下去了，手撐著桌案劇烈喘息，臉色因怒火而燒得緋紅。

「拾曦，在你心裡，我是這種人？」

「原本在我心裡你不是，但你現在的做法是。」許是痛痛快快打了一架，池燦雖然盛怒依舊，卻也能理智說話了。

「邵庭泉，我心裡很難受。聽到你對晨光說的那一聲『嗯』，我恨不得捅自己一刀算了。」池燦笑得淒涼。「因為捅自己一刀，也比不上你捅的疼……」

池燦雙手掩面，漸漸把頭埋下去。

他難過的不只是親如手足的好友與他喜歡上同一個姑娘，而是好友的做法。

這和背後捅刀子有什麼區別？

「邵明淵，你出去吧，我想靜靜。」

邵明淵坐著不動。

「你出去！」池燦抬腳踢翻了腳邊的圓凳，眼中怒火灼灼。

邵明淵俯身把打著轉的圓凳扶起來，直視著池燦的眼睛。「拾曦，靜靜是不能解決問題的。」

池燦身體後仰靠著椅背，眼睛微闔，無盡的痛苦與煩躁從眉梢眼角透出來，連聲音都沒了平時的慵懶，只剩下疲憊。「那你說，怎麼能解決問題？」

沒等到邵明淵的回答，他忽然睜開眼，黑亮的眸子直直盯著對面的人。「你放棄？」

邵明淵此刻的心情同樣好受不到哪裡去。

他從未想過有這麼一天，會與親如手足的好友為了一個女孩子打起來。

如果是黎姑娘，他根本不會爭取。可她是喬昭，那他死也不會放棄。

「你給我說話啊！」池燦用力捶了一下桌子。

邵明淵直視著池燦的眼睛，搖搖頭。「拾曦，別的我都能放棄，只有她不能。」

庭泉語氣裡的堅決讓池燦沉默了片刻，問道：「為什麼？我只想知道為什麼你變得這麼快？」

邵明淵嘴角動了動。真正的原因他是無法對好友說出來的。

借屍還魂，這樣的事太過匪夷所思，一旦傳揚出去被有心人利用了，就可能給昭昭帶來滅頂之災。

見邵明淵無言，池燦冷笑。「說不出來？還是壓根不屑對我說？邵明淵，對你來說，有沒有我這個朋友根本無所謂，是吧？」

「不是。」

「那你就告訴我，到底是為什麼？至少別把我當傻子哄，行不行？」

被池燦逼得避無可避，邵明淵心一橫道：「因為我與她有了肌膚之親！」

池燦愣了愣，彷彿沒聽到邵明淵的話。「你再說一遍，我可能聽錯了？」

邵明淵輕嘆一聲。「拾曦，我與黎姑娘已經有了肌膚之親……」

這話他確實沒有騙好友，在那個山洞裡，昭昭餵藥的方式本來就是夫妻之間才能做的。

見池燦一動不動，邵明淵心中不忍，輕輕喊了一聲：「拾曦——」

池燦如夢初醒，揮起拳頭照著邵明淵的臉打去。

邵明淵沒有躲避。迎面而來的拳頭直接落在他的左眼下方，那處瞬間火辣辣地疼。

池燦整個人撲過來，眼睛是血紅的。「邵明淵，你這個畜生！」

他這麼一撲，邵明淵連人帶椅子一起倒在了地上，發出巨大的響聲。

站在門外的楊厚承忍不住往門口走了兩步，急得直搓手。

該不會鬧出人命來吧？

屋子內，池燦跟瘋了一般，掄起拳頭往邵明淵身上招呼，邵明淵挨了幾拳，伸手抓住池燦手腕。

「拾曦，要不你還是靜靜吧，聽我把話說完。」

池燦怒極而笑。「不，你剛才說得對，靜靜是解決不了問題的，拳頭才能解決！」

邵明淵嘆息。「拾曦，你別忘了，只有你打得過別人時，拳頭才能解決問題。」

他唯一對不住好友的，是太早說了那番話。對於昭昭，他可從沒認為把自己的女人讓來讓去是美德。

邵明淵這句話讓池燦一愣，而後慘笑起來。「邵庭泉，算你狠！」

拳頭是打不下去了，池燦坐在地上發了一會兒呆，聲音暗啞問道：「什麼時候的事？邵明淵，你他媽是畜生嗎，黎三才多大？她還不到十四歲，你居然好意思對她下手？」自從察覺自己對黎三的心意，他認定了要娶她，但就算現在把她娶回家，他也捨不得這麼早就對她下手。

他放在心尖上的女孩子，打算耐心等著長大的女孩子，竟然被邵明淵這個混蛋給禍害了。

池燦一想到這個，就氣得心裡滴血。

邵明淵聽了池燦的質問，不由面紅耳赤。

他只想著昭昭是他的妻子，卻忘了現在的黎姑娘還未及笄。

這樣一想，難怪池燦出手這麼狠了。

池燦斜睨他一眼，冷冷道：「現在知道不好意思了？說吧，是帶她去找錢仵作的時候？還是昨晚？」見邵明淵神色更尷尬，他猛然睜大了眼睛，失聲道：「難道是今天？邵明淵，你是不是早就打算好了先下手為強？」

邵明淵苦笑。「不是的，是落霞山山崩那一次，我進山去尋她，忽然下了大雨，我們躲進了山洞裡……」

「然後你就乘人之危了？」池燦牙齒咬得咯咯作響。

虧他像個傻子似的美滋滋憧憬將來，原來他家的白菜早就被豬拱了。

「不是，我當時受了傷，她替我餵了藥——」

池燦眸子睜大了幾分。「餵藥？」

對別人說出這番話，邵明淵頗尷尬，隱晦地道：「當時我昏迷了。」

「所以呢？」池燦挑眉問，沒等到對方的回答，忽地就明白了。「你、你們……她——」

池燦只覺一顆心被吊到了半空中，上不著天下不著地，煎熬得人恨不得把心劈成無數片，才不會讓人疼得喘不過氣來。許久後，他啞著嗓子問：「既然如此，那天你為什麼對我那樣說？」

「那時候我還沒想起來，昨天做了個模模糊糊的夢，才有了這個念頭，然後去問了她……」

「她承認了？」池燦問出這話，聲音顫抖。

邵明淵輕輕點了點頭。

池燦整個人的氣勢一洩，從剛才的憤怒瞬間變得頹然。

對他來說，黎三的親口承認，比她與好友有了肌膚之親還要讓人絕望。

黎三的性子他已經很瞭解了，真真正正的心如鐵，連掩飾都不願意。她能承認與邵明淵發生的事，代表了什麼已經不言而喻。

他早就知道，黎三對邵明淵的態度是不一樣的。

池燦閉了閉眼。「如果——」他才開口，敲門聲響起，門外傳來年輕女子的聲音：「池公子，請開一下門，我們姑娘送了東西來。」

池燦心一動，絕望的眸子中燃起了亮光，站起來快步走到門口拉開了門。

阿珠站在門外，朝池燦屈膝一禮。

「你們姑娘送了什麼？」池燦扶著門框問。

一番廝打後，此刻的池大公子衣衫不整，讓人瞧了便忍不住臉紅心跳。

阿珠只得死死低著頭，雙手捧著一個小小的瓷盒，遞到池燦面前。「姑娘讓婢子給邵將軍送創傷藥來。」

池燦死死盯著小巧玲瓏的盒子，眼睛冒火。

「送給邵將軍的？」

阿珠垂著眼簾，聲音清晰：「對，姑娘說是送給邵將軍的。」

一五一　膽大皮厚

「多謝。」邵明淵不知何時走過來，站在池燦身旁，伸手把阿珠手中瓷盒接了過去。

阿珠飛快抬起眼簾看了邵明淵一眼，而後重新垂下眼簾，朝二人福了福。「婢子告退了。」

「等等。」池燦下意識喊了一聲。

阿珠停住腳，規規矩矩站著。池燦忽然心灰意冷，擺擺手。「算了，妳走吧。」

和一個小丫鬟他能說什麼？和黎三……她已經做出了選擇，那他還有何話可說？

他本以為她年紀小，情竇未開，他耐心等著、守著，總會等到她長大的那一天。

待她情竇初開，他是伴在她身邊最長久的人，說不定她就願意和他在一起了。

而現在，這一盒小小的藥膏送來，他終於明白了。

原來她不是情竇未開，而是芳心暗許的那個人不是他罷了。

既然她與好友郎情妾意，他池燦畢竟是個男人，難道還會死皮賴臉夾在他們中間不成？

阿珠腳步輕盈走遠了，池燦目不轉睛看著她進了長廊深處的屋子，退回一步，關上了房門。

「你會對她好麼？」池燦轉過身來，雙手環抱胸前，認真地問出這句話。

「會。」邵明淵同樣認真地點頭。

「會比我對她好麼？」池燦再問，眼中已有水光閃過。

邵明淵凝視著池燦的眼睛，到這個時候，他說不出乘勝追擊的話。

他會竭盡全力對昭昭好，但他同樣不能否定好友對昭昭的感情。

「不納妾，不收通房，更不會因為你的身分收下亂七八糟的勢力塞給你的姬妾？」

「當然。」邵明淵未加思索應道。

池燦挑了挑唇角，似笑非笑問道：「包括皇上麼？」

邵明淵頷首。

池燦長舒了一口氣。「那好，既然這樣，我放手。」他抿了一下嘴角，迅速轉身，推開門大步離去。

邵明淵呆立在原地，握緊了手中瓷盒。

片刻後，池燦重新出現在房門口，迎上好友的目光，冷著臉道：「這是我的屋！」

「那你好好歇著。」邵明淵抬手拍上池燦的肩膀。

池燦掙開他的手，砰的一聲把邵明淵關在了門外。

邵明淵忍不住回頭看了緊閉的房門一眼，心中很不是滋味。

門一直緊閉著，彷彿從沒打開過，裡面悄無聲息。

邵明淵輕嘆一聲，返回了自己房間。

屋子裡一片狼藉。他彎腰把倒地的椅子扶起，默默開始收拾。

沒過多久敲門聲響起：「庭泉，是我。」

邵明淵開了門。楊厚承站在門口，撓了撓頭。「我能進來吧？」

邵明淵讓開身子。楊厚承走進來，也不在意室內的凌亂，隨便坐了下來。

「庭泉，你左眼底下一片烏青，沒事吧？」

「不打緊。」這些皮外傷對於邵明淵來說，連眉頭都不值得皺一下。

楊厚承撓撓頭。「庭泉，你們之間到底發生了什麼事？」

見好友不回答，楊厚承小心翼翼問道：「不會是和黎姑娘有關吧？」

邵明淵輕輕點了點頭。

楊厚承直接就跳了起來，震驚得語無倫次：「你、你……你也喜歡黎姑娘？」

邵明淵再次點頭。

「難怪呢。」楊厚承忍不住揪頭髮，在凌亂的屋子裡來回踱步，因為過於吃驚沒注意腳下，一腳踩上地上的茶水險些栽倒。他忙扶住一旁的桌子，連連嘆氣。「庭泉，你這樣不妥吧，拾曦喜歡黎姑娘好久了，你又不是不知道……」

邵明淵笑了笑。「重山，你的意思是說，因為拾曦先喜歡的黎姑娘，所以我理應相讓？」

「啊，不應該如此嗎？」楊厚承眨眨眼。先來後到，這是人人皆知的道理吧。

邵明淵嘆息。「重山，這個是不能講先來後到的。」

「可是兄弟如手足，女人如衣服……」楊厚承更使勁撓撓頭。

他究竟在說些什麼亂七八糟的呀，還好庭泉不是長舌之人，他以後的媳婦不會知道的！

邵明淵心中清楚，喬昭的真正身分不能說，這事落在楊厚承與朱彥他們眼裡，就是他做得不厚道。這個名聲他願意認，能光明正大表達對心上人的喜歡，付出這樣的代價又算得了什麼。

「手足斷了會痛，不穿衣裳會怎樣？」邵明淵反問。

楊厚承怔了怔，覺得這話不對勁，又一時無法反駁。

「重山，這件事已經過去了，你就不要再多想了，要是放心不下，就去找拾曦喝兩杯吧，他現在心裡很不好受。」

「你也知道他不好受啊？」楊厚承搖搖頭。「好好的怎麼鬧成這樣呢！」

隨著楊厚承離去，屋子裡重新恢復安靜，邵明淵攤開手，把瓷盒湊到唇邊，輕輕親了一下。

阿珠回到房間。「姑娘，藥膏已經送給邵將軍了。」

喬昭放下正在看的書，神情辨不出喜怒。「池公子有沒有說什麼？」

阿珠抿了抿嘴角，回道：「池公子就確認了一下是不是送給邵將軍，別的再沒有了。」

喬昭笑笑。「辛苦妳了。」她拿起剛剛放下的書繼續看起來。

阿珠悄悄抬眼看了喬昭一眼。看書的少女神情平靜，認真看書的樣子如畫一般美好。

阿珠目光忍不住落在喬昭手中書卷上，不由怔了怔。

她確定自己是識字的，所以姑娘……把書拿反了吧？

發現了這一點，阿珠這才知道原來自家姑娘心中，遠沒有面上表現得這般平靜。

她站在那裡，忽然就替眼前這個還不到十四歲的少女感到心疼。她是半路跟著姑娘的，不清楚姑娘的過往，那些年姑娘究竟經歷了什麼，才習慣了把喜怒哀樂都壓在心裡？

阿珠灼熱的視線令喬昭抬了一下眼，隨著她的視線下移，尷尬地牽了牽唇角，把書放下。

「姑娘，既然您也不好受，為何……要那樣做？」阿珠終於忍不住問出來。

池公子與邵將軍打了起來，姑娘卻命她前往池公子的房間把藥膏送給邵將軍，這樣的舉動無疑會狠狠傷了池公子的心。

喬昭深深看了阿珠一眼。阿珠垂頭。「婢子不該問的。」

「好了，下去吧，我昨晚沒睡好，打算再睡一會兒。」

喬昭沒有回答阿珠的話，卻在心裡說：因為只有這樣，他才會死心啊。

如果說一開始她以為池燦對她的喜歡，不過是貴公子對小姑娘心血來潮的興趣，現在她不能否認，他是認真的。

一個對她認真的人，她卻永遠不可能給予回應，那就乾脆讓他早些死心吧。還有什麼比讓他知道她心有所屬，喜歡的又是他的至交好友，更令人心灰意冷呢？

絕大多數時候，喬昭是聰明理智的，可這並不代表她不難受。

池燦是救她出虎口的那個人，是在她剛剛成為小姑娘黎昭，驚惶無助時抓住的那根救命稻草。這樣一個人，她或許永遠不會喜歡，卻會一直心存感激。傷害他，她自然是不好受的。

從那天起，喬昭再沒去飯廳用過飯。

阿珠送去的創傷藥效果頗好，轉日再見到邵明淵時，他臉上的瘀青已經消散了大半。饒是如此，頂著一隻烏青眼的年輕將軍，看起來還是有些滑稽。

喬昭盯著他的臉看了好一會兒。邵明淵有些尷尬，卻沒有避開，任由她打量。

「看來昨天池大哥出手挺重的。」

邵明淵笑笑。「是。昭昭，那藥——」

喬昭打斷他的話：「邵將軍，你應該明白我的用意吧？」

她垂下眼簾，淡淡道：「我只是不想讓池大哥再在我身上浪費時間罷了，並不是對邵將軍有什麼想法。」

「我知道。」

喬昭抬眼看著他。

對面的男人笑得溫柔。「妳的想法，我都知道。」

喬昭不由皺眉。為何她總有一種拳頭打在棉花上的無力感？剛剛貌似把話說開了，可這人一開口，就覺得哪裡不大對勁了。

「邵將軍知道就好。」理不清頭緒，喬姑娘乾脆不再多想，板著臉道。

「無論如何，都多謝昭昭了。」邵明淵笑看著一臉彆扭的少女。

「邵將軍，你不覺得喊我黎姑娘更合適麼？」

「如果舅兄喊妳黎姑娘，那麼我便喊妳黎姑娘。」邵明淵輕鬆就把這話擋了回去。

喬昭咬了咬唇。是她錯了，邵明淵從來不是老老實實任人捏扁搓圓的人。

邵明淵微低著頭，雖然臉上的瘀青損了幾分俊朗，卻渾不在意，低笑道：「昭昭若是覺得不合適，其實還有一個辦法。」

「什麼？」喬昭下意識反問。

「妳可以叫我庭泉，那就合適了。」

「邵明淵！」她就知道，這種常年打仗的兵痞子不是好人！

某人很快證實了喬姑娘的猜測。

他駕輕就熟握住她的手，笑道：「叫我邵明淵也可以。」

「你還要不要臉了？」喬昭被他弄得無奈，終於丟了淑女風範，壓低聲音質問道。

「要。」年輕的將軍點頭，很快又補充道：「我更想要的是妳。所以如果這兩者衝突，前者可以不要。」

「邵明淵——」喬昭咬牙切齒叫出這三個字，閉了閉眼。

不行，她要冷靜一下。

她萬萬沒想到，一旦挑開了身分，他是這樣的人，這和她先前認為的一點也不一樣啊。

被逼得有些亂了陣腳的喬姑娘，一時不知道該用什麼態度對某人好了。

邵明淵目不轉睛看著身邊的少女。

她的皮膚柔白，有種美玉一般的透亮，這樣閉著眼，長長的睫毛便形成了一柄小扇，能把人心頭的波瀾搧動起來。

她的神色不是那麼平靜，反而讓他無端多了幾分安心。

膽大、心黑、皮厚，大概是條正確的道路。嗯，回頭要好好獎賞一下晨光。

喬昭睜開眼，便看到旁邊的男人一臉傻笑。總覺得哪裡怪怪的。喬姑娘蹙著眉冥思苦想。

邵明淵樂得二人獨處時間長一些，機智地閉上嘴不吭聲。

喬昭目光不經意掃過某處，猛然反應過來：這混蛋還死不要臉地握著她的手！

喬昭往回抽手，邵明淵不禁握緊了。

「放開！」

年輕的將軍壓下心中的不捨放開手，問惱怒的少女：「昭昭，我現在可以脫衣裳了吧？」

喬昭已經完全不想和某人說話了。這混蛋莫非一直壓抑著登徒子的本性？隱藏得夠深的。

「昭昭，我已經脫完了，可以開始了吧？」

喬昭黑著臉道：「你別說話！不然我可不保證會不會扎錯地方。」

邵明淵微微一笑。「扎錯地方也無妨，我不怕疼。」

喬昭深深吸了一口氣，板著臉道：「邵將軍，我想了想，其實你以前的提議也不錯。」

「什麼提議？」邵明淵裝傻。

「就是找你的手下，我把驅除寒毒的施針步驟教給他。」

再這樣下去，真的沒法過平靜日子了。

邵明淵搖搖頭。「不成啊，昭昭。我就帶了葉落一個親衛，他身手雖好，腦子卻不大靈光，學不會的。」

盡忠職守站在門外的葉落：「……」他什麼都沒聽到！

「晨光呢？」

「晨光看著機靈，實際上還不如葉落呢。」

喬昭顯然不信，沉著臉看他。邵明淵揚聲喊：「葉落——」

「卑職在！」門外的葉落大聲應道。

「叫上晨光，你們兩個一起進來。」邵明淵吩咐完，對喬昭笑道：「昭昭若是不信，等會兒問問他們就是了。」不多時晨光與葉落推門而入，齊聲問：「將軍有何吩咐？」

「葉落，你對針灸之術可有興趣？」邵明淵開口問。

葉落還沒說話，晨光就在他背後悄悄擰了一下。

「嘶——」葉落嘴角一咧，滿臉痛苦道：「沒興趣啊，將軍莫非要卑職學這個？」

邵明淵看向喬昭。

喬昭把視線落在晨光身上。邵明淵淡淡問：「晨光，黎姑娘想教你針灸，你願意學嗎？」

晨光連連搖頭。「將軍別為難卑職了，卑職當個車夫之類的還可以，學針灸不是要卑職的命嘛！」開玩笑，他要是真的敢答應，將軍大人非要他的命不可！

邵明淵一臉為難，朝喬昭攤手。「昭昭，妳看……」

喬昭冷笑。「他們是你的人，自然不敢逆了你的意思。」

晨光和葉落很有眼色地悄悄退了出去。

「他們只是我的屬下，並不是我的人。」邵明淵溫柔注視著眼前的少女，意味深長道。

喬昭落荒而逃。她敗給這個不要臉的無賴了！

一五二　故地重遊

船行十數日，秋意漸濃，江水湛湛，大船終於停靠在了嘉豐碼頭。

喬昭立在船頭，眺望著晨霧中的嘉豐城，心情格外複雜。

「昭昭，下船吧。」邵明淵站在她身旁，輕聲提醒道。

喬昭回神，對邵明淵點了點頭。「嗯。」

嘉豐，她總算回來了。

「要不要和當地官府打個招呼？」楊厚承走過來找邵明淵商量。

「不了，還是先去杏子林喬家安頓下來再說。」邵明淵掃了一眼楊厚承身後的金吾衛，低聲道：「他們……」與他不同，楊厚承等人是以保護喬昭去南海的名義跟來的，中途停下來，這些人之中難免有的會心生不滿。

楊厚承咧嘴一笑。「你放心，這些人都是我挑的，靠得住。再者說，我與拾曦在太后跟前的臉面不比九公主小，太后就算知道了頂多斥責我們一聲貪玩，不會怪罪的。拾曦，你說是不是？」池燦站在不遠處，輕輕點了一下頭，略帶不耐道：「走吧，杵在這裡做什麼？」

一行人才離開，一名眉眼普通的男子，便去了錦鱗衛的落腳處彙報：「五爺，黎姑娘一行人在咱們嘉豐碼頭下船了。」

一名坐在躺椅上的男子臉上蓋著一本書，聞言把書取下，露出臉來。

這是一張很有辨識度的臉，鼻尖微彎，眉眼深邃，可當他睜開眼睛，卻好似被毒蛇盯上了，令人無端覺得心裡發毛。他的聲音便如他的氣質一樣陰冷。「在嘉豐下了船？搞什麼名堂，去打探一下那些人是暫時下船，還是另有打算。」

「是。」

待屬下一走，江五站了起來，在庭院裡隨意踱了幾步。

他們錦鱗衛雖然消息靈通，卻也沒有神通廣大到知道每一位來嘉豐的人是什麼來頭，之所以對黎姑娘一行人格外關注，卻是因為京城那邊的交代。

據他所知，凡是有錦鱗衛駐紮的城鎮都接到了消息，密切關注黎三姑娘一行人。

庭院中的樹木葉子已經泛黃，落在青石磚上鋪成了一層薄薄的金毯。江五踩在金毯上，心思深沉。義父為何會對一個小姑娘如此關注？這件事實在令人琢磨不透。

不知想到了什麼，江五狠狠踹了一下身旁的樹幹，樹葉簌簌而落，他抬手撣了撣落在肩頭的枯葉，大步向屋內走去。

書房中靜悄悄的，江五從一個暗格中翻出一雙針腳細密的鞋墊，輕輕摩挲了許久，這才重新收好。

杏子林並不在嘉豐城中，喬昭一行人往郊外行去。

喬昭由冰綠與阿珠陪著，坐進一輛臨時買下的馬車裡，邵明淵等人則騎馬走在馬車兩側。

「我們這麼多人，大概一下船就被那些錦鱗衛盯上了。」楊厚承回望了一眼身後，感慨道。

他可忘不了數月前從嘉豐回京的這一路上，時不時就見到江遠朝的身影。

「隨他們去盯。」池燦懶洋洋道。

自從喬昭送來那一盒藥膏給邵明淵，他似乎就死了心，恢復了往常的樣子。

「就是怕他們把咱們在嘉豐停留的消息傳回去。」

池燦不以為然笑笑。「放心，就算傳回去也只是傳到江堂那裡，這種小事他是不會去打擾皇上的。」

「說得也是。」楊厚承點點頭，側頭問邵明淵：「庭泉，你怎麼不說話？」

邵明淵的視線從馬車上收回來。「嗯？」

楊厚承扶額，嘀咕道：「真是服了你！」

他可萬萬沒想到，常年只曉得領兵打仗的好友一旦對一個姑娘動了心，就像老房子著火似的。這樣想著，楊厚承悄悄看了池燦一眼，見他神色漠然，這才暗暗鬆了口氣。

還好，拾曦大概是真的死了心，不然才有得頭疼。

說起來，他們一個個的為什麼對一個還未及笄的小姑娘動心啊，幸虧他和子哲是正常的，不然他要開始懷疑人生了。

「前面的村子過去，就是杏子林了吧？」邵明淵拉著韁繩眺望了一下。

「對，那是白雲村，我們曾經還在村長家喝過茶。」楊厚承道。

邵明淵想了想，徵求二人的意見：「我們就在白雲村借住如何？」

池燦不由想到了村長家入口苦澀的粗茶，下意識蹙眉，點了點頭。「隨意吧。」

午後的白雲村靜謐祥和，幾條大狗懶洋洋趴在地上，聽到動靜警惕地站了起來，抖抖皮毛跑到一行人前面停下。

隨著一行人靠近，一隻大狗突然就叫起來，緊接著犬吠聲便此起彼伏。

聽到動靜的村民揉著眼睛推門出來查看，見到騎著高頭大馬的邵明淵等人便是一怔，而後快步過來，試探地問：「各位這是從何而來，來我們村子找人嗎？」

邵明淵翻身下馬，牽著韁繩溫和有禮道：「這位大叔，我們來找村長。」

村民打量邵明淵幾眼，又飛快瞄了瞄池燦等人，點頭道：「你們稍等。」

這些人瞧著貴氣逼人，一看就不好招惹，自然是要找村長拿主意。

村民跑去通知村長，池燦下了馬，一指不遠處占地頗大的一處宅子，對邵明淵道：「那裡就是村長的家。」

「上次你們是一起來的吧？」邵明淵問。

「對。」池燦回頭看了停下來的馬車一眼，淡淡道：「黎三也在，當時我帶她過來的，不過沒有留宿。」他沉默了一下，笑笑。「你放心。」

邵明淵心中一嘆，低聲道：「我是想問，當時村中有什麼異樣嗎？」

池燦這才知道自己誤會了，扯了扯唇角。「很安靜，不是這種祥和的安靜，而是死一般的安靜，後來才知道與喬家大火有關。」

「這樣說來，我岳丈一家對白雲村人頗有影響。」邵明淵喃喃道。

池燦嗤笑一聲。「庭泉，你將來當著黎三的面，也要一口一個你岳丈家？」

邵明淵輕輕咳嗽了一聲。「這是改不了的事實。」

池燦湊近邵明淵耳邊，低聲道：「說實話，我覺得黎三跟著你挺委屈的，好好的女孩子跑來給你當繼室。」

可是誰讓黎三喜歡呢。

他看得清楚，黎三並不在意這些虛名。他也只能給好友添添堵，出一口心中的憋屈氣了。

池燦一番話讓邵明淵大為尷尬，不禁瞥了靜靜停靠在不遠處的馬車一眼。

他也覺得這關係有點亂，或者哪一天該與昭昭討論一下這個問題。

想到這裡，年輕的將軍連忙機警否定。

不成，萬一昭昭到時候拿這個理由拒絕他，他才要欲哭無淚了。

村長氣喘吁吁走來。「幾位貴客遠道而來——咦，你是幾個月前來過的那位公子？」

村長話說到一半就把池燦認了出來。

池燦微微頷首。「村長好記性。」

原因無他，男子相貌出眾到眼前年輕人這個份上的，他活了一輩子就沒見過。

村長往池燦身後掃了一眼，十來個身姿挺拔的年輕人，令他頗為心驚。

「公子這次來不知有何貴幹？」村長還記得清楚，數月前幾個年輕人來時，隱隱以這位相貌最出眾的年輕人為首。

池燦一指邵明淵。「是我這位朋友來此祭拜喬家人。」

村長忙打量了邵明淵一眼。眼前的年輕人身材高大，站姿如松，看起來是溫潤如玉的貴公子模樣，可不經意間流露出的氣勢卻不容人小覷。

邵明淵對村長頷首致意。「在下是喬家的姑爺。」

村長大驚。「喬二姑娘還不到十歲吧，已經嫁人了？」

邵明淵側頭看向馬車，車窗簾恰好掀起，車內的少女眉眼無波看過來。

他無端有些心虛，朝喬昭笑笑。少女直接放下了簾子。

邵明淵失神片刻。昭昭聽了村長的話，大概是生氣了？

「咳咳。」楊厚承咳嗽一聲。「村長莫非糊塗了，七、八歲的女娃娃怎麼嫁人？他是喬大姑娘的夫君。」

「喬大姑娘的夫君？」村長怔了怔，隨後身子一晃，指著邵明淵尖叫道：「您是北征將軍冠軍侯？」喬家長女嫁給了大梁最赫赫有名的北征將軍一事，白雲村中無人不知無人不曉。年初時喬家遭了大火，許多村人還感嘆過，不知道喬家的姑爺會不會照應一下喬家僅剩的遺孤。再後來就傳來北征將軍封侯，喬大姑娘身死北地一事，村人便只剩下替喬家公子可憐了。

「正是在下。」

邵明淵的回答讓村長回過神來，趕忙收回手，神色激動道：「諸位若是不嫌棄，先去我那裡喝杯茶吧。」

「如此就多謝村長了。」

「侯爺客氣了。」村長說著這話，猶覺在夢中。

大名鼎鼎的北征將軍，把北齊韃子打得落花流水的北征將軍，竟然如此年輕俊朗，溫和有禮，簡直讓人想不到，萬萬想不到。

老天，他也是招待過冠軍侯的人了！

一行人進了村長家大門，無數村民探出頭來，時不時扒著村長家大門問：「村長，你家凳子夠嗎？」

「村長，你家茶杯夠嗎？」

「村長，你家碗筷盤子夠嗎？」

「村長，你家吃飯的人夠嗎？」

村長哭笑不得。這都是些什麼亂七八糟的問題！

「都夠，都夠，你們趕緊回家去，大晌午的不睡覺來湊什麼熱鬧！」村長揮揮手，毫不留情把大門砰的一聲關上了。

「讓諸位貴客見笑了。」村長擦了擦額頭的汗，把邵明淵等人請進堂屋裡坐。

邵明淵開門見山道：「村長，我們這次前來要小住一段時間，不知村中可有空房落腳？」

「空房是有的，就是破了點兒，有一處還不錯，不過……」村長欲言又止。

「村長有什麼話但說無妨。」

「就是村尾那處宅子，原本是豆腐西施的，她家房子兩年前才翻修過，但那房子是凶宅啊，豆腐西施年初的時候，死在自家院子裡的大水缸裡了。」

年初？一聽這個時間點，邵明淵與喬昭不由面面相覷。

村長這才留意到一直靜靜坐在眾人身後的喬昭，眼神一閃。

這不是年初時跟著那位樣貌生得最好的公子過來的小姑娘嘛，她怎麼又來了？

察覺村長的打量，喬昭垂下眼簾，心中卻是一動。

村尾是最接近杏子林的地方，那位豆腐西施的死會不會與喬家大火有什麼不為人知的關係？

她正想問，邵明淵已經開了口：「村長說的那位豆腐西施，是什麼時候過世的？」

村長臉色不大好看。「這事我記得清楚，就在今年的二月二十六。」

「村長對村裡人的事都記得如此清楚？」池燦淡淡問道。

村長長嘆一聲。「別的事或許記得沒這麼清楚，但是豆腐西施哪天死的，別說是我，村裡人沒有記不住的啊。」他說著環視眾人一眼，最後視線落在邵明淵面上，嘆道：「因為喬家大火就是那天發生的啊！」

果然如此！

喬昭後背緊繃，死死抿著唇，正心思起伏之際，忽然有一隻大手悄悄握住了她的手。

喬昭吃了一驚，幸虧她性子沉穩面上才沒有流露出來，不用多看便知道那隻大手是誰的。

她也不想這麼敏銳，奈何這些日子被那隻大手握過太多次，實在是太過熟悉了。

邵明淵這個混帳，當著這麼多人的面居然敢握她的手！

喬昭暗暗咬牙，卻不敢亂動，只能任由那隻乾燥微涼的大手把她的手緊緊握著。

好在她本來就坐在邵明淵側後方，某人的行為雖然大膽，有方桌與寬袍大袖的遮擋，倒不至於被人察覺。

喬昭惱怒之餘，暗暗鬆了口氣。她現在不求別的，只求別被人發現！

不料喬姑娘因為怕被人發現而選擇老老實實的，那隻大手卻不老實了，輕輕推開她的手，修長手指一下一下地在她手心上劃過。

手心處癢癢的，喬昭下意識想把手闔攏，卻又頓住。

邵明淵正在她手心寫字。

喬昭眼微闔，感受著筆劃的走向。

他反反覆覆只寫了一行字：我會一直陪著妳。

明明很簡單一句話，可在這個特殊的時刻，喬昭的心底忽然有道熱流緩緩淌過。

噩運來臨之際，她的父母親人是否想起過她？又是否想過若是邵明淵在，就不會落得那樣的結局呢？

邵明淵，若是那時候你在就好啦。

只可惜……喬昭的手心漸漸轉為冰涼，心中嘆息。

一五三　前往凶宅

邵明淵似有所覺，把她的手緊握了一下，悄悄鬆開，面上不露聲色問村長：「村長是否知道，豆腐西施是死在喬家大火之前，還是之後？」

「這個——」村長搖搖頭。「這誰說得清楚啊，豆腐西施有個兒子在鎮上學堂讀書，平時她都是一個人住。大家是在撲滅了喬家大火後才發現她死了的，不知道究竟死了多久了。」

「豆腐西施平時為人如何？」池燦插口問。

村長詫異看了池燦一眼，面色微變。「公子的意思是懷疑豆腐西施是被人害死的？」

「沒有這種可能嗎？」

村長連連搖頭。「不至於啊。」

他從手邊拿起旱煙袋，問邵明淵等人：「抽不抽？」

幾人搖頭。村長自顧把旱煙袋點燃，深深抽了一口，吞雲吐霧中接著道：「豆腐西施年輕守寡，長得好，不過為人還算正派，雖然因為寡婦的身分引來一些議論，但要說殺人那就太過了。鄉里鄉親的，誰下這種狠手啊？」

「但是死在水缸裡本身就很奇怪。」楊厚承忍不住道。

村長看了楊厚承一眼，笑笑。「其實也不奇怪，幾位公子是從大地方來的，恐怕沒見過鄉里人家用的那種水缸吧？那水缸足有半人多高，要是缸裡的水淺了，彎腰去舀水，一個不小心是有可能一頭栽進去的。」

「就住那裡吧。」邵明淵道。

村長一愣，敢情他費了這麼多口水，都白說了？

「侯爺，小老兒要提醒您一句，自從豆腐西施死了後，村裡隱隱約約就傳言那裡鬧鬼呢。」

村長說著看了喬昭一眼。

「無妨，我們這麼多大男人，不怕那些。」邵明淵笑笑，似是想起了什麼。「對了，村長說豆腐西施的兒子在鎮上學堂讀書，那他平時回來住嗎？我們去他家住方不方便？」

村長在桌沿兒處磕了磕旱煙袋，搖頭道：「不回來住。那孩子被他娘含辛茹苦拉扯大，與他娘感情深厚著呢。豆腐西施這麼一死，那孩子傷心過度大病一場，學堂裡有位姓郭的先生是個心善愛才的，就把他接到自家去住了。」

邵明淵又問豆腐西施兒子的名字。

「就叫山子。幾位貴客想住，也不必和他說，臨走時留下一些銀錢，就算是幫那孩子一把了。」村長嘆道。

「這是自然。」

邵明淵幾人謝絕了村長留飯，請村長領他們先去住處。

一行人走到村尾，果然就見到一座孤零零的房子，前後並沒有屋舍挨著。

在村長的帶領下眾人進了門，不少跟在後面看熱鬧的村民竊竊私語。

「豆腐西施家住人了？前不久二娃子走夜路還聽到她家傳來鬼哭聲呢，這些人不怕啊？」

「人家怕啥？聽說了沒，那個走在最前面個頭挺高、長得挺俊的年輕人可是喬家的大姑爺。」

「喬家大姑爺？從來沒見過啊？」

「你當然沒見過，人家是北征將軍，堂堂的冠軍侯！」

「啊，一時沒想起來。那就是冠軍侯啊，沒想到也是兩隻眼睛一張嘴，長得還挺斯文的。」

「斯不斯文人家也是把韃子打得落荒而逃的大人物，難怪不怕鬧鬼呢，鬼還沒韃子可怕呢。」

村民們的議論聲對邵明淵等人沒有造成絲毫影響，倒是豆腐西施院子裡的破敗讓人無從下腳。

「這還真是要好好收拾一下。」楊厚承四處打量著嘆道。

他是這次帶隊的隊長，忙指揮著手下們收拾房子，卻被邵明淵制止了。

「重山，先讓他們去採買生活用的物資，打掃屋子的事稍後再說。」

「呃，好。」

「村長，豆腐西施就是死在那口水缸裡嗎？」邵明淵側頭問村長。

「沒錯，就是那口水缸。」

「那水缸後來有沒有被人動過？」

「誰動啊，多晦氣！」

「今天有勞村長了，您先回去吧，這裡亂糟糟的，等我們收拾出來，再請您喝酒。」

「好嘞，侯爺有事情儘管吩咐，那小老兒就先走了。」

這種凶宅，若不是冠軍侯這些人在這裡，他連靠近都不想的。

待村長一走，邵明淵抬腳走向擺在牆角處的水缸。喬昭見狀默默跟過去。

池燦看了二人一眼，移開了視線，對楊厚承道：「這裡連個下腳的地方都沒，咱們出去透口氣吧。」楊厚承忙點頭。「也好。」

雖說拾曦瞧著是放下了，可眼看著曾經喜歡過的姑娘與好友出雙入對，心裡定然不是滋味。

邵明淵走到水缸前，估量了一下水缸的高度，側頭對喬昭道：「昭昭，妳往後避一避。」

喬昭搖頭。「我不要緊。」邵明淵想了想，沒有再勸，伸手把蓋著水缸的蓋子揭開。

一股說不清的味道撲面而來。

對水缸頗有興趣的錢仵作吸了吸鼻子，點頭道：「嗯，是屍體的味道。」

看著他一臉享受的表情，邵明淵與喬昭對視一眼，頗為無語。

待那股子氣味散了些，邵明淵低頭往水缸裡探了探。水缸裡早已沒有水了，連缸壁上曾經爬滿的青苔都因為長期乾燥而變成了灰白色。缸底處有了一些裂紋，缸底向上二尺高處，有一圈明顯的分界線。

邵明淵把手伸進去，用指甲在缸壁上用力劃了一下，缸壁處留下了一道淺淺的痕跡。

他盯著那道痕跡，眸光漸深。

喬昭上前一步，踮腳往水缸裡看去。個子矮就是這麼不方便。

邵明淵直接把她拽了回來，喬昭抬頭看他。

邵明淵柔聲道：「妳想要看什麼都可以問我。水缸這麼高，妳個子又矮，那樣踮著腳往裡面看，萬一掉下去該如何是好？」

喬姑娘臉一黑。他居然當著她的面，就這麼雲淡風輕地說她個子矮？

難道他只無師自通了登徒子對女孩子動手動腳的手段，卻沒領悟甜言蜜語的技巧嗎？

見心愛的姑娘神色緊繃，年輕的將軍靈光一閃，低聲問道：「要不我抱著妳看？」

喬昭飛快看不遠處的錢仵作一眼，冷著臉道：「你還是快說說，水缸底部有什麼吧？」

水缸底部黑漆漆的，她個子矮，根本看不清楚。

「什麼都沒有，所以我想豆腐西施的死，應該不是意外。」

「怎麼講？」錢仵作興趣大起，走過來插口問道。

他習慣了與屍體打交道，擅長從屍體上找出死者生前的線索，而眼前這名年輕人僅憑著一口空蕩蕩的水缸就得出這樣的結論，那就有些意思了。

喬昭靜靜看著邵明淵，等他解釋。

邵明淵伸手拍了拍缸沿。「水缸底部很乾燥，向上兩尺處有一圈明顯的分界線，也就是說，那裡應該是最開始的水位。我剛剛試著在分界線上邊的缸壁上用指甲劃了一下，缸壁處留下了一道痕跡，現在那道痕跡還很分明。」他說到這裡頓了一下，錢仵作已是想明白，讚賞地點了點頭，問喬昭：「小丫頭知道原因了麼？」

喬昭想了想道：「剛剛邵將軍說水缸裡什麼都沒有，是不是說明豆腐西施一頭栽進水缸後，沒有掙扎？」

「不錯！」沒等邵明淵回答，錢仵作就一撫掌。「要是正常人探進水缸舀水時不小心栽進去，出於本能會劇烈掙扎求生，那麼水缸壁上應該會留下很多深刻的抓痕。而現在什麼都沒留下，這說明豆腐西施在一頭栽進水缸時就已經死了，或者說，至少已經沒了意識。」

邵明淵笑著點頭。「術業有專攻，還是錢仵作說得明白。」

聽到這話，錢仵作頓覺心情舒暢，贊許看了邵明淵一眼。無論什麼人在自己擅長的領域被人有的放矢地稱讚都心情愉快，乖僻如錢仵作亦不例外。

喬昭瞥了邵明淵一眼。原來某人的甜言蜜語用在這上頭了。

邵明淵對喬昭的視線格外敏感，立刻看過來，目中含情。

喬昭嘴角抽了抽，咳嗽一聲掩飾尷尬。「我還有另一個疑問。」

「妳說。」

「這水缸這麼深，她為什麼要等到水快見底了還不打水呢？這樣用水時豈不是很麻煩？」

邵明淵眸光一閃，若有所思盯著水缸。

「這有什麼奇怪的，等吃得差不多了再打唄。」錢仵作不以為然道。

喬昭搖頭。「不，這不大合常理。豆腐西施年輕守寡，一個人拉扯著孩子長大。一位獨立撫養兒子的弱女子，雖然堅強，內心深處卻很沒安全感，表現在生活中，她應該會習慣把所有事提前安排好，才不至於等需要時手忙腳亂。」

喬昭說到這裡，看了一眼大門處，接著道：「村長領我們過來時，我留意到水井離這裡不近。一位習慣把事情打理得井井有條的母親，不會等水快吃完了才去打。」

邵明淵聽出點眉目來。「昭昭，妳怎麼想？」

喬昭沉吟道：「我在想，會不會是平日裡有人給她打水……」

她話說了一半，沒有再說。一個寡婦，有人給打水，在世人眼中並不是什麼好事兒，以喬昭的教養，原本是不會把這種猜測隨意說出口的，但事關喬家大火，她不能放過任何一種可能。

「是有這種可能。」邵明淵輕輕點頭。

水沒了會有人給打來，自然就不用操心水多水少的問題了。

他凝視著冷靜分析線索的少女，恨不得把她擁入懷中，狠狠揉一揉她柔軟的秀髮。

他的女孩，怎麼就這麼聰明呢？

「既然豆腐西施的死不是意外，又與喬家大火發生在同一天，那麼這其中或許會有關聯。」喬昭道。

「嗯，放心吧，既然咱們來了，任何異常都不會放過的，有沒有關聯稍後查查看。」邵明淵抬手從喬昭髮絲上一掠而過。「我再到別處看看。」

豆腐西施的家並不大，他把角角落落都走了一遍，對喬昭道：「咱們也出去吧，叫他們一起來收拾一下，先把飯吃了。」

人多收拾起來也快，一個時辰後房子煥然一新，飯菜端上了桌。

「村裡沒什麼好東西，將就吃吧。」楊厚承早餓得前胸貼後背，一筷子夾上一隻雞腿，狼吞虎嚥吃起來。邵明淵默不作聲地夾了另一隻雞腿放進喬昭碗裡。

立在喬昭身後的冰綠暗暗點頭。知道給她家姑娘夾雞腿，邵將軍還是挺貼心的。

她這樣想著，眼珠微轉看了池燦一眼，心中好奇不已。

以往池公子分明很喜歡她家姑娘，最近好安靜啊。

明白了，定然是那次邵將軍與池公子在船上打架，輸的人就退出了。

喬昭盯了碗中雞腿片刻，默默吃起來。罷了，當著大家的面推來搡去反而尷尬。

邵明淵眼角餘光掃到認真吃雞腿的少女，不禁笑了。

他就知道，臉皮一厚昭昭就沒法子了。對於昭昭這樣的女孩子，就不能和她講道理。

有了這個深刻領悟的年輕將軍，對未來滿是期待。

飯後，邵明淵起身。「我想去祭拜一下岳父岳母。」

「這麼急？香燭燒紙那些都沒準備呢。」楊厚承道。

「先去他們墳前磕幾個頭，明天再正式祭拜。」

一行人步行穿過杏子林，出現在眾人眼前的便是大火過後的斷壁殘垣。

邵明淵一直關注著喬昭，見她瞬間白了臉，忍不住伸出手，緊緊握住她的手。

喬昭沒有掙扎，此時她的全副心神都放在了眼前的慘況上。

池燦目光落在二人雙手交握處，無聲地笑了笑。

他的黎三是個狠心的丫頭，邵明淵的昭昭卻不是。他輸得徹底，這樣也不錯，總算可以真正死心了。

「走吧，我聽舅兄說，岳父岳母就長眠在宅子後面的山上。」

喬昭回神，這才想起抽回手，白著臉點了點頭，一個字都沒說。她怕一開口便忍不住失態。

幾人爬上山，大大小小的新墳便呈現在他們面前。

喬昭雙腿一軟，跪了下去。

萬水千山，物是人非，她終於回來了，卻不能光明正大喊一聲父親、母親。祖父祖母的墳更已青草丈高，令人心碎。

這一刻，喬昭忘了掩飾，淚如雨下。

池燦與楊厚承見狀吃了一驚，不由面面相覷。

邵明淵跟著跪了下去，在喬昭父母墳前重重磕了九個頭，心中默道：岳父岳母，你們放心吧，我會守護昭昭一生一世，從此與她生死相依，不離不棄。

山上起了風，少女的背影分外單薄。

邵明淵輕輕拍了拍她的肩。「昭昭，先下山吧。」

臉上的淚被風吹乾了，有種緊繃的疼，喬昭擦了擦眼睛，默默站了起來。

氣氛古怪中，幾人下了山。

喬家大院已是焦土一片，喬昭深深看了一眼，彷彿要把這一切鐫刻在心裡。

「昭昭，先回去歇歇吧，有什麼事明天再說。」

喬昭輕輕點頭，回到豆腐西施的宅子後，由冰綠與阿珠伺候著淨面更衣去了。

池燦立在庭院中，隨意踢了一下尚未清理完畢的雜草，懶洋洋問道：「庭泉，黎三與喬家究竟有什麼關係？」

邵明淵裝傻。「嗯？」

池燦揚了揚眉。「在山上時黎三的樣子有些奇怪，難道你沒察覺嗎？」

「昭昭曾對我說過，她自幼臨摹喬先生的字畫，雖沒有機會見到喬先生，卻對他神往已久。加之我舅兄托她代為祭拜家人，我想她是有感而發吧。」

「她連這些都對你說了？」

邵明淵點頭。池燦將信將疑，喃喃道：「可剛才在山上看她的樣子，就好像是……」後面的話有些不吉利，他又默默嚥了下去。

邵明淵笑笑。「姑娘家心思細膩，多愁善感，自是與咱們不同的。」

無論如何，昭昭借屍還魂的事不能再讓更多的人知道了。當今天子信奉道教，一心一意追求長生，倘若知道了昭昭的事，他不敢想像昭昭會面臨什麼樣的情況。

池燦斜睨著邵明淵，心道：黎三多愁善感？這理由未免太拙劣。罷了，是他閒操心了。

楊厚承見氣氛冷下來，開口道：「庭泉，你請了錢仵作來，究竟是怎麼個打算？」

「自然是要開棺驗屍，確認喬家人的死因。」邵明淵毫不遲疑道。

楊厚承瞪大了眼睛。「真要開棺驗屍啊？這，這是不是有些驚世駭俗？」

池燦對此倒不以為然，提出另一個問題：「這事徵得喬墨同意了？」

時人講究入土為安，打擾先人安寧是許多孝子賢孫無法忍受的。

邵明淵對喬家的心意他可以理解，卻不想好友落得個裡外不是人的下場。

邵明淵頷首。「舅兄知道的。」

「如果查明喬家人不是死於大火意外，你打算留在這裡查明真相？」池燦再問。

「這是自然，總不能讓謀害我岳丈一家的凶手逍遙法外。」

「那黎三呢？」

邵明淵沉默了一下，不動聲色道：「當然是看她自己的打算。」

這時冰綠小跑過來。「邵將軍，我們姑娘請您過去。」

邵明淵朝池燦二人點點頭。「那我先過去了。」

良久後，池燦的視線才從邵明淵離去的方向收回來，自嘲一笑。「重山，咱們大概要在這座凶宅裡住上好一段日子了。」

楊厚承眨眨眼。「你就知道黎姑娘會選擇留下來？」

「看到黎三在山上悲痛的樣子，你認為她會繼續南下？」池燦看向遠處，神情莫名。「我忽然在想，黎三這次南下，替九公主採藥是其次，替喬家沉冤昭雪才是真正的目的。」

楊厚承點點頭。「確實有這種可能，那咱們怎麼辦？」

池燦嗤笑一聲。「什麼怎麼辦？咱們不是保護黎三的嗎？自然是她在哪裡咱們就在哪裡。再者說，查案可要比採藥有趣得多。」

當時如果不是為了黎三，他腦子又沒毛病，會給替九公主採藥的人當護衛。

楊厚承嘿嘿笑起來。「說得也是，反正出來就比待在京城有意思多了。這白雲村山清水秀，住在這裡不吃虧。走啦，出去轉轉。」

二人相攜出了門。

邵明淵去了喬昭屋子，喬昭揮揮手，冰綠與阿珠識趣地退了出去。

「昭昭，妳找我？」邵明淵仔細打量著喬昭的神色，見她眼圈微紅，便有些心疼了。

「什麼時候開棺驗屍？」喬昭聲音微顫，開門見山問。

這時候，她忽然發現身分暴露後給她帶來不少方便。倘若她在邵明淵眼裡還是黎昭，又該如何解釋這一切？就更不可能名正言順與他攜手調查真相了。

大概也是因此，大哥才瞞著她給了邵明淵那個錦囊吧。

「我認為越快越好，昭昭的意思呢？」

「我也是這麼想的。」

「那就明天可好？」

喬昭渾身一顫，緩緩點頭。「好。」她吐出這個字，好似用盡了全身的力氣，一動不動如泥塑。邵明淵握住她的手，柔聲道：「別多想，現在暫時的打擾是為了讓他們獲得長久的安寧，對不對？」

喬昭緩緩點頭。「我知道的。」雖然知道，可是一想到那樣的情景，還是令她神魂俱碎。

「不然明天妳留在這裡，一切交給我。」

喬昭打斷了他的話：「不，我要在場。」

「好，那咱們就一起去。」

「還有……」

「還有什麼？」

喬昭睇了邵明淵一眼，淡淡道：「不要一直握著我的手。邵將軍莫非在北地待久了，忘了男女授受不親？」

年輕的將軍一臉無辜，壓低聲音問：「可是已經親過了，怎麼辦？」他的聲音低沉悅耳，如潺潺清泉，說的又是這般曖昧的話，少女原本蒼白的小臉很快染上一抹緋紅。

「昭昭，等替岳父他們沉冤昭雪，咱們就定親吧。」

「我沒有定親的打算。」喬昭淡淡道。

邵明淵表情糾結。「可是直接成親不合規矩……」

當然，他不在乎規矩，但對姑娘家來說是不一樣的。

喬昭忍不住翻了個白眼。「邵將軍，你想多了。我既不打算定親，更不打算成親，這話我以前對池大哥說過了，並不是戲言。」

邵明淵呆了呆，劍眉蹙起。「昭昭，妳的意思是……不打算對我負責任了？」

喬昭驀地瞪大了眼睛。她是不是聽錯了？

「你要我負責？」

邵明淵眼微闔，瞧著頗為感傷。「妳親過我，我這輩子肯定是不會娶別人了。妳若不嫁我，那我只能打一輩子光棍了。」

「你……」喬姑娘張了張嘴，實在忍不住問出來：「你還要不要臉了？」

年輕的將軍微微一笑。「早說過了，只要妳，臉可以不要。」

一五四　情不自禁

喬昭又氣又惱，嗔道：「邵明淵，你能不能正經點兒？」

邵明淵一臉嚴肅。「我一直很正經。」

「冰綠，送客！」喬昭再也受不住，揚聲道。

門推開，冰綠快步走進來，繃著臉道：「邵將軍，請吧。」邵明淵半點沒有被趕出去的尷尬，施施然起身，朝喬昭溫柔一笑。「昭昭，那我先出去了，回頭見。」

冰綠送邵明淵出去，返回來關上門湊到喬昭跟前來。

喬昭看她一眼。冰綠嘿嘿一笑。「姑娘，等回京後是不是該和邵將軍叫姑爺啦？」

「別胡說！」喬昭臉一沉。冰綠全然不怕，吐了吐舌頭。「婢子才沒有胡說呢，難道姑娘沒有發現嗎，您對邵將軍很不一樣呢。」

喬昭微怔。

不一樣嗎？她與他之間有太多牽扯，對他自然是與對別人不同的，這並不能代表什麼。

「沒有什麼不一樣，以後不要亂說。」

冰綠眨眨眼。「可是姑娘在邵將軍面前會臉紅害羞啊，在別人面前可不會。」

喬昭抬手揉了揉臉頰，臉頰微燙。

她的臉紅是害羞嗎？明明是氣的。她已經拿那個厚臉皮的傢伙毫無辦法了。

天色漸漸暗下來，因著屋子逼仄，眾人便聚在院子中吃飯。牆角的雜草已經被清理乾淨，空蕩蕩一片，只剩一棵枇杷樹亭亭如蓋。從村人那裡買來的油燈蠟燭零零散散擺在四周，燈光點點與天上繁星交相輝映，頗有一番意境。

楊厚承吃了一塊涼拌牛肉，嘆道：「可惜有肉無酒。」

池燦睇他一眼。「你以為是來秋遊麼？」

邵明淵看二人鬥嘴，搖頭笑笑，側頭看向喬昭。

「沒有胃口？」

喬昭回神，擦了擦嘴角。「已經飽了。」

邵明淵放下筷子。「那就出去走走吧。」

「好。」

邵明淵起身。「拾曦、重山，你們慢吃，我陪昭昭出去走一走。」

池燦手中筷子一頓，眼皮未抬，淡淡道：「早去早回，這裡鬧鬼呢。」

楊厚承一拍胸口。「沒事，你要害怕的話，還有我呢。」

池燦放在飯桌下的腳抬起狠狠踹了楊厚承一下。

「哎呦，一言不合就踹人啊？」楊厚承彎腰捣著小腿慘叫起來。

走出大門，邵明淵笑道：「他們兩個還是老樣子。」

喬昭沉默片刻，輕聲道：「沒有影響你們的關係就好。」

邵明淵一怔，而後搖頭，語氣很是堅定：「不會。」

昭昭並不喜歡拾曦，才給了他爭取的機會。倘若他們兩情相悅，他唯有默默祝福了。

「妳曾來過白雲村吧？」邵明淵忽然開口問。

喬昭腳步微頓，點了點頭。「自然是來過的，還來過許多次。」

她似是猜到了邵明淵想問什麼，遙望著夜幕中的村莊，呢喃道：「豆腐西施我見過的，那時候我還小，無意中見到她舉著菜刀追著一個大男人跑，她的兒子在家門口嚎啕大哭，村裡人指指點點，全都在瞧熱鬧。後來，幾個婦人堵上門來，要把豆腐西施趕出村子，還是我祖父出言相勸，才把事情平息下來。」說到這裡，喬昭輕嘆一聲。「那個被豆腐西施追著跑的男人，是村裡人見人煩的閒漢，可是村裡人瞧了這一番熱鬧，卻都站在閒漢這一邊，對豆腐西施滿是不屑。當時啊，我覺得這真是奇怪極了。」

她抬了頭，仰望進對方燦若星辰的眸子裡，輕聲問：「邵將軍覺得呢？」

近在咫尺的男人低下頭去，與仰望他的少女對視，溫聲道：「我也覺得奇怪極了。」

喬昭繼續往前走，大概是山村的夜色朦朧空靈，使她的聲音比平時多了幾分溫柔：「我當時便這樣問了祖父，你猜祖父怎麼說？」

邵明淵只是認真看著她。他知道，這個時候眼前的少女只是需要一個安靜的聆聽者。

在最靠近她家人的地方，她的心裡盛放了太多東西。

還好，他能陪在她身邊。

「祖父說，這世間人對女子遠比男子要苛刻，對失去了男人的女子尤為苛刻。所以，要想以後活得自在，那就努力獲得不會失去的東西。」

「比如才智與醫術嗎？」

喬昭彎了彎唇角。「是呀，比如才智和醫術。」

她忽然垂下了眼簾，輕嘆道：「可惜任祖父智才絕世，卻沒料到家人會遭這般橫禍。」

月明人靜，有著夜色的遮掩，一滴清淚從她眼角悄然墜落。

那滴淚就這麼悄無聲息砸進了邵明淵的心裡，砸得他心尖陣陣發疼。
他心底突然生出了一種衝動，伸手抬起少女光潔白皙的下巴，低頭把唇印了上去。
突如其來的吻令喬昭驀地睜大了一雙水眸，茫然看著眼前的男人。
喬姑娘顯然沒反應過來這人在做什麼。
少女的安靜彷彿是默許，一下子激起了男人的本能。
他一手托著她的後腦杓，一手環著她的腰，舌尖粗魯卻不失靈巧地擠進少女的口中，加深了這個原本是安慰的蜻蜓點水般的吻。
喬昭腦海中一片空白，只剩下一個念頭：這混蛋到底在幹什麼呀？
邵明淵緊緊摟著少女的腰，本來準備淺嘗輒止，可對方的甜美遠遠出乎了他的意料，那是鐵一般的意志都無法抵擋的美好，情動令他的聲音在夜色中暗啞低沉：「昭昭——」
一聲「昭昭」猛然拉回了喬昭的神智，她伸出雙手用力一推。
邵明淵眼神恢復了清明，把她放開。
「你瘋了？」唇上的腫熱讓喬昭質問起來顯得有氣無力。
對面的男人目光灼灼凝視著她，沒有說話。
喬昭氣得發抖，抬腳踹了他小腿一下，恨恨道：「你知不知道自己在幹什麼？」
這一次對面的男人老老實實開口了：「知道啊，吻妳。」
喬昭再次抬腳踢了他一下。「無恥！」
邵明淵悄悄側身，掩飾著身體的異樣。
他好像是有點無恥了，放到半個月前，他從沒想過自己會做出這樣的事來。
可是這種感覺，為何該死的美妙呢？

見對方一副死豬不怕開水燙的樣子，喬昭暗暗吸了一口氣，抬腳便走。

邵明淵一把拉過她。

「你！」邵明淵伸手掩住她的唇，低聲道：「小聲點，那邊有人來了。」

聽邵明淵這麼一說，喬昭立刻停止了掙扎，被他快速拉到了一棵樹後。

樹雖然是老樹，但想遮擋住兩個人的身影還是不能的，邵明淵理直氣壯把少女擁在懷中。

喬昭雖無奈，這種時候卻無意與他歪纏，悄悄探出頭去觀察情況。

夜色裡，她沒有身邊男人的敏銳，四顧左右沒有發現異常。

喬昭忍不住懷疑又是某個登徒子耍無賴了。

「那邊——」低低的聲音在耳畔忽然響起，熟悉的冰雪氣息拂動著她微熱的面頰，令她心頭莫名有些慌。

不過喬昭很快便冷靜下來，半眯了眼睛，看著躡手躡腳走來的人。

那人探頭探腦，一副鬼鬼祟祟的模樣，走到豆腐西施宅子的後面院牆處，停了下來。

「看看他要幹什麼。」邵明淵聲音放得很輕，察覺懷中少女安靜乖巧，便不自覺染上了笑意。

這低不可聞的輕笑，此情此景卻莫名撩人心弦。

喬昭頓覺尷尬，悄悄往外移了移身子。

她不移動還好，這麼一動，頓覺一個硬邦邦的東西抵在了腰間。

喬昭疑惑地低頭。

這下子換邵明淵尷尬了，可偏偏身體的本能反應由不得他，只能渾身僵硬往後退了一步，然而身後便是樹幹，退無可退。邵明淵紅了臉，急中生智道：「快看，那人爬到牆頭上去了。」

喬昭的注意力立刻被吸引了過去。

來人已經爬上了牆頭，正往院子裡探望。

「去把那人擒住？」喬昭低聲問。

「不用了。」

喬昭詫異地看他。

「不用了」是什麼意思？難道放過那個行跡鬼祟的人？

她很快就知道了答案。

牆頭處忽然伸出一隻手，把趴在牆頭上的人一把拽了進去。

事情發生得太突然，那人竟連一聲驚叫都沒發出來。

「走吧。」邵明淵自然而然拉起喬昭的手，往回走去。

快走到門前時喬昭這才反應過來，抽出手低聲警告道：「邵明淵，你別得寸進尺。」

年輕的將軍低頭湊在她耳畔，輕笑道：「末將遵命。」

喬姑娘的臉騰地紅了。他到底從哪學來的這些調戲小姑娘的手段？

二人進了門，一眼便看到葉落把那人一腳踩在地上，那人拚命掙扎，只能發出嗚嗚的聲音。

池燦等人站在旁邊，俱是一臉吃驚。

「葉落。」邵明淵一邊往裡走一邊喊了一聲。

葉落聞聲望來，立刻收回腳，行禮道：「將軍，有奸細！」

頃刻間邵明淵已經走到了近前，居高臨下打量地上的人一眼，語氣平靜道：「帶他進屋再說。」

一眾人進了屋。室內亮如白晝，來人的樣子清晰呈現在眾人眼前。

那是一個身形健碩的中年男子，濃眉大眼，被這麼多人看著如驚弓之鳥，掙扎不斷。

「把他嘴裡塞的東西取出來。」邵明淵吩咐道。

葉落沒有遲疑取出塞在男子口裡的抹布。

「你們、你們要幹什麼？」

邵明淵坐下來，彎唇笑了笑，不急不緩道：「這話應該我們問你才對。夜黑風高，這位大哥爬上別人家的牆頭想幹什麼？」

坐在椅子上的年輕人語氣溫和，可男子卻本能感覺到了危險，他往後縮了縮，結結巴巴道：「我、我就是好奇看看——」

邵明淵輕笑一聲。

立在他身邊的晨光翻了個白眼。「大哥，是你傻還是當我們傻呀？有多好奇要大晚上的爬上牆頭來看？」男子瑟縮一下，老老實實道：「我覺得白天來看會被發現。」

晨光：「……」這理由，他竟無言以對。

「這位大哥怎麼稱呼？」邵明淵波瀾不驚問。

男子低著頭。「我叫鐵柱。」

「鐵柱大哥為何好奇我們呢？」

鐵柱抬起頭，撓了撓頭髮。「這裡不是鬧鬼嘛，我聽說有人住進來，就好奇大人們怎麼都不怕呢，就忍不住過來瞧瞧是怎麼回事兒。大人，我真的沒有別的壞心思，更不是賊！」他說著朝邵明淵連連作揖。「您大人有大量，就別和我計較了，放我回去吧。」

「好。」

邵明淵的答應太痛快，太令人措手不及，鐵柱一時沒有反應過來。「啥？」

晨光翻了個白眼。「聾子嗎？沒聽我們將軍答應放你回去了？趕緊走吧！」

鐵柱被轟出門外這才如夢初醒。「多謝大人，多謝大人！」說完這話，頭也不回跑了。

「庭泉，你就這麼放他走了？」池燦問道。

「你覺得他很可疑？」

池燦冷笑一聲。「他那些話騙鬼還差不多。咱們是光明正大由村長領著住進了這裡，又不是偷偷摸摸住進來的，能引發這麼大的好奇心？」

邵明淵點頭。「你說得是。」

「那你──」

邵明淵笑笑。「那也只能讓他回去了，他是這裡的村民，不是犯人。再者，咱們剛來，什麼都不清楚，不能輕易打草驚蛇。」

「庭泉說得不錯，不過那個人咱們應該盯著點兒。」楊厚承道。

邵明淵一笑。「放心吧，葉落已經跟著去了。」

他這麼一說，池燦與楊厚承這才發現葉落不知什麼時候不見了。

二人不由面面相覷，又有些灰心。

明明都是同齡人，他們卻比好友差了這許多，戰場果真如此鍛煉人嗎？

楊厚承忍不住嘆氣。「庭泉，你再這樣打擊人，咱們就沒法好好做朋友了。」

「他們吃這碗飯而已，你可不要和他們搶飯吃。」

「以後真的不帶著我去戰場？」楊厚承眼巴巴問。

邵明淵拍拍他的肩。「拖後腿太嚴重，會娶不到媳婦的。」

楊厚承撇嘴。「說得好像你有媳婦似的。」

他說完這話自知失言，飛快看了喬昭一眼，又看向池燦，見二人都沒什麼反應，摸了摸鼻子。「咳咳，睏了，我去睡了。」

一五五　縣令來訪

一夜無話。

翌日一早，邵明淵派人把村長請了過來。

「侯爺昨夜休息得還好吧？」一來這鬧鬼的宅子，村長就有些不得勁。

「有勞村長惦記，我們都休息得不錯。」邵明淵說了幾句客氣話，問起鐵柱的情況。

「鐵柱啊？他以前是鎮上的鐵匠，來村裡住下也就這幾年的事兒。」

「他平日為人如何？」邵明淵問。

「為人？」村長琢磨了一下。「鐵柱平時沉默寡言，很少惹人注意，給人的感覺就是老實巴交吧。侯爺，您怎麼知道鐵柱的？」

「昨天無意中碰到了。」邵明淵沒有再多提，留村長喝了茶，轉而問起村中情況。

面對著冠軍侯這樣的人物，村長自是知無不言言無不盡，茶喝到第三杯，氣氛熟絡起來，便笑著道：「侯爺，小老兒瞧您這些貴客都沒個伺候茶水的，小老兒有幾個孫女，您要是不嫌棄她們粗手粗腳，就讓她們過來幫幾日忙，給貴客們縫補掃灑的事還是會做的。」

安靜坐在角落裡的喬昭看了邵明淵一眼，默默啜了一口茶。

邵明淵忙道：「不必了，我們都是大男人，有手有腳，用不著人伺候。」

「這樣啊，那侯爺以後要是需要幹粗活的丫頭，儘管開口。」村長語氣中滿是惋惜。

據說京城的貴人們連洗臉穿衣都有人伺候的，怎麼這位侯爺不一樣呢？他那幾個孫女俊得很，這麼多貴人，要是被哪個看上了，就是一輩子享用不盡的福氣。退一萬步說，能賺點幫工的錢也是好的啊。村長的眼神越發遺憾了。

邵明淵用餘光掃了端坐在角落裡的少女一眼，頓覺頭大。這村長不是添亂嘛，昭昭生氣了怎麼辦？「這些就不麻煩村長了，我們這些人都挺喜歡幹粗活的。」邵明淵笑道。

一旁的楊厚承等人聽得直皺眉。誰喜歡幹粗活了，這傢伙又胡亂代表他們！

邵明淵把眾人神情盡收眼底，一臉無動於衷。

只要昭昭不生氣就好，至於別人，呵呵，都是五大三粗的大男人，不高興了出去練練就老實了。

邵明淵把茶杯放下準備送客，還沒等開口，晨光就進來稟告道：「將軍，外面有村民來找村長。」

「找我？」村長站起來，有些疑惑。「這個時候誰來找我啊？我還跟家裡老婆子交代來了侯爺這裡。侯爺，那小老兒出去看看。」

邵明淵遞了個眼色給晨光，把村長攔住。「請那人進來說吧。」

晨光立刻跑出去，不多時領著個眉眼靈活的年輕人進來。

面對著邵明淵等人，年輕人不禁低了頭，眼珠亂飛。

村長上去給了年輕人一巴掌。「亂瞄什麼呢，有什麼事趕緊說。」

年輕人呼了口氣。「村長，縣老爺來了！」

村長大驚。「縣老爺怎麼會來咱們村兒？」

「縣老爺說來拜訪冠軍侯的。」

村長不由看向邵明淵。「侯爺，您看……」

邵明淵對晨光點了一下頭。「晨光，你隨他去看看，如果是嘉豐縣令，就請進來。」

「領命。」晨光把年輕人帶了出去。

邵明淵重新落座，一指旁邊的座椅。「村長請坐。」

村長踟躕起來。那可是縣老爺啊，他究竟是留下繼續陪著冠軍侯呢，還是出門迎接縣老爺呢？侯爺比縣老爺大，應該留下，不過他就這麼坐著，等一會兒縣老爺進來怎麼辦？

「村長請坐。」邵明淵再次道。

村長忙坐了下來，小心翼翼沾了一個椅子邊兒，坐立不安。

很快一名四旬左右的短鬚男子走了進來，身後跟了幾名侍從。

村長騰地站了起來。短鬚男子快速環視一眼，目光最終落在邵明淵身上，拱手道：「下官嘉豐縣令王大海，見過侯爺。」

「王縣令請坐。」

王縣令坐下來，態度頗為恭敬。「下官聽聞侯爺蒞臨本縣，不勝榮幸，沒有及早迎接，還望侯爺勿怪。」

「王縣令客氣了。」邵明淵不動聲色打量著王縣令。

王縣令擦了擦汗，視線落在池燦二人身上。「侯爺，不知這二位公子是……」

邵明淵一指池燦，淡淡笑道：「這是池公子，這是楊公子。」

王縣令忙向二人問好：「原來是池公子，楊世子，下官久仰。」

邵明淵眸光微閃，端起茶盞啜了一口。

「侯爺這次前來，是祭拜喬大人的嗎？」

邵明淵頷首。「稍後便會去祭拜。」

「那下官陪侯爺同去吧。喬拙先生是天下文人表率，喬大人同樣是我輩楷模，下官早就想去祭拜一番了。」邵明淵笑了笑。「那好，王縣令稍坐片刻，本侯先去準備一下。」

他起身，不著痕跡地看了喬昭一眼，隨後走了出去。

王縣令立刻與池燦二人攀談起來。

池燦在這些人面前向來矜持冷淡，懶於敷衍，楊厚承還算健談，氣氛這才沒有冷下來。

喬昭趁機溜了出去。

邵明淵就等在院中的枇杷樹下，見少女向他走來，抬腳迎上去。

「這個王縣令來得很蹊蹺。」喬昭走到邵明淵身旁，低聲道。

「妳也看出來了？」邵明淵含笑問。

喬昭白他一眼。「我又不傻。」

她說完，望著邵明淵盈盈一笑。「那邵將軍說說，這位縣令有何蹊蹺之處？」

邵明淵看向屋門口，壓低聲音道：「他來得未免太快了些。咱們昨日才來，這些村民就算喜歡傳話，也不會傳這麼快。也就是說，王縣令應該派了專人在碼頭守著，才會及時得到消息。」

「不錯，還有他對楊大哥的稱呼，你明明介紹的是楊公子，他卻稱楊大哥為楊世子，這說明他早就知道楊大哥他們的身分了……」喬昭發覺眼前的男人神色有異，不由停了下來，問道：「怎麼了？」

邵明淵很是委屈。「為什麼他們是楊大哥、池大哥，我就是邵將軍？」

喬昭抽了抽嘴角，板著臉問：「邵將軍有意見？」

「意見沒有，只有一個小建議，昭昭叫我邵大哥怎麼樣？」

喬昭似笑非笑看著他，毫不客氣道：「其實按我們的年齡差距，我叫你邵大叔也是可以的。」

邵明淵以拳抵唇，咳嗽一聲。「那還是邵將軍吧。」

差輩分的稱呼可萬萬不能答應！

建議被駁回，邵明淵只得繼續道：「無論是你們南下採藥，還是我南下祭拜，遠在南方的一個縣令根本不可能知道，更不必要派人守在碼頭，所以這有兩種可能——

「第一種可能，是從錦鱗衛那裡得到的消息，不過這種可能性不大。」見喬昭聽得認真，邵明淵耐心解釋著：「據我與錦鱗衛指揮使江堂打過幾次交道的情形來看，他是個八面玲瓏又不會明顯站隊的人，對於我南下嘉豐，他定然會關注，卻不大可能與當地官員通氣。」

喬昭點點頭。

「而另一種可能就有些意思了。他的消息是從京城那邊得來的，早就知道我會來嘉豐，所以派人盯著碼頭。」

「你來嘉豐本是私事，這樣眼巴巴盯著，是怕你祭拜是假，調查喬家大火是真……」喬昭輕呼一口氣。「那你為何同意王縣令同去拜祭呢？不怕打草驚蛇？」

邵明淵輕笑一聲。「那場大火已經過去了這麼久，現在怕的不是打草驚蛇，而是無蛇可驚。」

他說完，發覺對方直直看著他，不由有些奇怪，低頭問道：「怎麼了？」

喬昭抿唇笑了。「你說得對。」

這種有人並肩作戰的感覺很新奇，也很好。

「走，去和錢仵作說一聲。」邵明淵深深看了喬昭一眼。「昭昭，我想當著王縣令的面開棺驗屍，妳同意嗎？」

喬昭臉色一白，垂下眼簾，點了點頭。

她當初請來錢仵作就沒打算偷偷摸摸進行，不然就算查出問題也會被人輕易否認的。

開棺驗屍，自然是為了把喬家的冤情暴露於世人眼中。

「那走吧。」

❦

半個時辰後，邵明淵等人在喬家人墳前一一上香祭拜，王縣令暗暗納悶，這儀式與尋常人家的不大一樣啊！轉念一想，或許是京城那邊的風俗，便跟著上了一炷香。

山上新墳林立，秋風卷起紙錢四處飛揚，夾雜著淡淡的燒紙味道，王縣令不自禁打了個冷顫，對邵明淵笑道：「侯爺，眼下時間還早，可否賞臉去城中一聚？下官已經命人在城中最好的酒樓訂了席面，替諸位接風洗塵。」

「本侯還有事。」邵明淵語氣平靜地拒絕。

王縣令頗為意外，說話滴水不漏：「侯爺遠道而來，可能沒有在京中那麼方便，要是有什麼麻煩事儘管跟下官說一聲，下官命手下那些小兔崽子們去辦。」

邵明淵客氣笑笑。「多謝王縣令美意，不過此事不便交給旁人來辦。」

「呃？」王縣令下意識摸了摸短鬚，估不準要不要直接打探了。

這位冠軍侯雖年紀輕輕，謙和有禮，可給人的感覺卻不容小覷，憑他為官多年的經驗，這是塊不好啃的硬骨頭。這麼一尊大佛，怎麼就跑嘉豐來了呢！

邵明淵不再理會王縣令，手一伸。「晨光——」

晨光遞過來一把鋤頭。

邵明淵接過來，對著其中一座墳頭就是一鏟。

「侯爺，您這是做什麼？」王縣令連音調都變了。

邵明淵側頭看了王縣令一眼，語氣淡淡：「呃，開棺驗屍。你們都愣著做什麼？」

話音落，無數鋤頭落下來，瞬間塵土飛揚。

「咳咳咳——」王縣令連連後退，猛烈咳嗽好一會兒才緩過勁來，不可置信道：「侯爺，您、您要開棺驗屍？」

邵明淵站直了身子，一手扶著鋤頭，淡淡道：「是呀，王縣令有意見？」

「當然——」迎上對方凌厲的眼神，王縣令生生轉了個彎。「當然不敢有意見，只是侯爺要三思後行啊！喬大人一家已經下葬半年有餘，您這樣做豈不是擾了他們的安寧？」

見邵明淵無動於衷，王縣令看了眾人一眼，急道：「各位勸勸侯爺啊！」

一瞧全是不懂事的年輕人，王縣令搖搖頭，一眼看到躲在一旁裝鵪鶉的村長，喊道：「你是白雲村的村長？還不過來好好勸勸侯爺！」

「嗯？」

村長走了過來，臉色同樣好看不到哪裡去。「侯爺，縣老爺說得對，您可不能這麼做啊！」

村長連連擦汗。「已經下葬的人哪有開棺的道理？讓先人屍骨重見天日，這可是大大的不吉利，更是大大的不孝啊！」

孝不孝他管不著，可要是因為這個壞了白雲村的風水，將來村子裡的人可怎麼辦？

邵明淵安安靜靜聽村長說完了，提了提鋤頭。

村長溜一下躲到王縣令後面去了。

王縣令：這老東西比他年紀還大呢，腿腳這麼靈便！

「侯爺……」王縣令朝邵明淵笑笑。

難道說冠軍侯之前的溫文爾雅都是偽裝，一言不合就要掄鋤頭的？

年輕的將軍拎著鋤頭，嘴角微牽。「所以王縣令還是有意見？」
也許是習慣了把最好用的留給自家大人，邵明淵手中這把鋤頭竟是嶄新的，陽光下閃著寒光。
王縣令看得膽戰心驚，乾笑道：「下官不敢，下官不敢。」
邵明淵看向村長。「村長不必擔心，本侯就是出於對岳丈岳母的孝順，才決定開棺驗屍的。」
村長早就從王縣令身後走了出來，顫巍巍問：「侯爺此話怎講？」
他年紀大了，精神不濟，等會兒還是視情況昏倒好了。
邵明淵看著王縣令，淡淡道：「昨夜本侯睡下後，泰山大人忽然入夢，斥我不孝，現在才來祭拜，害他這數月來無一刻能在地下安眠，一直苦苦等著我。本侯醒後，思來想去，決定開棺一探究竟。」
王縣令心中自是不信，面上卻不敢流露出來，只得勸道：「侯爺您肯定誤會了喬大人的意思，他等著您，您來祭拜過就是見過了，怎麼會讓您開棺呢？」
邵明淵面色嚴肅，把鋤頭往二人中間一橫。「王縣令有所不知，泰山大人千叮萬囑，要本侯與他面見，否則死不瞑目。」
「死不瞑目」四個字被邵明淵說得冷厲如冰，王縣令忍不住打了個冷顫。
不遠處漸漸圍滿了看熱鬧的村民，邵明淵這番話傳過去後，村民們議論聲更大了，卻誰都不敢靠近。幾個年輕男子不知何時站在了人群中，默默觀望。
挖了一會兒後，晨光直起身子。「將軍，露出來了。」
喬昭下意識上前一步。
邵明淵側身遮住她的視線，詢問錢仵作：「錢仵作，就在此處開棺嗎？」

一五六　驚人之舉

「抬去那邊。」錢仵作指了一處背陰處。

開棺驗屍畢竟是極忌諱的事，會有許多常人所不知的講究。

邵明淵朝晨光點頭示意。晨光仔細看了一眼露出的棺槨，有些遲疑。「將軍，這棺材板瞧著挺薄的，隨意挪動怕是會出問題。」

喬昭聞言再也忍不住，繞過邵明淵衝到了被挖開的墳邊。

那是裝殮她父親喬大人屍身的棺材，用的是最普通的木料，才短短數月的工夫就已經有了腐朽的跡象。喬昭大慟。她的父母親人雖不是驕奢之人，卻也是書香傳家，慘遭橫死不說，最終的歸宿卻這般落魄，讓做兒女的情何以堪。

眾人之前，喬昭悲傷得不動聲色，邵明淵看在眼裡疼在心中，卻只能用眼神悄悄安慰她。

「將軍？」晨光沒有等到將軍大人的指示，再喊了一聲。

邵明淵收回目光，看了村長一眼。村長嘆道：「這也是沒法子的事，喬家突然被一場大火燒了個乾乾淨淨，喬大人的這副棺材還是村裡的王老漢讓出了一直給自己準備的棺材。當時總共湊出七、八副棺材，喬家好些下人都是一張席子卷著直接埋了的……」

喬昭越聽，臉色越難看，攏在衣袖中的手抖個不停，若非一口氣撐著，險些就站不住了。

喬家人口簡單，許多下人與半個親人無異。

她還記得祖母身邊的兩個大丫鬟，明明到了年紀卻不願意嫁人，曾說過她們有幸跟著主子讀書識字，懂得了許多道理，不願隨意配個小子稀裡糊塗度過一生，將來若是遇到知心人便嫁了，若是遇不到，就伺候主子一輩子，想讀書時便讀書，想習字時便習字，得閒時教一教附近村子的女孩子們讀書也是好的。那兩個丫鬟都是規矩懂禮的人，一直以身在喬家而驕傲，如今香消玉殞，卻落得草席裹屍的下場。這都是為什麼，要讓這種禍事降臨在她的親人家人身上！

錢仵作往前一步，探頭往坑裡看了一眼，對邵明淵道：「那就不要挪動了，借幾把大傘把日頭擋嚴實了。」

邵明淵點點頭，問村長借傘。傘很快送來，可誰來舉傘就是個大問題了。

一名金吾衛白著臉擺手道：「侯爺，咱挖墳行，舉傘這事真的幹不了。」

這些金吾衛出身良好，進金吾衛當差都是為了鍍一層金，將來好去各大營當將軍的，礙於邵明淵的身分做一些力所能及的事沒有意見，可近距離圍觀開棺驗屍，沒人能受得了。

這名金吾衛一說這話，其他金吾衛全都眼巴巴地盯著楊厚承，一副祈求的模樣。

隊長，這事咱真幹不了啊。

楊厚承頭疼地拍了拍額頭，看向邵明淵。他雖然是隊長，可這些兔崽子家世都不差，平時能聽他的話就不錯了，真要死逼著他們做什麼事，得罪人就不說了，關鍵也逼不動啊。

金吾衛和錦鱗衛不一樣，裡面都是大爺，誰怕誰啊。

邵明淵劍眉擰起。他這次南行，為了不讓上頭多心，明面上只帶了葉落一名親衛，而這些金吾衛不是他的手下，他其實是無權指揮的。

「我來。」喬昭忽然開口，打破了短暫的沉默。

眾人視線全都落在她身上，神情詫異。

喬昭站得筆直，再次重複道：「我來。」

「妳不能來。」錢仵作突然說了一句，見眾人看向他，皮笑肉不笑道：「妳得給我打下手，就像在義莊那次一樣。」不等喬昭說話，邵明淵就斷然否決：「不成。」

錢仵作詫異地看了他一眼，不滿抬眉。「怎麼不成了？我需要一個打下手的，就看上這小丫頭了。要是她不打下手，那我沒法弄，你以為開棺驗屍那麼簡單？」

喬昭額頭沁汗，大滴大滴往下落，心一橫道：「好，我給您打下手！」

這次與義莊那次當然是不同的。

在義莊時她更多的是噁心和恐懼，而現在，一想到棺中人是她的父親，她會看到他此時的樣子，甚至會像義莊時那樣由錢仵作指揮著檢驗他全身各處，就有種生不如死的感覺。

不過這一切都不會讓她退縮，死尚且不懼，活著難道還怕什麼嗎？

「不成。」邵明淵側頭，這一次是對著喬昭說的。

「邵將軍……」喬昭開口。

「妳去那邊等著。」邵明淵神情肅穆。

喬昭站著不動。「邵將軍，這事還是聽錢仵作的吧。」錢仵作性情古怪，要是撂挑子就麻煩了。「這事聽我的。」邵明淵毫不猶豫，淡淡道：「阿珠、冰綠，扶妳們姑娘去樹蔭下等著。」

喬昭嘴唇翕動，邵明淵卻已經轉過頭去，對錢仵作道：「錢仵作如果需要打下手的，我可以來。」錢仵作皺了眉頭沒說話。

邵明淵輕笑一聲。「錢仵作莫非覺得我不如黎姑娘？這個你可以放心，我在北地時見過的屍骸沒有一萬也有八千，想來打個下手還是沒問題的。」

錢仵作勉強點了點頭。「那好，要是有問題立刻換她來。」

那個丫頭既然是李珍鶴的徒弟，接觸這些本來就是難得的機會，可惜世人愚昧啊。

邵明淵望著錢仵作，微微一笑。「錢仵作放心，絕不會有問題。」

喬昭眼睜睜看著邵明淵把她的視線堵得嚴嚴實實，神色不斷變化，最終轉身向樹蔭處走去。

雖然那傢伙的霸道讓人有些惱，但他的好意她是心領的。

坦白說，她內心深處隱隱鬆了口氣。

「趕緊找人打傘，這麼多屍首要驗呢。」錢仵作不耐煩道。

「庭泉，我來吧。」楊厚承硬著頭皮道。他雖然心裡發怵，但為了好友只能咬牙上了。

要想把棺材遮得嚴嚴實實，至少需要七、八個打傘人，邵明淵乾脆放棄了為難兩個好友的想法，直接對村長說：「勞煩村長去問一問村人，可有願意幫忙的。」

「這……」村長一臉為難。

顯然沒人願意啊！

「本侯會每人酬謝紋銀百兩。」

村長眼睛刷地亮了。紋銀百兩？許多人一輩子都沒見過這麼多錢啊！

「那好，小老兒問問去！」

銀子砸下去，問題很快就解決了。

喬昭走到樹下，聽到有人喊了一聲「起」，緊接著便是錢仵作的呵斥聲：「傘不能晃！」

她踮起腳張望，卻被打傘的人阻擋了視線，什麼都看不見。

不遠處看熱鬧的人群一陣騷動。

「真要開棺驗屍啊？這些年輕人膽子太大了，就不怕打擾了死者安寧嗎？」

「沒聽說嘛，喬大人給冠軍侯托夢呢，說不準是有天大的冤屈！」

「嘶，這麼說，喬家大火不是意外？」

「要是意外怎麼會給女婿托夢呢？」

「可前不久不是有京城的官老爺來查過了，還找咱們盤問過，最後得出的結果就是意外啊。」

「也許那位官老爺沒查出來呢，不然喬大人怎麼會給女婿托夢？」

鬼神托夢一說在這樣的小山村裡，明顯要比京城那樣的地方更有人氣。

喬昭聽著村人們的議論，便知邵明淵這一步是走對了。

眼前忽然一暗，喬昭抬起頭，就看到一名瘦高的男子站在她面前。

男子面容頗英俊，陰冷的氣質卻讓這分英俊損減不少。

出於直覺，喬昭斷定出現在她眼前的男子是錦鱗衛。

她心中雖有著這般猜測，面上卻不露聲色，只睜著一雙水潤的眸子，平靜地看著他。

「黎姑娘？」男子開口。

「你是……」

男子冷淡的目光籠罩著喬昭的臉，微微一笑。「在下錦鱗衛江五。」

他真的很好奇義父為何讓他們關注一個小姑娘，如今看來，明明就是個普通的女孩子而已。

「原來是江五爺。」喬昭笑了笑，暗嘆一聲果然如此。

說起來錦鱗衛指揮使江堂收了十三個義子，還真是走到哪裡都能遇見。

江五笑笑。「不敢當黎姑娘這樣的稱呼，妳可以叫我江五哥。」

義父的想法難以捉摸，對這位黎姑娘的態度還是慎重些為妙。他本來就是犯了錯誤被發配到這個鬼地方來的，若是再引起義父不快，恐怕就沒機會回到京城了。

江五哥？喬昭立刻想到江詩冉對江遠朝的那聲「十三哥」。

她還是不要冒著生命危險得罪那位小姑奶奶了。

「那便叫您江大人吧。」

「黎姑娘請隨意。」

喬昭笑笑。「那江大人可否讓一下？」

江五怔了怔。喬昭淡定解釋道：「您擋著我看開棺驗屍了。」

江五：「……」好吧，他收回剛才的結論，喜歡看開棺驗屍的小姑娘還是有點特別的。

江五側了側身子。

錢仵作不急不緩的聲音傳來：「屍體已炭化，喉中無炭沫煙灰沉積……頸骨處留有劃痕……」

山野間漸漸充斥著奇異的味道，令人隱隱作嘔，錢仵作終於直起身來，語氣堅定下了結論：「人死於割喉，也就是說，之後的大火只是為了掩飾真正的死因而焚屍！」

此話一出，圍觀人群頓時譁然。

王縣令面色一沉，冷笑道：「胡鬧，真是胡鬧！你這老匹夫信口雌黃，危言聳聽，如此擾亂民心究竟意欲何為？」

錢仵作臉一沉。「縣老爺莫非懷疑我的結論？」

王縣令拂袖冷笑。「你是什麼東西？一個驗屍的賤民而已，也敢在本官面前開口？」

在任何一個地方，驗屍都是最低賤的差事，幹這一行的仵作地位極其低下，許多平民百姓都瞧不起。

「王縣令此言差矣，錢仵作是本侯請來的，他的結論本侯自會取信。」邵明淵開口道。

王縣令一臉不贊成。「侯爺，下官斗膽說一句，您這樣未免太草率了，怎麼能隨便找來一個賤民，就任由他胡說八道呢？不然這樣吧，下官命人把嘉豐縣衙的仵作叫來，讓官府認可的仵作重新檢驗一番，得出的結論才能服眾呀。」

邵明淵表情淡漠地看王縣令一眼，笑意不達眼底。「服眾？錢仵作是本侯請來的，他得出的結論只需要本侯相信就足夠了，為何需要服眾？」

王縣令呆了呆。這和他想的不一樣啊，冠軍侯為什麼是這麼任性霸道的作風？

習慣了官場上的圓滑委婉，王縣令一時適應不良，好一會兒才道：「侯爺莫非忘了，喬大人還是朝廷命官，若是死於意外也就罷了，要真的是被人謀害，那可是大事，下官要上報朝廷的，所以萬萬不能輕率啊。」

「呃，那就是王縣令的事了。本侯是苦主，請來的仵作得出岳丈一家是被人謀害的結論，那本侯就要按著這個結論查下去。」邵明淵理直氣壯道。

這就是告訴王縣令，不管你怎麼想吧，反正作為苦主，他是查定了。

這時，錢仵作忽然咳嗽了一聲，把人注意力吸引過去。

「縣老爺認為我所作的結論不能服眾？」

王縣令陰沉著臉看著錢仵作。這不知道哪裡來的老東西，竟敢對他如此口氣說話，無非是仗著有冠軍侯撐腰罷了。哼，等將來冠軍侯回京，他自有機會收拾他！

錢仵作面無表情地從懷中取出一物遞過去。「請縣老爺過目。」

那物件細細長長用看不出顏色來的布包裹著，王縣令嫌棄地緊鎖眉頭。「這是什麼？」

錢仵作笑笑。「證明小老兒所作結論不是放屁的證據！」

「你！」王縣令被一個賤民堵了一句，臉都氣綠了。

楊厚承壓低聲音對池燦道：「這個錢仵作，平時聽他說話怪氣人的，原來是交談的人不對，今天聽他說話就有意思多了。」

「廢話。」池燦扯了扯嘴角。

平時氣他們，現在氣別人了，當然就有意思了。他現在很好奇錢仵作拿出來的事物是什麼，看那事物的長短寬細……想到某種可能，池燦只覺不可思議，眉頭跳了跳。

「縣老爺不想看嗎？」

王縣令冷哼一聲。「這是什麼來歷不明的玩意兒？」

「縣老爺說這是來歷不明的玩意兒？」錢仵作渾濁的眼睜大了幾分，眼神透著嘲笑。

王縣令大怒。他不好得罪冠軍侯，難道還要受一個賤民的氣嗎？

王縣令直接拂開錢仵作手中事物，對邵明淵道：「侯爺，作為嘉豐的父母官，下官還是要命仵作重新檢驗一番，還望您能理解。」

未等邵明淵回答，錢仵作輕嘆一聲。「還好沒有掉到地上去，不然縣老爺這父母官是當不成啦。」他把那事物外邊的布一扯，露出黃色一角來。

一五七　聖旨親封

王縣令驀地瞪大了眼睛。

錢仵作把外邊的布扯下來，雙手托舉著露出真容的物品，赫然是一道聖旨。

王縣令揉揉眼，依然不敢相信。

池燦忍耐地牽了牽嘴角，率先跪下來。「吾皇萬歲萬歲萬萬歲。」

邵明淵略微停頓了一下，跟著跪下了。緊接著楊厚承跪下了，江五跪下了，由近及遠呼啦啦跪倒一片，只能看到黑壓壓的人頭與地動山搖般的叩拜聲。

喬昭在樹蔭下默默跪下，無聲彎了彎唇角。

天下第一仵作，若沒有天下最尊貴的人開過口，又如何理直氣壯應下這個名號呢？錢仵作得到這道聖旨，已經有數十年了。

李爺爺曾對她講起，那年有位侯爺病死，卻留下了遺言說世子不孝，上請改立繼室的幼子為世子，滿城譁然。就在那位原配嫡子的世子之位風雨飄搖之時，世子外祖家請來了錢仵作，最終驗明那位國公根本不是病死，而是死於中毒。三法司重新介入調查，最後查出下毒之人正是那位年輕貌美的繼室，甚至連繼室的兒子都是她與情人偷生的。

繼室與情人最後被處死，幼子被發賣為奴，繼承侯爺之位的世子感激錢仵作力挽狂瀾，特意向皇上求來了這道表彰的聖旨。

後來錢仵作離開了京城，隱居臺水，隨著時間的流逝，曾經名噪一時的天下第一仵作漸漸歸於沉寂，成了臺水城一個脾氣古怪的老仵作，不容於世。

說來也巧，那位世子正是二十年前因謀逆罪全家被誅的鎮遠侯。

喬昭倒是有些明白錢仵作為何如此低調了，他那天下第一仵作的名聲自鎮遠侯得來，而鎮遠侯後來被聖上所厭，落得那般下場，錢仵作若時常把往事翻出來就尷尬了。

不過尷尬歸尷尬，這天下第一仵作的名頭確是當今聖上親封無疑，錢仵作不提曾經的鎮遠侯，只以這個名頭做分內之事，就無人能質疑。

至少，這天下沒有比錢仵作在驗屍方面更有份量與威信的仵作了。

錢仵作緩緩展開聖旨，舉到王縣令面前。「王縣令可要看看是真是假？」

王縣令大夢初醒，腿一軟跪了下來，汗落如雨。

一個仵作怎麼會有聖旨？難道是他今天過來沒先看黃曆？

江五悄悄抬頭，眼中精光一閃。

難怪義父要他關注著黎姑娘一行人，別的不說，這些人真是有意思極了。

「王縣令，您看我得出的結論能服眾嗎？」錢仵作舉著聖旨問。

王縣令抽了抽嘴角。老傢伙都快把聖旨戳進他眼睛裡了，他能說「不」嗎？

他訕笑地點了點頭。錢仵作這才把聖旨卷起，重新包好塞進懷裡。

眾人站了起來。

邵明淵忍不住回頭，遙望了樹下的喬昭一眼。

二人視線相觸，喬昭朝他微微一笑。

邵明淵恍然大悟。原來昭昭要去請錢仵作出山，說他是天下第一仵作，並不只是說說而已，而是早就料到會遇到各種質疑與阻攔，提前做了最妥當的安排。

昭昭就是這樣，無論有沒有他在身旁，都會憑自己的力量做到最好。

邵明淵再次深深看了樹下的少女一眼。

明明是這樣嚴肅淒然的場合，這一刻他卻忽然心跳如鼓。

他也說不清這突如其來的強烈心動是為了什麼，卻不想遏制這樣的感覺。

能喜歡上這樣一個女孩子，是很好很好的事，他甘之如飴，此生無憾。

「既然縣老爺對小老兒驗屍的結果沒有異議，那就驗下一個吧。邵將軍，你可以命人把喬大人重新下葬了。」

喬昭忍不住快步往那個方向走去，卻被冰綠死死拉住。「姑娘，您可別過去啊，好嚇人的。」

喬昭被冰綠拉著動彈不得，不由沉下臉。「冰綠，妳放手！」

一見姑娘惱了，冰綠趕忙放手了。咳咳，比起未來姑爺，她自然是聽姑娘的話。

喬昭快步走過去，邵明淵擋在了她面前，對楊厚承道：「重山，讓你的兄弟們把旁邊的墳挖開，我岳丈的墳先不要動。」

楊厚承點點頭，招呼道：「來來，大家加把勁，回頭不會虧待各位的。」

對於挖墳那些金吾衛倒是不懼，畢竟能向冠軍侯賣好，對他們的將來是很有幫助的。

「邵將軍，你這是何意？」喬昭聽邵明淵這麼吩咐，又攔著不讓她過去，忍不住問道。

「先不要急。」邵明淵朝喬昭安撫一笑，俯身把推至一旁的棺材蓋重新蓋好，而後直起身道：「應該很快就該到了。」

「什麼？」喬昭不明所以。

邵明淵眺望遠方，揚手一指。「來了。」

很快在場的人都聽到了動靜，紛紛扭頭張望，就見一輛輛牛車緩緩駛來，發出吱吱呀呀的沉重聲音，牛車上是清一色的嶄新棺材，牛車旁跟著不少壯漢。

走在車隊最前面的人，正是昨晚一夜未歸的葉落。

喬昭不由看向邵明淵。邵明淵礙於在眾人面前不好多說，只是朝她微微一笑，便看向了葉落。

葉落快走幾步來到邵明淵面前，抱拳行禮道：「將軍，共買到棺材十二具，其中楠木棺材兩具，松木棺材三具，柏木棺材七具。」

邵明淵微微頷首。「辛苦你了，先去休息吧。」

十二具棺材聽著不多，但因為要現成的，想要湊齊並不是那麼簡單的。尤其是兩具上好的楠木棺材，尋常棺材鋪並沒有販賣。

葉落眼中滿是血絲，應了一聲是。

在那些壯漢的幫忙下，邵明淵把喬大人重新裝殮，在他墳前重重磕了幾個頭。

喬昭默默看著，心情格外複雜。

她想，若是只有她一人前來嘉豐，大概是做不到邵明淵這般周到的。

日頭將要落山時，所有喬家人的屍首才檢驗完，共有屍身二十六具，除兩人死於火中，其餘二十四具無一例外，都是割喉而死。因為棺材不夠，除了喬家幾位主子，其他下人只能兩、三個一起裝殮進一具棺材裡，當一座座新墳重新出現時，圍觀者皆不寒而慄。

喬家人居然是被害死的，難怪喬大人要給女婿托夢了，這是死不瞑目啊！

名滿天下的大儒喬拙先生隱居杏子林多年，嘉豐杏子林便成了天下文人嚮往之所，時而會有人慕名前來拜訪，白雲村人皆與有榮焉。加之喬拙先生為人高雅又平易近人，身邊僕從甚至會教村中孩童讀書識字，久而久之便越發受村人愛戴。

喬拙先生是好的，他的家人自然也是好的，這麼好的一家人竟然是被人害死的，而不是被火燒死的！村人越想越是同情。

邵明淵往前走了數步，忽地朝著村人深深一揖。「各位父老鄉親，想我岳丈一家向來與人為善，家風清白，與世無爭，不料卻慘遭如此毒手。那囟手說不準就藏在諸位之中，他今日能害我岳丈一家，明日說不準就能害諸位性命。」

邵明淵這番話鏗鏘有力，擲地有聲，好似往看熱鬧的人群中扔了一道驚雷，猛然炸響。村人剛剛的同情悉數轉為驚恐，紛紛後退一步，警惕打量著周圍的人。

王縣令抬起袖子擦了一把汗，苦笑道：「侯爺，您這話是怎麼說的……」

邵明淵淡淡睇了王縣令一眼，接著道：「本侯這番話絕非危言聳聽，唯有儘早把囟手找出來，才能徹底消弭禍端。本侯知道，不久前曾有位從京城來的大人查過此案，可惜沒有查明真相，這也說明囟手十分狡猾，所以本侯懇請諸位父老鄉親祝我一臂之力找出真囟，替喬先生一家昭雪，使惡人得到應有的懲戒，不再害人。」

此話一出，立刻有大膽的村人附和起來：「侯爺放心吧，有什麼幫得上忙的我們一定幫！」

「對、對，不能讓囟手再害人了。」

「要說起來，還是冠軍侯厲害，才來就查出喬家人是被害死的。先前那位從京城來的官老爺查了半天，什麼都沒查出來就走啦。」人群中不知誰說了一句。

立刻有人斥道：「可不能議論官老爺啊，會被抓去大牢的。」

王縣令面色如土，連連擦汗。「侯爺，先前欽差大人前來查喬家大火的事，已經詢問過這些村人了，並沒有問出什麼有用的線索。您看，這事還是先讓下官上報知府大人吧，到時候再重新調查。」先前欽差來查案，就是知府大人與他一起協助調查的，如今被冠軍侯查出來喬家人是被人害死，他至少要落得個辦事不力的罪名。這可真是人在家中坐，禍從天上來，來年他的考績可就不妙了。

邵明淵神色凝重。「查案自然是官府的事，不過本侯身為苦主，希望能夠旁聽，王縣令可有意見？」

「下官不敢，下官不敢。」

邵明淵神情緩和些許。「擇日不如撞日，就從現在開始調查吧，本侯建議先一一問詢白雲村人，看能否找出什麼線索。」

「現在？」王縣令一臉意外。

「怎麼？」

「侯爺，您看現在日頭都要落山了，就算重新調查喬家大火一案，也要等到明日啊。再者說，下官這次前來只帶了數人，就算要查案人手也不夠──」

邵明淵抬手揉了揉眉心，嘆道：「既然這樣，那本侯就先找白雲村人瞭解一下情況吧。」

王縣令不好再攔，只得提醒道：「侯爺，先前欽差大人已經問詢過這些村人，真的沒有問出什麼線索來。」

邵明淵沉下臉，淡淡道：「哦，欽差大人好像也沒查出喬家人是被死後焚屍。王縣令，你說是麼？」王縣令被問得心驚肉跳，乾笑著點了點頭。

樹下的江五牽了牽嘴角，低語道：「沒想到傳聞中冷面閻羅般的冠軍侯，竟也有這般好口才。」一番話既調動起了白雲村民協助查案的熱情，還逼得嘉豐縣令不得不答應他介入其中，甚至能先一步開始調查。

果然能走到今天位置的人物，豈有簡單的。

江五大步向邵明淵走去。

邵明淵似有所感，轉而望來。江五在不遠處站定，抱拳道：「侯爺。」

邵明淵快速打量了一眼來人，觀其舉止氣度，心中便對來人的身分有了數，面上卻不露聲色問道：「兄臺是——」未等江五開口，王縣令已經打起招呼：「五爺，您怎麼來了？」

楊厚承悄悄碰了碰池燦手臂。「喏，又是錦鱗衛的。」

池燦目不轉睛盯著江五，皺眉道：「這個江五不是什麼好人，比那個江十三還討人厭。」

楊厚承笑笑。「錦鱗衛哪有招人待見的，反正他要多管閒事的話，咱們也不是吃素的。」

「是啊，有些事以庭泉的身分不便做，咱們倒是無所謂。」池燦喃喃道。

他冷眼看著不遠處的人，尚未長開的少女比之身邊的男子要矮了許多，不由暗想：從身高上來講，明明他與黎三般配多了嘛，眼光這麼差，這種笨丫頭不要也罷。

「過去吧。」撂下這句話，池燦向邵明淵走去。

江五目光一轉看向走來的池燦二人，含笑道：「池公子、楊世子。」

他雖然在笑，卻不像江遠朝那般令人有如沐春風之感，反而覺得心底發涼。

邵明淵深深看了江五一眼。原來他就是江五。

從北地回京後，因為昭昭被韃子擄走一事，他早早就派了邵良前往北定城調查，目前調查進展雖然有些遲緩，卻發現了一件有意思的事。

這位江五爺，居然與他手下叛將蘇駱峰一樣，同是北定城那位青樓女子鶯鶯的恩客。

這個發現由不得邵明淵不多想。

作為錦鱗衛中數得著的人物，卻與一名青樓女子來往甚密，與其讓他相信這只是一個巧合，他更願意相信江五是通過那名青樓女子與蘇駱峰暗中聯繫，甚至……那名青樓女子就是錦鱗衛的眼線也不一定。

如果是這樣，那蘇駱峰的叛變就是錦鱗衛一手策劃的，而能指揮動錦鱗衛的唯有——

邵明淵不願再深想下去，卻明白真相是一定要弄清楚的。

他決定探一探眼前人的虛實。

「江大人既然來了，那便隨在下回落腳的地方喝杯茶吧，此處畢竟不是說話的地方。」

江五微微欠身。「那就多謝侯爺了。」

一五八　不安好心

豆腐西施宅中。

邵明淵面帶歉然伸出手。「條件所限，只有粗茶一杯，還望江大人見諒。」

池燦與楊厚承不由對視一樣，心道：這小子又擺出這副道貌岸然的樣子忽悠人了。這次南行唯恐委屈了黎姑娘，各種好茶他們可帶了不少。不過錦鱗衛的人用村長孝敬來的碎茶葉子招待，再合適不過了。

黃濁的茶水用粗瓷茶缸盛著，瞧著就讓人容易產生不好的聯想。

邵明淵雲淡風輕端起來地喝了一口，笑道：「江大人請。」

江五忍著噁心勉強抿了一口，客氣道：「今日侯爺如此忙碌，還撥冗接待在下，實在感激不盡。侯爺與二位公子遠來是客，原該由在下款待的。」

邵明淵笑笑。「江大人不必如此客氣，說起來我們與錦鱗衛也算是老朋友了，遠的不說，就是這次南下，還有幸與江指揮僉事同行多日。」池燦與楊厚承對視一眼，皆在心中贊了邵明淵一聲。要不說邵明淵這小子蔫壞蔫壞的，壞起來簡直不是人。

眼前的江五曾任錦鱗衛指揮僉事，後來不知怎的就給江十三騰了位置，現在聽邵明淵提起，江五該氣得內傷了吧？

「江指揮僉事？」江五眼中閃過一道冷光，才笑道：「是在下的十三弟嗎？」

邵明淵頷首。「正是那位十三爺。」

江五嗤笑。「侯爺折煞我們了，在您面前，我們十三太保怎麼能稱一個『爺』字。」

邵明淵笑而不語。江五發現談話的節奏完全被對方掌握，很是不悅，可對江遠朝南下一事偏偏好奇得抓心撓肺，竟只能任由對方牽著走。他實在想不出江十三為何會在這個時候南下，義父的安排從不對他們多說，難道京中又發生了什麼大事？江十三是去何處呢？

江五心中轉過這些念頭，忍不住問道：「不知侯爺可否知道我那十三弟去往何處？說起來我們兄弟已有許久未見了，還怪惦念的。」

「這個在下就不知道了。」

「他在何處下的船？」江五追問道。

邵明淵輕輕揚了揚眉。看來這位江五爺對江十三的重視，遠比他想像的還多。

「好像是……」邵明淵看了池燦一眼。

池燦接著道：「他在渝水下的船。」

「渝水？」江五喃喃念著這兩個字，總覺得在這個地方下船有些奇怪，一時之間思緒紛亂又理不出個頭緒，只得把這些雜念暫且壓下，轉而道：「那就可惜見不著他了。侯爺這次來祭拜喬大人，查出這般驚人真相，若有什麼需要幫忙的儘管提，只要在下力所能及，定不會推辭。」

邵明淵笑笑。這樣的場面話他自然是不會當真的。力所能及便不會推辭，可到底哪些是力所能及，哪些又是力所不及，全憑一張嘴說了算而已。對他來說，錦鱗衛不給添亂就是好的，所以才提及江遠朝一事，分散一下這位江五爺的注意力。

「那在下就先行謝過江大人了，若有需要定會對江大人說的。」

心中惦記著江遠朝南行一事，江五果然待不住了，寒暄幾句便提出告辭：「明日在下再過來。」

江五走後，池燦立刻冷笑一聲：「黃鼠狼給雞拜年！」

「不必理會。」

楊厚承拍了邵明淵一下。「庭泉，我發現你越來越壞了。」

「嗯？」邵明淵忙看了安靜坐在角落裡的喬昭一眼，話怎麼能亂說呢，他明明是大好青年一個，讓昭昭誤會了怎麼辦？

沒有眼色的小夥伴繼續拆臺道：「你讓人給江五端了那一茶缸茶水，我看他喝下去時臉色都變了。哈哈哈，以前子哲說咱們四人裡，你一旦壞起來最可怕，我還不相信呢，現在可算信了。你平時一本正經的，真的壞起來簡直令人防不勝防——」

邵明淵咳嗽了一聲，一臉嚴肅道：「別胡說！」

子哲還給過他這個評價？看來等他回京後要找子哲好好談談人生了。

知道楊厚承在熟悉的人面前嘴上沒有把門的，唯恐他越說越多，邵明淵忙道：「葉落，去看看晨光回了沒有，回了讓他立刻來見我。」

不久後，晨光急匆匆進來。「將軍，您讓卑職盯著的那個人，就在錢仵作驗出喬大人死於割喉後，就悄悄離開了。」

「庭泉，你讓晨光盯著誰了？」楊厚承有些疑惑。

「是昨晚來偷看那個？」池燦問。

邵明淵點頭。「嗯，今天我發現他也在看熱鬧的村人當中，就讓晨光留意了一下。」

他解釋完朝晨光抬了抬眉。「接著說吧。」

「那個人離開村子後，走小路去了鎮子上。將軍您不知道，那人看著老實憨厚，實則還挺警惕，一路上時不時往後看，幸虧卑職機警，不然可就被發現了。」

邵明淵抬手敲了晨光一下。「說重點！」跟蹤一個打鐵匠沒被發現，這小子到底在得意什麼？

想到晨光說這話時，眼神不由往喬昭的方向瞄，邵明淵漸漸琢磨過味道來。

這是想在昭昭面前好好表現？這麼一想，年輕的將軍滿心不快。

看來是他平時太隨和，這些親衛膽子越來越大了，他還沒在媳婦面前好好表現夠呢，這些臭小子湊什麼熱鬧？有了這個念頭，將軍大人決定稍後找晨光好好聊聊。

晨光可不知道自己被將軍大人默默記到小黑帳上了，接著道：「那人去了鎮上私塾，與一名十六、七歲的少年見了面。卑職聽那人喊那名少年山子。」

楊厚承蹙眉。「『山子』這名字聽著耳熟啊……對了，不就是豆腐西施的兒子嗎？」

池燦看了邵明淵一眼，揚眉一笑。「這事越來越有意思了。」

邵明淵點點頭，繼續問晨光：「那山子如何稱呼鐵柱的？」

「卑職聽他喊了一聲『鐵柱叔』。」

「沒聽錯？」

「肯定沒有。」

「那山子叫『鐵柱叔』時，神情語氣如何？」

「看著挺自然的啊。」

邵明淵閉了閉眼，看向喬昭。

喬昭抿了一下唇角，開口道：「我猜測，鐵柱應該知道豆腐西施不是死於意外！」

邵明淵對這個猜測早在意料之中，聽喬昭這麼說，臉上並無異樣。

楊厚承卻忍不住道：「這怎麼看出來的啊？」

池燦默默看著喬昭。

經歷了白天父母親人的開棺驗屍，喬昭此刻精神並不好，整個人看起來蒼白憔悴，有種弱不禁風的脆弱。她的語氣卻是平靜的：「要想猜測一個人的心思，從他的行為可以作出最直接的推測。鐵柱離開的時間很微妙。」

「這個也有講究嗎？說不準他是看了一半熱鬧懶得看了，這才離開的？」楊厚承問道。他知道黎姑娘很聰明，卻覺得單憑此點就推測出鐵柱知道豆腐西施不是死於意外，未免有些離奇。

喬昭一笑。「從人們愛看熱鬧的天性來看，錢仵作才剛剛檢驗出喬大人死於……割喉，正是人們的好奇心被撩動到最高處的時候，斷然沒有在那個時候覺得無趣離開的道理。可是鐵柱偏偏選在那個時候離開了，這說明錢仵作得出的結果對他造成了很大的觸動，這觸動完全壓過了一個人好奇的本能。」

「觸動？」楊厚承撓撓頭。「越說越玄了。拾曦，你覺得呢？」

池燦眼簾未抬，懶懶道：「人笨就好好聽著。」

楊厚承抬了抬手，想打池燦一拳，轉念一想，這倒楣孩子被庭泉搶了媳婦兒也怪可憐的，這才作罷。

「什麼樣的觸動呢？」喬昭提出這個問題，很快解釋道：「我們假設他知道豆腐西施不是死於意外，而是死於謀殺，那就合理了。因為錢仵作能驗出喬大人不是死於意外，他立刻意識到錢仵作正是能替豆腐西施沉冤昭雪的人。」

楊厚承不由點頭。「有道理。可他跑去鎮上學堂找山子做什麼？」

池燦翻了個白眼。「笨蛋，山子是豆腐西施的兒子，鐵柱發現了能替豆腐西施沉冤昭雪的人，肯定要去找豆腐西施的兒子商量啊。」

喬昭點點頭。「池大哥說得對，我就是這樣推測的。」

池燦看了邵明淵一眼。「剛剛庭泉問起山子對鐵柱的態度，晨光說他們相處自然，這就證明山子與鐵柱關係不錯，所以鐵柱有了這個發現後去找山子商量，再合理不過了。」

他說著下意識敲了敲陳舊的桌面。「我現在好奇的是鐵柱與豆腐西施的關係。村長不是說鐵柱是幾年前才搬來村裡的，又說豆腐西施一直是孤兒寡母的，他們定然沒有親戚關係……」

「情人。」邵明淵忽然吐出這兩個字。

池燦愣了愣，頗為詫異。「你是說鐵柱與豆腐西施有私情？這不可能！」

「為何不可能？」邵明淵反問。

池燦冷笑。「這不是顯而易見的事嗎，倘若鐵柱與豆腐西施是情人關係，山子會與鐵柱關係這麼好？」楊厚承連連點頭。「拾曦說得不錯。」

哪有當兒子的會與這種野男人關係好的？

他想了想，又道：「或許山子不知道呢？」

「山子定然知道。」喬昭插口道。

池燦的臉色有些難看。「黎三，妳也認為鐵柱與豆腐西施是情人關係，而且山子還知情？」

喬昭輕輕點頭。

池燦笑了笑。「那我就想不明白了。」

喬昭一笑。「其實也沒那麼複雜。從常理來看，這固然有些不可思議，但豆腐西施多年前便守寡，在這般艱難情況下拉扯大了山子，甚至還送他去了學堂，山子對他娘親的感情定然無比深厚。倘若出現一個不錯的男人，真心實意對豆腐西施好，時間久了，山子未必不能接受。」

「這就是純粹的猜測了。」

「這不是純粹的猜測。」邵明淵接話道。

楊厚承拍了拍額頭。「你們兩個就別賣關子了，無論哪個，趕緊把事情講明白了是正經。」夫唱婦隨什麼的最討厭了，一點不照顧他們這種單身漢的感受。

喬昭垂眸不語。邵明淵解釋道：「我和昭昭並不是純粹猜測鐵柱與豆腐西施的關係，而是合理推測，原因便和這宅子有關。你們昨天出去逛過了，應該可以發現豆腐西施的宅子位於村子最末端，前後並無鄰舍。如果說豆腐西施不是死於意外，而是被謀殺，從她守寡多年卻平安無事來看，凶手是村中人的機率不大。那麼，她的死與喬家大火有關的機率就很大了。因為一件事的發生雖是偶然，站在另一個角度來看，往往是必然。」

池燦與楊厚承皆點點頭，算是認同了邵明淵的話。

「豆腐西施的家算是孤宅，遇到突發情況很難引起村中人注意，那麼鐵柱如何發現豆腐西施的死不是意外呢？他總不會有錢仵作的本事吧？」

「你的意思是，鐵柱很可能撞見了凶手？」池燦略一琢磨，便想通了事情關鍵。

邵明淵頷首。「雖然只是推測，但這確實是最大的可能。」

「那也不能證明他與豆腐西施是情人關係啊，說不定就正好撞見了呢？」

「剛剛邵將軍說了，豆腐西施的家是孤宅，村人很難注意到她家發生了什麼事，鐵柱確實有無意間撞上的可能，但更大的可能是因為他一直留意著豆腐西施的動靜，才在第一時間發現了真相。」喬昭解釋：「雖然都是推測，但可能性最高的，自然會成為首先驗證的那一個。」

「是啊，這宅子的主人大概也快回來了。」邵明淵喃喃道。

楊厚承打了個冷顫。「庭泉，你這是什麼意思啊？」

一言不合就嚇人可就不對了，難道豆腐西施還會來喊冤不成？
邵明淵先是一怔，隨後輕笑起來。
喬昭無奈道：「楊大哥，邵將軍的意思是山子可能會回來。」
楊厚承鬧了個大紅臉，撓撓頭道：「誤會了，誤會了。」想了想覺得丟人，他胡亂岔開話題道：「黎姑娘，妳和我喊楊大哥，為什麼對庭泉喊邵將軍啊？怪生疏的。」
池燦狠狠翻了個白眼。這小子為什麼操心這麼多？鹹吃蘿蔔淡操心！
氣氛正尷尬時，葉落進來稟告道：「將軍，有位叫山子的少年想見您，說他是這宅子的主人。」
「請他進來。」
葉落出去後，楊厚承朝邵明淵豎了豎大拇指。「料事如神啊。」
邵明淵笑笑。「沒有那麼玄乎，人之常情罷了，假如我們先前推測的正確，現在山子與鐵柱正處於猶豫不決的時候，所以會想法接近我們探探情況。」
不多時，一個十六、七歲的少年走了進來。
少年穿著有些短了的長衫，站在幾人面前雖竭力挺胸抬頭，卻依然顯出幾分不安。
「我聽村長說，你叫山子。」邵明淵開口，聲音溫和。
山子有些意外，下意識想伸手去抓衣襬，又生生忍住，挺直了身子道：「對，我叫山子，這裡是我家……」
邵明淵笑起來。「請坐吧，你是房子的主人，我們前來叨擾，還沒對你道聲謝呢。」
這時晨光上前道：「請用茶。」
剛剛坐下的山子一下子又站了起來，雙手接過茶杯，臉都紅了。「謝謝，謝謝。」

這一臉紅，把山村少年的淳樸盡顯無疑。

邵明淵的態度便更溫和了些，朝晨光使了個眼色，晨光很快又端了一碟子桂花糕上來。

「請嚐嚐這桂花糕怎麼樣，這是我們從城裡買來的。」

「不用了。」山子連連擺手，臉更紅了。「我就是聽說我家來了人，過來看看。」

邵明淵把桂花糕推到山子面前。「別客氣，我們住了你的房子，本來就很不好意思，這也算是個謝意，你若不吃，那我們就更不好意思了。」

山子一聽，這才拿起一塊桂花糕吃了。他雖明顯是沒有什麼閱歷的少年，可在這些大人物面前並沒有失態，吃相很是斯文，顯出了不同於山間少年的良好教養。

邵明淵耐心等他吃完了，把茶水遞給他，問道：「山子今晚睡在哪呢？」

「村長和我說了，我可以睡在他那裡。」山子眼神微閃。

「山子睡在這裡就好了，可以跟我擠一擠。」

山子連連搖頭拒絕，怕面前的大人物不悅，小心翼翼問道：「大人，我聽說喬大人一家是被人害死的，您明天要查案，我能不能跟著看一看？」他說完這話，又怕人誤解，忙解釋道：「我小時候還跟著喬家人識過字呢，也是因為喬家爺爺說我有天賦，我娘才咬牙把我送到鎮上學堂去。我對喬家的事雖然出不了多少力，但能親眼看到您把害他們的凶手抓出來，也是好的。」

少年語氣真摯，可見對喬家的感激並不是假的，邵明淵情不自禁看了喬昭一眼。

喬昭靜靜坐在那裡，不動聲色，只有輕輕顫動的睫毛，顯示了她內心的不平靜。

「大人，我聽說您是冠軍侯，特別厲害，您可以抓到凶手吧？」

邵明淵眸光轉深看著少年。「這個就要看能不能找到線索了。」

山子眼神一暗。「幾個月前京城來了一位官老爺，什麼都沒查出來就走了。」

「是呀，所以我才來了。」邵明淵意味深長道。

山子怔了怔。

「喬大人是我的岳丈，他們含冤而死，我自是比任何人都想找出凶手。」邵明淵說完，深深看著眼前清瘦的少年，長嘆口氣。

「您覺得很難嗎？」山子喃喃問道。

冠軍侯這樣的大人物，為何會對著他嘆氣呢？

邵明淵微微一笑。「不，我是想到你，覺得咱們有些同病相憐。」

山子猛然色變，失聲道：「您這是什麼意思？」

邵明淵又嘆了口氣，望著山子的目光溫和中帶著憐憫。「我們昨天住進來時，聽村長說起了這宅子主人的事，於是我請錢仵作檢查了一下……」

「是替喬大人開棺驗屍的那位仵作嗎？」山子忍不住打斷邵明淵的話，與他剛進來時的小心局促判若兩人。

邵明淵心中更加有底，乾脆下了劑猛藥。「是啊，錢仵作推測，你的母親並不是像村中人說的那樣死於意外，而是被人害死的……」

山子猛然站了起來，牙關緊閉，咬得咯吱作響。好一會兒後，他雙手掩面，痛哭起來。

邵明淵有些懵。他像山子這麼大時，可從來沒在人前這樣哭過。

池燦施施然站了起來，伸手搭在山子肩頭，忍下觸碰陌生人的嫌棄，不緊不慢道：「哭什麼？哭有用的話，那我們就什麼事都不用做，直接哭就夠了。」

山子哭聲一滯，放開雙手，透過淚眼看向勸他的人，這一看就不由呆了。

這世上竟有這般好看的人。

對於這樣的目光，池燦見得多了，抬手賞了他一個爆栗，冷冷道：「與其沒出息哭鼻子，不如努力找出害死你娘的凶手啊。趁著我們在，說不準還能給你做主。」

山子一雙眸子驀然睜大了幾分，喃喃道：「找出害死我娘的凶手？」

「是呀，難道你不想給你娘報仇？」池燦皺眉。「我聽說你娘年輕守寡，把你拉扯大可不容易。在這種山村裡，她還把你送去了鎮上學堂，這可是許多父母雙全的孩子都享受不到的。你娘待你這般好，是沒福氣等你金榜題名享受榮光了，可你總得把害她的人揪出來吧？」

說到後來，池燦也頗為動容。

山子聽了這番話呆了許久，幾人皆不打擾他，由著少年默默做心理鬥爭。

外面的天徹底暗了，山村的夜是極美的，繁星點點，寧靜祥和。

可少年的心卻好似落入了油鍋裡，反反覆覆上上下下被煎熬著，煎得他痛澈心扉。

他不確定該不該說，可若是不說，難道就真的讓娘親永遠死不瞑目嗎？

可若是說了，這些人真的信得過嗎？

鐵柱叔讓他不要輕舉妄動的。

可是，這一次來的冠軍侯與上一次來的那位欽差大老爺是不一樣的吧？冠軍侯是喬大人的女婿，也是苦主呢。他們都是想讓親人沉冤昭雪的人。

在眾人耐心的漫長沉默中，山子終於下定了決心，抬手抹了一下眼睛道：「我娘確實是被人害死的！」他的目光緩緩掃過眾人，最終落在邵明淵身上，一字一頓道：「有人看到了凶手！」

一五九　殺人滅口

聽了山子這般驚人的話，在場的人皆神情平靜，邵明淵更是眉也未抬，淡然問道：「那人是鐵柱嗎？」山子連連後退數步，錯愕望著邵明淵，失聲道：「您怎麼知道？」

這便是承認了。

楊厚承暗暗嘆息。少年還是太稚嫩啊，三言兩語就被庭泉給忽悠出來了。

「山子，能不能請鐵柱過來談談？」

山子面色有些不自在，不斷搖頭。

邵明淵溫聲道：「別怕，我們只關心凶手是誰，會不會與喬家大火有關，至於其他並不在意。」這便是暗示山子，無論是山子與鐵柱的關係，還是鐵柱與豆腐西施的關係，他們都不會多話的。

山子自幼上學堂，眼界和見識上雖遠不及京中富貴人家的公子哥兒，但他天性聰慧，很快就領會了邵明淵的話。

少年不由遲疑了，內心天人交戰。

娘親與鐵柱叔在一起的事，村裡人都不知道，他最開始無意中發現時難過了許久，才慢慢接受的。不為別的，娘親含辛茹苦養大他，供他讀書，好不容易有個不錯的人願意對娘親好，讓娘親過得不那麼辛苦，他就算不情願也要替娘親想一下，不能太自私了。

但在村裡人看來，娘親與鐵柱叔這樣是很不要臉的事，一旦被他們知道了，一定會對娘親指指點點的。現在娘親雖然不在了，他也不願讓娘親與鐵柱叔的關係曝光，害娘親被人戳脊樑骨。

可是，讓害死娘親的凶手逍遙法外，他更不甘心啊！

見少年神情變幻莫測，邵明淵輕嘆道：「把凶手繩之以法，讓逝者瞑目，這是為人子真正的孝順。」從眼前的少年能接受母親與他人在一起便可以知道，這少年不是迂腐自私之人，講明白道理讓他協助他們找出凶手並不難。

果然，邵明淵說了這話之後山子渾身一震，掙扎片刻後點了點頭。「好，您稍等，我去請鐵柱叔過來。」

少年撂下這句話轉身便往外跑，邵明淵朝晨光遞了個眼色，晨光會意點頭，默默跟了上去。

屋子裡只剩下自己人，楊厚承笑道：「庭泉、黎姑娘，沒想到還真被你們料中了，那個鐵柱與豆腐西施果然是情人關係。」

池燦煩躁地揉了揉臉，嘀咕道：「我還是有些想不通。」

「想不通什麼？」邵明淵笑問。

「他娘偷人，他還給打掩護？一般人遇到這種事，都要和他娘斷絕關係吧？」

邵明淵目光從喬昭面上掃過，嘆道：「對有的人來說，世俗偏見遠沒有所愛之人的幸福重要。」

池燦怔了怔。

是這樣嗎？這麼說，他是不是也該放下心結，接受他母親養面首呢？

總覺得哪裡不對勁的樣子，他好像又被繞進去了。

池公子想起自己家的一團糟心事，頓時心亂如麻。

山子一路小跑到鐵柱家門口，敲了敲大門。

「誰呀。」裡面傳來鐵柱的聲音。

「鐵柱叔，是我。」

門一下子開了，鐵柱左右看看，見四下無人，立刻把山子拉了進去，低聲道：「怎麼這個時候過來了，不擔心別人看見？」

跟在後面的晨光見狀，悄悄爬上了靠著院牆的一棵高樹。

「鐵柱叔，跟我去我家吧。」

「山子，你——」

「鐵柱叔，我已經跟侯爺說了你看到了凶手的事，侯爺要見你呢。」

鐵柱臉色大變。「山子，你怎麼能說了呢？那些人到底可不可靠還不知道呢，萬一他們也會害人可怎麼辦啊？」

「鐵柱叔，我覺得他們是好人。」

鐵柱跺腳。「山子，你還小，好人壞人哪能從表面分得清啊！」

「可是那位侯爺知道我娘是被人害死的。」

「什麼，他怎麼知道？」

「他一住進來，就讓那名仵作檢查過了。我也是聽他這麼說，才決心把真相說出來的。鐵柱叔，咱們要是錯過這次，我娘就真的白死了。」

鐵柱沉默了一下，嘆道：「你說得對。那好，山子，叔叔跟你去。」

見二人輕手輕腳走出院門，晨光無聲落地，悄悄跟在了後面。

再次站在邵明淵等人面前，鐵柱要比山子局促多了，吭吭哧哧好一會兒沒說出話來。

邵明淵微微一笑。「鐵柱大哥，咱們又見面了。」

鐵柱瞬間漲紅了臉，胡亂點了點頭。

「請坐。」邵明淵伸手指著一旁的座位，他聲音溫和，連眉梢眼角都帶著溫柔，有著安撫人心的力量。

喬昭忍不住想，這麼一副好脾氣的男人，在戰場上卻是截然不同的模樣。

那一日他站在城牆下，面對著韃子的叫囂，當真是郎心似鐵，眉梢掛著寒冰，眼底是淡漠的威嚴。這樣矛盾的氣質，出現在同一個人身上也怪有意思的。

少女長久的注視讓邵明淵情不自禁偏頭看了她一眼。

昭昭為何一直盯著他瞧？

今天從下山後就一直在忙碌，他還沒顧得上整理儀容，莫非是臉上有灰？

年輕的將軍不動聲色抬手碰了一下鼻尖，見指腹上乾乾淨淨，便更納悶了。

不過昭昭願意看他就是好的。邵明淵想到這裡，耳根悄悄紅了一下，才接著道：「鐵柱大哥，山子剛才已經都對我們說了，現在請你詳細講一講是如何看到凶手的。」

楊厚承摸了摸鼻子。庭泉又開始用模稜兩可的話忽悠人了。

鐵柱忍不住看了山子一眼。山子覺得邵明淵這話似乎沒什麼不對，便點了點頭。

鐵柱徹底沒了顧慮，張口道：「我說了後，你們會不會把我與秀娘的事說出去？」

不用多問，鐵柱口中的「秀娘」定是豆腐西施無疑。

邵明淵立刻道：「不會，我們不是愛說閒言碎語的人，調查出喬家大火真相就會離開。」

「那你們會保證我和山子的安全嗎？」鐵柱又問。

這話引起了眾人的興趣。

邵明淵語氣平靜道：「這是自然。鐵柱大哥給我們提供了幫助，我們很是感謝，當然會保護你與山子的安全。不過鐵柱大哥這麼問，是有什麼顧慮嗎？」

鐵柱眼中閃過一絲驚懼。「之前村裡有人喝醉了，說秀娘是被人害死的，那人說了這話沒多久就死了。」幾人一聽這話，不由面面相覷。事情似乎越來越出人意料了。

「這件事，村長並沒有對我們提起過。」邵明淵道。

鐵柱冷笑。「說這話的人本來就是個酒鬼，三天兩頭喝得醉醺醺的，說出來的話十句裡有八句是假的，哪有人信。」他說到這裡，眼中滿是恐懼。「可是我信啊！他說的和我看到的差不多，我──」

邵明淵拍了拍鐵柱的肩頭。「鐵柱大哥，慢慢說，不要急。你先說說那人是什麼時候死的，怎麼死的？」

鐵柱冷靜了一下，接著道：「那人是在欽差大人來之前死的。那天他喝醉了酒，說秀娘是被人害死的，等官老爺來了，他就把這個祕密告訴官老爺，那樣就能拿很多賞錢買酒喝了。當時聽到的人都沒當回事兒，只有我知道他說的是真的。」說到這裡，鐵柱慘笑一聲。「我其實就是這麼打算的，只要官府來查喬家大火的事，就趁機把這個祕密告訴官老爺，說不準就能幫秀娘報仇了。可沒想到，就在那人說了這話的當天晚上，他就一頭栽進村邊的小水溝淹死了。別人都說他是喝多了酒才有這一劫，可我根本不相信！那小水溝深不過兩尺，怎麼早不淹死晚不淹死，偏偏就在他說了那些話之後就淹死了呢？」

「你懷疑他是被人滅口的？」邵明淵問。

鐵柱語氣激動起來：「肯定是！當時村子裡一定有人悄悄盯著我們，發現誰知道些什麼就會被滅口！所以後來欽差大人來了，我猶豫了很久，最後還是什麼都沒敢說。我不知道暗中盯著我們的人究竟是誰，更不知道他走了沒有，還是一直都在……」

楊厚承笑道：「鐵柱大哥，你現在就不要怕了，有我們在，不會讓人害了你！」

鐵柱看了山子一眼，垂下頭去。「我不知道會不會被人害了去，不過這些日子我一直都在後悔。我夢到秀娘罵我是個孬種，讓她死不瞑目……」

邵明淵與喬昭對視一眼。

看來他們來的時機剛剛好，早一步或者晚一步，說不定就沒有鐵柱這一茬了。

這是個好兆頭呢。邵明淵朝喬昭微微一笑。

喬昭居然看懂了對方的意思，面無表情移開了視線，心中卻莫名有些暖。

「既然這樣，鐵柱大哥就仔細給我們說說吧，喬家大火那一天，到底發生了什麼事？」

這村子裡居然有人暗中監視著，躲在暗中的人現在還在嗎？

「那天……」鐵柱閉了閉眼睛，彷彿陷入了回憶。「那天我想到秀娘家裡快沒水了，就悄悄過去看看，正巧看到一名身材高大的男子，站在院門外和秀娘說話。」

「他說了什麼？」邵明淵問。

鐵柱搖搖頭。「我沒聽到。我和秀娘……」他頓了一下，一張黝黑的臉紅了起來。「我和秀娘的事一直不敢讓村裡人知道，所以平時見面都很小心。那天我去找秀娘，見有人站在她家門外，只敢遠遠地躲著，等那人走了我才上前去。」

「你沒問秀娘那人是誰，說了什麼嗎？」

「問了，秀娘說那人是問路的。」

「他是問喬家怎麼走嗎？」一直安安靜靜的喬昭突然開口問。

鐵柱這才留意到坐在角落裡的少女，怔了怔後點頭「嗯」了一聲。「早些年經常有人來拜訪喬家，問路的不少，所以我們都沒留意。我跟秀娘說等晚上過來給她打水，就趕緊離開了。」

「後來呢？」喬昭再問。

「後來——」鐵柱看了山子一眼，悲傷滿面。「我想起那天山子會從鎮上學堂回來，就去山上打了一隻兔子想給他加菜，下山時又看到了那個身材高大的陌生人。我當時就覺得他很奇怪，忍不住多看了幾眼。」

喬昭放在腿上的手握成了拳，暗暗吸了一口氣，問道：「為何覺得他奇怪？」

「他換了衣裳啊。」鐵柱看著喬昭說道：「他找秀娘問路時穿著很尋常的灰黃色長衫，等他從喬家大宅出來後，居然換成一身黑衣了，這不是很奇怪嘛？」

喬昭睫毛顫了顫。

是怕無意中沾染上血跡，才換上黑色衣衫嗎？這個人當真是冷血又從容！

「那人發現你了嗎？」

鐵柱搖頭。「沒有，那人挺匆忙的樣子。加上他找秀娘問過路，我就不大願意讓他看到我。我等那人走遠了才往下走，沒想到喬家大宅忽然就竄出了老高的火苗，還是我吼了一聲著火了，村裡人才趕過來的。」說到這裡，鐵柱臉色越發難看，大滴大滴的汗珠從額頭滾落下來，砸進他端著的茶杯裡。他卻渾不在意，一口灌下苦澀的茶水，緩解心中緊張。

「等撲滅了大火，我一下子想到了那個陌生人，越想越害怕，趕忙往秀娘家裡跑，才跑到門口就見山子哭著衝了出來，說秀娘掉進水缸裡淹死了……」

講到這裡，鐵柱再也說不下去，緩緩蹲下去揪住了頭髮，狠狠捶了自己幾下，嘶聲道：「是我無能，護不住自己的女人！那個畜生問路後，我就該一直陪著秀娘的，那樣秀娘就不會被那個畜生滅口了！」

「若是那樣，可能你現在也沒法站在我們面前說這些了。」池燦淡淡道。

鐵柱愣了愣，苦笑道：「若是能陪著秀娘一起死也挺好的，就是被村裡人發現了，會連累她的名聲。」男人正值中年，兩鬢卻有了白髮，蹲在地上神情木木的，不知想到了什麼。

少年忽然開口：「鐵柱叔，我娘一定希望你好好活著的，你活著才能給她伸冤呢。」

鐵柱點點頭。「對，我得活著，不把那個畜生找出來替秀娘伸冤，秀娘要罵我沒本事的。」

喬昭輕輕嘆了口氣，耐心等鐵柱漸漸恢復了平靜，才問道：「鐵柱大哥，你還記得那個陌生人的樣子嗎？」山子不由看了喬昭一眼，心想這個小姑娘明明比他還小，卻和鐵柱叔叫鐵柱大哥，這不是占他便宜嗎？

少年又看了將軍一眼，隱隱明白了什麼。

「記得，化成灰我都記得！」

「那好，你來描述，我把他畫出來。」

鐵柱傻了眼。「畫、畫出來？」

這話雖然一點不複雜，他每個字都聽得懂，可為什麼完全不懂這位小娘子在說什麼？

喬昭已經站了起來。「邵將軍，就去你的房間吧。」

一六〇　溫柔陷阱

邵明淵眼神微閃。

這次昭昭居然直接說去他的房間，沒有猶豫！

不過，要是帶一個大男人去昭昭房間，他首先就不同意的。

「嗯，走吧。」邵明淵站了起來，走在喬昭身邊。

池燦與楊厚承跟著起身。喬昭腳步頓了一下。「根據描述畫人物畫，需要絕對的安靜。」

邵明淵朝池燦二人笑笑。「拾曦、重山，要不你們先下一盤棋？」

「這個時候了，你讓我們下棋？」池燦挑眉問道。他是退出了，那是因為黎三不喜歡他，不是因為邵明淵武功比他高！給了幾天好臉色，這小子居然敢隨意打發他了？

楊厚承抬抬頭，這種關鍵時刻堅決與池燦站在同一條戰線上。「就是啊，光線不好，傷眼。」

池燦撇了撇嘴。「不用問庭泉，他又做不了主！」

說了這話，池大公子看向喬昭。「黎三，我們不說話，只看著，行不？」

楊厚承悄悄瞄了邵明淵一眼，心道：拾曦說話也太不給庭泉面子了，一屋子人呢，怎麼能說庭泉做不了主？

等等，庭泉這一臉不反對的表情，是什麼意思？

楊厚承無語望天。

喬昭迎上池燦的眼，點了點頭。「好吧，你們別聊天就好。」

見喬昭沒有反對，池燦瞥了邵明淵一眼，面帶得意地向邵明淵的房間走去。

邵明淵哭笑不得，搖搖頭抬腳跟上。

豆腐西施的家只是小門小戶，說是邵明淵的房間，其實葉落與晨光二人也是住在這裡的，此時二人點了幾盞燈，把門關上退了出去。

屋內亮如白晝，少女端坐在桌前，拿起一枝極細的毛筆，聲音平靜問鐵柱：「那人多高？」

鐵柱看了邵明淵一眼，遲疑道：「好像與侯爺差不多。」

喬昭點頭，算是明白了，再問道：「什麼臉型？」

「容長臉。」

「眼睛形狀？」

「眼睛有些狹長，眼尾略微往上翹。」

……

問過五官，喬昭對鐵柱點頭。「鐵柱大哥，你到我身邊來。」

鐵柱立刻感覺幾道視線落在了他身上，有一道目光最令人無法忽視，不由看了過去。

將軍大人面無表情點點頭。「黎姑娘叫你，快過去吧。」

喬昭看向邵明淵。

邵明淵一怔，隨後舉了舉手。「抱歉，我忘了不能說話。」

喬姑娘揚了揚唇角。年輕的將軍老老實實站起來。「我去那邊坐著，保證不亂說話了。」

池燦噗哧一聲笑出來。

喬昭抬眉看了他一眼。池燦笑容一僵，委屈道：「沒說連笑也不行吧？」

見少女冷著一張臉，他心中發虛，跟著站了起來。「好吧，我也去那邊坐著吧。」

楊厚承撓著嘴，揉了揉腮幫子，樂死他了，果然跟過來才有熱鬧可瞧。

鐵柱來到喬昭身邊，手腳都不知道往哪兒放了。總感覺這小娘子才是最厲害的人！

「鐵柱大哥坐在這裡就行。」喬昭態度溫和，指了指一旁的椅子。

「這……」鐵柱遲遲不敢動。別說冠軍侯他們都在看著，就算沒有別人他也不敢坐啊，離這位小娘子這麼近，這也太無禮了。

喬昭忍耐地挑了挑眉，又怕把憨厚的山裡漢子嚇著，只得勉強笑笑，耐心解釋道：「要畫很長時間的，而且要不停根據你說的調整，還要與你確認是否那樣改動，所以鐵柱大哥坐在這裡方便些。」鐵柱一聽，這才不安地挨著喬昭坐下來。

少女特有的芬芳氣息讓他更加緊張，忍不住頻頻抬頭去看坐在角落裡的將軍。將軍大人面無表情的清冷模樣，總讓他覺得心裡發毛。

邵明淵察覺鐵柱的異樣，好氣又好笑，只得垂眸來個眼不見心不煩。

「鐵柱大哥，你看這眼型對嗎？」

鐵柱端詳了一下，搖頭。「好像不是這樣的，這裡還要長一些。」

「是這裡嗎？」

「對。」

「現在呢？」

「眼角還要再翹一些。」

少女輕言細語，一邊問一邊修改著，耐心無比。

邵明淵悄悄抬眼看過去。

他看得出神，池燦忍不住大大翻了個白眼。真沒出息，他可沒有這樣傻乎乎盯著黎三看過！這種笨蛋黎三為啥會喜歡啊？笨丫頭太沒眼光了。

僅僅通過旁人描述來畫人物畫的過程漫長而枯燥，最開始的新鮮勁過後，池燦漸漸撐不住了，到了後半夜開始打盹兒。

邵明淵輕輕拍了他一下。

池燦睜開眼。邵明淵指了指門口。池燦迷迷糊糊站起來往門口走去。

開門關門的聲音絲毫沒有影響正在作畫的少女，她的身姿依然筆挺，聲音還是那麼不急不躁，直到一聲突兀的呼嚕聲響起，少女握著筆的手才頓了頓，循聲望去。

年輕的將軍一臉無辜。

不是他，他從來不打呼嚕的，不然半夜埋伏敵人，敵人一聽呼嚕聲就全跑光了。

呼嚕聲響更大了。

邵明淵黑著臉站起來走到楊厚承面前，毫不客氣地踹了一腳。

楊厚承猛然跳起來。「誰踹我？」一看好友鐵青的臉頓時老實了，垂著眼皮暈乎乎道：「奇怪，我又夢遊了！」

「夢遊」的楊公子一陣風般颳了出去。

「是不是打擾妳了？」邵明淵問。喬昭笑笑。「還好，反而精神了些。」

看著少女遍布血絲的眼睛，邵明淵很是心疼，提議道：「要不明天接著畫？」

「不用了，就快畫好了，我習慣一氣呵成。」喬昭說完對鐵柱歉然笑笑。「就是辛苦鐵柱大哥了。」她並不是習慣一氣呵成，只是這件事對她太重要，她怕夜長夢多。

「不辛苦、不辛苦，這對我來說不算什麼。」鐵柱忙道。

「那咱們繼續吧。」

夜深人靜，邵明淵瞧不出絲毫倦怠，目光灼灼地望著少女。

他彷彿能聽到筆尖落在宣紙上的沙沙聲。

直到天空泛起魚肚白，少女才放下畫筆，盯著畫像，怔怔出神。

邵明淵大步走過去，站在她身邊俯身問道：「怎麼了？」

男人一手撐著桌面，熟悉的帶著淡淡薄荷味道的氣息瞬間籠罩喬昭，讓她昏沉沉的頭腦為之一清。喬昭回過神來，問鐵柱：「鐵柱大哥，你看一下，畫上的人是不是這樣？」

鐵柱看了一眼，猛拍了一下桌子，語氣激動：「對、對，那人就是長這個樣子，太像了，真是太像了！」

喬昭笑道：「那是鐵柱大哥記得清楚，不然我也無能為力。」

她說完，望著畫像又開始出神。察覺出喬昭的異樣，邵明淵喊了一聲：「黎姑娘？」

當著外人的面，他自然是不願讓旁人知道心上人芳名的。

喬昭回神，不著痕跡掃了鐵柱一眼。

邵明淵會意，直起身對鐵柱道：「鐵柱大哥，你辛苦了一夜，快回去休息吧。」

「這樣就好了嗎？」鐵柱不確定地問。

「已經足夠了，剩下的可以交給我們。鐵柱大哥放心就是。有了這張畫像，我們定然會把這個人揪出來。」送鐵柱出去後，邵明淵返回來坐到喬昭身邊，自然而然地牽起她的手。

喬昭揚眉：「邵明淵！」這個時候，他還有心思風花雪月？

邵明淵卻沒理會她的氣惱，低眉垂目，抓起她的手輕輕捏了起來。

喬昭一怔，看他神情專注替她按摩已經累得快抽筋的雙手，一時之間不知該作何反應。

曾經受過的禮儀教導已經融入了骨子裡，別說坐了一夜，就是坐再久，她的腰依然不會彎，手腕依然不會垂，可這並不代表她不會累。

但是當她累得動彈不得時，從沒有這麼一個人如此溫柔以待。

這人是打算布上溫柔陷阱，等她自投羅網嗎？

可那一箭，那個困鎖了她兩年的牢籠，都是她不願再回顧的過去。

「好些了麼？」男人低沉沙啞的聲音在耳畔響起。

喬昭抬眸看他，他的眼中也布滿了血絲，精神卻不見絲毫萎頓。

「不睏麼？」她下意識問出來。

邵明淵一愣，隨後露出大大的笑容。「不睏，早就習慣了。」

更何況能和昭昭共處一夜，就算睏也捨不得睡。

「妳擔心我睏了？」男人握著少女的手，忽然加重了一下力道。明明先前他揉捏著她的手，她並沒有覺得有什麼異樣，可他突然加重了這一下，她的臉突然就熱了起來，把手往外一抽，淡淡道：「別胡說。」

「好，是我胡說。妳別動，我給妳揉揉。」身邊的男人抓著喬昭的手不放，力道輕柔。「一夜沒停過，不好好按捏一下會抽筋的，到時候該難受了。」

喬昭盯著他不說話。邵明淵偏頭看她，擔心她羞惱不讓他給按捏了，問起正事來：「昭昭，剛剛妳看著畫好的畫像神情有些不對勁，怎麼了？」

一提起這個，喬昭眉頭緊鎖，目光再次落到平鋪在桌面上的畫像上。「這個人，我見過。」

雖早有這個預感，可聽喬昭這麼說，邵明淵還是面色微變。「妳見過？他是什麼人？」

「我不知道。」喬昭搖頭，盯著畫像的目光有些茫然。「我雖然記性不錯，見過的人或物能原樣畫出來，但那要是我特別留意過的人或物。這畫像上的人，我敢肯定我是見過的，當時很可能是隨便一瞥，只在腦海中留下這麼一個模模糊糊見過的印象，但這人究竟是什麼身分，或者在何處見過，我卻完全想不起來了。」

見少女面露遺憾，很是懊惱的模樣，邵明淵忍不住抬手撫了撫她的秀髮，柔聲道：「昭昭，妳已經做得很好了，不要對自己太苛刻。現在我們既然已經知道了凶手的模樣，只要這人還在世，那麼就是翻江倒海，窮盡畢生之力，我也會把這個人找出來。」

「那樣畢竟要花很多時間。這個人給我留下了淺淡的印象，或許一個契機我就能想起來了，我再好好想一想。」

「不許想了。」邵明淵難得板起臉。「現在妳需要的不是好好想一想，而是好好睡一覺。」

「可是——」

「聽話！」

喬昭氣笑了。「邵明淵，你是我什麼人，這樣要求我？」

年輕的將軍身子往前一傾，微涼氣息噴灑在少女雪白的頸間。「我是妳男人，這個還有疑問麼？」他要不是認定了她是他的妻，會這般厚顏無恥，天天拉著一個小姑娘的手？

她要對他半點沒有感覺，會這般任他放肆？他的傻丫頭，只是還看不清自己的心意罷了。

他堂堂北征將軍，殺敵無數，令韃子聞風喪膽，要是連把自己媳婦追回來的勇氣都沒有，還不如乾脆抹脖子算了。

「邵明淵，你別得寸進尺！」

男人垂眸，一副受傷的模樣。「昭昭，我明明被妳看也看過，親也親過了，妳就這麼嫌棄我，一點不想負責任嗎？」不等少女反駁，他忽然起身把少女打橫抱了起來。

措手不及之下，喬昭下意識雙手攀住他的脖子，怒道：「邵明淵，你要做什麼？」

「做妳男人該做的事。」邵明淵說著，大步向床榻走去。

喬昭徹底傻了眼。

男人該做的事？她雖然沒經歷過夫妻之事，但出閣之前母親也曾委婉提點過的。

不可能，他怎麼可能是這樣的邵明淵？

喬昭猶如在夢裡，直到被抱著她的男人放到床榻上才驚醒，抬腳就向上方的人狠狠踹去。

那一腳正好踹在對方小腹上。

男人因為吃痛而表情扭曲了一下，手上動作卻沒有停，輕輕把少女放下來，拉過薄被蓋在她身上，輕嘆道：「昭昭，妳想到哪裡去了？快睡吧。」

他就是再心急，也不會在沒成親前亂來的。

喬昭怔了怔。

少女呆呆的樣子讓邵明淵微微一笑，忍不住戲謔道：「當然，要是妳想……我也是願意的。」

喬昭俏臉大紅，怒道：「邵明淵，你給我出去！」

「好，我這就出去了，妳安心睡一覺。」

直到關門聲傳來，抓著薄被的喬姑娘才後知後覺反應過來：不對啊，這是邵明淵的房間！

（未完待續）

國家圖書館出版品預行編目資料

韶光慢 / 冬天的柳葉著. -- 初版. -- 臺北市：春光, 城邦文化出版：家庭傳媒城邦分公司發行, 民107.11-
冊；　公分

ISBN 978-957-9439-46-6（卷4：平裝）

857.7　　107016888

韶光慢〔卷四〕

作　　者／冬天的柳葉
企劃選書人／李曉芳
責 任 編 輯／王雪莉、何寧

版權行政暨數位業務專員／陳玉鈴
資深版權專員／許儀盈
行 銷 企 劃／周丹蘋
業 務 主 任／范光杰
行銷業務經理／李振東
副 總 編 輯／王雪莉
發　行　人／何飛鵬
法 律 顧 問／元禾法律事務所　王子文律師
出　　版／春光出版
臺北市 104 中山區民生東路二段 141 號 8 樓
電話：(02) 2500-7008　傳真：(02) 2502-7676
部落格：http://stareast.pixnet.net/blog　E-mail：stareast_service@cite.com.tw
發　　行／英屬蓋曼群島商家庭傳媒股份有限公司城邦分公司
臺北市中山區民生東路二段 141 號11 樓
書虫客服服務專線：(02) 2500-7718 / (02) 2500-7719
24小時傳真服務：(02) 2500-1990 / (02) 2500-1991
服務時間：週一至週五上午9:30～12:00，下午13:30～17:00
郵撥帳號：19863813　戶名：書虫股份有限公司
讀者服務信箱E-mail: service@readingclub.com.tw
歡迎光臨城邦讀書花園　網址：www.cite.com.tw
香港發行所／城邦（香港）出版集團有限公司
香港灣仔駱克道 193 號東超商業中心 1 樓
電話：(852) 2508-6231　　傳真：(852) 2578-9337
E-mail : hkcite@biznetvigator.com
馬新發行所／城邦（馬新）出版集團　Cite(M)Sdn. Bhd
41, Jalan Radin Anum, Bandar Baru Sri Petaling,
57000 Kuala Lumpur, Malaysia.
Tel: (603) 90578822　Fax:(603) 90576622　E-mail:cite@cite.com.my

封 面 設 計／黃聖文
插 畫 繪 製／容境
內 頁 排 版／極翔企業有限公司
印　　刷／高典印刷有限公司

■ 2018 年（民 107）11 月 29 日初版
■ 2022 年（民 111）5 月 20 日初版 2.4 刷

Printed in Taiwan

售價／320元

城邦讀書花園
www.cite.com.tw

本著作物繁體中文版通過閱文集團上海玄霆娛樂信息科技有限公司 www.qidian.com，授予城邦文化股份事業有限公司春光出版獨家發行。

ISBN　978-957-9439-46-6

104 臺北市民生東路二段 141 號 11 樓

英屬蓋曼群島商家庭傳媒股份有限公司
城邦分公司

請沿虛線對折，謝謝！

愛情·生活·心靈
閱讀春光，生命從此神采飛揚

春光出版

書號：OF0049	書名：韶光慢〔卷四〕

請於此處用膠水黏貼

【《韶光慢》讀者共讀活動——你推坑，我送書！】

即日起至 2018 年 12 月 31 日止，完成以下活動步驟，就可參加「韶光慢讀者共讀活動」。春光出版**免費幫你將《韶光慢（卷一）》新書一本 &「韶光慢唯美書籤卡」送給你欲邀請共讀之對象**，限前 100 名寄回之讀者（以郵戳日期順序為憑），數量有限，行動要快喔！一起來邀親朋好友共讀好書吧～

活動步驟：

1. 選定欲邀請共讀《韶光慢》的一位對象，在《韶光慢（卷一）》附贈之「韶光慢唯美書籤卡」寫下推薦小語以及想對她（他）說的話。
2. 將本回函卡讀者資料，以及欲邀約共讀的對象之贈書寄送相關資料都填妥。
3. 將寫好的「韶光慢唯美書籤卡」和本回函卡一起寄回春光出版，即完成活動。（建議把小卡放入回函卡中，再將四邊用膠水黏貼封好即可寄回。）

春光出版將依照回函卡收件郵戳日期，依序贈送前 100 名共讀讀者，越早寄回，越早收到贈書喔！

〔注意事項〕

1. 本活動限台、澎、金、馬地區讀者。　2. 春光出版保留活動修改變更權利。

邀請共讀之對象 寄送資料

姓名：＿＿＿＿＿＿＿＿＿　性別：□男　□女

聯繫電話：＿＿＿＿＿＿＿＿＿

寄送地址：＿＿＿＿＿＿＿＿＿＿＿＿＿＿＿＿＿＿＿＿

您的個人資料

姓名：＿＿＿＿＿＿＿＿＿　性別：□男　□女

地址：＿＿＿＿＿＿＿＿＿＿＿＿＿＿＿＿＿＿＿＿

電話：＿＿＿＿＿＿＿＿＿ email：＿＿＿＿＿＿＿＿＿

請於此處用膠水黏貼